MW00979120

frisson

MAGGIE STIEFVATER

frisson

Traduit de l'anglais (États-Unis)
par Camille Croqueloup

L'édition originale de cet ouvrage a paru
en langue anglaise chez Scholastic Press, an imprint of Scholastic Inc.,
sous le titre :

Shiver

pour Kate, parce qu'elle a pleuré

chapitre 1 ✦ Grace

-10 °C

Je me souviens être étendue dans la neige, petite tache de chaleur rouge se refroidissant peu à peu, entourée de loups qui se bousculaient pour me lécher, me mordiller, me harceler. Leurs corps serrés les uns contre les autres m'encerclaient, interceptant le peu de chaleur que le soleil avait à offrir. La fourrure de leur cou scintillait de glaçons, leurs souffles traçaient des formes opaques qui flottaient dans l'air alentour. L'odeur musquée de leur poil me rappelait celles, agréables mais terrifiantes, de chien mouillé et de feuilles brûlées dans le jardin. Leurs langues râpeuses m'écorchaient la peau, leurs crocs indifférents déchiraient mes manches, s'accrochaient à mes cheveux, se pressaient contre mes clavicules, contre le pouls battant à mon cou.

J'aurais pu crier, mais je ne l'ai pas fait. J'aurais pu me débattre, lutter, mais non. Allongée là, je me suis abandonnée, en regardant au-dessus de ma tête le ciel blanc d'hiver virer au gris.

L'un d'eux a enfoncé son museau dans le creux de ma main, puis l'a frotté contre ma joue. Une ombre s'est projetée sur mon visage. Et, tandis que les autres me poussaient de toutes parts, il a plongé ses yeux dans les miens.

J'ai soutenu son regard aussi longtemps que je l'ai pu. Vus de près, ses iris jaunes étaient pailletés de toute la gamme des nuances qui vont de l'or à l'acajou. Je ne voulais pas qu'il se détourne, et il ne l'a pas fait. Je voulais tendre la main pour agripper la fourrure de son collier, mais mes bras restaient gelés, recroquevillés contre mon torse.

Je ne me souvenais plus de ce que c'était que d'avoir chaud.

Puis il s'est éclipsé. Lui parti, les autres ont refermé le cercle, plus près, trop près, étouffants. J'ai senti quelque chose palpiter dans ma poitrine.

Plus de soleil. Plus de lumière. J'allais mourir. J'avais oublié à quoi ressemblait le ciel.

Mais je ne suis pas morte. Je me suis égarée longuement dans un océan de glace, avant de renaître dans un monde de chaleur.

Je me souviens de ceci : ses yeux jaunes. Que je croyais ne plus jamais revoir.

chapitre 2 ◆ Sam

-10 °C

Ils arrachèrent la fillette du pneu accroché à l'arbre du jardin où elle se balançait et la traînèrent dans les bois. Son corps traça un léger sillon dans la neige, de son monde jusqu'au mien. Je les vis faire. Je ne fis rien pour les arrêter.

Cela avait été l'hiver le plus long, le plus froid de ma vie. Jour après jour luisait un soleil pâle impuissant. Et la faim – une faim qui vous brûlait et vous rongeait, tel un maître insatiable. Rien ne bougeait ce mois-là, le paysage restait figé comme un diorama incolore et sans vie. Depuis que l'un de nous avait été abattu d'un coup de fusil alors qu'il fouillait dans les poubelles derrière une maison, le reste de la meute ne quittait plus les bois, où nous dépérissions lentement de faim, à attendre le retour de la chaleur et de nos corps d'antan. Jusqu'au moment où ils découvrirent la fillette. Où ils attaquèrent.

Tapis autour d'elle, grognant, jappant et claquant

des mâchoires, ils se disputaient qui serait le premier à déchiqueter leur proie.

Je vis toute la scène. Je vis leurs flancs parcourus de frissons affamés. Je les vis traîner le corps de l'enfant de côté et d'autre en balayant la neige, découvrant la terre nue au-dessous. Je vis leurs truffes maculées de rouge. Et je n'y mis toujours pas fin.

J'étais haut placé dans la hiérarchie de la meute – Beck et Paul s'en étaient assurés – j'aurais donc pu m'interposer immédiatement, mais je restai en arrière, frissonnant de froid, les pattes enfoncées dans la neige jusqu'aux chevilles. De la fillette me parvenaient des effluves de chaud, de vivant, et par-dessus tout d'*humain*. Qu'est-ce qui clochait chez elle ? Pourquoi ne se débattait-elle pas, si elle était vivante ?

Je sentais l'odeur de son sang, une odeur chaude et vive dans ce monde glacé et mort, et je vis Salem frémir convulsivement en lacérant ses vêtements. Mon estomac se contracta douloureusement – je n'avais pas mangé depuis si longtemps ! Je voulais me frayer un passage entre les loups pour rejoindre Salem. Je voulais feindre d'ignorer l'humanité de l'enfant, faire la sourde oreille à ses gémissements étouffés. Elle semblait si menue face à notre sauvagerie, à la meute qui la pressait de toutes parts, la pressait d'échanger sa vie contre la nôtre.

Un grondement découvrit mes crocs et je m'avançai. Salem grogna en retour, mais, malgré mon jeune âge et mon corps amaigri, ma stature lui en imposait. Paul lança un aboiement menaçant pour me soutenir.

J'étais tout près d'elle à présent. Elle gisait, face à l'immensité du ciel qu'elle fixait d'un air détaché, morte, peut-être. J'enfonçai la truffe dans la paume de sa main ; elle fleurait bon le sucre, le beurre et le sel, me renvoyant à une autre existence.

Puis je vis ses yeux.

Éveillés. Vivants.

Elle les plongea au fond des miens et me dévisagea avec une atroce franchise.

Je reculai, frissonnant encore – mais, cette fois, ce n'était pas la colère qui ébranlait ma carcasse.

Ses yeux dans les miens. Son sang sur mon museau.

Je me sentais écartelé, au-dedans comme au-dehors.

Sa vie.

Ma vie.

La meute, méfiante, me céda la place. Ils grognèrent contre moi, qui n'étais plus des leurs, et retroussèrent leurs babines en direction de leur proie. Je songeai que c'était la plus belle des enfants, un tout petit ange ensanglanté dans la neige, et qu'ils allaient la détruire.

Je le vis. Je la vis, elle, comme je n'avais encore jamais rien vu.

Et j'y mis fin.

chapitre 3 • Grace

3 °C

Je l'ai revu par la suite, toujours par grand froid. Il se tenait dans notre jardin de derrière, à l'orée du bois, et ses yeux jaunes restaient constamment fixés sur moi quand je venais remplir la mangeoire pour les oiseaux ou sortir les poubelles, mais jamais il ne s'est approché. Lorsque le jour baissait – durant ces crépuscules sans fin des longs hivers du Minnesota –, je m'accrochais au pneu gelé jusqu'à ce que je sente son regard. Plus tard, devenue trop grande pour la balançoire, je quittais la véranda et j'avançais tout doucement de quelques pas, la main tendue, paume tournée vers le ciel, les yeux baissés. Aucune menace. Je m'efforçais de parler son langage.

Mais quel que soit le temps passé à l'attendre, quoi que je puisse tenter pour le rejoindre, il se fondait toujours dans les fourrés avant que j'aie pu franchir la distance qui nous séparait.

Jamais je n'ai eu peur de lui. Il était bien assez grand

pour m'arracher à ma balançoire, bien assez fort pour me jeter à terre et me traîner jusque dans la forêt, mais sa férocité ne se reflétait en rien dans son regard. Je me remémorais ses yeux, toute leur gamme de nuances d'or, et je ne pouvais pas le craindre. Je savais qu'il ne me ferait aucun mal.

Et je voulais qu'il sache que je n'étais pas pour lui un danger.

J'attendais. J'attendais encore.

Lui aussi attendait, même si j'ignorais quoi. J'avais l'impression d'être la seule à essayer d'établir un contact.

Mais il revenait toujours. Me regarder le regarder. Jamais plus près, mais jamais plus loin non plus.

C'est ainsi que la scène s'est répétée fidèlement, pendant six ans : la présence des loups me hantait tout l'hiver, leur absence encore davantage tout l'été. Je ne m'interrogeais pas sur cette alternance. Je les croyais des loups. Seulement des loups.

chapitre 4 ✦ Sam
32 °C

Le jour où je faillis parler à Grace fut le plus chaud de ma vie. Même dans la librairie, malgré l'air conditionné, des vagues brûlantes contournaient la porte et déferlaient par les larges baies vitrées. Affalé sur mon tabouret derrière le comptoir, baignant dans les rayons du soleil, j'absorbais l'été par tous mes pores comme pour en stocker jusqu'à la dernière goutte. Les heures s'écoulaient avec lenteur, la lumière de l'après-midi décolorait les couvertures des livres sur les rayonnages, les transformait en pâles fantômes dorés, chauffait l'encre et le papier à faire flotter dans l'air l'odeur des mots non encore lus.

C'était cela que j'aimais vraiment, lorsque j'étais humain.

Je lisais, quand la porte s'ouvrit en tintant, sur une bouffée suffocante et un groupe de jeunes filles. Elles riaient trop bruyamment pour avoir besoin de mes services. Je me replongeai dans ma lecture, les laissant parcourir les rayons en s'envoyant des coups de coude et en jacassant à propos de tout, sauf de livres.

Je ne leur aurais probablement pas prêté plus attention si, à la périphérie de mon champ de vision, l'une n'avait balayé en arrière ses cheveux d'un blond sombre pour les ramasser en une longue queue-de-cheval. Geste en lui-même anodin, mais dont émana un souffle que je reconnus immédiatement.

C'était elle. Ce ne pouvait être qu'elle.

Je relevai vivement mon livre devant mon visage, puis risquai un œil. Les deux autres bavardaient toujours et gesticulaient en se montrant du doigt l'oiseau de papier que j'avais accroché au-dessus du rayon enfants. Elle, pourtant, se taisait, un peu à l'écart, parcourant du regard les titres alentour, sondant les rayonnages en quête de possibles évasions. J'entrevis alors son visage et reconnus dans son expression quelque chose de la mienne.

J'avais échafaudé en pensée mille versions différentes de cette scène, mais maintenant le moment venu, je ne savais que faire.

Elle paraissait si réelle, ici. C'était différent lorsqu'elle était dans son jardin, à lire ou à griffonner ses devoirs dans son cahier : nous séparait alors un gouffre infranchissable, et tout en moi me hurlait de garder mes distances. Dans cette librairie, en revanche, elle me semblait proche à couper le souffle, proche comme jamais auparavant. Ici, rien ne m'interdisait plus de lui adresser la parole.

Elle se tourna vers moi, et je baissai en toute hâte la tête sur mon livre. Si elle ne risquait pas de reconnaître mes traits, elle ne pouvait avoir oublié mes yeux. Je ne supportais pas d'en douter.

Je priai pour qu'elle s'éloigne et que je puisse à nouveau respirer.

Je priai pour qu'elle achète un livre, ce qui me donnerait l'occasion de lui parler.

— Viens voir, Grace ! *Franchir l'obstacle : Intégrer l'université de vos rêves* – ça sonne prometteur, non ?

Lorsqu'elle s'accroupit pour examiner les manuels de préparation SAT[1] aux examens d'entrée à l'université, je retins mon souffle devant sa longue échine fuselée, baignée de lumière. Elle regarda les livres que ses compagnes lui indiquaient et approuva du chef, mais la courbe de ses épaules ne trahissait qu'un intérêt poli, distrait. Sa tête oscillait presque imperceptiblement au rythme de la musique des haut-parleurs. Les rayons du soleil accrochaient au passage quelques cheveux échappés de sa queue-de-cheval, transmuant chacun d'eux en un filament d'or chatoyant.

— Excusez-moi !

Un visage surgi brusquement devant moi me fit sursauter. L'une des camarades de Grace, une fille brune et bronzée, un énorme appareil photo accroché à l'épaule, me fixait droit dans les yeux. Je savais ce qu'elle pensait, malgré son silence : devant la couleur de mes iris, les uns m'épient à la dérobée, les autres me dévisagent effrontément. Au moins son attitude ne manquait-elle pas de franchise.

— Ça ne vous ennuie pas si je vous photographie ?

Je cherchai une échappatoire.

— Certains Indiens croient qu'en les prenant en photo, on leur vole leur âme. Comme cela me semble un argument très logique, désolé, non, pas de photos. (J'esquissai un geste d'excuse.) Mais vous pouvez mitrailler la librairie, si vous voulez.

L'autre fille vint nous rejoindre. Une épaisse cheve-

---

1. SAT : *Scholastic Aptitude Test. (N. d. T.)*

lure châtain clair encadrait son visage semé de taches de rousseur, et elle dégageait une énergie épuisante.

— Tu flirtes, Olivia ? On n'a pas le temps ! Eh, mec, on prend celui-là !

Je saisis l'exemplaire de *Franchir l'obstacle* qu'elle me tendait et lançai un bref coup d'œil vers Grace.

— Dix-neuf dollars et quatre-vingt-dix-neuf cents, s'il vous plaît.

Mon cœur battait à tout rompre.

— Tant que ça pour un livre de poche ? s'étonna la fille aux taches de rousseur en sortant un billet de vingt. Garde la monnaie.

Comme il n'y avait pas de bocal pour les cents, je déposai la pièce sur le comptoir près de la caisse. J'emballai le livre et le reçu dans un sac en papier avec une lenteur délibérée, dans l'espoir que Grace viendrait voir ce qui prenait tant de temps, mais celle-ci resta dans le rayon des biographies, tête penchée, à déchiffrer les titres au dos des livres. La fille aux taches de rousseur prit le sac et me sourit, puis toutes deux allèrent la rejoindre et l'entraînèrent vers la sortie.

Tourne la tête, Grace ! Regarde-moi, je suis là, juste là ! En se retournant à l'instant, elle verrait mes yeux, elle serait forcée de me reconnaître.

Taches-de-rousseur ouvrit la porte – *ding* – et émit un son impatienté à l'adresse des deux autres pour leur signifier qu'il était temps de partir. Olivia s'attarda à me chercher du regard. Je savais que je les dévisageais – que je dévisageais Grace – avec trop d'intensité. Je ne pouvais m'en empêcher.

Olivia fronça les sourcils et sortit.

— Alors, Grace, tu viens ? s'impatienta Taches-de-rousseur.

Les muscles de ma poitrine me faisaient mal comme

si mon corps me parlait un langage que ma tête ne comprenait pas tout à fait.

J'attendis.

Mais Grace, l'unique personne au monde dont j'aurais voulu être reconnu, passa seulement un doigt gourmand sur la couverture d'une nouveauté avant de quitter la boutique, sans même réaliser que je me tenais là, à portée de main.

chapitre 5 ◆ Grace
6 °C

Ce n'est qu'à la mort de Jack Culpeper que j'ai pris conscience que les loups de nos bois étaient tous des garous.

Cela s'est passé en septembre de mon année de première, et Jack est devenu soudain l'unique sujet de conversation de notre petite ville. Le garçon n'avait pourtant rien de bien remarquable de son vivant – sinon en tant que propriétaire de la voiture la plus coûteuse du parking du lycée, celle du proviseur comprise. En réalité, c'était un parfait abruti, mais sa mort l'a instantanément propulsé au nombre des saints, lui conférant en outre une certaine aura de sensationnel macabre, de par la façon dont elle s'était produite. Cinq jours ne s'étaient pas écoulés depuis son décès que, dans le hall du lycée, j'avais entendu au bas mot mille versions différentes du déroulement de l'événement.

Du coup, tout le monde avait maintenant une peur panique des loups.

Comme Maman ne suit pas les informations à la télévision et que Papa est toujours et par définition absent, la psychose collective n'a pénétré notre foyer que graduellement et elle a mis quelques jours à atteindre sa pleine ampleur. Mon incident avec les loups s'était estompé dans la mémoire de ma mère au cours des six dernières années, masqué par les vapeurs d'essence de térébenthine et les couleurs complémentaires, mais l'attaque de Jack a semblé le raviver.

Ma mère n'était pas du genre à canaliser son inquiétude croissante dans un quelconque comportement logique et à consacrer, par exemple, un peu plus de temps à son unique fille, autrement dit à celle-là même que les loups avaient attaquée en premier lieu. Son angoisse l'a seulement rendue plus tête en l'air que jamais.

— Tu as besoin d'aide pour préparer le dîner, M'man ?

Elle a détourné les yeux du poste de télévision qu'elle pouvait tout juste voir de la cuisine et m'a lancé un regard coupable, avant de baisser à nouveau la tête vers les champignons qu'elle trucidait consciencieusement sur la planche à découper.

— C'est tout près d'ici, là où on l'a retrouvé ! s'est-elle exclamée en désignant l'écran de la pointe de son couteau.

Une carte des États-Unis est apparue derrière un présentateur à l'expression sincèrement hypocrite, et la photo floue d'un loup s'est affichée dans le coin supérieur droit de l'écran.

— Les recherches pour découvrir la vérité se poursuivent, a dit l'homme.

Après toute une semaine passée à ressasser la même histoire, on les aurait pourtant crus capables de la raconter avec un minimum d'exactitude ! Leur loup n'était même pas apparenté au mien, à la fourrure d'un gris d'orage et aux yeux jaunes à reflets fauve.

— Je n'arrive toujours pas à y croire, a poursuivi Maman. Rends-toi compte, juste de l'autre côté de Boundary Wood ! C'est là qu'ils l'ont tué !

— Ou qu'il est mort.

Elle a froncé distraitement ses beaux sourcils ébouriffés.

— Quoi ?

J'ai relevé la tête, abandonnant un instant mes devoirs et leurs alignements rassurants de chiffres et de symboles.

— Il a peut-être tout simplement fait un malaise au bord de la route, et les loups l'auront traîné dans les bois pendant qu'il était inconscient. Ce n'est pas la même chose ! Tu ne peux pas parler sans savoir et t'amuser à semer la panique.

Mais Maman regardait à nouveau l'écran en hachant les champignons si menu qu'ils auraient pu être absorbés par des amibes. Elle a secoué la tête.

— Ils l'ont *attaqué*, Grace.

J'ai jeté un coup d'œil aux arbres par la fenêtre, dont les silhouettes se découpaient comme des spectres pâles sur l'obscurité du ciel. Peut-être mon loup était-il là, mais je ne le voyais pas.

— Maman, tu m'as dit et redit des *millions* de fois que les loups sont d'ordinaire pacifiques.

Le loup est une créature pacifique. Des années durant, cela avait été son leitmotiv. Je crois que la seule façon pour elle de continuer à vivre dans cette maison était de se persuader que les loups étaient pour ainsi dire inoffensifs, et de mettre l'accent sur le caractère unique et isolé de mon agression. Je ne sais si elle y parvenait réellement, mais, quant à moi, j'en étais convaincue.

Tout au long de chacun des hivers de ma vie, j'avais scruté les sous-bois et observé les loups, j'avais appris à les distinguer les uns des autres d'après leur apparence et leur comportement et j'avais mémorisé leurs caractéristiques. Il y avait le maigre tacheté à l'air souffreteux, qui gardait prudemment ses distances et n'apparaissait que pendant les mois les plus froids. Tout en lui – sa fourrure terne et emmêlée, l'entaille de son oreille, son œil unique et chassieux – tout disait un corps malade, et les blancs fous des yeux qu'il roulait sauvagement suggéraient eux aussi un esprit dérangé. Je me souvenais de ses crocs m'éraflant la peau et je l'imaginais aisément attaquant à nouveau un humain dans les bois.

Et il y avait la louve blanche. J'avais lu quelque part que les loups forment des couples fidèles jusqu'à la mort, et je l'avais vue auprès du mâle dominant, un individu solidement charpenté et aussi noir qu'elle était blanche. Il lui avait poussé le museau de la truffe et l'avait entraînée entre les arbres dénudés du sous-bois, leur fourrure luisante comme des écailles sous l'eau. Sa compagne était d'une beauté sauvage, nerveuse et agitée, et je me la représentais bien, elle aussi, s'en prenant à un homme. Mais les autres ? Ces splendides spectres silencieux des bois ? Non, je n'avais pas peur d'eux.

— Pacifiques, mon œil ! a dit Maman en cisaillant férocement la planche à découper. On ferait aussi bien de les capturer jusqu'au dernier et de les envoyer paître ailleurs. Au Canada, par exemple !

Penchée sur mes devoirs, j'ai froncé les sourcils. Les étés sans mon loup m'étaient déjà assez pénibles ! Enfant, ces mois me paraissaient insupportablement longs, juste du temps perdu à attendre leur retour, et les choses n'avaient fait qu'empirer après que j'ai eu remarqué mon loup aux yeux jaunes. Durant ces semaines interminables, je m'étais raconté de grandes et belles aventures au cours desquelles je me transformais la nuit en loup pour m'enfuir avec mon ami dans une forêt d'or où il ne neigeait jamais. Je savais maintenant une telle forêt chimérique, mais la meute, elle – et mon ami aux yeux jaunes – existaient bel et bien.

J'ai soupiré, repoussé sur la table de la cuisine mon manuel de mathématiques et je me suis levée pour aller rejoindre Maman.

— Laisse-moi faire, tu les massacres.

Je n'escomptais pas un refus et, de fait, elle m'a aussitôt cédé la place sur une pirouette, en me récompensant d'un sourire qui m'a fait soupçonner qu'elle s'attendait à mon intervention.

— Si tu finis de préparer le repas pour moi, m'a-t-elle déclaré, je t'aimerai pour toujours !

Je lui ai pris le couteau des mains avec une grimace. Maman est perpétuellement couverte d'éclaboussures de peinture et non moins perpétuellement dans la lune. Elle ne sera jamais une de ces mères fées du logis, à l'instar de celles de mes amies, qui portent des tabliers, cuisinent et passent l'aspirateur. Ce n'est pas que je souhaitais vraiment qu'elle leur ressemble, mais – sérieusement – j'avais tout de même ces devoirs à finir.

— Merci, ma chérie ! Tu me trouveras à l'atelier.

Si Maman était une de ces poupées qui prononcent cinq ou six phrases différentes quand on leur appuie sur le ventre, cette réplique figurait sur son enregistrement.

— Prends garde aux émanations, ne t'évanouis pas ! lui ai-je lancé, mais elle disparaissait déjà à l'étage.

J'ai transféré les restes de champignons mutilés dans un bol et j'ai regardé la pendule accrochée au mur peint en jaune vif de la cuisine. Encore une heure avant que Papa ne revienne du travail, largement le temps pour moi de préparer le dîner, et peut-être ensuite de sortir essayer de voir mon loup.

J'ai déniché dans le réfrigérateur un morceau de bœuf probablement destiné à accompagner les malheureux champignons et l'ai fait claquer contre la planche à découper. J'ai entendu en bruit de fond le présentateur demander à un « expert » s'il valait mieux limiter le nombre de loups au Minnesota ou les déplacer dans une autre région. Toute cette histoire me mettait de fort méchante humeur.

Le téléphone a sonné.

— Allô ?

— 'Soir. Qu'est-ce que tu fais ?

J'étais heureuse d'entendre la voix de Rachel. Mon amie est l'exact opposé de ma mère : extrêmement méthodique et organisée, elle assure, question suivi dans les relations sociales, et, grâce à elle, je me sens un peu moins extraterrestre. J'ai coincé le combiné entre l'oreille et l'épaule et j'ai entrepris de découper le bœuf en parlant, non sans en avoir tout d'abord réservé un morceau de la taille du poing.

— Je prépare le dîner en écoutant les crétinfos.

Elle a compris immédiatement.

— Je sais exactement ce que tu veux dire ! C'est limite surréaliste, tu ne trouves pas ? À croire qu'ils ne s'en lasseront jamais ! Et passablement répugnant, par-dessus le marché – pourquoi ne peuvent-ils donc pas se taire et nous laisser passer à autre chose ? C'est déjà bien assez pénible d'avoir à aller en classe, où on en entend parler sans cesse. Sans compter que toi, avec tes antécédents, ça ne peut que te perturber – et, franchement, les parents de Jack n'attendent eux aussi probablement que ça, que les journalistes ferment une bonne fois pour toutes leur clapet !

Rachel parlait si vite que j'avais du mal à la suivre et j'ai zappé un passage entier, vers le milieu de sa tirade.

— Olivia t'a appelée, ce soir ? m'a-t-elle soudain demandé.

Olivia était la troisième de notre trio, et la seule à comprendre, ne serait-ce qu'un tant soit peu, ma fascination pour les loups. Rares étaient les soirées où je ne passais pas un moment à bavarder avec elle ou avec Rachel au téléphone.

— Non. Elle est probablement sortie prendre des photos. On n'a pas annoncé une pluie de météores cette nuit ?

Olivia ne voit le monde qu'à travers l'objectif de son appareil, et j'ai parfois l'impression qu'une bonne moitié de mes souvenirs d'école prend la forme de tirages noir et blanc 10 × 15 sur papier brillant.

— Tu as raison, a dit Rachel. Elle ne manquerait pour rien au monde une actualité céleste aussi brûlante ! Je peux te parler une minute ?

— D'accord, mais pas longtemps, seulement pendant que je prépare le repas. Après, j'ai mes devoirs à terminer.

— Une seconde alors, ma belle ! Juste le temps de dire deux mots : éva. sion !

— Ça n'en fait qu'un, Rachel, lui ai-je fait remarquer en mettant la viande à dorer dans le haut du four.

Elle s'est tue un moment.

— D'accord, mais dans ma tête, ça sonnait mieux comme ça. Bref, l'essentiel, c'est que mes parents m'ont dit que, si je voulais aller quelque part pour les vacances de Noël cette année, ils m'offriraient le voyage. Et je meurs d'envie d'aller quelque part, n'importe où, sauf à Mercy Falls. Surtout pas à Mercy Falls ! Tu viendrais chez moi demain après les cours, avec Olivia, pour m'aider à choisir une destination ?

— Bien sûr, pas de problème.

— Et si on trouve un endroit vraiment génial, vous pourriez m'accompagner, toutes les deux, a proposé Rachel.

Je ne lui ai pas répondu immédiatement. Le mot « Noël » avait aussitôt fait remonter à ma mémoire l'odeur de notre sapin, l'infini noir piqueté d'étoiles du ciel de décembre au-dessus du jardin et les yeux de mon loup, qui me guettaient de derrière les arbres enneigés. Quelque absent qu'il soit pendant le restant de l'année, mon loup était toujours là pour moi à Noël.

— Ne me fais pas le coup du silence et du regard perdu dans le lointain, Grace, a gémi Rachel. Ne le nie pas, je te vois comme si j'y étais ! Tu ne vas quand même pas prétendre que tu ne veux pas sortir de ce trou !

À vrai dire, je n'en avais pas plus envie que ça. Je me sentais en quelque sorte à ma place, ici.

— Je n'ai pas dit non, ai-je protesté.

— Tu n'as pas non plus poussé des hurlements d'enthousiasme comme tu aurais dû, a-t-elle soupiré. Mais tu viendras demain, n'est-ce pas ?

— Tu sais bien que oui, ai-je répondu en me tordant le cou pour essayer de voir par la fenêtre de derrière. Mais il faut vraiment que je te laisse, maintenant.

— D'accooooord. Apporte des gâteaux, n'oublie pas ! Bisou, ciao, a dit Rachel et elle a raccroché.

Je me suis hâtée de mettre le ragoût à mijoter sur le feu pour en ne plus avoir à m'en occuper. Saisissant mon manteau suspendu à une patère, j'ai fait glisser la porte coulissante de la terrasse.

Un air froid m'a mordu les joues et m'a pincé les oreilles, me rappelant que l'été appartenait désormais officiellement au passé. Mon bonnet en jersey était fourré dans la poche de mon manteau, mais je savais que mon loup ne me reconnaissait pas toujours quand je le portais et j'ai renoncé à l'enfiler. J'ai scruté le fond du jardin et je suis descendue de la terrasse avec une nonchalance feinte. Le morceau de bœuf était froid et glissant dans ma main.

L'herbe givrée et blafarde a crissé sous mes pas lorsque je me suis avancée jusqu'au milieu du jardin. Je me suis arrêtée, momentanément aveuglée par le rougeoiement ardent du coucher de soleil derrière les feuilles noires et frémissantes des arbres. La désolation du paysage alentour contrastait vivement avec l'atmosphère de notre petite cuisine chaude, qui fleurait bon l'aisance, le confort et une survie facile : ce monde qui était le mien, là où j'étais censée vouloir être. Mais les bois m'appelaient, m'attiraient, me pressaient d'abandonner mon univers familier pour m'évanouir dans la nuit tombante, une impulsion qui me tourmentait alors avec une fréquence déconcertante.

Quelque chose a bougé dans l'obscurité, à la lisière du bois, et j'ai distingué près d'un arbre mon loup, la truffe frémissante pointée vers la viande dans ma main. Mon soulagement à sa vue a été de courte durée : il a bougé la tête, le rectangle de lumière jaune projeté par la porte est venu éclairer sa gueule, et j'ai vu ses babines maculées de sang, un sang desséché, vieux de plusieurs jours.

Ses narines tressaillaient en captant les effluves du morceau de bœuf. S'habituait-il à ma présence ou était-il alléché par l'odeur de la viande ? Quoi qu'il en soit, il s'est aventuré de quelques pas à découvert. Puis à nouveau de quelques pas. Il se tenait à présent plus près de moi qu'il ne l'avait jamais encore été.

J'étais là, face à lui. J'aurais pu, en tendant le bras, poser la main sur sa fourrure brillante, ou effleurer du doigt la tache rouge sombre de son museau.

Faites que ce sang soit le sien, ai-je pensé, *faites qu'il ait reçu une blessure ou une griffure au cours d'une bagarre !*

Mais cela n'y ressemblait pas. Cela avait tout l'air du sang d'un autre.

— Tu l'as tué ? lui ai-je demandé dans un souffle.

Je m'attendais à ce qu'il s'éclipse au son de ma voix, mais il est resté figé dans une immobilité de statue. Ses yeux n'étaient plus tournés vers la viande que je tenais à la main mais rivés sur mon visage.

— On ne parle plus que de ça, au journal télévisé, lui ai-je annoncé comme s'il pouvait me comprendre. Ils appellent ça un acte « barbare ». Ils disent que les coupables sont des animaux sauvages. C'est *toi* qui as fait ça ?

Il a scruté encore une minute entière mon visage, sans bouger ni cligner des paupières. Puis, pour la première fois en six ans, il a fermé les yeux, d'un geste par essence contraire à tout instinct et atavisme lupin. Lui qui m'avait toujours regardée fixement, sans jamais ciller, se tenait maintenant devant moi dans une attitude de tristesse incroyablement humaine, les yeux clos, tête et queue basses.

Je n'avais jamais rien vu d'aussi affligeant.

Je me suis approchée avec une lenteur infinie, sans une pensée pour ses babines teintées d'écarlate ou les crocs qu'elles dissimulaient, ne craignant que de l'effaroucher et de le voir prendre la fuite. Il a réagi en remuant légèrement les oreilles, mais il est demeuré sur place. Je me suis accroupie et j'ai laissé tomber la viande dans la neige à mes côtés. Il a tressailli. J'étais maintenant assez près pour percevoir la senteur fauve de son poil et la chaleur de son haleine.

J'ai alors accompli le geste dont je rêvais depuis toujours – j'ai posé tout doucement la main sur l'épaisse fourrure de son collier et, lorsqu'il s'est abstenu de réagir, j'y ai plongé les deux mains. La couche externe de son pelage, plus rêche qu'elle n'en avait l'air, dissimulait un duvet fin et soyeux. Il a émis un grognement étouffé et il a plaqué sa tête contre moi, sans rouvrir les yeux. Je l'ai serré dans mes bras comme s'il ne s'agissait, malgré l'odeur âpre et sauvage qui émanait de lui, que d'un banal chien domestique.

Un instant, j'ai oublié complètement où j'étais – qui j'étais. Rien de tout cela n'avait plus aucune importance.

Puis j'ai perçu un mouvement à la périphérie de mon champ de vision : là-bas, sous le couvert des arbres, presque invisible dans le jour déclinant, la louve blanche braquait sur nous le regard de ses yeux brûlants.

J'ai senti frissonner contre moi et j'ai soudain compris que mon loup s'était mis à grogner. La louve s'est approchée, téméraire. Il s'est tortillé dans mes bras pour lui faire face, et j'ai sursauté en entendant ses mâchoires claquer avec hostilité.

La louve blanche s'est abstenue de répondre, ce qui m'a paru plus inquiétant encore. Elle qui aurait dû gronder s'est contentée de nous dévisager tour à tour, et son corps tout entier exprimait la haine.

Grognant toujours à voix basse, presque inaudible, mon loup s'est pressé plus fort contre moi, et, me forçant à reculer pas à pas, m'a reconduite ainsi jusqu'à la terrasse ; mes pieds ont trouvé les marches, j'ai atteint la porte coulissante. Il est resté en bas, attendant que je sois rentrée et que j'aie refermé la porte derrière moi.

Dès que j'ai été à l'intérieur, la louve blanche s'est précipitée sur le morceau de viande et s'en est emparée.

Mon loup était plus proche d'elle que moi et représentait donc la menace la plus sérieuse, mais c'est pourtant moi que les yeux de la louve sont venus chercher, derrière la vitre de la porte. Elle a soutenu longtemps mon regard avant de se glisser entre les arbres et de se fondre comme un spectre dans la futaie.

Mon loup a hésité un instant à la lisière du bois. Il m'observait toujours, ses pupilles étincelant à la lumière de la veilleuse du porche.

J'ai pressé la paume de ma main contre le verre glacé.

La distance qui nous séparait ne m'avait jamais paru aussi infranchissable.

chapitre 6 ✦ Grace

5 °C

Quand mon père est rentré du travail, j'étais toujours plongée dans le monde silencieux des bois, à me remémorer encore et encore la rude caresse de la fourrure de mon loup contre mes doigts. Je m'étais – bien à contrecœur – lavé les mains avant de finir de préparer le dîner, mais son odeur musquée, tenace, n'en imprégnait pas moins mes vêtements, ravivant toute la fraîcheur de notre rencontre. Il avait fallu six ans pour qu'il me laisse le toucher, le tenir dans mes bras, et voilà qu'il venait, à l'instant, de me prendre sous sa protection, comme si rien au monde n'était plus naturel ! Je mourais d'envie de le raconter à *quelqu'un*. Mais comme je savais que cela ne risquait pas d'emballer mon père, surtout compte tenu du bourdonnement continu de la voix des journalistes qui, du fond de la pièce, péroraient toujours sur l'attaque, j'ai décidé de ne pas lui en parler.

J'ai entendu son pas lourd résonner dans l'entrée.

— Ça sent drôlement bon, ce que tu nous prépares, Grace ! a-t-il crié, sans même vérifier si j'étais bien dans la cuisine.

Il est entré, m'a tapoté la tête et m'a souri. Ses yeux semblaient fatigués derrière ses lunettes.

— Où est ta mère ? Encore à peindre dans son atelier ?

— Tu l'as déjà vue faire autre chose ? J'ai froncé les sourcils en voyant son manteau. Ne me dis pas que tu as l'intention de laisser ça là !

Il a ramassé docilement le vêtement.

— À table, Rags ! a-t-il lancé dans l'escalier, et son utilisation du surnom de ma mère m'a confirmé qu'il était de bonne humeur.

Il a fallu moins de deux secondes chrono à Maman, hors d'haleine et une zébrure de peinture verte sur la pommette, pour apparaître dans la cuisine. Incapable de se déplacer normalement, elle avait comme toujours dévalé l'escalier quatre à quatre.

Papa l'a embrassée en évitant la peinture.

— Tu as été bien sage, ma chérie ?

Elle a papilloté des paupières avec coquetterie. À la voir, on aurait juré qu'elle savait d'avance ce qu'il allait lui dire.

— Comme une image !

— Et toi, Grace ?

— Encore plus.

Papa s'est éclairci la voix.

— Mon augmentation, mesdames et messieurs, prendra effet à compter du vendredi de cette semaine. Par conséquent...

Maman a battu des mains et a fait une pirouette, en surveillant son mouvement dans le miroir de l'entrée.

— Je vais enfin pouvoir louer ce studio en ville !

Papa a approuvé du chef en souriant.

— Et toi, ma chérie, m'a-t-il annoncé, dès que j'aurai trouvé le temps de te conduire chez le concessionnaire, tu pourras faire tes adieux à ce tas de ferraille qui te tient lieu de véhicule. J'en ai assez de devoir l'emmener chez le mécanicien !

Maman a éclaté d'un rire enthousiaste, a applaudi derechef et a descendu toute la longueur de la pièce en dansant et en fredonnant un petit couplet absurde. Si elle prenait cet atelier en ville, il y avait fort à parier que je ne reverrai jamais plus mes parents. Sauf à l'heure du dîner. La nourriture les faisait encore apparaître, d'ordinaire.

Mais cela me semblait secondaire, au regard de la promesse d'un moyen de transport fiable.

— Sérieusement, tu m'achètes une nouvelle voiture ? Une qui fonctionne ?

— Mettons un modèle légèrement moins délabré, promit Papa. Rien de bien sensationnel.

Je l'ai serré dans mes bras. Une vraie voiture représentait pour moi la liberté.

Cette nuit-là, je suis restée longtemps, allongée dans mon lit, les yeux obstinément clos, à chercher le sommeil. Le monde de l'autre côté de la fenêtre semblait assourdi, comme s'il avait neigé. Il était pourtant encore trop tôt dans la saison, mais chaque son me parvenait amorti, étrangement étouffé.

J'ai retenu ma respiration et je me suis concentrée sur la nuit, essayant de percevoir un mouvement dans cette obscurité figée.

Un léger cliquètement a soudain brisé le silence. J'ai tendu l'oreille. On aurait dit des griffes contre le sol de la terrasse, devant ma fenêtre. Y avait-il un loup, là ?

Ou un raton laveur, peut-être ? Puis le bruit a repris, accompagné cette fois d'un grondement sourd – non, il ne pouvait s'agir d'un raton laveur. Mes cheveux se sont hérissés sur ma nuque.

Je me suis enroulée dans ma couette comme dans une cape et je me suis levée pour traverser la pièce éclairée par les rayons d'un croissant de lune. Je suis restée un instant indécise, à me demander si je n'avais pas rêvé, quand le cliquetis a retenti à nouveau à la fenêtre. J'ai soulevé le store. Le jardin, qui s'étendait perpendiculairement à ma fenêtre, était vide. Les troncs noirs et dénudés des arbres se dressaient comme une barrière, isolant les profondeurs des bois au-delà.

Une tête a soudain surgi devant moi et m'a fait sursauter. La louve blanche se tenait juste de l'autre côté de la vitre, les pattes appuyées contre le rebord extérieur, si proche que je pouvais distinguer les gouttelettes qui perlaient sur les touffes de poils collés de sa fourrure. Elle me fixait intensément de ses yeux de saphir, cherchant à me dominer du regard. Un feulement sourd a traversé la fenêtre, et le message m'a paru aussi clair que s'il avait été inscrit sur le verre : *il n'a pas à te protéger.*

Je l'ai toisée moi aussi, puis j'ai retroussé instinctivement mes lèvres en un rictus, et le grondement qui s'est alors échappé de ma gorge nous a surpris autant l'une que l'autre. La louve a reculé, abandonnant d'un bond l'appui de la fenêtre. Elle m'a lancé un dernier regard assassin, puis elle a uriné sur le coin de la terrasse avant de regagner le bois.

Me mordillant les lèvres pour tâcher d'effacer mon étrange grimace, j'ai ramassé mon pull et je me suis recouchée. Je me suis débarrassée de mon oreiller et je l'ai remplacé par le vêtement roulé en boule.

Je me suis endormie dans l'odeur de mon loup, des aiguilles de pin, de la pluie froide et de la terre, des poils rêches contre mon visage.

Presque comme s'il était là.

chapitre 7 • Sam

5 °C

Je percevais encore ses effluves accrochés à ma fourrure, comme des souvenirs d'un autre monde.

Son parfum m'enivrait, mais je l'avais trop approchée.
Mon instinct protestait, me mettait en garde. Surtout
quand je repensais à ce qu'il était advenu au garçon.

L'odeur d'été sur sa peau, les intonations encore à
demi présentes de sa voix, le contact de ses doigts dans
ma fourrure. Chaque parcelle de mon être revivait sa
proximité, la célébrait.

Trop proche.

J'étais devenu incapable de garder mes distances.

chapitre 8 ✦ Grace

18 °C

Pendant toute la semaine suivante, j'ai assisté aux cours distraitement, passant d'une classe à l'autre comme dans un rêve, presque sans prendre de notes. Je ne pouvais songer qu'au souvenir du contact de la fourrure de mon loup sur mes doigts et au rictus hargneux de la louve blanche à ma fenêtre. Mais je suis brutalement revenue sur terre lorsque Mme Ruminski est entrée pour son cours d'instruction civique accompagnée d'un policier.

Elle l'a abandonné seul face à nous, ce qui m'a paru un traitement passablement cruel, étant donné que c'était la dernière heure de cours de la journée et que la plupart de mes camarades trépignaient déjà d'impatience à l'idée de la sortie. Sans doute tenait-elle un représentant des forces de l'ordre pour parfaitement à même de se débrouiller face à une poignée de lycéens ordinaires. Sauf que les criminels, on peut les fusiller, contrairement à une classe entière d'élèves bavards et dissipés.

— Bonjour, nous a dit le représentant des forces de l'ordre qui, derrière les étuis de revolver, les bombes paralysantes et les diverses armes sanglées sur son uniforme, m'a semblé étonnamment *jeune*. Il a lancé un coup d'œil à Mme Ruminski qui s'attardait sur le seuil sans faire mine d'intervenir et il a trituré nerveusement la plaque d'identité métallique fixée à sa chemise : WILLIAM KOENING. Bien qu'elle nous en ait parlé comme d'un ancien diplômé de notre cher lycée, ni son nom ni son visage ne me disaient rien.

— Je me présente, officier Koening, a-t-il déclaré. La semaine dernière, votre professeur – Mme Ruminski – m'a prié de venir vous parler pendant l'un de ses cours.

J'ai jeté un regard à ma voisine pour jauger sa réaction. Avec sa chevelure noire impeccablement tressée à l'africaine et son col de chemisier éclatant de fraîcheur, elle incarnait comme toujours la perfection : un bulletin de notes où ne s'aligneraient que des A+. La mimique de la bouche d'Olivia ne trahissant jamais sa pensée, j'ai observé ses yeux.

— Trop mignon ! m'a-t-elle chuchoté. J'adore le crâne rasé ! Tu crois que sa mère l'appelle « Will » ?

Je ne savais pas encore trop comment réagir devant l'intérêt prononcé pour les garçons qu'Olivia montrait, non sans effusion, depuis peu et je me suis bornée à lever les yeux au ciel. Moi aussi, je le trouvais mignon, mais ce n'était pas mon genre ; du reste, je ne pensais pas savoir précisément ce qu'était mon genre.

— J'ai intégré la police juste après avoir quitté le lycée, nous a confié gravement l'officier Koening, qui a froncé les sourcils comme pour mieux souligner l'importance de sa mission : *Servir et Protéger*. C'est une profession que j'ai toujours rêvé d'embrasser, et que j'exerce avec beaucoup de sérieux.

— Manifestement, ai-je murmuré à Olivia, tout en songeant que, non, sa mère ne l'appelait probablement pas « Will ».

Il nous a foudroyées du regard et il a posé la main sur son arme. Simple réflexe, sans doute, mais qui ne lui en a pas moins donné l'air de s'apprêter à nous descendre sur-le-champ pour bavardage. Olivia s'est baissée et s'est mise à couvert derrière son pupitre ; j'ai entendu quelques filles étouffer un rire.

— C'est une excellente carrière, l'une des rares pour lesquelles aucun diplôme universitaire n'est encore exigé, a-t-il insisté. Est-ce qu'heuuu – est-ce qu'il y en aurait, parmi vous, qui envisagent de consacrer leur vie à la défense de la loi ?

Ce *qu'heuuu* a scellé son destin. S'il n'avait pas hésité, je crois que la classe se serait peut-être tenue tranquille.

Une main s'est levée.

— Est-il exact que le corps de Jack Culpeper a disparu de la morgue ? a demandé Elizabeth, l'une des très nombreuses élèves de Mercy Falls High à ne porter que du noir depuis la mort de Jack.

Une telle audace a soulevé dans la classe une tempête de murmures, et l'officier Koening a semblé méditer sérieusement les motifs qu'il avait de lui régler son compte.

— Nous ne sommes pas autorisés à discuter d'éléments relatifs à une enquête en cours, s'est-il pourtant contenté de répondre sobrement.

— La police a donc ouvert une enquête ? est intervenu un garçon dans les premiers rangs.

— Ma mère l'a entendu d'un urgentiste. Alors, c'est vrai ? À quoi ça peut bien servir, de voler un cadavre ? a repris Elizabeth.

Un concert de suggestions s'est aussitôt élevé de toutes parts :

— À maquiller un suicide !

— Faire passer de la drogue en contrebande !

— Pour des expériences médicales !

— On raconte que le père de Jack garde chez lui un ours polaire naturalisé, a déclaré un autre. Je parie qu'ils ont empaillé Jack aussi, à force de ne plus pouvoir se le farcir !

Son voisin lui a flanqué une violente bourrade. Les plaisanteries sur Jack et sa famille restaient un sujet tabou.

L'officier Koening a regardé avec effarement Mme Ruminski, toujours postée dans l'encadrement de la porte, qui l'a considéré à son tour posément avant de se tourner vers la classe.

— *Silence !*

Le calme est revenu d'un coup.

Elle s'est tournée vers lui.

— A-t-on, oui ou non, dérobé sa dépouille ?

— Je ne suis pas autorisé à discuter d'éléments relatifs à une enquête en cours, a-t-il répété d'un air impuissant, et sa phrase s'est achevée sur un ton presque interrogateur.

— Sachez, monsieur l'officier, que nous parlons d'un membre fort apprécié de notre établissement.

Ce qui était un pur mensonge, mais la mort de Jack avait fait des merveilles pour sa réputation. Tous semblaient avoir oublié la façon dont il perdait parfois tout contrôle sur lui-même, les crises de colère qui l'enflammaient alors aussi bien dans le couloir qu'au beau milieu d'un cours, la violence de ses accès de rage. Je m'en souvenais, moi. Mercy Falls est l'un de ces endroits parcourus d'incessantes rumeurs, et l'on disait de Jack qu'il tenait sa nature irascible de son père. Je n'en savais trop rien, mais j'avais plutôt tendance à penser que, quels que soient les parents que l'on a, on doit choisir le genre de personne que l'on veut être.

— Nous portons encore son deuil, a ajouté Mme Ruminski avec un geste en direction de la salle toute en noir. Je ne vous interroge nullement sur une quelconque enquête, monsieur l'officier. Il s'agit ici de permettre à une communauté soudée comme la nôtre et éprouvée par sa douleur de surmonter cette dernière pour recouvrer toute sa sérénité.

— Miséricorde ! a articulé silencieusement Olivia.

J'ai secoué la tête de stupéfaction.

William Koening a croisé les bras sur sa poitrine, ce qui lui a donné la mine renfrognée d'un petit garçon contraint de faire quelque chose contre son gré.

— Oui, c'est exact, a-t-il admis, et la police suit cette affaire de très près. Je comprends que la perte d'un être si jeune, a-t-il poursuivi, lui qui ne paraissait pas avoir plus de vingt ans, bouleverse profondément votre établissement scolaire, mais je demande à toutes et à tous de respecter la vie privée de la famille de la victime, ainsi que la confidentialité de l'investigation en cours.

Il venait visiblement de regagner là un terrain plus sûr.

Elizabeth a agité à nouveau la main.

— Pensez-vous que les loups sont dangereux ? Est-ce qu'on vous appelle souvent à cause d'eux ? Ma mère dit que oui !

Il a regardé à nouveau Mme Ruminski. Il aurait dû pourtant avoir déjà compris que la curiosité de notre professeur ne le cédait en rien à celle d'Elizabeth.

— Non, je ne pense pas que les loups représentent

une menace pour les habitants de la région. Je considère – comme tout mon service, du reste – que nous avons affaire à un incident isolé.

— Mais ELLE, elle aussi, on l'a attaquée ! a objecté Elizabeth.

Génial. Si de ma place, je ne pouvais voir son doigt pointé sur moi, je le devinais aisément, au nombre de têtes tournées dans ma direction. Je me suis mordu l'intérieur de la lèvre. Non que je me sente gênée de me retrouver à focaliser ainsi l'attention générale, mais parce que, chaque fois que quelqu'un mentionnait l'incident au cours duquel j'avais été arrachée par les loups au pneu sur lequel je me balançais, ce quelqu'un ne manquait jamais de rappeler que cela pouvait arriver à n'importe qui, et je me demandais alors au bout de combien d'allusions de ce genre les gens décideraient de réagir et de s'en prendre aux loups.

À mon loup.

Je savais bien que c'était cela qui, de fait, m'empêchait de pardonner à Jack sa mort. Compte tenu en outre de son passé scolaire chaotique, porter ostensiblement son deuil comme le faisaient mes camarades m'aurait paru hypocrite, mais il ne me semblait pas correct non plus de faire comme si de rien n'était, et j'aurais bien aimé savoir ce que j'étais censée éprouver au juste.

— Cela s'est produit il y a très longtemps, ai-je affirmé. Des années, même, et c'étaient peut-être des chiens.

Le policier a semblé soulagé par mes paroles. D'accord, je mentais, mais, après tout, personne ne risquait de venir me contredire.

— Exactement ! a-t-il approuvé avec chaleur. Inutile de jeter la pierre aux animaux sauvages à la suite d'un incident unique et de déclencher inconsidérément des mouvements de panique. La panique engendre la négligence, et la négligence est source de nombreux accidents.

C'était bien mon avis, et j'ai même senti poindre en moi une vague affinité avec ce poulet sans humour, lequel a embrayé sans tarder sur les possibilités de carrière qu'offre la police.

Après le cours, alors que les élèves se remettaient à parler de Jack, Olivia et moi nous sommes éclipsées vers nos casiers.

J'ai senti que l'on tirait légèrement sur une mèche de mes cheveux et je me suis retournée. Rachel nous contemplait d'un air lugubre.

— Désolée les filles, mais je dois annuler notre réunion de planning de vacances de cet après-midi. Ma belle-horreur requiert ma présence pour une virée à Duluth, soi-disant histoire de renforcer les liens familiaux. Si elle veut que je l'aime, elle va d'abord devoir m'acheter de nouvelles chaussures ! Est-ce qu'on ne pourrait pas se retrouver demain, plutôt ?

J'avais à peine esquissé un signe d'assentiment qu'elle nous lançait un sourire éblouissant et filait comme l'éclair à travers le hall.

— Tu veux venir chez moi, à la place ? ai-je demandé à Olivia.

Il m'était encore étrange d'avoir à lui poser la question. Au collège, nous étions fourrées ensemble absolument tous les jours, Rachel, Olivia et moi, comme par une sorte d'accord tacite et prolongé. Les choses avaient changé, je ne sais trop comment, quand Rachel avait rencontré son premier petit ami, nous laissant seules à la traîne, Olivia et moi, le phénomène et l'indifférente. Une fêlure avait alors lézardé notre amitié.

— D'accord, a-t-elle répondu en prenant ses affaires, mais regarde !

Elle désignait la sœur cadette de Jack, l'une de nos camarades de classe. Avec son visage angélique et sa chevelure blonde, Isabel avait hérité plus que sa part de la beauté familiale. Elle conduisait une Chevrolet blanche et ne sortait que flanquée d'un chihuahua de poche revêtu d'une tenue assortie à la sienne. Je me demandais toujours en la voyant combien de temps s'écoulerait encore avant qu'elle ne remarque que nous vivions à Mercy Falls, Minnesota, où cela ne se faisait tout simplement pas.

Elle contemplait son casier comme s'il ouvrait sur d'autres mondes.

— Elle n'est pas en noir, m'a fait remarquer Olivia.

Isabel est sortie brusquement de sa transe et nous a lancé un regard assassin, à croire qu'elle avait compris que nous parlions d'elle. J'ai détourné rapidement les yeux, mais j'ai senti les siens continuer à peser sur moi.

— Elle a peut-être quitté le deuil, ai-je dit une fois hors de portée d'oreille.

— Elle est peut-être la seule à ne l'avoir jamais vraiment pris, a répliqué Olivia en me tenant la porte.

À la maison, j'ai préparé du café et des scones aux airelles et nous nous sommes installés à la table de la cuisine pour passer en revue, sous la lumière jaune du plafonnier, les dernières photos d'Olivia. Mon amie a fait de la photographie sa religion : elle voue un véritable culte à son appareil, elle étudie les différentes techniques comme s'il s'agissait de préceptes de vie et, devant le résultat, j'ai presque envie de me convertir moi aussi. Elle vous donne l'impression d'être au beau milieu de la scène.

— Tu dois reconnaître qu'il était *effectivement* mignon, a-t-elle déclaré. Tu ne peux pas le nier !

— Tu parles toujours de ce flic sinistre ? (J'ai secoué la tête et je suis passée à la photo suivante.) Qu'est-ce qui te prend ? C'est bien la première fois que je te vois obsédée par une personne *réelle* !

Elle s'est penchée au-dessus de son bol fumant et m'a souri, puis elle a mordu dans son scone et m'a répondu en tenant sa main devant sa bouche pleine pour éviter de m'asperger de miettes.

— Je crois que je suis en train de devenir une de ces filles qui raffolent des types en uniforme. Allez, avoue que tu l'as trouvé mignon, toi aussi ! Je me sens prise... d'une irrésistible envie de petit ami. On devrait commander une pizza, un de ces jours : Rachel m'a dit qu'un des livreurs est sublime !

J'ai levé les yeux au plafond.

— Et, comme ça, tout à coup, tu veux un petit ami ?

— Pas toi ?

Elle n'a pas relevé la tête de la photo qu'elle examinait, mais j'ai senti qu'elle guettait ma réponse avec beaucoup d'attention.

— Si, bien sûr, un jour. Quand je rencontrerai le type qui me convient, ai-je marmonné.

— Et comment tu sauras que c'est lui, si tu ne le regardes pas ?

— Comme si toi, tu avais déjà eu le culot de parler à un autre garçon qu'à ton poster de James Dean ! ai-je rétorqué d'un ton plus acerbe que je ne le prévoyais, et je suis partie aussitôt d'un petit rire, pour l'atténuer.

Les sourcils d'Olivia se sont rapprochés, mais elle s'est abstenue de répondre. Nous avons regardé encore un moment les photos en silence.

Je me suis attardée sur un gros plan de notre trio

que la mère d'Olivia avait pris dans leur jardin, juste avant la rentrée : Rachel, son visage criblé de taches de rousseur déformé par un immense sourire, entourait fermement d'un bras les épaules d'Olivia et de l'autre les miennes. Elle semblait vouloir nous presser contre elle comme pour mieux nous faire entrer dans le cadre. C'était effectivement toujours elle qui maintenait la cohésion de notre groupe, elle, l'expansive, qui s'assurait que nous deux, les réservées, restions liées au fil des années.

Sur cette photo, Olivia, avec sa peau olive bronzée, ses yeux d'un vert intense et le croissant parfait de son sourire ponctué de fossettes, semblait une créature solaire. Quant à moi, mes cheveux blond foncé et mes yeux bruns sérieux évoquaient plutôt l'hiver, ou alors un été décoloré par le froid. J'avais pris l'habitude de penser que nous nous ressemblions beaucoup, Olivia et moi, car nous étions toutes deux des introverties constamment plongées dans un livre, mais je comprenais à présent que j'avais choisi mon isolement, tandis qu'Olivia était par nature maladivement timide. Cette année-là, il me semblait que, plus nous passions de temps en compagnie l'une de l'autre, plus il devenait difficile de préserver notre amitié.

— J'ai vraiment l'air d'une d'idiote, sur celle-là, a-t-elle dit. Rachel semble sérieusement atteinte, et toi, furieuse.

Je me trouvais une expression volontaire, presque irascible, qui n'était pas pour me déplaire.

— Tu n'as pas l'air d'une idiote, mais d'une princesse, et moi d'un ogre.

— Tu ne ressembles absolument pas à un ogre !

— Je me vante, c'est tout.

— Et Rachel, comment tu la trouves ?

— Tu as raison, elle a l'air folle, ou, du moins, complètement imbibée de caféine, comme toujours.

J'ai examiné à nouveau le cliché. Oui, Rachel resplendissait, comme un astre irradiant d'énergie qui, par la seule force de sa volonté, nous maintiendrait, nous, ses deux satellites, dans son orbite.

— Tu as vu celle-ci ?

Olivia a interrompu le cours de mes pensées pour me montrer une autre photo. C'était mon loup, au plus profond des bois, à demi dissimulé derrière le tronc d'un arbre. Mon amie avait su saisir avec une netteté parfaite une petite fraction de sa tête, et il me fixait droit dans les yeux.

— Je te la donne, ou plutôt, non, garde-les toutes. La prochaine fois, on choisira les meilleures pour les mettre dans un album.

— Merci, ai-je répondu avec plus de gratitude que je ne pouvais l'exprimer. J'ai désigné la photo. Tu l'as prise la semaine dernière ?

Elle a hoché la tête. J'ai contemplé le cliché, d'une beauté à couper le souffle et cependant plat et dérisoire, comparé à la réalité, et je l'ai effleuré légèrement du doigt, comme pour en caresser la fourrure. Une tristesse amère m'a soudain noué la gorge. Le regard d'Olivia que je sentais peser sur moi n'a fait que renforcer ma détresse et ma solitude. Il y avait eu une époque où je me serais confiée à elle, mais c'était devenu trop gênant. Quelque chose avait changé – et je pensais que c'était moi.

Olivia m'a passé une mince liasse de photographies soigneusement sélectionnées.

— Celles dont je suis particulièrement fière.

Je les ai feuilletées avec lenteur, distraitement. Elles s'avéraient impressionnantes : une feuille morte à la surface d'une flaque d'eau, des visages d'élèves reflétés dans la vitre d'un car de ramassage scolaire, un auto-portrait habilement flou, en noir et blanc. J'ai poussé quelques exclamations admiratives avant de faire à nouveau glisser celle de mon loup sur le dessus de la pile.

Une sorte de grondement irrité s'est échappé du fond de la gorge d'Olivia.

Je suis revenue précipitamment à la vue de la feuille sur sa flaque. J'ai froncé un instant les sourcils en essayant d'imaginer ce que Maman disait d'une œuvre d'art.

— J'aime beaucoup celle-ci. Les... couleurs sont magnifiques.

Mon amie m'a arraché toute la pile des mains, puis m'a relancé la photo de mon loup si violemment qu'elle a rebondi contre ma poitrine avant de retomber à terre.

— Ben voyons ! Tu sais, Grace, parfois je me demande pourquoi diable je...

Elle s'est soudain interrompue et elle a secoué la tête. Je n'y comprenais plus rien. Voulait-elle me voir faire semblant de préférer ses autres photos à celle de mon loup ?

— Bonjour ! Il y a quelqu'un, ici ?

La voix de John, le frère aîné d'Olivia, qui, de l'entrée, me souriait en refermant la porte, m'a épargné les inexplicables foudres de sa sœur.

— Hé, beauté !

Mon amie a relevé la tête et l'a dévisagé d'un air glacial.

— J'espère que c'est à *moi* que tu as le toupet de parler comme ça !

— Bien évidemment ! a-t-il rétorqué en me regardant.

Élancé et brun comme sa sœur, John est beau, dans le genre classique, mais avec un visage souriant et avenant.

— Je n'aurais pas l'extrême mauvais goût, a-t-il repris, de m'en prendre à la meilleure amie de ma propre sœur. Donc, les filles, il est quatre heures de l'après-midi. Comme le temps file quand on est occupé à... (il s'est interrompu et ses yeux sont passés d'Olivia, penchée sur une pile de photos, à moi, de l'autre côté de la table, devant une autre)... à ne rien faire ! Êtes-vous incapables de ne rien faire autrement qu'ensemble ?

Olivia a réarrangé ses clichés en silence.

— Nous sommes des introverties qui préférons ne rien faire à deux, ai-je expliqué. Cent pour cent dialogue, zéro pour cent action.

— Fascinant ! Olive, il faut partir maintenant, si tu veux être à l'heure à ta leçon. (John m'a donné un petit coup de poing dans le bras.) Tu nous accompagnes, Grace ? Tes parents sont là ?

— Tu rêves, je m'élève moi-même ! Je songe d'ailleurs à demander à bénéficier d'une réduction sur ma feuille d'impôts, pour enfant à charge.

John a ri un peu plus fort que la blague ne le méritait, et mon amie m'a envoyé un regard chargé de suffisamment de venin pour foudroyer un petit mammifère ; je me suis tue.

— Allez, Olive, a-t-il insisté sans paraître remarquer les éclairs assassins dans les yeux de sa sœur. Tu sais bien que tu paies la leçon, que tu y assistes ou non. Tu viens, Grace ?

J'ai tourné la tête vers la fenêtre et, pour la première fois depuis des mois, je me suis imaginée m'enfoncer en courant entre les arbres jusqu'à rejoindre mon loup, dans sa forêt d'été. J'ai esquissé un geste de refus.

— Non, pas aujourd'hui. Partie remise ?

— Partie remise ! (Il m'a lancé un bref sourire en biais.) Viens, Olive ! Ciao, la belle. Tu sais où t'adresser si tu cherches un peu d'action pour pimenter tes dialogues.

Olivia lui a flanqué un grand coup de son sac à dos, qui a retenti avec un choc sourd, mais c'est pourtant à nouveau moi qu'elle a fusillée du regard, comme si j'encourageais le flirt de son frère.

— Toi, ouste, on y va ! Au revoir, Grace !

Je les ai raccompagnés jusqu'à la porte et je suis retournée, désœuvrée, à la cuisine. La voix agréablement neutre d'un présentateur sur NPR m'est parvenue, commentant le morceau de musique classique qui venait de passer et présentant le suivant – Papa avait laissé la radio allumée dans le bureau voisin. Les traces de la présence de mes parents ne me semblaient souvent là que pour mieux souligner leur absence. Sachant que, sans mon intervention, le dîner se composerait de haricots en boîte, j'ai exploré le contenu du réfrigérateur et j'ai mis un restant de soupe à mijoter jusqu'à leur retour.

Je suis restée là, dans la cuisine illuminée par les rayons obliques du soleil de cette fin d'après-midi, à m'apitoyer sur mon propre sort. C'était moins la maison déserte que la photo d'Olivia qui m'attristait, et mon loup, que je n'avais plus revu depuis presque une semaine maintenant, depuis que je l'avais touché, mon loup me manquait toujours aussi cruellement. Ridicule, ce besoin que j'avais de sa silhouette fantomatique au fond du jardin pour me sentir pleinement moi. Ridicule, mais sans remède.

J'ai ouvert la porte de derrière pour mieux humer le parfum des bois, j'ai avancé en chaussettes sur la terrasse et je me suis accoudée au parapet.

Si je n'étais pas sortie, je ne sais pas si j'aurais entendu le cri.

chapitre 9 ◆ Grace
14 °C

Assez loin derrière les arbres, le cri s'est élevé à nouveau. J'ai cru un instant entendre un hurlement, avant de saisir les mots.

— Au secours ! À l'aide !

Je vous *jure* que cela ressemblait à la voix de Jack Culpeper.

Impossible ! Mon imagination me jouait des tours, la faisait sans doute remonter à de vieux souvenirs de la cafétéria ou du hall, quand Jack sifflait les filles et que ses exclamations semblaient toujours percer le brouhaha ambiant.

Quoi qu'il en soit, mettant le cap sur l'endroit d'où elle provenait, j'ai traversé le jardin et je suis entrée dans le sous-bois ; le sol, humide et piquant sous mes chaussettes, rendait ma démarche plus gauche et les craquements des feuilles mortes et des branchages sous mes pas couvraient tout autre son. Je me suis arrêtée un instant, indécise, tendant l'oreille. La voix s'était

tue, remplacée par un geignement distinctement animal. Puis, plus rien.

La sécurité toute relative du jardin était maintenant
loin derrière moi. Je suis restée encore longtemps à
écouter, à tenter de préciser l'origine du premier cri,
certaine de ne pas l'avoir rêvé.

Mais seul régnait le silence, et, dans ce silence, le parfum de la forêt – mélange d'aiguilles de pin écrasées, de
terre humide et de fumée de bois – s'est insinué sous
ma peau et me l'a remis en mémoire.

Tant pis si c'était idiot ! Puisque j'étais venue jusqu'ici, autant pousser un peu plus loin et essayer de voir
mon loup. Il n'y avait aucun mal à cela. Je suis retournée
dans la maison juste le temps d'enfiler mes chaussures
et je suis ressortie dans l'air frais de l'automne.

La brise avait un mordant qui annonçait l'hiver, mais
le soleil était encore vif et, à l'abri des arbres, l'air gardait
le souvenir des derniers jours chauds de l'été ; les feuilles alentour frémissaient dans un grand flamboiement
de rouges et d'orangés ; des corneilles échangeaient au-
dessus de ma tête de vilains croassements perçants. Je
ne m'étais pas aventurée aussi profondément dans les
bois depuis l'âge de onze ans, lorsque je m'étais éveil-
lée entourée de loups, mais, bizarrement, je n'éprouvais
aucune crainte.

Je marchais avec précaution, en évitant les petits
ruisseaux qui serpentaient sous les fourrés. Bien qu'en
terrain inconnu, je me sentais pleine d'assurance et
de confiance en moi. Guidée par une sorte de sixième
sens, je suivais sans hésiter les pistes que fréquentent
les loups.

Je savais, bien sûr, qu'aucun « sixième sens » n'entrait
vraiment en jeu, qu'il s'agissait tout simplement des
cinq autres, qui percevaient le monde alentour avec

une acuité nouvelle. Je m'en étais remise à eux, ce qui les rendait plus efficaces. Le vent qui me parvenait me semblait porteur d'autant d'informations que toute une série de cartes routières, m'indiquait quels animaux étaient allés où, et quand. Mes oreilles captaient des sons nouveaux, auparavant imperceptibles : au-dessus de ma tête, le bruissement des brindilles avec lesquelles un oiseau construisait son nid ; le pas léger d'un cerf à des centaines de mètres de là.

Je me sentais dans mon élément.

Un cri a soudain troué le calme de la forêt, inhabituel, déplacé. J'ai tendu l'oreille, hésitante, quand le gémissement s'est élevé à nouveau, plus fort.

J'ai contourné un pin et découvert trois loups : le noir dominant et la louve blanche – mon estomac s'est noué d'anxiété à sa vue –, ainsi qu'un jeune mâle à la fourrure pelée d'un gris bleuté, qui portait sur l'épaule une méchante plaie en cours de cicatrisation. Les deux autres bêtes le maintenaient cloué sur le sol jonché de feuilles, imposant clairement leur autorité. Tous trois se sont figés sur place en me voyant. Celui qui était à terre a tourné la tête, me fixant d'un regard implorant, et mon cœur a bondi dans ma poitrine : je connaissais ces yeux, je les connaissais pour les avoir vus à l'école, comme aux informations régionales.

— Jack ? ai-je chuchoté.

Il a émis un sifflement plaintif, pitoyable. Je ne pouvais détacher mon regard de ses yeux, couleur noisette. Existait-il des loups aux yeux noisette ? Sans doute, mais pourquoi alors ceux-ci m'apparaissaient-ils si peu naturels ? Je l'ai scruté sans relâche, et un mot tournait en boucle dans mon cerveau : *humain, humain, humain.*

Avec un grondement à mon adresse, la louve l'a libéré. Elle a fait claquer ses mâchoires près de lui et l'a repoussé pour l'éloigner de moi. Ses yeux rivés sur moi me mettaient au défi de l'en empêcher. Quelque chose dans son attitude me suggérait que j'aurais peut-être dû essayer, mais quand les pensées ont cessé de tourner confusément dans ma tête et que je me suis souvenue du canif dans la poche de mon jean, les trois loups n'étaient déjà plus que des ombres entre les arbres au loin.

Maintenant qu'il avait disparu, j'étais bien obligée de me demander si je n'avais pas rêvé cette ressemblance. Après tout, je n'avais pas vu Jack en chair et en os depuis deux semaines, et je n'avais jamais non plus fait très attention à lui. Ma mémoire pouvait très bien me jouer des tours. Somme toute, qu'est-ce que j'imaginais, exactement ? Qu'il s'était transformé en loup ?

J'ai expiré à fond. Oui, c'était effectivement *ça* que je pensais. Je ne pouvais pas avoir oublié ses yeux, ni sa voix, et je n'avais pas rêvé le cri humain et le geignement désespéré. Je *savais* que je venais de voir Jack, tout comme j'avais *su* trouver mon chemin dans la forêt.

Je me sentais l'estomac noué, les nerfs à vif, malade d'appréhension. Je soupçonnais Jack de ne pas être le seul secret dissimulé au fond des bois.

Cette nuit-là, je suis restée allongée dans mon lit à contempler la fenêtre, store ouvert sur le ciel nocturne. Les milliers d'étoiles brillantes affleurant à la surface de ma conscience éveillaient ma nostalgie. Je passais souvent des heures entières à les regarder. Leur multitude et leur éclat me renvoyaient à une part de moi-même que j'ignorais durant le jour.

Une longue plainte perçante est montée du fond du bois, suivie d'une autre. Les loups hurlaient. Des voix, profondes et tristes, puis plus aiguës et plus brèves, se sont jointes à elles, en un splendide chœur angoissant où j'ai reconnu sans peine les inflexions de mon loup et son chant riche et puissant qui dominait l'ensemble, comme pour me supplier de l'entendre.

J'aurais voulu qu'ils cessent. Qu'ils ne s'arrêtent jamais. Déchirée, je revisitais la forêt d'or, m'imaginant près d'eux, les regardant renverser la tête en arrière et hurler sous l'infini du ciel. J'ai cillé pour chasser une larme. Je percevais clairement toute l'absurdité de ma tristesse, je me sentais idiote, misérable, mais je n'ai pu trouver le sommeil avant que la dernière voix ne se soit éteinte.

chapitre 10 ◆ Grace
15 °C

— À ton avis, ai-je demandé à Olivia, on prend ce bouquin, *Sauter le pas* ou je ne sais plus trop quoi, ou on le laisse ici ?

Mon amie, les bras chargés de livres, a refermé son casier d'un coup de coude. Elle avait chaussé des lunettes de vue avec une chaînette pour les porter autour du cou. Olivia peut se permettre ce genre de choses, elle, et les besicles lui allaient même curieusement bien. Elles lui donnaient l'allure d'une charmante bibliothécaire.

— Prends-le ! C'est un vrai pavé, il nous faudra pas mal de temps pour en venir à bout.

Je l'ai sorti de mon casier. Le hall alentour bruissait d'élèves qui rassemblaient leurs affaires et s'apprêtaient à partir. Je cherchais en vain depuis le matin le courage d'aborder le sujet des loups avec Olivia. En temps normal, je n'aurais pas balancé, mais notre amorce de dispute de la veille semblait compliquer les choses, et l'occasion ne s'était pas présentée. La journée s'achevait, il ne serait bientôt plus temps. J'ai inspiré un bon coup.

— Au fait, j'ai vu les loups, hier.

Olivia feuilletait distraitement le livre en haut de sa pile.

— Ah oui ? Lesquels ? s'est-elle enquise sans paraître bien réaliser toute la portée de mon aveu.

— La louve à l'air méchant, l'alpha noir, et un nouveau.

J'hésitais encore à tout lui raconter. Olivia s'intéressait beaucoup plus aux loups que Rachel, et je ne pouvais en outre me confier à personne d'autre – le simple fait d'articuler les mots nécessaires me paraissait par trop insensé –, mais un secret me semblait peser sur la scène de la veille au soir, m'enserrer étroitement la gorge et la poitrine. Néanmoins, j'ai laissé échapper les mots.

— Tu vas trouver ça idiot, ai-je murmuré dans un souffle. Ce nouveau loup... quelque chose a dû se produire, quand Jack a été attaqué !

Olivia m'a regardée fixement.

— Jack Culpeper.

— Je sais de qui tu parles, a-t-elle rétorqué en contemplant son casier, le front plissé.

Je regrettais en la voyant d'avoir mis le sujet sur le tapis. J'ai poussé un soupir.

— Il me semble avoir vu Jack, dans la forêt. Jack, dans la peau d'un...

— ... d'un loup ? Olivia a fait claquer ses talons – c'était bien la première fois que je voyais le geste ailleurs que dans *Le Magicien d'Oz* – avant de pivoter face à moi, un sourcil arqué.

— Tu débloques complètement ! Je t'accorde que c'est un très joli rêve et je comprends que tu t'y cramponnes, mais – excuse-moi – tu es cinglée !

J'avais du mal à l'entendre dans le brouhaha et le tumulte du hall. Je me suis penchée tout près d'elle. Les doutes d'Olivia réveillaient les miens, mais je n'étais pas prête à l'admettre.

— Je sais ce que j'ai vu, Olive, ai-je chuchoté. Ce loup avait les yeux de Jack, et sa *voix* aussi ! Je crois qu'ils l'ont changé en l'un des leurs. Mais, attends, qu'est-ce que tu veux dire par « je m'y cramponne » ?

Elle m'a lancé un long regard et elle s'est dirigée vers notre salle de classe.

— Franchement, Grace, tu ne te figures quand même pas que je suis dupe !

— Dupe de quoi ?

Elle m'a répondu par une autre question.

— Alors, ce seraient *tous* des loups-garous ?

— Tu veux dire toute la meute ? Je ne sais pas, je n'y avais pas pensé.

Étonnamment, cela ne m'était effectivement pas venu à l'idée. Mais non, impossible ! À moins que mon loup ne disparaisse que pour se métamorphoser en humain ? L'idée m'est apparue aussitôt d'une séduction cruelle, presque insupportable.

— À d'autres ! Tu ne trouves pas que ton obsession prend des proportions inquiétantes ?

— Je ne suis pas obsédée ! ai-je protesté avec plus de chaleur que je ne l'aurais voulu.

Olivia s'est arrêtée net au beau milieu du hall, bloquant le passage, et a posé un doigt sur son menton. Les élèves nous contournaient avec des regards irrités.

— Hmmm, voyons voir : tu ne penses qu'aux loups, tu n'as qu'eux à la bouche et tu refuses qu'on parle d'autre chose : comment appelles-tu ça, alors ?

— Ils m'intéressent, voilà tout, ai-je répliqué avec hargne, et je croyais que, toi aussi, ils t'intéressaient !

— Bien sûr, mais pas d'une façon immodérément – comment dire – dévorante ! Je ne m'imagine pas transformée en loup, moi, a-t-elle poursuivi en plissant les yeux derrière ses lunettes. Nous n'avons plus treize ans, au cas où tu ne l'aurais pas encore remarqué !

Je ne lui ai pas répondu. Olivia se montrait par trop injuste envers moi, mais je n'avais pas envie de le lui dire. Je n'avais plus envie de lui dire quoi que ce soit. J'aurais voulu partir et la planter là, seule, dans le hall, mais je suis restée cependant, et quand j'ai repris la parole, c'était d'une voix délibérément neutre et posée.

— Désolée de t'avoir importunée si longtemps. Les efforts que tu as faits pour m'écouter ont dû être mortels !

Olivia a fait la grimace.

— Je t'en prie, Grace ! Je te jure que je n'essaie pas de jouer les rabat-joie, mais tu es impossible !

— C'est bien toi qui es impossible, toi qui parles d'une chose importante à mes yeux comme d'une obsession dévorante et maladive. Voilà qui est fort (le temps qu'il m'a fallu pour trouver le mot que je cherchais a gâché tous mes effets) fort *obligeant* de ta part, et je te suis reconnaissante de toute ton aide !

— Oh, arrête de faire l'enfant ! s'est exclamée Olivia, et elle m'a bousculée et a disparu.

Après son départ, le hall m'a soudain semblé trop silencieux, et mes joues trop chaudes. Au lieu de rentrer à la maison, je suis retournée en traînant les pieds dans notre salle de classe déserte, je me suis laissée tomber sur une chaise et j'ai posé ma tête dans mes mains. Je ne me souvenais plus de quand datait notre dernière dispute. J'avais regardé chacune des photos d'Olivia, assisté à maintes tirades enflammées sur sa famille et ses exigences de réussite. Cela aurait dû être son tour de m'écouter, elle me devait bien ça.

Un *couinement* de talons de liège a interrompu mes pensées ; une bouffée de parfum de luxe a flotté dans l'air jusqu'à moi. J'ai levé les yeux sur Isabel Culpeper, penchée sur ma table.

— J'ai entendu dire que vous avez parlé des loups, avec ce flic, hier, a-t-elle déclaré d'une voix aimable, mais que démentaient l'expression de ses yeux et les mots qui suivaient. Je vais t'accorder le bénéfice du doute et supposer que tu es seulement mal informée, et pas totalement débile. On raconte que tu soutiens qu'ils ne posent pas de problème. Tu n'as probablement pas écouté les infos : ces bêtes ont tué mon frère !

— Je suis désolée pour Jack, ai-je dit, et j'ai eu automatiquement envie de prendre la défense de mon loup. Je me suis remémoré une seconde les yeux de Jack. Quelle révélation pour sa sœur, si elle pouvait les voir ! Mais j'ai écarté d'emblée cette idée : si Olivia me trouvait folle de croire à l'existence des garous, Isabel risquait d'appeler l'asile le plus proche sur son portable avant même que je n'aie fini de commencer à lui en parler.

— TAIS-TOI ! Je sais que tu vas me dire que les loups ne sont pas dangereux. Eh bien, de toute évidence, tu te trompes, ils le sont ! Et, toujours de toute évidence, il va bien falloir que quelqu'un fasse quelque chose.

J'ai repensé aux conversations pendant le cours, à Tom Culpeper et à sa collection d'animaux naturalisés. J'ai vu mon loup empaillé, avec des yeux de verre.

— Mais tu ne peux pas être *certaine* que ce sont eux. Cela aurait pu être… (Je me suis interrompue brusquement : je savais les loups coupables.) Écoute, ai-je repris, ce qui s'est passé, c'est un accident affreux, mais cela ne concerne très probablement qu'un seul d'entre eux, et les autres n'ont sans doute rien à voir avec...

— J'admire ton objectivité ! a-t-elle ironisé, agacée.

Elle m'a considéré si longuement que je me suis demandé à quoi elle était en train de penser.

— Je te préviens, a-t-elle repris, tu as intérêt à sortir rapidement de ta crise philolupine à la Greenpeace, parce que tes chéris ne sont plus là pour très longtemps, que cela te plaise ou non.

— Pourquoi dis-tu ça ? ai-je demandé, la gorge serrée.

— J'en ai ras-le-bol de t'entendre répéter qu'ils sont inoffensifs ! Ils ont tué mon frère. Mais désormais, c'est fini, tout ça ! (Elle a tambouriné des doigts sur la table.) Terminé, ciao !

Je l'ai attrapée par le bras – ou plutôt par une poignée de bracelets – pour l'empêcher de partir.

— Qu'est-ce que tu veux dire ?

Elle a regardé ma main sans essayer de se dégager. Elle avait souhaité que je lui pose la question.

— Que ce qui est arrivé à Jack ne se reproduira jamais plus. On va tuer les loups. Aujourd'hui. Maintenant.

Et, se libérant de la prise sans force de mes doigts, elle a franchi prestement la porte et elle est partie.

Je suis restée encore un petit moment assise, les joues brûlantes, à ressasser ses paroles, puis je me suis levée d'un bond, éparpillant mes feuilles de cours sur le sol comme autant d'oiseaux morts. Les abandonnant sur place, j'ai couru à ma voiture.

Je me suis glissée hors d'haleine derrière le volant. Les mots d'Isabel tournaient en boucle dans ma tête. Je n'avais jamais pensé à mes loups comme à des créatures vulnérables, mais quand j'imaginais ce dont était capable, sous l'emprise d'une colère et d'une douleur trop longtemps contenues et compte tenu du pouvoir que lui conféraient sa richesse et son influence, un homme de loi provincial et un maniaque égocentrique tel que Tom Culpeper, ils m'apparaissaient terriblement fragiles.

J'ai tourné la clef dans le contact et j'ai senti le moteur s'ébranler à contrecœur. Mes yeux restaient fixés sur les cars de ramassage scolaire jaunes alignés le long du trottoir où s'attardaient des groupes bruyants d'élèves désœuvrés, mais mon cerveau ne voyait que la ligne de bouleaux blancs au fond du jardin, derrière notre maison. La chasse aux loups avait-elle commencé ? Battait-elle déjà son plein ?

Il fallait que je rentre.

Mon pied a glissé sur l'embrayage trop chatouilleux. Le moteur a exhalé un hoquet et s'est arrêté.

— Zut, manquait plus que ça ! ai-je murmuré avec dépit, et j'ai jeté un regard alentour pour me faire une idée du nombre de personnes témoins de l'incident. Ma voiture calait facilement, ces derniers temps, et le tachymètre menaçait de rendre l'âme, mais je réussissais d'ordinaire à jouer de la pédale d'embrayage assez habilement pour parvenir jusqu'à la route sans trop d'humiliation. Je me suis mordue les lèvres, je me suis secouée et j'ai fait une nouvelle tentative, couronnée de succès.

Deux itinéraires s'offraient à moi, pour rentrer du lycée. Le trajet le plus court comprenait des feux et des stops : il était donc exclu, un jour comme aujourd'hui, où j'étais trop distraite pour chouchouter la mécanique ; je n'avais pas le temps de rester en panne au bord de la route. L'autre, sensiblement plus long, ne m'imposait que deux arrêts, et présentait en outre l'avantage de longer Boundary Wood, le domaine des loups.

Le ventre noué d'appréhension, je fonçais, conduisant aussi vite que je l'osais. Le moteur a émis soudain une vibration malsaine. J'ai vérifié le tableau de bord : l'engin commençait à surchauffer. Cette imbécile de mécanique ! Si seulement mon père avait tenu sa promesse et m'avait accompagnée chez le concessionnaire !

Le ciel s'embrasait à l'horizon, teignait de pourpre les minces nuages effilochés au-dessus des arbres. Le sang battait à mes tempes, je sentais ma peau parcourue de picotements presque électriques. Tout en moi hurlait que quelque chose clochait, et je n'aurais su dire si j'étais plus perturbée par la nervosité qui faisait trembler mes mains ou par l'étrange pulsion qui me retroussait les lèvres et me poussait à combattre.

J'ai aperçu au loin une file de pick-up rangés sur le bas-côté. Leurs feux de détresse trouaient le crépuscule, illuminant sporadiquement les bois le long de la route. Une silhouette penchée sur le dernier véhicule tenait un objet que la distance m'empêchait d'identifier. J'ai à nouveau senti mon estomac se contracter. Mon pied a relâché la pédale, la voiture a tressailli, calé à nouveau, et elle a poursuivi sur sa lancée, dans un silence oppressant.

J'ai tourné la clef d'une main tremblante, mais l'aiguille du tachymètre était bloquée dans le rouge, et le moteur s'est contenté de quelques embardées avant d'expirer à nouveau. Pourquoi diable n'étais-je pas allée moi-même chez le concessionnaire, puisque j'avais le carnet de chèques de Papa ?

J'ai ralenti en ronchonnant et j'ai laissé la voiture venir s'immobiliser derrière le dernier pick-up. J'ai tenté de joindre sur mon portable ma mère à son atelier, en vain ; sans doute était-elle déjà partie pour son vernissage. Je ne m'inquiétais pas de savoir comment j'allais rentrer, la distance n'était pas si grande que je ne puisse la couvrir à pied, mais toutes ces voitures m'angoissaient, car leur présence signifiait qu'Isabel ne m'avait pas menti.

En sortant sur le bas-côté, j'ai reconnu l'homme près du véhicule devant moi. L'officier de police William Koening, en civil, tambourinait des doigts contre le capot. Je me suis approchée, l'estomac toujours en déroute. Il a relevé la tête et ses doigts se sont immobilisés. Coiffé d'une casquette orange fluo, il tenait un fusil au creux du bras.

— En panne ? m'a-t-il demandé.

J'ai fait volte-face en entendant une portière claquer. Un autre pick-up venait de se garer derrière moi. Deux hommes en casquette orange m'ont dépassée, remontant la route. J'ai regardé dans cette direction, et ce que j'ai vu alors m'a coupé le souffle : des groupes de chasseurs par dizaines, tous armés de fusils et visiblement nerveux, conféraient à voix basse. J'ai scruté, plissant les yeux dans la lumière incertaine, le sous-bois au-delà du fossé. D'autres taches orange se mouvaient entre les arbres, infestant la forêt.

La chasse avait bel et bien commencé.

Je me suis tournée vers Koening et j'ai désigné le fusil.

— C'est pour les loups, ça ?

Il a eu l'air surpris, comme s'il avait oublié sa présence.

— C'est…

Une forte détonation a retenti dans les bois, et nous avons sursauté de conserve. Des acclamations se sont élevées du groupe de chasseurs un peu plus loin.

— Qu'est-ce que c'est ?

Mais je le savais très bien. C'était un coup de fusil. Tiré dans Boundary Wood.

— Ils chassent les loups, c'est bien ça ? ai-je insisté d'une voix ferme, qui m'a surprise moi-même.

— Sauf votre respect, mademoiselle, a-t-il répondu, vous feriez mieux de rester dans votre voiture. Si vous voulez, je peux vous ramener chez vous, mais pas maintenant, plus tard.

J'ai entendu des cris dans le bois, suivis d'une seconde déflagration, plus éloignée. Misère ! Les loups ! Mon loup ! J'ai agrippé le bras du policier.

— Dites-leur d'arrêter ! Ils ne peuvent pas tirer là-bas !

Il a reculé d'un pas et il s'est libéré.

— Mademoiselle...

Une nouvelle détonation, mais assourdie, presque dérisoire, a résonné dans le bois, et j'ai vu nettement dans ma tête un loup rouler au sol, culbuter et rouler encore, le flanc béant, les yeux éteints. Les mots ont jailli de ma bouche.

— Appelez-les sur votre téléphone et dites-leur d'arrêter ! L'une de mes amies est dans la forêt, elle prend des photos ! Faites-les revenir, je vous en prie !

— Quoi, il y aurait quelqu'un dans les bois ? Vous en êtes sûre ?

Koening a semblé se figer sur place.

— Oui, ai-je dit, parce que oui, j'en étais sûre. Alors, je vous en supplie, rappelez-les !

Bénis soient les poulets sans humour ! S'abstenant de m'interroger plus avant, William Koening a sorti son portable de sa poche, il a pianoté rapidement sur le clavier et il a porté l'engin à son oreille. Ses sourcils se sont alignés tout droit, puis il a éloigné l'appareil et a examiné l'écran.

— Problème de réception, a-t-il murmuré en recommençant.

Debout près du pick-up, les bras croisés sur la poitrine pour me prémunir du froid que je sentais monter en moi, j'ai regardé le crépuscule gris envahir la route au fur et à mesure que le soleil disparaissait derrière les arbres. La tombée de la nuit allait sûrement les obliger à arrêter, non ? Quelque chose me soufflait que ce n'était pas parce qu'un flic se tenait posté sur le bas-côté de la route que ce qu'ils faisaient devenait légal.

Koening contemplait toujours son téléphone. Il a secoué la tête.

— Ça ne fonctionne pas. Mais ne vous inquiétez pas, ils font attention – je suis sûr qu'ils ne tireraient jamais sur quelqu'un. Je vais tout de même aller les prévenir. Le temps de mettre mon fusil dans la voiture et de verrouiller la porte, ça ne prendra pas une minute.

Il joignait le geste à la parole quand j'ai entendu un autre coup de feu. J'ai senti une chose céder en moi. Impossible d'attendre plus longtemps. Abandonnant Koening, j'ai franchi d'un bond le fossé et j'ai escaladé le talus pour gagner les bois. J'étais déjà profondément enfoncée sous le couvert des arbres quand il m'a appelée. Il me fallait absolument arrêter les chasseurs – prévenir mon loup – faire quelque chose.

Je courais, je me faufilais entre les troncs, je bondissais par-dessus les branchages et je me répétais frénétiquement : *j'arrive trop tard.*

chapitre 11 ✦ Sam
10 °C

Nous détalions, comme glissent des gouttes d'eau sombres et silencieuses, par-dessus les fourrés et les ronces, entre les arbres, pourchassés par les hommes.

La forêt que je connaissais si bien, la forêt qui me protégeait, était envahie de leurs âcres effluves et de leurs cris. Je fonçais ventre à terre et, tout à tour guidant et suivant les autres, je les maintenais groupés. Les troncs abattus et le sous-bois semblaient peu familiers sous mes pattes, et je n'évitais de trébucher qu'en bondissant – qu'en planant, presque sans effleurer le sol.

Ne pas savoir où j'étais me terrifiait.

Nous échangions des images sans mots, dans notre langue muette et simple : formes sombres derrière nous, silhouettes couronnées d'orange vif menaçant, loups immobiles et froids, parfum de mort aux narines.

Un craquement assourdissant m'emplit soudain les oreilles et me fit perdre l'équilibre. J'entendis gémir près de moi. Je savais de qui il s'agissait sans avoir à tourner la tête, mais je n'avais pas le temps de m'arrêter, et l'aurais-je eu que je ne pouvais rien faire.

Une nouvelle odeur – de pourriture et d'eau stagnante – me monta au museau : le lac, ils nous poussaient vers le lac. Une claire vision de vaguelettes clapotant doucement, de l'humus pauvre des berges où croissaient quelques rares et maigres résineux, de la surface de l'eau s'étendant de toutes parts vers le lointain, emplit simultanément ma tête et celle de Paul, notre alpha.

Une meute de loups se presse contre la rive. Sans issue. Prise au piège.

Ils nous chassaient. Nous glissions, fuyant leur approche, comme des spectres des bois. Et certains des nôtres s'écroulaient, qu'ils se soient ou non battus.

Les autres continuaient à courir, à courir vers le lac.

Je m'arrêtai.

chapitre 12 • Grace
9 °C

Ce n'était plus la forêt aux teintes flamboyantes d'automne dans laquelle je m'étais promenée seulement quelques jours auparavant, mais des bois touffus, des myriades de troncs sombres, que la nuit tombante obscurcissait plus encore. Le sixième sens qui m'avait auparavant guidée s'était évanoui, et je ne retrouvais pas mes passages familiers, détruits par cette invasion de chasseurs. Complètement désorientée, il me fallait sans cesse m'arrêter pour tendre l'oreille aux cris des hommes et au bruissement de leurs pas dans les feuilles mortes.

Mon souffle me brûlait la gorge quand a surgi enfin, loin devant moi, l'éclat orange d'une casquette. J'ai appelé, mais l'homme, hors de portée de ma voix, ne s'est même pas retourné. Puis j'ai vu les autres – des points orange isolés progressant avec une implacable lenteur, tous dans une même direction, chassant les loups devant eux.

— Stop ! ai-je hurlé.

Je distinguais à présent la silhouette du chasseur le plus proche, un fusil à la main, les jambes douloureuses, titubant légèrement de fatigue, je me suis avancée à sa rencontre.

Surpris, l'homme s'est arrêté et m'a attendue. La nuit était si sombre que j'ai dû m'approcher très près pour discerner ses traits. Son visage, âgé et ridé, me disait vaguement quelque chose, mais je ne me rappelais pas où je l'avais déjà rencontré. Il m'a regardée avec un curieux froncement de sourcils. Je lui ai trouvé l'air coupable, mais peut-être que je me faisais des idées.

— Qu'est-ce que vous fichez ici ?

J'ai amorcé une réponse, avant de me rendre compte que le souffle me manquait. Les secondes s'écoulaient une à une, je cherchais ma voix.

— Il FAUT arrêter ! Une de mes amies prend des photos dans le bois.

L'homme a considéré la forêt qui s'obscurcissait en plissant les yeux.

— *Maintenant* ?

— Oui, maintenant ! me suis-je écriée en essayant de réfréner mon irritation. (J'ai soudain avisé la boîte noire – un talkie-walkie – fixée à sa ceinture.) Appelez les chasseurs, je vous en supplie, et dites-leur de revenir ! Il fera bientôt nuit noire, ils ne pourront pas la voir !

Il m'a dévisagée un long – un interminable – moment, avant de hocher la tête, puis il a décroché l'appareil et l'a porté, comme au ralenti, à ses lèvres.

— Plus vite !

L'angoisse me transperçait comme une douleur physique.

Il a appuyé sur le bouton pour établir la communication.

Une série de craquements secs a soudain retenti non loin de là. Pas les petits *pops* en provenance de la route, mais une véritable salve de détonations, des coups de feu, incontestablement, qui ont fait bourdonner mes oreilles.

En proie à un étrange détachement et comme flottant hors de mon propre corps, les genoux inexplicablement faibles, le cœur battant à tout rompre, j'ai vu un voile rouge monter devant mes yeux, tel un cauchemar écarlate et funeste.

Le goût métallique dans ma bouche paraissait si convaincant que je me suis passée la langue sur les lèvres : non, je ne saignais pas. Aucune douleur. Toute sensation s'était évanouie.

— Quelqu'un se promène dans le bois, a dit le chasseur dans son talkie-walkie, sans remarquer qu'une partie de moi agonisait.

Mon loup. Mon loup. Je ne pouvais penser à rien d'autre qu'à ses yeux.

— Hé, mademoiselle ! m'a apostrophée une voix juvénile tandis qu'une main me saisissait fermement par l'épaule. Qu'est-ce qui vous a pris de détaler comme ça ? C'est dangereux, par ici, bon sang !

Koening s'est tourné vers le chasseur sans me laisser le temps de répondre.

— J'ai entendu ces coups de feu, comme d'ailleurs tout le monde à Mercy Falls, j'imagine. Ceci est une chose – il a eu un geste vers le fusil que le chasseur tenait – mais un déploiement excessif de force en est une tout autre.

Je me suis tortillée pour essayer de me libérer. Koening

a affermi machinalement sa prise, avant de réaliser ce qu'il était en train de faire et de me relâcher.

— Vous, je vous ai déjà vue, au lycée. Comment vous appelez-vous ?

— Grace Brisbane.

— La fille de Lewis Brisbane ? a interrogé le chasseur, qui avait de toute évidence reconnu mon nom.

Koening lui a lancé un regard.

— Les Brisbane habitent là, juste au bord de la forêt, a poursuivi l'homme en indiquant du doigt la direction de la maison, masquée par un sombre rideau d'arbres.

Ce n'était pas tombé dans l'oreille d'un sourd.

— Je vais donc vous raccompagner chez vous, a déclaré le policier, puis je reviendrai m'occuper de votre amie. Ralph, prenez votre machin et ordonnez aux autres de *cesser le feu*.

— Ce n'est pas nécessaire, ai-je protesté, mais il m'a tout de même escortée, abandonnant Ralph à son talkie-walkie.

Le soleil avait presque totalement disparu et le froid me mordait la peau, me picotait les joues. Je me sentais aussi transie à l'intérieur qu'à l'extérieur. Le rideau pourpre voilait toujours mes yeux, et le claquement sec des détonations retentissait encore dans mes oreilles.

Mon loup se trouvait sûrement dans les parages.

Nous avons fait halte à la lisière du bois. J'ai vu que la vitre de la porte de la terrasse était noire. La maison tout entière semblait vide, plongée dans l'obscurité.

— Voulez-vous que je..., m'a demandé Koening d'un air incertain.

— Non, je peux parfaitement me débrouiller seule. Merci de votre aide.

Il est resté sur place, indécis, pendant que je traversais le jardin, puis je l'ai entendu repartir par où il était venu, dans un grand froissement de branches. J'ai attendu un long moment dans le crépuscule calme, à écouter le bruit distant des voix dans les bois et le vent agiter les feuilles mortes des arbres au-dessus de ma tête.

Puis j'ai perçu, dans ce calme apparent, des sons jusqu'alors imperceptibles : un bruissement de feuilles sèches sous des pattes animales, le vrombissement distant des voitures sur l'autoroute.

Un bruit de respiration saccadée.

Je me suis figée sur place. J'ai retenu mon souffle.

Cette respiration n'était pas la mienne.

Suivant le son, j'ai gravi sur la pointe des pieds l'escalier menant à la terrasse, douloureusement consciente du grincement de chaque marche sous mon poids.

Je l'ai senti avant de le voir. Mon cœur a soudain enclenché la vitesse supérieure, ses battements se sont accélérés. Le détecteur de mouvement a actionné la lampe au-dessus de l'entrée, inondant la terrasse de lumière. Il gisait là, mi-assis, mi-affaissé contre le panneau de verre de la porte.

Le souffle court, la gorge brûlante, je me suis approchée, hésitante. Sa splendide fourrure avait disparu, il était nu, mais je l'ai reconnu d'emblée. Ses paupières se sont soulevées à mon approche, dévoilant le regard d'or pâle familier. Il est resté immobile. Une tache rouge s'étalait, telle une effroyable peinture de guerre, de son oreille à une épaule terriblement humaine.

Je ne saurais dire à quoi je l'avais reconnu, mais je n'ai pas douté un seul instant que c'était lui. Je le savais.

Les loups-garous n'existent pas.

Même après avoir raconté à Olivia que j'avais vu Jack, j'avais encore des doutes. Plus maintenant.

Un souffle de vent a apporté une odeur de sang, me

ramenant brusquement à la réalité : mon loup était blessé, il n'y avait pas un instant à perdre.

J'ai sorti mes clefs et je me suis penchée au-dessus de lui pour ouvrir la porte. Je ne l'ai vu que trop tard lever le bras et agripper l'air. Il s'est effondré dans l'entrée, abandonnant une trace rouge sur le verre.

— Désolée, lui ai-je dit, sans savoir s'il m'entendait.

Je l'ai enjambé, je me suis précipitée dans la cuisine, allumant l'électricité au passage, et j'ai saisi une poignée de torchons dans le tiroir du buffet. J'ai avisé soudain sur le plan de travail, près d'une pile de papiers, les clefs de la voiture de Papa. Je pouvais donc l'utiliser, si nécessaire.

Je suis retournée à la porte en courant. Je craignais que le garçon n'ait disparu pendant mon absence, ou qu'il n'ait été qu'un produit de mon imagination, mais il n'avait pas bougé. Couché dans l'entrée, il bloquait le passage, le corps parcouru de violents tremblements.

Je l'ai soulevé sans plus réfléchir par les aisselles et je l'ai tiré à l'intérieur de façon à pouvoir refermer la porte. Une fois dans la cuisine, gisant dans une traînée de sang, il m'a semblé incroyablement réel.

Je me suis accroupie à ses côtés.

— Que s'est-il passé ? ai-je demandé dans un souffle.

Non que j'ignore la réponse, mais je voulais qu'il me parle.

Les articulations de sa main pressée contre son cou étaient blêmes. Un liquide rouge gouttait entre ses doigts.

— On m'a tiré dessus.

J'ai senti mon estomac se contracter douloureusement en entendant sa voix : une parole humaine avait remplacé le hurlement, mais le timbre restait le même. C'était bien *lui*.

— Laisse-moi voir !

Il m'a fallu détacher de force ses doigts. Le sang coulant en abondance dissimulait la plaie, et j'ai dû me contenter d'appuyer un torchon contre le magma rouge béant du menton à la clavicule. La gravité de sa blessure dépassait de très loin mes compétences en secourisme.

— Tiens ça !

Il a posé un instant sur moi des yeux à la fois familiers et subtilement différents, des yeux dont la sauvagerie se tempérait à présent d'une nouvelle compréhension.

— Je ne veux pas repartir. Ne... ne me laisse pas changer, a-t-il balbutié, et l'affreuse angoisse de ses mots m'a aussitôt remis en mémoire le loup devant moi, dans une attitude de tristesse silencieuse. Un soubresaut peu naturel, qui faisait mal à voir, a secoué son corps.

J'ai étendu sur lui un second torchon, plus grand, recouvrant du mieux que je le pouvais sa peau horripilée de froid. Sa nudité m'aurait gênée dans n'importe quelle autre circonstance, mais ici, son corps maculé de sang et de terre ne m'inspirait que de la pitié.

— Comment t'appelles-tu ? ai-je demandé tout doucement, comme par crainte de le voir à nouveau sauter sur ses pieds et prendre la fuite.

Il a poussé un gémissement étouffé. La main qui tenait le torchon contre son cou tremblait légèrement. Le tissu était déjà complètement imbibé, une mince ligne rouge courait le long de sa mâchoire et s'égouttait sur le sol. Il s'est laissé lentement glisser par terre, il a posé la joue sur le parquet, et son haleine a embué le bois luisant.

— Sam, a-t-il répondu, puis il a fermé les yeux.

— Sam, ai-je répété. Je suis Grace. Je vais aller démarrer la voiture de mon père, il faut te conduire à l'hôpital.

Il a frissonné. J'ai dû me pencher tout près pour entendre sa voix.

— Grace... Grace, je...

J'attendais la suite, mais il s'est tu. J'ai sauté sur mes pieds et j'ai saisi les clefs abandonnées sur le plan de travail. J'avais encore un peu de mal à croire qu'il n'était pas né de mon imagination – l'incarnation d'années de rêves éveillés – mais, quoi qu'il en soit, il était bien là, à présent. Et je n'entendais pas le perdre.

chapitre 13 ♦ Sam
7 °C

Je n'étais déjà plus loup, mais pas Sam, pas encore.

Une forme fuyante, lourde du présage de pensées conscientes : la forêt froide loin derrière moi, la fillette sur le pneu de sa balançoire, un crissement de doigts sur des câbles de métal. Avenir et passé se mêlaient, se confondaient : la neige, puis l'été, puis à nouveau la neige.

Une chatoyante toile d'araignée fracassée, fissurée de gel, immensément triste.

— Sam, disait la fille. Sam.

Elle était passé, présent et futur. J'aurais voulu répondre, mais impossible. J'étais rompu.

chapitre 14 ✦ Grace
7 °C

Il est mal élevé de regarder les gens fixement, mais l'avantage quand il s'agit d'une personne sous sédatifs, c'est qu'elle ne s'en rend pas compte. Je ne pouvais plus détacher mes yeux de Sam. Dans mon lycée, il aurait probablement été snobé pour ses allures d'emo punk ou de survivant des Beatles. Les mèches désordonnées de sa tignasse noire surplombaient un nez intéressant, un de ces nez qu'une fille ne peut pas se permettre, et, s'il n'avait rien d'un loup, il ressemblait en tout point au mien. Même à présent, devant ses paupières closes, une petite partie de moi ne cessait de bondir d'une joie irrationnelle : *c'est bien lui.*

— Toujours là, mon chou ? Je te croyais partie.

Je me suis retournée. Une infirmière aux larges épaules, dont le badge m'a appris qu'elle s'appelait SUNNY, écartait les rideaux verts.

— J'attends qu'il se réveille.

J'ai crispé la main sur le bord du lit d'hôpital pour

bien montrer que je n'entendais pas qu'on m'en déloge. Sunny m'a adressé un sourire plein de compassion.

— Il est bourré de tranquillisants, mon chou. Ce ne sera pas avant le matin.

— Alors, c'est jusque-là que je reste, ai-je déclaré, souriant moi aussi, mais d'une voix ferme.

J'avais déjà patienté plusieurs heures tandis que les docteurs extrayaient la balle et suturaient la plaie, il devait être minuit passé. Je m'attendais d'une minute à l'autre à tomber de sommeil, mais j'étais trop tendue. Chaque fois que mes yeux se posaient sur lui, je ressentais un nouveau choc. Je me suis rendu compte, bien tard, que mes parents ne s'étaient pas donnés la peine de m'appeler sur mon portable à leur retour du vernissage de Maman. Ils n'avaient sans doute même pas remarqué la serviette pleine de sang avec laquelle j'avais essuyé en toute hâte le sol, ni la disparition des clefs de voiture de mon père. Ou peut-être n'étaient-ils pas encore rentrés. Minuit, c'était tôt pour eux.

— Bon, d'accord, a dit Sunny, toujours souriante. Il a eu beaucoup de chance, tu sais, la balle n'a fait que l'effleurer. Tu peux me dire pourquoi il a fait ça ? m'a-t-elle interrogée, les yeux brillants.

J'ai senti mes nerfs se hérisser et j'ai froncé les sourcils.

— Je ne vous suis pas. Que voulez-vous dire ? Pourquoi il est allé dans les bois ?

— Mon chou, nous savons très bien, toi et moi, qu'il n'y était pas.

J'ai levé un sourcil et j'ai attendu la suite, mais elle s'est tue.

— Mais si, il y était ! Un chasseur lui a tiré dessus par erreur.

Ce qui n'était pas à proprement parler un mensonge, mis à part le « par erreur » : j'étais à peu près sûre qu'il ne s'agissait pas d'un accident.

— Dis-moi, Grace, a-t-elle gloussé, c'est bien ça, ton nom, n'est-ce pas ? Ce garçon, c'est ton petit ami ?

Je lui ai répondu d'un grognement ambigu, qui pouvait passer aussi bien pour un assentiment qu'une dénégation. Sunny a choisi de comprendre oui.

— Je sais combien cela te touche de près, mais il a vraiment besoin d'aide.

J'ai failli éclater de rire en comprenant soudain.

— Vous pensez qu'il s'est tiré dessus lui-même ? Alors là, Sunny – je peux vous appeler Sunny ? – je vous assure que vous faites fausse route !

L'infirmière m'a lancé un regard noir.

— Tu nous prends pour des idiots ? Tu croyais qu'on ne remarquerait pas ça ?

De l'autre côté du lit, elle a saisi les bras inertes de Sam et elle les a retournés, paumes vers le haut, comme dans un geste de supplique muette. Des cicatrices zébraient les poignets, souvenirs de blessures profondes, délibérées, qui auraient dû être mortelles.

Je les ai fixées tels les mots d'une langue étrangère, incompréhensible.

— Ça date d'avant notre rencontre. (J'ai haussé les épaules.) Tout ce que je vous dis, c'est qu'il n'a pas essayé de se tuer ce soir. C'est la faute d'un de ces malades de chasseurs.

— Comme tu voudras, mon chou, pas de problème. Fais-moi signe, si tu as besoin de quelque chose.

Et, sur un nouveau regard incendiaire, elle a refermé les rideaux, nous laissant seuls, Sam et moi.

Le visage empourpré, j'ai secoué la tête et j'ai contemplé les jointures blanches de mes poings crispés au bord du lit. Les adultes condescendants figuraient sans doute en tête de liste des choses que je ne supportais pas.

Une minute après le départ de l'infirmière, Sam a ouvert les yeux et j'ai sursauté violemment, le sang battant aux tempes. Je l'ai contemplé longuement avant que mon pouls ne revienne à la normale. La logique avait beau me souffler que ses yeux devaient être noisette, ils m'apparaissaient en réalité toujours jaunes, et indiscutablement fixés sur moi.

— Tu es censé dormir, lui ai-je dit, chuchotant malgré moi.

— Qui es-tu ? m'a-t-il demandé, et j'ai reconnu dans ces mots le timbre complexe, lugubre et tourmenté de son hurlement. Ta voix m'est familière, a-t-il poursuivi en plissant les yeux.

J'ai eu un éclair de panique. Je n'avais pas envisagé qu'il puisse ne pas avoir accès à tous ses souvenirs lupins. Je ne connaissais pas les règles de ces choses-là. Sam m'a tendu la main, et j'ai posé automatiquement mes doigts dans sa paume. Avec un léger sourire embarrassé, il les a attirés vers ses narines et les a flairés une fois, puis une autre. Son sourire est resté timide, mais il s'est élargi. Il m'a paru si adorable que mon souffle s'est coincé quelque part dans ma gorge.

— Ton odeur aussi, mais tu as changé. Je ne t'avais pas reconnue. Je suis désolé, je me sens idiot. Tu sais, ça peut prendre deux bonnes heures, pour que je – pour que mon esprit – revienne.

Il n'a pas relâché mes doigts, et je ne les ai pas retirés non plus, bien qu'il me soit difficile de me concentrer en sentant sa peau contre la mienne.

— Pour qu'il revienne d'où ?

— Pas d'où, de *quand*, a-t-il rectifié. Pour qu'il revienne de quand j'étais...

Il s'est interrompu. Il voulait me l'entendre dire. Cela m'a été étrangement difficile de l'admettre à voix haute.

— De quand tu étais loup, ai-je complété dans un murmure. Pourquoi es-tu là ?

— Parce qu'on m'a tiré dessus, a-t-il répondu avec affabilité.

— Non, je veux dire, *comme ça* ?

J'ai fait un geste en direction de son corps, si manifestement humain sous la ridicule blouse d'hôpital.

Il a cillé.

— Oh ! Parce que c'est le printemps. Parce qu'il fait chaud. C'est la chaleur qui me transforme et me change en *moi*, en Sam.

Retirant enfin mes mains des siennes, j'ai fermé les yeux et je me suis un instant efforcée de rassembler les débris de ma raison. Lorsque j'ai rouvert les paupières, cela a été pour dire la chose la plus prosaïque au monde.

— Nous ne sommes pas au printemps, mais en septembre.

Je ne suis pas particulièrement douée pour déchiffrer l'expression des gens, mais j'ai cru percevoir un bref éclat inquiet traverser son regard.

— Voilà qui n'est pas une bonne nouvelle, a-t-il fait remarquer. Je peux te demander un service ?

J'ai dû refermer les yeux en entendant sa voix, inexplicablement familière. Elle me semblait provenir de très loin, comme le faisait son regard, lorsqu'il était loup, et la situation devenait plus difficile à admettre que je ne l'avais prévu. J'ai rouvert les yeux. Sam était toujours là. J'ai tenté de les fermer, puis de les ouvrir à nouveau. Il n'avait pas bougé.

— Qu'est-ce qu'il te prend, une crise d'épilepsie ?

a-t-il plaisanté. Tu serais peut-être plus à ta place dans ce lit.

Je lui ai lancé un regard noir, et il s'est empourpré en réalisant soudain ce qu'il venait de dire.

— Quel service ? ai-je demandé pour couper court à son embarras.

— J'ai besoin de... vêtements. Il faut que je me sauve avant qu'on ne se rende compte que je suis un monstre.

— Qu'est-ce que tu veux dire ? Je n'ai pas remarqué de griffes.

Il a levé la main et a entrepris de détacher l'extrémité du bandage enroulé autour de son cou.

— Tu es fou ! ai-je crié en essayant de le retenir.

Trop tard. Il a déroulé la bande, dévoilant quatre points de suture récents alignés sur du tissu cicatriciel plus ancien. Aucune blessure ouverte, aucun saignement, aucune trace de la balle, hormis cette cicatrice rose et luisante. J'en suis restée bouche bée.

Sam a souri, visiblement ravi de ma réaction.

— Tu ne crois pas qu'ils risquent de se poser des questions ?

— Mais tu saignais tellement ! Comment... ?

— Oui, le sang coulait trop fort pour que ma peau se régénère. Mais, une fois recousu (Sam a haussé légèrement les épaules et a mimé le geste d'ouvrir un petit livre.) Abracadabra ! Être ce que je suis n'est pas entièrement sans avantages.

Ses mots reflétaient l'insouciance, mais son expression, elle, trahissait l'inquiétude, et il observait de près mes réactions pour voir comment je prenais tout cela, comment je prenais la réalité de son existence.

— Minute, je voudrais juste..., ai-je dit en m'approchant, et j'ai posé le bout des doigts sur la cicatrice de son cou.

Curieusement, le contact de la peau ferme et tendue m'a semblé plus convaincant que ses paroles. Ses yeux ont glissé sur mon visage, puis ils se sont détournés, ne sachant où se poser, lorsque j'ai effleuré le bourrelet formé par l'ancienne cicatrice sous les fils noirs et piquants des points de suture. Ma main s'est attardée un peu sur son cou, pas sur la cicatrice elle-même, mais sur la peau lisse, embaumant le loup, juste à côté.

— Bon, d'accord, ai-je repris. Il faut de toute évidence que tu disparaisses avant qu'on t'examine. Mais si tu signes ta décharge contre l'avis des médecins, ou si tu files à l'anglaise, ils essaieront de te retrouver.

— Non, a-t-il objecté avec une grimace. Ils s'imagineront que je suis un pauvre type sans assurance. Et c'est vrai, en ce qui concerne l'assurance, du moins.

Autant pour la subtilité.

— Tu te trompes. Ils penseront que tu t'es enfui pour couper à la thérapie. Ils croient que tu t'es tiré toi-même dessus, à cause de...

Sam a eu l'air perplexe.

J'ai désigné ses poignets.

— Oh, ça ! Ce n'est pas moi.

J'ai froncé les sourcils. Je ne voulais pas lui dire quelque chose comme : « Ça va, je comprends, tu sais », ou « Tu peux m'en parler, je ne te jugerai pas », parce que, honnêtement, ce n'aurait pas été mieux que Sunny, qui pensait *a priori* que Sam avait voulu se tuer. Mais, d'autre part, ses cicatrices n'étaient pas de celles qu'on attrape en trébuchant dans un escalier.

Il a frotté pensivement son pouce contre l'un de ses poignets.

— C'est ma mère, celle-là. Et l'autre, mon père. Je me souviens qu'ils ont compté à rebours, pour être certains de trancher ensemble. J'ai une phobie des baignoires, depuis.

Il a fallu un moment pour que le sens de ses paroles pénètre mon cerveau. Je ne saurais dire si c'était la manière neutre, presque insensible, dont il avait parlé, l'image de la scène qui flottait dans mon esprit, ou simplement le contrecoup de toute la soirée, toujours est-il que j'ai été prise d'un étourdissement. Ma tête s'est mise à tourner, les battements de mon cœur se sont amplifiés démesurément dans mes oreilles, et je me suis sentie heurter le linoléum gluant du sol.

Je ne sais combien de temps je suis restée sans connaissance. En rouvrant les yeux, j'ai vu simultanément le rideau bouger et Sam se précipiter sur son lit en pressant son bandage contre son cou. Un infirmier est apparu. Il s'est penché au-dessus de moi et m'a aidée à m'asseoir.

— Ça va ?

Pour la première fois de ma vie, je m'étais évanouie. J'ai refermé, puis rouvert les paupières, puis j'ai répété l'opération jusqu'à ce que les trois têtes d'infirmier flottant côte à côte se résolvent en une seule. Alors j'ai commencé à mentir.

— Il y avait tout ce sang, quand je l'ai trouvé, et... *ohhhhh...*

La pièce tournait encore un peu, et je n'ai eu aucun mal à rendre mon *ohhhh* très convaincant.

— N'y pense plus, a suggéré l'infirmier en me souriant avec une grande gentillesse. Sa main m'a paru un peu trop près de ma poitrine pour que cela soit fortuit, ce qui m'a incitée à mettre en œuvre le plan que je venais d'imaginer.

— J'ai... une chose un peu gênante à vous demander, ai-je murmuré, et je me suis sentie rougir. Est-ce que je

pourrais vous emprunter un... un pyjama de l'hôpital ?
Ma – euh – mon slip est...

— Oh ! s'est écrié l'infirmier (sans doute d'autant
plus embarrassé qu'il avait cherché à flirter avec moi).
Oui, absolument. Je reviens tout de suite.

Et il est réapparu effectivement quelques minutes
plus tard, une tenue d'hôpital couleur vert vomi pliée
sur le bras.

— C'est peut-être un peu grand, mais il y a un cordon
que tu peux, tu sais...

— Merci. Ça ne vous gêne pas si je me change ici ?
Il dort.

J'ai eu un geste pour Sam, qui feignait avec beaucoup
de naturel d'être assommé par les médicaments.

L'infirmier a disparu derrière le rideau. Sam a ouvert
un œil amusé.

— Tu lui as raconté que tu t'étais fait pipi dessus ?
a-t-il chuchoté malicieusement.

— Toi, la ferme ! ai-je sifflé, furieuse, en lui envoyant
le pyjama à la tête. Dépêche-toi avant qu'ils ne comprennent. Tu me dois une fière chandelle !

Grimaçant un sourire, il a glissé le pyjama sous le drap
mince et il s'est tortillé pour l'enfiler, puis il a arraché
derechef le pansement de son cou. Il a détaché le bracelet du tensiomètre de son bras, le laissant retomber
sur le lit, avant d'ôter prestement sa blouse d'hôpital
et de la remplacer par la veste de pyjama. Le moniteur
cardiaque a émis un couinement irrité, et les lignes sur
l'écran sont devenues toutes plates, annonçant le décès
de Sam à tout le personnel.

— Il faut partir, a-t-il dit en franchissant le rideau.

Il s'est arrêté une seconde pour s'orienter. J'ai entendu
un brouhaha d'infirmières provenant de derrière les
rideaux au fond de la pièce.

— Mais il était sous *sédatifs*, a protesté la voix de Sunny, dominant des autres.

Sam m'a saisi la main du geste le plus normal au monde et m'a tirée derrière lui dans la lumière crue du couloir. Comme il n'était plus couvert de sang, mais vêtu d'un pyjama d'hôpital, personne n'a bronché en nous voyant avancer côte à côte et dépasser le poste des infirmières pour gagner la sortie. Je suivais son esprit lupin analysant la situation. L'inclinaison de la tête me disait les sons qu'il écoutait, celle de son menton les odeurs qu'il percevait. Leste, malgré sa carcasse dégingandée, comme désarticulée, il s'est frayé un chemin entre les groupes de gens et nous a guidés jusqu'au grand hall de l'entrée.

Un air de country sirupeux coulait des haut-parleurs, et j'entendais mes baskets chuinter sur le hideux revêtement de sol bleu foncé à carreaux. Les pieds nus de Sam ne faisaient aucun bruit. À cette heure avancée de la nuit, le hall était vide, sans même une hôtesse à l'accueil. Je me sentais tellement ivre d'adrénaline que je m'imaginais pouvoir voler jusqu'à la voiture de Papa. La zone toujours pragmatique de mon esprit me rappelait que je devais téléphoner au garagiste, pour qu'il aille récupérer ma propre voiture, mais cela ne me contrariait pas outre mesure. Sam monopolisait mes pensées. Mon loup était beau et me tenait la main : je pouvais mourir heureuse.

Puis je l'ai senti hésiter. Il s'est arrêté, les yeux fixés sur la nuit menaçante derrière les portes vitrées.

— Il fait très froid, dehors ?

— Sans doute pas beaucoup plus que quand je t'ai amené ici. Pourquoi – ça fait une différence ?

Son visage s'est assombri.

— C'est limite. J'ai horreur de cette période de

l'année. Je peux sans cesse passer de l'un à l'autre, a-t-il répondu d'un ton douloureux.

— Ça fait mal, de changer ?

Il a détourné les yeux.

— À l'instant, je veux être humain.

Moi aussi, je voulais qu'il le soit.

— Je vais mettre le moteur en marche et allumer le chauffage. Tu ne resteras pas dans le froid plus d'une minute.

— Mais je ne sais pas où aller, a-t-il dit d'un air un peu désemparé.

— Où habites-tu, d'ordinaire ? lui ai-je demandé.

J'avais peur qu'il ne me parle d'un endroit misérable, comme le refuge pour sans-abri, en ville. Je supposais qu'il ne vivait pas avec ses parents, qui lui avaient tranché les veines.

— Chez Beck – un des loups. Nous sommes nombreux à aller vivre chez lui quand il s'est transformé. Mais si ça n'a pas encore eu lieu, le chauffage risque de ne pas être allumé, et je pourrais...

J'ai secoué la tête et j'ai lâché sa main.

— Pas question ! Je vais chercher la voiture, je te ramène à la maison avec moi.

Ses yeux se sont élargis.

— Mais, tes parents... ?

— Ce qu'ils ignorent ne les tuera pas, ai-je répliqué en poussant la porte.

Sam a fait la grimace devant la bouffée d'air froid qui s'est engouffrée dans le hall et il a reculé en enroulant ses bras autour de son torse. Il s'est mordu les lèvres, frissonnant, et m'a adressé un sourire incertain.

J'ai marché vers le parking sombre. Je me sentais plus vivante, plus joyeuse et plus effrayée que jamais auparavant.

chapitre 15 ◆ Grace
6 °C

— Tu dors ? a murmuré Sam tout doucement, mais sa voix inhabituelle dans le silence de ma chambre m'a paru percer l'obscurité comme un cri.

Je me suis retournée sur mon lit pour me rapprocher de lui. Il était allongé par terre, pelotonné au fond d'un amas de couvertures et d'oreillers. Sa présence si étrange et si merveilleuse emplissait la pièce tout entière, m'envahissait. J'ai songé que je n'arriverai sans doute plus jamais à dormir.

— Non.

— Je peux te poser une question ?

— C'est déjà fait.

Il a médité la chose un instant.

— Dans ce cas, puis-je t'en poser *deux* ?

— Tu viens de le faire.

Sam a poussé un gémissement et il m'a lancé un petit coussin. Le projectile a décrit une courbe à travers l'espace illuminé par la lune avant de heurter ma tête sans dommage.

— Grosse maligne !

— D'accord, d'accord, je me rends ! Que veux-tu savoir ?

— Tu as été mordue.

Ce n'était pas une question. Malgré la distance, je sentais sa curiosité, la tension dans son corps. Je me suis enfoncée plus profondément dans mon lit, comme pour fuir cette affirmation.

— Je ne sais pas.

— Comment peux-tu ne pas le savoir ? m'a-t-il demandé un peu plus fort.

— J'étais toute petite, à l'époque, ai-je expliqué avec un haussement d'épaules qu'il ne pouvait voir.

— Moi aussi, j'étais jeune, mais je savais ce qui se passait. (Je n'ai rien répondu.) C'est pour ça que tu t'es laissé faire ? Parce que tu n'avais pas compris qu'ils allaient te tuer ?

J'ai fixé le rectangle obscur de la fenêtre nocturne, perdue dans mes souvenirs de Sam le loup. La meute tourbillonnait autour de moi, toute crocs et babines, grondements et bourrades ; l'un des loups, son collier de fourrure hérissé de glaçons, restait en retrait et m'observait en frémissant ; allongée dans la neige, sous le ciel blanc qui noircissait, je ne le quittais pas des yeux ; il était splendide, sombre et sauvage, et son regard jaune luisait d'une complexité que je ne pouvais même pas commencer d'entrevoir ; il émanait de lui la même odeur puissante, sauvage et musquée que de ses congénères. Encore maintenant, alors qu'il était couché là dans ma chambre, je percevais, malgré le pyjama d'hôpital, malgré sa nouvelle peau, sa fragrance de loup.

Un hurlement s'est élevé au-dehors, suivi d'un autre, et le chœur nocturne a retenti, magnifique même en l'absence de sa belle voix plaintive. Mon cœur s'est emballé, étreint d'une nostalgie déconcertante. Puis j'ai entendu Sam gémir en sourdine, et cette plainte pitoyable, mi-lupine mi-humaine, a infléchi le cours de mes pensées.

— Ils te manquent, les autres ? ai-je murmuré.

S'extrayant de sa couche improvisée, Sam s'est levé. Sa silhouette aux bras enroulés autour de son torse maigre s'est découpée étrangement contre la fenêtre.

— Non. Je veux dire oui. Je ne sais pas trop. Je me sens... barbouillé. Comme si ce n'était pas ma place, ici.

Bienvenue au club ! J'ai essayé d'imaginer ce que je pourrais dire pour le réconforter, mais je n'ai rien trouvé qui ne sonne pas faux.

— Pourtant, c'est bien moi, ça, a-t-il insisté en désignant son corps du menton, et je n'ai pas compris qui, de nous deux, il cherchait à convaincre. Il est resté près de la fenêtre pendant que les hurlements atteignaient leur crescendo, faisant monter des larmes au coin de mes paupières.

— Viens ici me parler, lui ai-je dit dans l'espoir de nous changer les idées. (Sam s'est tourné à demi, sans révéler l'expression de son visage.) Il fait froid par terre, tu vas attraper un torticolis. Grimpe sur le lit, avec moi.

— Et tes parents ? a-t-il objecté comme à l'hôpital. J'allais lui demander pourquoi cela l'inquiétait tant, quand je me suis rappelé son histoire avec ses propres parents et les reliefs luisants des cicatrices sur ses poignets.

— Tu ne les connais pas.

— Où sont-ils ?

— À un vernissage, je crois. Ma mère est peintre.

— Il est trois heures du matin, a-t-il déclaré d'un air dubitatif.

— Arrête de discuter et viens ici, ai-je ordonné d'une voix plus forte que prévu. Je te fais confiance pour que tu te tiennes convenablement et que tu ne tires pas toutes les couvertures à toi.

Il hésitait encore.

— Allez, dépêche-toi, avant qu'il ne reste plus de nuit du tout.

Il a ramassé docilement l'un des oreillers qui jonchaient le sol, mais il s'est arrêté à nouveau, indécis, de l'autre côté du lit. La pénombre de la chambre me laissait tout juste deviner l'air lugubre avec lequel il contemplait le territoire interdit. Je balançais entre être séduite par sa réticence à entrer dans le lit d'une fille, et froissée de ne pas lui sembler, de toute évidence, assez sexy pour qu'il se rue dans les draps.

Enfin, il est venu me rejoindre. Le lit a craqué sous son poids. Il a fait une grimace et il s'est installé à l'extrême bord, sans même se glisser sous les couvertures. Je percevais mieux, à présent, son léger parfum lupin, et j'ai poussé un étrange soupir de contentement. Il a soupiré, lui aussi.

— Je te remercie, a-t-il énoncé plutôt cérémonieusement, étant donné les circonstances.

— Je t'en prie.

C'est alors que j'ai réalisé que j'étais là, un garçon au corps instable dans mon lit. Et pas n'importe quel garçon, mais mon loup. Je revoyais sans cesse la lampe de la terrasse s'allumer, me le révéler. J'ai frissonné, parcourue d'un curieux mélange d'excitation et de nervosité.

Comme enflammé par ma réaction, Sam a tourné

la tête pour me regarder. Ses yeux luisaient dans la pénombre, à quelques dizaines de centimètres de moi.

— Ils t'ont mordue. Toi aussi, tu aurais dû changer, tu sais.

Les loups tournaient, grognaient dans mon esprit autour d'un corps étendu dans la neige, retroussaient leurs babines ensanglantées, menaçaient leur proie. L'un d'eux – c'était Sam – la tirait hors du cercle, l'emportait entre les arbres, et ses pas imprimaient dans la neige des empreintes humaines. Je me suis sentie m'assoupir, je me suis secouée pour me réveiller. Je ne me souvenais plus si je lui avais répondu ou non.

— Il m'arrive de regretter que cela n'ait pas été le cas, ai-je avoué.

À des kilomètres de distance, de l'autre côté du lit, il a fermé les yeux.

— Moi aussi, parfois, a-t-il répondu.

chapitre 16 • Sam

5 °C

Je me réveillai en sursaut. Je restai un moment immobile, les yeux papillotants, à essayer de comprendre ce qui m'avait tiré du sommeil, puis je réalisai soudain qu'il ne s'agissait pas d'un son, mais d'une sensation : celle d'une main sur mon bras. Les événements de la veille au soir me revinrent tout d'un coup en mémoire. Grace s'était retournée en dormant, et je ne pouvais plus détacher mes yeux de ses doigts posés sur ma peau.

Ici, auprès de celle qui m'avait sauvé, ma simple humanité m'apparaissait un triomphe.

Je m'étendis sur le flanc et la contemplai un moment. Je suivais son souffle lent et régulier qui soulevait les fins cheveux près de son visage. Elle s'abandonnait au sommeil, parfaitement sereine, et ne paraissait pas le moins du monde troublée par ma présence à ses côtés. Cela aussi avait pour moi comme un petit goût de victoire.

J'entendis le père de Grace se lever et me figeai, le cœur battant une chamade silencieuse, prêt à bondir du bord du matelas sur lequel j'étais perché s'il venait réveiller sa fille. Mais il partit pour son travail dans un nuage d'après-rasage au genièvre, dont les effluves se coulèrent sous la porte pour venir me chatouiller les narines. Un peu plus tard, la mère de Grace quitta à son tour la maison, non sans avoir laissé tomber à grand fracas un objet dans la cuisine et juré d'une voix plaisante en refermant la porte. J'avais du mal à concevoir qu'ils s'en aillent ainsi, sans même jeter un coup d'œil dans la chambre de leur fille pour vérifier qu'elle était bien vivante, d'autant qu'ils ne l'avaient pas vue à leur retour la veille, au beau milieu de la nuit. Mais la porte de la chambre resta close.

Je me sentais ridicule dans ce pyjama d'hôpital, et, du reste, il ne m'était pas d'un grand secours par cet affreux temps indécis. Je décidai de m'éclipser. Grace dormait profondément, elle ne broncha pas lorsque je sortis. Je m'arrêtai sur la terrasse, hésitant, à considérer les brins d'herbe couverts de givre. J'avais emprunté une paire de bottes au père de Grace, mais l'air froid du matin n'en mordait pas moins mes chevilles, nues contre le caoutchouc. Je sentais presque gronder dans mon estomac la nausée de la métamorphose.

Sam, tu es Sam, m'admonestai-je, en ordonnant à mon corps d'y croire. Il me fallait avoir plus chaud, je retournai dans la maison en quête d'un manteau. Au diable ce temps ! Où était donc passé l'été ? Dans un placard plein à craquer, embaumant la naphtaline et les vieux souvenirs, je finis par dénicher une volumineuse doudoune bleu vif qui me donnait l'allure d'une montgolfière. Je ressortis avec plus d'assurance. Le père de Grace avait une pointure de yéti, et je m'aventurai dans les bois avec toute la grâce d'un ours polaire dans une maison de poupée.

Le froid blanchissait mon haleine, mais la forêt, splendide en cette saison, flamboyait de couleurs : le jaune et le rouge vif des feuilles mortes craquant sous le pas tranchaient sur le bleu azur du ciel. Je ne les avais jamais remarqués, étant loup, mais tout en me dirigeant vers ma réserve de vêtements, je n'en regrettais pas moins ce qui m'était devenu inaccessible : si mes sens conservaient une acuité extrême, la brise ne m'apportait plus les nombreuses pistes des animaux dans les taillis, ni la promesse humide d'un air plus chaud ; d'ordinaire, dans le concert industriel des voitures et des camions sur l'autoroute au loin, je distinguais la taille et la vitesse de chaque véhicule, mais mes narines ne captaient plus à présent que le fumet de l'automne, des feuilles brûlées et des arbres à demi morts, et seul me parvenait un ronronnement assourdi de circulation.

Loup, j'aurais senti Shelby longtemps avant de la voir. Plus maintenant, et elle était presque sur moi quand je perçus une présence toute proche. J'eus l'impression troublante qu'on partageait mon haleine, et le duvet de ma nuque se hérissa. Je tournai la tête et la vis. Elle était grande pour une femelle, et sa fourrure blanche paraissait en plein jour jaunâtre, ordinaire. Elle semblait avoir traversé la chasse sans même une égratignure. Les oreilles couchées, la tête penchée sur le côté, elle fixait ma tenue grotesque.

— Shhh, dis-je et je tendis la main, paume vers le ciel, pour libérer les dernières traces de mon odeur vers ses narines. C'est moi.

Shelby recula lentement en fronçant le museau avec répugnance, et je devinai qu'elle avait reconnu sur moi l'effluve de Grace, que je sentais moi-même. Le léger souvenir de son savon parfumé s'attardait dans mes cheveux, là où ils avaient touché son oreiller, et sur mes doigts qu'elle avait tenus.

Un éclair de méfiance traversa le regard de Shelby et me rappela son expression humaine. Nos rapports avaient toujours été ainsi – aussi loin que remontaient mes souvenirs, elle et moi avions entretenu une forme subtile de conflit larvé. Je me raccrochais à mon humanité – mon assujettissement à Grace – comme un noyé à son fétu, tandis que Shelby accueillait avec joie l'oubli qui accompagnait son corps de louve, et, de fait, elle ne manquait pas de choses à oublier.

Nous nous tenions face à face, dans ces bois de septembre. Ses oreilles bougeaient, captant des dizaines de sons inaudibles pour mon ouïe humaine, ses narines palpitaient en retraçant mon itinéraire. Je ressentis d'un coup, malgré moi, le contact des feuilles mortes sous mes pattes et l'arôme riche, intense et somnolent, de ma forêt en automne.

Shelby me fixait, d'un geste très humain compte tenu du fait que mon rang dans la meute était trop élevé pour que tout autre que Paul ou Beck ne me défie ainsi. Je crus entendre sa voix m'interroger, comme si souvent dans le passé : *Cela ne te manque pas ?*

Je fermai les yeux, occultant simultanément l'éclat de son regard et mes souvenirs lupins. Je songeai à Grace, là-bas, dans la maison. Rien dans mon vécu de loup n'égalait le contact de sa main dans la mienne, et cette pensée prit aussitôt corps dans les paroles d'une chanson : *Ma mie, ma mue / Toi, mon été-hiver-automne / Bondissant à ta poursuite / Je me perds en te trouvant.* Il ne me fallut pas plus d'une seconde pour composer le texte et le riff de guitare qui l'accompagnait, mais Shelby en avait déjà profité pour s'éclipser dans les bois, discrète comme un murmure.

Sa disparition aussi furtive que ne l'avait été son apparition me rappela soudain combien j'étais à présent vulnérable. Je me hâtai lourdement vers la remise où je serrais mes vêtements. Des années auparavant, Beck et moi l'avions démontée pièce par pièce pour la rebâtir dans une petite clairière, au plus profond de la forêt.

Dans la cabane se trouvaient un chauffage d'appoint, un moteur de bateau et plusieurs poubelles en plastique avec des noms inscrits dessus. Ouvrant celle qui portait le mien, j'en sortis mon sac à dos bourré à craquer. Les autres étaient remplies de nourriture, de couvertures et de piles de rechange – l'équipement nécessaire pour survivre en attendant la mutation du reste de la meute –, mais la mienne contenait mon kit de fuite. Tout ce que je gardais là avait pour but de m'aider à réintégrer aussi vite que possible l'humanité. Cela, Shelby ne pouvait me le pardonner.

Je me dépêchai de me changer et d'enfiler plusieurs chemises à manches longues superposées et un jean. Je troquai les bottes surdimensionnées du père de Grace contre des chaussettes de laine et mes bottines de cuir éraflé, saisis mon portefeuille contenant le salaire de mon job d'été et fourrai tout le reste dans le sac. En refermant la porte de l'abri derrière moi, je vis du coin de l'œil bouger une forme sombre.

— Paul !

Mais le loup noir, notre alpha, avait déjà disparu. Je doutais même qu'il m'ait reconnu : je n'étais pour lui, malgré mon odeur vaguement familière, qu'un humain dans les bois. Un pincement de regret m'étreignit le fond de la gorge. L'an dernier, Paul n'était pas devenu humain avant fin août, et il était possible qu'il ne change pas du tout, cette fois-ci.

Je savais mes mutations comptées, elles aussi. Pour

ma part, je ne m'étais transformé qu'en juin. Le décalage était effrayant avec ma métamorphose précédente en début de printemps, lorsque la neige cachait encore le sol. Et cette fois-ci ? Combien de temps m'aurait-il fallu attendre, si Tom Culpeper ne m'avait touché d'une balle ? Je ne comprenais même pas comment ce coup de fusil avait pu me ramener à ma forme humaine, malgré la fraîcheur de l'air. Je me rappelais le froid mordant, lorsque Grace s'était penchée sur moi pour presser un tissu contre mon cou. L'été avait disparu depuis si longtemps !

Les teintes vives des feuilles mortes jonchant le sol autour du cabanon me narguaient, me soufflant qu'une année entière s'était écoulée à mon insu, et je compris soudain, avec une certitude glaçante, que celle-ci était ma dernière.

De ne rencontrer Grace que maintenant me semblait un coup du sort cruel.

Je me refusais à y songer. Je revins en courant à petites foulées à la maison et vérifiai que les voitures des parents de Grace n'avaient pas réapparu. Puis j'entrai et restai un moment à rôder devant la porte de la chambre, avant de m'attarder dans la cuisine où j'inspectai le contenu des placards, bien que je n'eusse pas faim.

Avoue-le. Tu te sens trop nerveux pour y retourner. Je tenais tant à la revoir, cette apparition acharnée à hanter ma vie sylvestre, mais je craignais également qu'un face-à-face à la lumière impitoyable du jour ne change la donne ; ou pire, ne la change pas. Hier au soir, je me vidais de mon sang sur sa terrasse. N'importe qui aurait pu me sauver. Aujourd'hui, je demandais plus que la vie. Sans savoir si elle ne voyait pas en moi un monstre.

Tu es une abomination de la nature. Maudit. Diabolique. Où est mon fils ? Qu'as-tu fait de mon fils ? Je fermai les yeux, étonné de constater que, dans tout ce que j'avais pu perdre jusqu'ici, ne figurait aucun souvenir de mes parents.

— Sam ?

Je sursautai. De la chambre, Grace me héla à nouveau très bas, me demandant où j'étais. Elle ne semblait pas effrayée.

J'ouvris alors la porte. L'ardente lumière de cette fin de matinée illuminait une chambre d'adulte. Plus de gadgets roses ni d'animaux en peluche épars, pour Grace, si tant est qu'elle en ait jamais possédé. Aux murs, des photos d'arbres, toutes sobrement encadrées de noir. Un mobilier assorti, noir lui aussi, sévère et fonctionnel. Sa serviette et son gant soigneusement pliés sur la commode voisinaient avec un second réveil – noir et blanc, de ligne épurée –, et une pile de livres de bibliothèque. Il s'agissait surtout, à en juger par les titres, d'histoires vécues et de romans policiers, probablement classés par ordre alphabétique ou par format.

Je fus soudain frappé par combien nous étions différents, elle et moi. Objets, elle serait une horloge digitale sophistiquée, précisément synchronisée sur l'horloge universelle de Londres ; moi une boule à neige – nuée de souvenirs agités comme les flocons sous le globe de verre.

Je me creusai les méninges à la recherche d'une réplique ne rappelant pas trop le salut d'un prédateur hybride.

— Bonjour, parvins-je finalement à articuler.

Grace se redressa et s'assit dans le lit. Ses cheveux frisottants d'un côté étaient de l'autre tout aplatis contre son crâne, et ses yeux sombres ne cherchaient pas à dissimuler son ravissement.

— Tu es toujours là ! Et tu as trouvé des vêtements, pour remplacer le pyjama, je veux dire.

— Je suis allé les chercher pendant que tu dormais.

— Quelle heure est-il ? Ohhh ! Je dois être affreusement en retard, non ?

— Onze heures.

Grace poussa un gémissement, puis haussa les épaules.

— Tu sais quoi ? Je n'ai pas manqué une seule fois les cours, depuis mon entrée au lycée. L'année dernière, j'ai même eu un prix, une pizza gratuite ou un truc comme ça.

Elle sortit du lit. Au grand jour, sa veste de pyjama soulignait ses formes d'un érotisme insoutenable. Je détournai les yeux.

— Pas besoin d'être si pudique. Ce n'est pas comme si j'étais nue.

Elle s'arrêta devant l'armoire et me dévisagea d'un air malicieux.

— Tu ne m'as jamais vue toute nue, n'est-ce pas ?

— Non ! répondis-je avec une précipitation excessive.

Elle sourit au mensonge et sortit un jean du fond de l'armoire.

— Eh bien, tu ferais mieux de te retourner, à moins que tu ne veuilles que cela se produise maintenant.

Je m'étendis sur le lit et enfouis mon visage dans les frais oreillers tout imprégnés de son odeur. Elle s'habilla. Je guettais les froissements d'étoffe, le cœur battant à dix mille à l'heure.

— Ce n'était pas délibéré, admis-je enfin dans un soupir. Pardon.

Elle se jeta sur le lit, son visage tout contre le mien. Le matelas gémit.

— Tu t'excuses souvent comme ça ?

— J'essaie de te faire croire que je suis un type bien, dis-je d'une voix étouffée par l'oreiller. Cela ne m'aide pas beaucoup de devoir admettre que je t'ai vue nue, alors que j'appartenais à une autre espèce.

— Je ferai donc preuve de clémence, d'autant que j'aurais dû penser à fermer les stores.

Suivit un long silence, plein de milliers de messages tacites. Sa peau exhalait un léger parfum de nervosité, le matelas transmettait à mes oreilles les battements précipités de son cœur. Rien n'aurait été pour mes lèvres plus simple que de franchir les quelques centimètres qui nous séparaient, et il me semblait percevoir dans son pouls un espoir : *embrasse-moi embrasse-moi embrasse-moi.* D'ordinaire, j'étais assez doué pour lire l'état d'esprit des autres, mais, dans le cas de Grace, ce que je voulais obscurcissait ce que je savais.

Elle eut un petit rire presque inaudible, trop mignon, totalement opposé à l'image que je me faisais d'elle d'habitude.

— Je meurs de faim, dit-elle enfin. Si on allait prendre un petit déjeuner, ou un brunch, plutôt ?

Je me laissai rouler hors du lit. Elle m'imita. Je sentis avec une acuité extraordinaire ses mains posées sur mon dos me guider hors de la chambre tandis que nous progressions pas à pas jusqu'à la cuisine. Le soleil entrant à flots par le panneau vitré de la porte de la terrasse se réfléchissait sur les surfaces blanches du plan de travail et du carrelage et inondait la pièce d'une lumière crue. Je savais où les choses étaient rangées pour avoir déjà exploré les lieux et me mis à sortir ce dont nous aurions besoin.

Grace ne me quittait pas d'une semelle, ses doigts m'effleuraient le coude, sa main le dos. Je la surprenais à me fixer en cachette, effrontément. Elle me donnait l'impression de n'avoir pas changé, d'être toujours debout, à l'orée du bois, à la regarder se balancer sur son pneu en m'observant, éperdue d'admiration. *J'arrache ma peau / Ne restent que mes yeux / Et dans ma tête tu te vois / Tu te sais toujours mienne.*

— À quoi penses-tu ?

Je cassai un œuf dans la poêle et versai, de mes doigts soudain précieusement humains, un verre de jus d'orange pour Grace.

— À toi qui prépares le petit déjeuner, dit-elle en riant.

La réponse était par trop simple, je n'y croyais pas tout à fait. D'autant que j'avais la tête emplie de milliers de pensées tourbillonnantes.

— Et quoi d'autre ?

— Que c'est très gentil de ta part. Que j'espère que tu sais faire cuire des œufs.

Ses yeux quittèrent un instant la poêle pour se poser sur ma bouche, et je sus qu'elle ne se souciait pas seulement de cuisine. Puis elle s'éloigna sur une pirouette et baissa le store, modifiant instantanément toute l'atmosphère de la pièce.

— Et qu'il fait bien trop clair ici, poursuivit-elle dans la lumière filtrée par les lamelles du store, qui striait ses grands yeux bruns et ses lèvres rectilignes.

Je reportai mon attention sur la poêle à frire. Je transvasais les œufs brouillés sur une assiette quand le grille-pain éjecta les toasts. Grace et moi étendîmes simultanément le bras, et survint alors un de ces instants magiques, comme au cinéma, lorsque les mains se joignent et que l'on sait que les acteurs vont s'embrasser. Sauf que mes bras, cette fois, l'entouraient, la pressaient comme par mégarde contre le plan de travail, la clouaient au réfrigérateur, tandis que je me penchais pour attraper les toasts. Ma maladresse m'emplit d'une confusion telle que ce fut seulement en voyant le visage de Grace, ses yeux fermés levés, que je compris le moment venu.

Je l'embrassai. Le plus légèrement du monde et sans la moindre bestialité. Et entrepris sur le champ de décomposer toutes les facettes du baiser : comment elle réagissait, comment elle pouvait le comprendre, le frisson qui me contractait l'épiderme, chacune des secondes entre l'instant où j'effleurai ses lèvres et celui où elle rouvrit les yeux.

Elle me sourit.

— C'est tout ce que tu as à proposer ? railla-t-elle d'un ton provoquant, mais d'une voix si douce que je posai à nouveau mes lèvres sur les siennes, dans un baiser tout différent, de six années à rattraper. Ses lèvres parfumées d'orange et de désir s'animèrent. Ses doigts remontèrent mes pattes, s'enfoncèrent dans mes cheveux, se nouèrent derrière ma nuque, vivants et froids contre la chaleur de ma peau. Je me sentais et sauvage et apprivoisé, atrocement déchiré et contraint d'exister. Mon cerveau ne s'empressait plus de convertir la scène en vers ni de la stocker pour y réfléchir par la suite. Pour une fois, la première,

j'étais

ici

et nulle part ailleurs.

Je rouvris les yeux. Rien n'existait plus, hormis Grace et moi – rien nulle part sinon nous – elle, lèvres serrées, pressées sur le baiser, moi retenant entre mes doigts l'instant fragile comme un oiseau.

chapitre 17 • Sam

15 °C

Certains jours sont semblables à des vitraux, à des centaines de petites pièces assemblées, de couleurs différentes, d'humeurs variées. Comme ces dernières vingt-quatre heures : la nuit à l'hôpital, panneau vert, douceâtre et vacillant ; les heures sombres du petit matin dans le lit de Grace, pourpres et troubles ; puis le rappel bleu de glace de mon autre vie ; et finalement, le cristal clair et lumineux de notre baiser.

Le panneau actuel du vitrail nous trouvait assis sur la banquette usée d'une vieille Bronco, au bord d'un terrain vague de banlieue envahi par les herbes folles et les voitures d'occasion. L'image complète du puzzle me semblait apparaître peu à peu, tel le reflet chatoyant d'une chose que j'avais crue inaccessible.

Grace passa doucement un doigt pensif sur le volant et se tourna vers moi.

— On joue à Vingt Questions ?

Vautré sur le siège passager, les yeux fermés, je me

rôtissais voluptueusement aux rayons du soleil de l'après-midi qui traversaient le pare-brise.

— Tu ne devrais pas regarder les autres voitures ? L'acquisition d'un véhicule, tu sais, ça implique d'ordinaire... d'effectuer un choix.

— C'est que je ne suis pas très douée pour ça, dit-elle. Je vois ce dont j'ai besoin et je l'achète, c'est tout.

Sa réponse me fit rire. Je commençais à saisir combien une telle déclaration était du *Grace à l'état pur.*

Elle croisa les bras et plissa les yeux avec une irritation feinte.

— Vingt Questions, donc, et pas en option.

Je jetai un coup d'œil dehors pour vérifier que le propriétaire, parti remorquer la voiture de Grace, n'était pas revenu – à Mercy Falls, une seule et même entreprise gérait le dépannage des véhicules et la vente de voitures d'occasion.

— D'accord, mais tu m'épargnes les trucs gênants.

Grace se laissa glisser un peu plus près et s'affala sur la banquette dans une pose qui était le reflet de la mienne, et cela m'apparut comme la première question : sa jambe et son épaule pressées contre les miennes, sa chaussure aux lacets soigneusement noués sur ma bottine de cuir éraflé. Je sentis mon pouls s'accélérer, comme dans une réponse silencieuse.

— Je veux savoir ce qui fait que tu te changes en loup, me demanda-t-elle d'une voix égale, sans paraître remarquer l'effet qu'elle produisait.

Cette question, du moins, était facile.

— Je deviens un loup quand la température baisse. Quand il fait froid la nuit, mais chaud pendant la journée, je sens peu à peu le loup surgir en moi, et, lorsque le froid s'accentue, je me transforme jusqu'au printemps suivant.

— Les autres aussi ?

Je hochai la tête.

— Plus on est loup depuis longtemps et plus la température doit être élevée pour que l'on redevienne humain.

Je me tus un instant, indécis, me demandant si c'était bien le moment de tout lui avouer.

— Nul ne sait pendant combien d'années il ou elle oscillera ainsi entre les deux, repris-je. Pour chacun, c'est différent.

Grace me dévisagea longuement – du regard que fillette, gisant dans la neige, elle avait levé sur moi. Je ne déchiffrais pas mieux son regard aujourd'hui qu'alors, et ma gorge se noua d'appréhension. Mais elle changea heureusement de sujet.

— Combien êtes-vous ?

Je ne le savais pas exactement, d'autant que nombre des nôtres ne reprenaient plus forme humaine.

— Une vingtaine, peut-être.

— Et qu'est-ce que vous mangez ?

— Des petits lapins. (Elle plissa les paupières, et je grimaçai un sourire.) Pas seulement les petits, les gros aussi. Je crois à l'égalité des chances, en ce qui concerne le civet.

Elle ne broncha pas.

— Qu'avais-tu sur le museau, le soir où tu m'as laissée te toucher ?

Elle parlait d'un ton neutre, mais quelque chose se tendit au coin de ses yeux, comme si elle n'était pas absolument sûre de vouloir entendre la réponse. Il me fallut un effort pour me remémorer cette nuit-là – ses doigts dans ma fourrure, son souffle sur le pelage de mon mufle, le plaisir coupable de sa proximité, et le garçon, celui qui avait été mordu. C'était bien sûr à lui qu'elle songeait.

— J'avais du sang sur les babines ?

Grace opina.

Qu'elle se sente obligée de me poser la question m'attrista un peu, mais comment en aurait-il été autrement ? Elle n'avait pas une seule raison de me faire confiance.

— Ce n'était pas le sang de... ce garçon !

— Jack, dit-elle.

— Ce n'était pas celui de Jack, répétai-je, je savais qu'on l'avait attaqué, mais je n'y étais pas. C'était... (Je dus puiser au plus profond de ma mémoire l'origine du sang sur mon museau. Mon cerveau humain me soufflait de possibles explications – lièvre, cerf, animal écrasé par une voiture –, autant d'hypothèses qui semblaient prendre aussitôt une réalité plus concrète que mes souvenirs lupins. Mais je finis pourtant par trouver la réponse, dont je ne me sentis pas très fier.)... un chat, un chat que j'avais attrapé.

Grace respira, soulagée.

— Tu n'es pas fâchée, pour le chat ?

— Il faut bien que tu manges ! À partir du moment où il ne s'agit pas de Jack, je me fiche de savoir si tu as avalé un wallaby, déclara-t-elle, mais elle restait visiblement préoccupée.

Je m'efforçai de me remémorer le peu que je savais de l'attaque. L'idée qu'elle puisse avoir mauvaise opinion de la meute me faisait horreur.

— C'est lui qui les a provoqués, tu sais.

— Il a fait quoi ? Tu ne viens pas de me dire que tu n'y étais pas ?

Je secouai la tête, essayant de trouver les mots pour lui expliquer.

— Nous, les loups, nous ne... nous communiquons avec des images. Rien de bien compliqué, et pas sur de grandes distances, mais si on se tient tout près d'un autre loup, on peut partager avec lui une image. Les loups m'ont montré l'attaque de Jack.

— Vous êtes télépathes ? demanda Grace, incrédule.

Je secouai vigoureusement la tête.

— Non, nous, je – c'est difficile à expliquer pour un hu... – pour quelqu'un comme moi. On pourrait dire que les cerveaux lupins sont autres. Ils ne manient pas les concepts abstraits. L'heure, les noms propres, les émotions complexes n'y ont aucune place. Ils sont conçus pour des choses comme la chasse, ou pour avertir d'un danger, par exemple.

— Et qu'est-ce que tu as vu, sur lui ?

Je baissai les yeux. C'était une expérience étrange que d'extraire un souvenir lupin d'un esprit humain. Je passai en revue dans ma tête toute une série de formes floues : je reconnaissais à présent la morsure des balles dans les traînées rouges qui maculaient le pelage des loups, et le sang du garçon, figé sur leurs babines.

— Certains m'ont montré Jack, qui les attaquait avec une... arme à feu ? Probablement une carabine à air comprimé. Il portait une chemise rouge.

Les loups distinguent peu de couleurs, mais nous voyons le rouge.

— Mais pourquoi ?

Je secouai la tête.

— Aucune idée. On ne songe pas à ce genre de choses.

Grace se tut. Je suppose qu'elle pensait toujours à Jack. Nous restâmes longtemps silencieux, et je commençais à me demander si je ne lui avais pas fait de la peine quand elle reprit la parole :

— Alors tu n'as jamais de cadeaux de Noël ?

Je la regardai, déconcerté. Noël appartenait à une autre existence, avant les loups.

Elle baissa la tête vers le volant.

— Je me disais juste qu'en été, tu étais toujours absent, et que si j'aimais tant Noël, c'est parce que je savais que tu allais venir, que tu serais dans les bois, en loup. À cause du froid, j'imagine. Mais ça implique aussi que tu ne reçois jamais de cadeaux de Noël.

Je secouai la tête. Ma transformation advenait à présent si tôt dans la saison que je ne voyais même plus les décorations des boutiques.

Grace fronça les sourcils en direction du volant.

— Tu penses à moi, quand tu es loup ?

Loup, j'étais l'ombre d'un garçon qui s'acharnait en vain à préserver le souvenir de mots vides de sens. Je rechignais à lui avouer que j'oubliais alors jusqu'à son nom.

— Je pense à ton odeur, répondis-je honnêtement, et je tendis la main pour porter une mèche de ses cheveux à mes narines. Le parfum de son shampooing me renvoya à celui de sa peau et, avalant ma salive, je laissai retomber la boucle sur son épaule.

Ses yeux suivirent ma main, de son épaule à mes genoux, et je la vis déglutir, elle aussi. Aucun de nous deux ne voulant la formuler, la question suivante, pourtant évidente – quand allais-je à nouveau changer ? – restait suspendue en l'air entre nous. Je ne me sentais pas prêt à y répondre. Ma poitrine me faisait mal, quand je pensais qu'il me faudrait abandonner tout ceci.

— Tu sais conduire ? demanda-t-elle en posant les mains sur le volant.

— L'État du Minnesota semble le croire, répondis-je

en lui tendant le portefeuille que je venais d'extraire de la poche de mon jean.

Elle sortit mon permis qu'elle posa contre le volant.

— « Samuel K. Roth », lut-elle à voix haute. C'est un vrai permis, tu dois donc être vrai, toi aussi ! s'exclama-t-elle avec surprise.

Je ris.

— Tu en doutais toujours ?

Elle me rendit mon portefeuille sans répondre.

— C'est ton nom ? demanda-t-elle. On ne te croit pas mort, comme Jack ?

Je ne savais pas si j'avais envie d'en parler, mais je répondis tout de même.

— C'était différent, dans mon cas. Mes morsures étaient moins graves que les siennes, et des gens sont intervenus pour empêcher que l'on me traîne dans la forêt. Je n'ai jamais été déclaré officiellement mort, contrairement à Jack. Alors, oui, c'est bien mon nom.

Grace prit un air songeur. Je me demandais à quoi elle pensait lorsqu'elle se tourna vers moi, la mine sombre.

— Donc tes parents savent, n'est-ce pas ? Et c'est pour cela qu'ils...

Elle s'interrompit et ferma à demi les yeux. Je la vis déglutir à nouveau.

— On est malade pendant des semaines quand on se transforme, expliquai-je pour lui épargner d'avoir à achever sa phrase. À cause du virus mutagène lupin, je crois. J'avais la fièvre, je n'arrêtais pas de passer d'une forme à l'autre. (Je me tus un instant ; les souvenirs défilaient dans ma mémoire comme des vues sur l'écran de l'appareil photo d'un autre.) On m'a cru possédé. Puis il s'est mis à faire plus chaud, et mon état s'est amélioré – je me suis stabilisé, et l'on m'a cru guéri. Sauvé, je suppose. Jusqu'au retour de l'hiver. Mes parents ont voulu alors faire intervenir l'église, puis y ont renoncé. Et ils ont décidé de prendre eux-mêmes les choses en main. Tous deux sont enfermés maintenant, condamnés à la prison à vie. Ils n'ont pas compris que nous sommes plus difficiles à supprimer que la plupart des gens.

Le teint de Grace avait viré au vert pâle, et les jointures de ses doigts crispés sur le volant blanchissaient.

— On peut changer de sujet, s'il te plaît.

— Désolé, lui dis-je, et je l'étais vraiment. Parlons de voitures, si tu veux. Est-ce sur celle-ci que tu as jeté ton dévolu ? À supposer que le moteur carbure correctement, je veux dire. Je n'y entends strictement rien, question voitures, mais au moins, je sais faire semblant, et tu admettras que « carbure correctement » est le genre de choses que disent les connaisseurs.

— Oui, elle me plaît beaucoup, dit-elle aussitôt, et elle tapota le volant.

— Elle est rien moche, concédai-je avec générosité. Mais elle a l'air de vouloir se moquer des congères, et si tu entres en collision avec un cerf, elle se contentera sans doute de hoqueter avant de poursuivre sa route.

— Et la banquette avant est très réussie, renchérit Grace, on peut...

Elle se pencha et posa légèrement la main sur ma cuisse. Nous n'étions plus séparés que de quelques centimètres, et je sentis la chaleur de son haleine sur mes lèvres, et combien elle désirait que je me penche, moi aussi.

Dans ma tête surgit à nouveau le jardin où Grace, main tendue, me suppliait d'approcher, mais cela m'était impossible car j'appartenais à un autre monde, qui exigeait de moi que je garde mes distances. Je me demandais si je m'y trouvais encore, si j'étais toujours assujetti à ses lois. Ma peau humaine me narguait en m'offrant des richesses qui disparaîtraient avec les premiers froids.

Je m'écartai un peu en tournant la tête pour ne pas voir sa réaction.

— Raconte-moi ce qui s'est passé, après que tu as été mordue, dis-je pour rompre le silence pesant de l'habitacle. Tu es tombée malade ?

Grace s'adossa à la banquette avec un soupir. Combien de fois auparavant l'avais-je déjà déçue ?

— Je ne sais pas. Oui, peut-être. C'était il y a si longtemps. Je crois me souvenir que j'ai eu la grippe, après.

J'avais eu, moi aussi, l'impression d'avoir la grippe. Les symptômes étaient les mêmes : une immense fatigue, des frissons tour à tour glacés et brûlants, le feu de la nausée dans la gorge, les courbatures et les os douloureux, qui aspirent au changement.

Grace haussa les épaules.

— C'est également cette année-là que je suis restée enfermée dans la voiture. Ça s'est passé un ou deux mois plus tard, encore au printemps, mais il faisait déjà très chaud. Mon père avait sans doute des courses à faire en ville, il m'avait emmenée avec lui. Je devais être trop jeune pour qu'on me laisse seule à la maison. (Elle s'interrompit et me jeta un coup d'œil pour vérifier que j'écoutais, ce qui était effectivement le cas.) Là aussi, j'avais la grippe, poursuivit-elle. Je brûlais de fièvre, j'étais épuisée, et sur le chemin du retour, je me suis endormie sur la banquette arrière... pour me réveiller à l'hôpital. J'imagine que mon père était rentré à la maison et avait rangé les provisions en m'oubliant complètement. On m'a dit que j'avais tenté de sortir de la voiture, mais je ne m'en garde aucun souvenir. J'ai repris connaissance à l'hôpital, où j'ai entendu une infirmière annoncer que ce mois de mai était le plus chaud jamais enregistré à Mercy Falls. Le docteur a dit à mon père que la température dans l'habitacle aurait pu me tuer, et que c'était un miracle que j'aie survécu. Tu considères ça un comportement de parent responsable, toi ?

Je secouai la tête, incrédule. Un bref silence suivit, et la tristesse de son expression me fit regretter amèrement de ne pas l'avoir embrassée quelques instants plus tôt. Je songeai à lui demander de me montrer *en quoi elle trouvait la banquette très réussie*, mais ne pus m'imaginer articulant ces mots et me bornai à lui prendre la main et à faire courir un doigt le long de sa paume, des lignes de sa main, mémorisant son empreinte.

Grace émit un petit son satisfait et ferma les yeux. Mes doigts dessinaient des volutes sur sa peau. C'était presque plus agréable que de s'embrasser.

Nous sursautâmes de conserve en entendant tapoter sur la vitre de mon côté. Debout près de la voiture, le garagiste nous dévisageait.

— Vous avez trouvé ce que vous cherchez ? demanda-t-il d'une voix indistincte.

Grace se pencha pour faire glisser la fenêtre.

— Exactement, répondit-elle.

Elle me considérait avec intensité.

chapitre 18 • Grace

3 °C

Ce soir-là aussi Sam s'est endormi dans mon lit, chastement perché à l'extrême bord du matelas, mais nous avons migré l'un vers l'autre pendant la nuit. Vers le matin, longtemps avant l'aube, je me suis réveillée à moitié dans la chambre illuminée par les rayons pâles de la lune. J'étais blottie contre son dos, les poings crispés contre la poitrine, dans une attitude de momie. Je distinguais tout juste la courbe sombre de son épaule, et un je-ne-sais-quoi dans sa forme, dans sa posture, m'emplissait d'une tendresse violente. Son corps tiède sentait si bon – parfum de loup, de forêt, de mon monde – que j'y ai enfoui mon visage et j'ai refermé les yeux. Il a fait un petit bruit en renversant les épaules en arrière, tout contre moi.

Nous respirions d'un même souffle. J'allais m'assoupir, quand une pensée m'a transpercée, comme un éclair de feu : *je ne peux plus vivre sans ceci.*

Il devait exister un remède.

chapitre 19 ✦ Grace

22 °C

Le temps était splendide le jour suivant, bien trop beau pour aller en cours, mais impossible de manquer deux jours d'affilée sans fournir une très bonne excuse. Non que je risque de rater grand-chose, mais quand on est toujours présente, les gens en viennent à remarquer la moindre exception. Rachel m'avait déjà appelée deux fois et elle avait laissé sur le répondeur un message sinistre, qui m'informait que j'avais *bien mal choisi le jour pour sécher, Grace Brisbane !* Olivia n'avait pas téléphoné depuis notre dispute dans le hall, j'en ai donc déduit que nous étions brouillées.

Sam m'a conduite au lycée dans la Bronco. Je me suis hâtée, pendant le trajet, d'expédier les devoirs d'anglais que je n'avais pas eu le temps de finir la veille. Quand, sur le parking, j'ai ouvert la portière, une bouffée d'air inhabituellement chaude a envahi l'habitacle. Sam s'est tourné vers moi, paupières mi-closes.

— J'adore ce temps, je me sens si moi !

On aurait cru l'hiver à des milliers d'années, à le voir se dorer ainsi au soleil, et il me paraissait inconcevable qu'il ne me quitte. Je voulais graver en mémoire la courbe abrupte de son nez, pour la retrouver dans mes rêveries, plus tard. Puis j'ai eu peur de l'aimer plus que mon loup et je me suis sentie absurdement coupable – jusqu'à ce que je me souvienne qu'il *était* mon loup, et que le sol vacille de nouveau sous mes pieds. C'est alors que j'ai réalisé, soulagée, que tout devenait simple, à présent : je n'avais plus qu'à trouver pour mes camarades une explication à la présence de mon nouvel ami.

— Je dois vraiment y aller, maintenant. Pas que j'en aie envie, mais...

Sam a ouvert tout grand les yeux et m'a regardée.

— Je serai ici à t'attendre à la sortie, a-t-il promis, avant de poursuivre cérémonieusement : Puis-je emprunter ta voiture ? Je voudrais aller voir si Beck est humain, et s'il y a du courant chez lui.

J'ai opiné, mais une petite partie de moi ne pouvait s'empêcher d'espérer que l'électricité serait coupée, chez Beck. Je voulais Sam de retour dans mon lit, là où il ne risquait pas de s'évanouir en fumée comme le rêve qu'il était. Empoignant mon sac à dos, je suis sortie de la Bronco.

— Gare aux P.-V., fonceur !

Je passais devant le capot quand il a baissé la vitre de son côté.

— Hé !

— Qu'est-ce qu'il y a ?

— Viens ici, Grace, a-t-il ordonné d'un air timide.

J'ai souri à sa façon de prononcer mon nom, et plus encore quand j'ai compris ce qu'il voulait. Je n'ai pas été dupe de sa retenue : mes lèvres s'entrouvraient à peine, qu'il les quittait sur un soupir.

— Je vais te mettre en retard.

J'ai souri, aux anges.

— Tu seras revenu pour trois heures ?

— Juré !

J'ai suivi du regard la Bronco qui quittait le parking, oppressée à l'avance par le poids des longues heures de cours à venir.

Un cahier m'a frappé le bras.

— C'était qui ?

Je me suis tournée vers Rachel et je me suis creusé la tête à la recherche d'une réponse plus simple que la vérité.

— Le conducteur ?

Mais mon amie, qui pensait déjà à autre chose, m'avait saisi sans plus insister le coude et me remorquait vers le lycée. Dire que j'allais m'enfermer dans une salle de classe, par une journée aussi belle, et alors que Sam m'attendait dans la voiture ! Je me suis consolée en me disant qu'un tel sacrifice ne pouvait manquer d'être récompensé. Rachel a secoué mon bras pour capter mon attention.

— Hé, Grace, écoute-moi ! Un loup est venu près du lycée, hier. Sur le parking. Tout le monde l'a vu, en sortant de cours.

— Quoi ? (Je me suis retournée et j'ai contemplé l'étendue d'asphalte en essayant d'imaginer un loup entre les voitures ; les quelques pins qui bordaient le terrain ne jouxtaient pas Boundary Wood et, pour gagner le parking, l'animal aurait eu à traverser plusieurs rues et jardins.) Il était comment ?

Rachel m'a lancé un regard curieux.

— Le loup ?

J'ai opiné.

— Comme un loup. Gris. (Elle a haussé les épaules

devant mon air exaspéré.) Honnêtement, je n'en sais rien, Grace ! Gris-bleu, peut-être ? Plutôt pouilleux, avec des écorchures répugnantes, pleines de terre, sur l'épaule.

Jack. Ce ne pouvait qu'être lui.

— Ça a dû déclencher une belle panique !

— Comme tu dis, et là, tu as vraiment raté quelque chose, toi, la fille-aux-loups. Sans rire ! Heureusement qu'il n'y a pas eu de blessés, mais Olivia était terrorisée, comme tous les élèves, d'ailleurs. Isabel est devenue complètement hystérique, elle a piqué une mégacrise. (Rachel a serré mon bras.) Au fait, pourquoi tu ne répondais pas au téléphone ?

Nous sommes entrées dans le bâtiment aux portes grandes ouvertes à cause de la chaleur.

— Ma batterie était vide.

Rachel a fait une grimace et a haussé la voix pour que je l'entende par-dessus le brouhaha du hall.

— Alors quoi ? Tu étais malade ? Je n'aurais pas cru me retrouver un jour en cours sans toi. Entre ton absence et la présence de bêtes sauvages sur le parking, on aurait dit la fin du monde imminente. Je m'attendais à un déluge de sang, ou un truc comme ça.

— Je crois que j'ai été victime d'une incapacité temporaire.

— C'est contagieux ? a demandé Rachel, qui, loin de s'écarter, m'a donné une bourrade de l'épaule.

Je la repoussais en riant quand j'ai aperçu Isabel Culpeper, et le sourire est mort sur mes lèvres. La sœur de Jack se tenait le dos voûté, appuyée contre le mur, près de l'une des fontaines d'eau potable. Je l'ai crue tout d'abord penchée sur l'écran de son portable avant de me rendre compte qu'elle n'avait rien dans les mains, qu'elle fixait seulement le sol. Si ce n'avait été une telle princesse de glace, j'aurais pensé qu'elle pleurait. Je me suis demandé si je devais aller lui parler.

À ce moment-là, elle a relevé la tête, comme si elle avait lu dans mes pensées. Ses yeux, si semblables à ceux de son frère, me défiaient : *Tu veux ma photo ?*

J'ai vite détourné le regard et j'ai continué à avancer sans m'arrêter. J'avais la désagréable impression que les choses n'en resteraient pas là.

chapitre 20 ◆ Sam

4 °C

Allongé sur le lit de Grace cette nuit-là, encore secoué par la nouvelle de l'apparition de Jack sur le parking du lycée, je scrutais sans parvenir à trouver le sommeil l'obscurité de la chambre. La chevelure de Grace sur l'oreiller luisait comme un halo. Je songeais aux loups qui ne se comportent pas en loups ; et je songeai à Christa Bohlmann.

Je n'avais pas pensé à elle depuis des années, mais elle avait surgi à nouveau dans ma mémoire lorsque j'avais entendu Grace raconter, les sourcils froncés, comment Jack avait été surpris à rôder là où il n'aurait pas dû se trouver.

La dernière fois que j'avais vu Christa, elle se battait avec Beck : ils grondaient tous les deux et s'apostrophaient violemment tout en décrivant des cercles l'un autour de l'autre, à la manière des loups, d'abord dans la cuisine, puis dans le salon, puis dans l'entrée, avant de revenir à la cuisine. J'étais jeune à l'époque, je devais avoir environ huit ans, Beck me faisait l'effet d'un géant – une sorte de grande divinité susceptible, qui ne maîtrisait que de justesse son courroux. Il parcourut ainsi, à plusieurs reprises, toute la maison avec cette jeune femme solidement bâtie, au teint marbré de rage.

— Tu as tué deux humains, Christa. Il serait temps que tu voies les choses en face !

— Tué, tu as dit tué ? glapit-elle d'une voix qui rayait le tympan comme une griffe le verre. Et moi, alors ? Regarde un peu ma vie ! Elle est fichue !

— Elle n'est pas fichue, objecta Beck avec hargne. Tu respires toujours, non ? Et ton cœur bat encore, pas vrai ? On ne saurait en dire autant de tes deux victimes.

Je battis en retraite devant le rugissement de Christa – un feulement rauque, presque incompréhensible.

— Ma vie est fichue ; ce n'est pas une vie !

Beck tempêta contre son égoïsme et son irresponsabilité, et elle répondit par une kyrielle de blasphèmes qui me scandalisèrent : j'entendais ces mots-là pour la première fois.

— Et si on parlait un peu de celui du sous-sol ? gronda Beck. (J'entrevoyais juste son dos de mon poste d'observation dans le couloir.) Tu l'as mordu, Christa ! C'est sa vie *à lui* que tu as fichu en l'air, à présent ! Sans compter les deux autres, ceux que tu as supprimés, simplement parce qu'ils t'ont insultée. Et j'attends toujours de te voir montrer le moindre remords ! Tant pis, je me contenterai de la promesse que ça ne se produira plus.

— Pourquoi je te promettrais quoi que ce soit ? Tu m'as déjà donné quelque chose, toi ? aboya Christa, les épaules basses secouées de soubresauts. Vous croyez former une meute, vous autres, mais vous n'êtes qu'une secte, qu'un ramassis de tordus et de monstres ! Je ferai ce que je veux et je vivrai ma vie comme je l'entends !

— Tu vas me jurer de ne pas recommencer, exigea Beck d'une voix monocorde, et je me souviens que j'eus alors pitié de Christa, parce que c'était lorsque Beck semblait se calmer que sa colère ne connaissait plus aucune borne.

À ce moment-là, Christa regarda droit vers moi – sans me voir. Son esprit fuyait au loin la réalité de son corps changeant. Une veine saillait verticalement, juste au milieu de son front, et ses ongles étaient des griffes.

— Va te faire foutre, je ne te dois rien !

— Sors de chez moi, ordonna Beck, effroyablement calme.

Elle obtempéra en claquant la porte vitrée avec une violence telle que la vaisselle s'entrechoqua dans les placards de la cuisine. Quelques instants plus tard, j'entendis la porte s'ouvrir à nouveau, bien plus doucement, puis se refermer. Beck lui emboîtait le pas.

Il faisait froid ces jours-là, assez froid pour me faire craindre que Beck ne se transforme pour l'hiver et ne m'abandonne, tout seul, dans la maison. La peur m'avait poussé à quitter le couloir pour le salon, quand retentit un *CRAC* assourdissant.

Beck entra silencieusement. Il tremblait de froid et des préludes de la transformation. Il déposa un fusil sur le plan de travail aussi délicatement que s'il était en verre ; puis il me vit : debout, bras croisés sur la poitrine, les doigts crispés sur les biceps.

— N'y touche pas, Sam, me dit-il d'une voix creuse, éraillée, que j'entends encore.

Et il se rendit dans son bureau, posa la tête sur les bras et resta ainsi toute la journée. Au crépuscule, Ulrik et lui sortirent de la maison. Je les entendis chuchoter et vis par la fenêtre Ulrik aller chercher une pelle dans le garage.

Et j'étais ici à présent, dans le lit de Grace, tandis que dehors quelque part se trouvait Jack. Les gens en colère ne font pas de bons garous.

J'étais passé devant chez Beck pendant que Grace était au lycée. Aucun véhicule devant la maison, aucune lumière aux fenêtres. Je n'avais pas eu le courage d'entrer, de constater par moi-même l'état d'abandon des lieux. Sans Beck pour assurer la cohésion et la sécurité de la meute, qui se chargerait de contrôler Jack ?

Un pincement désagréable au fond de ma gorge me suggérait que c'était à moi d'intervenir. Beck avait un portable, mais je fouillai longtemps ma mémoire sans parvenir à en exhumer le numéro. J'enfouis mon visage dans l'oreiller et croisai les doigts pour que Jack ne morde personne : je n'étais pas certain d'avoir la force de faire le nécessaire, s'il commençait à poser problème.

chapitre 21 • Sam

14 °C

À 6 h 45 du matin le jour suivant, le réveil de Grace hurla dans mes oreilles tout un chapelet d'obscénités électroniques, et je me réveillai de nouveau en sursaut, le cœur battant à tout rompre, exactement comme la veille. J'avais la tête tout embrumée de rêves : rêves de loups, d'humains et de sang frais sur le museau.

— Mmmmmm, marmonna Grace en remontant sans s'émouvoir le drap sur ses épaules. Éteins-le, s'il te plaît. Je me lève tout de suite. Dans... une seconde.

Elle roula sur elle-même, sa tête blonde émergeant à peine des couvertures, et s'enfonça dans le lit comme pour prendre racine dans le matelas.

Tout était dit. Elle dormait. Et moi, non.

M'adossant à la tête du lit, je la laissai encore quelques minutes plongée dans son doux monde de tiédeur et de rêves. Je retraçai délicatement du doigt l'orée de ses cheveux, tout le long du front, puis derrière l'oreille jusqu'à l'amorce fuselée du cou, là où ils cédaient la place à un duvet de bébé tout hérissé. Elles me fascinaient, ces minuscules petites plumes en pleine croissance, et j'avais affreusement envie de me pencher, de les mordiller tout doucement pour la réveiller, l'embrasser et la mettre en retard pour ses cours. Mais je ne pouvais m'ôter de la tête Jack, Christa, et ceux qui ne font pas de bons garous. Si j'allais au lycée, mon odorat affaibli d'humain saurait-il encore me guider sur les traces de Jack ?

— Grace, murmurai-je. Grace, réveille-toi !

Grace fit un petit bruit, qui signifiait clairement *fiche-moi la paix !* en somnambule.

— C'est l'heure de se lever, déclarai-je en enfonçant un doigt dans son oreille.

Elle couina et m'envoya une tape : elle était réveillée.

Nos matins à deux prenaient un tour agréablement routinier. Pendant qu'elle titubait, encore tout ensommeillée, vers la douche, j'introduisis deux bagels dans le grille-pain et entrepris de convaincre la cafetière de nous concocter un breuvage décent. De retour dans la chambre, j'enfilai mon jean en écoutant Grace fredonner sous la douche, puis j'ouvris un tiroir en quête d'une paire de chaussettes pas trop fille à emprunter.

J'entendis plutôt que ne sentis mon souffle s'interrompre : entre les chaussettes soigneusement pliées étaient rangées des photos, des photos de loups, des photos de nous. Je sortis soigneusement toute la pile du tiroir et reculai vers le lit et, dos tourné à la porte comme un coupable, les passai lentement en revue. Je trouvais fascinant de les regarder avec des yeux humains. Je pouvais identifier certains des plus âgés, qui changeaient toujours avant moi : Beck, le grand gris-bleu massif, Paul, au pelage noir soigneusement entretenu, Ulrik, à la fourrure gris-brun et Salem, avec son oreille déchirée et ses yeux chassieux. Je poussai malgré moi un soupir.

La porte dans mon dos s'ouvrit sur une bouffée d'air moite et de parfum. Grace approcha et posa sa tête sur mon épaule. J'inspirai à fond.

— Tu t'admires ?

Mes doigts se figèrent sur les vues.

— Il y a une photo de moi ?

Grace fit le tour du lit.

— Pas une, plusieurs. Tu figures sur la plupart d'entre elles – tu ne te reconnais pas ? Oh, bien sûr, tu ne peux pas... Dis-moi plutôt qui est qui.

Le sommier grinça lorsqu'elle approcha. Je fis à nouveau défiler, plus lentement, les images.

— Voici Beck. C'est toujours lui qui se charge des nouveaux loups.

Deux seuls avaient muté après moi : Christa, et Dereck, que Christa avait engendré. Je n'avais pas l'habitude des jeunes nouveaux venus – d'ordinaire, quand la meute s'agrandissait, c'était par l'adjonction d'autres loups, plus âgés, et non de blancs-becs sauvagement conçus tels que Jack.

— Il est comme un père pour moi, repris-je.

Je trouvai mes propres mots étranges, mais vrais. C'était la première fois qu'il me fallait expliquer cela à quelqu'un. Quand je m'étais enfui de chez mes parents, Beck m'avait pris sous son aile, et il avait recollé soigneusement les éclats épars de mon équilibre mental.

— Je sais qu'il compte beaucoup pour toi, dit Grace, visiblement étonnée de sa propre intuition. Ta voix change quand tu parles de lui.

— Vraiment ? (C'était mon tour d'être surpris.) Elle change comment ?

Grace secoua timidement les épaules.

— Je ne sais pas. Tu sembles fier. Je trouve ça mignon. Et là, qui est-ce ?

— Shelby, répondis-je, sans la moindre fierté dans la voix cette fois. Je t'ai déjà parlé d'elle.

Grace me regarda curieusement, et le souvenir de ma dernière rencontre avec Shelby me tordit désagréablement les entrailles.

— On ne voit pas les choses du même œil, elle et moi. Elle considère notre nature de loup comme un bienfait.

Près de moi, Grace hocha la tête sans insister. Je fus soulagé d'en rester là.

Je passai rapidement sur les quelques vues suivantes de Shelby et de Beck pour m'arrêter sur la photo d'une silhouette noire.

— C'est Paul. Il est notre alpha, notre chef de meute, quand nous sommes loups. Et ici, à côté, Ulrik, dis-je en désignant le loup gris-brun. Il joue un peu le rôle de l'oncle loufoque, il est allemand, et très mal embouché.

— Il a l'air marrant.

— Il peut être hilarant.

Peut-être aurais-je dû dire « *pouvait* », car je ne savais pas si cette année serait sa dernière, ou s'il vivrait encore un été humain. Je me remémorais son rire en volée de freux qui s'arrachent et la façon dont il se cramponnait à son accent comme à une identité.

— Tout va bien ? demanda Grace en fronçant les sourcils.

Je secouai la tête, le regard toujours fixé sur les loups. Comme ils semblaient animaux, pour des yeux humains ! Eux, ma famille, moi, mon devenir. Ces photos brouillaient une frontière que je n'osais encore franchir.

Grace, qui ne pouvait pourtant deviner mes tourments, avait entouré mes épaules de son bras et posé sa joue contre moi, d'un geste plein de réconfort.

— J'aurais voulu que tu les rencontres tous, quand ils sont humains.

Je ne savais comment lui expliquer quelle part énorme occupaient en moi leurs voix, leurs visages humains et leurs odeurs, leurs corps lupins ; ni combien je me sentais perdu, moi le seul à avoir gardé ma forme d'homme.

— Parle-moi d'eux, murmura Grace dans mon tee-shirt.

Je feuilletai ma mémoire.

— Quand j'ai eu huit ans, Beck m'a enseigné la chasse. J'avais horreur de ça.

Je me revis chez Beck, debout dans le salon ; je contemplais par la fenêtre les premières branches givrées de la saison, scintillant au soleil du matin, et le jardin m'apparaissait comme une planète étrangère, dangereuse.

— Pourquoi ?

— Je ne supportais pas la vue du sang, et je n'aimais pas faire du mal aux autres. Je n'avais que huit ans, après tout.

Dans mes souvenirs, j'étais malingre, candide, mes côtes saillaient. Tout l'été, je m'étais raconté que cet hiver-là, avec Beck, serait différent, que je ne changerais pas et que je pourrais continuer à me régaler des œufs qu'il me préparait toujours. Mais les nuits se refroidissaient peu à peu, et, lorsque même de brèves incursions à l'extérieur firent tressaillir mes muscles, je compris que le moment approchait où ma mutation deviendrait inévitable, et je sus que Beck, lui non plus, n'était plus pour très longtemps dans les parages. Je ne partais pas de gaieté de cœur.

— Mais pourquoi chasser, alors ? interrogea Grace, toujours logique. Pourquoi ne pas tout simplement prévoir à l'avance des provisions pour vous tous ?

— J'y ai pensé. Un jour, j'ai posé la question à Beck, et Ulrik s'est moqué de moi : *Ja, et pour les ratons laveurs et les opossums, tant que tu y es ?*

Elle s'esclaffa plus bruyamment que ma piètre imitation de l'accent d'Ulrik ne le méritait.

Je sentis une vague de chaleur me monter aux joues. C'était bon de lui raconter la meute. J'aimais ses yeux brillants, le drôle de petit rictus au coin de ses lèvres – elle savait qui j'étais et elle souhaitait en savoir plus. Cela ne signifiait pas pour autant que je pouvais tout lui dire, elle restait étrangère à la meute. *Les seuls que nous devons protéger sont les nôtres*, répétait Beck. Mais il ne la connaissait pas, et Grace n'était pas seulement humaine. Elle avait été mordue, même si elle ne s'était pas transformée. Elle était louve en dedans, c'était forcé.

— Comment ça se passait ? demanda Grace. Vous chassiez quoi ?

— Le lapin, bien sûr. Beck m'a emmené dehors, et Paul est resté à attendre dans la camionnette, pour me récupérer si je m'avérais encore trop instable pour éviter de me transformer encore une fois.

Je ne pouvais oublier comment Beck m'avait arrêté à la porte, juste avant que nous sortions, et s'était plié en deux pour scruter mon visage. Figé sur place, j'essayais de ne penser ni au changement imminent, ni au craquement d'une échine de lapin sous mes mâchoires. Ni, surtout, à l'inéluctable adieu à Beck pour l'hiver.

— Je suis désolé, Sam. N'aie pas peur !

Il avait posé la main sur mon épaule maigre.

Je n'avais pas répondu. Je pensais au froid, je me

disais que Beck ne redeviendrait pas humain après la chasse, que plus personne ne saurait me cuisiner mes œufs. Beck, lui, les préparait à la perfection. Mais ce n'était pas tout : Beck faisait de moi Sam. À l'époque, les cicatrices de mes poignets encore toutes fraîches, j'avais bien failli me désagréger en quelque chose qui n'était plus ni humain ni lupin.

— À quoi penses-tu ? s'inquiéta Grace. Tu ne dis plus rien.

Je relevai la tête. J'avais détourné sans y prendre garde les yeux.

— À la transformation.

Elle inséra son menton dans le creux de mon épaule, me regarda bien en face, puis me reposa en hésitant la question.

— Ça fait mal ?

Je songeai au long calvaire atrocement douloureux du changement, aux crampes qui tordent les muscles, aux boursouflements de l'épiderme, à l'écrasement des os. Les adultes avaient toujours tenté de m'épargner ce spectacle, mais ce n'était pas les voir se transformer qui me terrifiait – je n'éprouvais alors pour eux que de la pitié, car Beck lui-même en venait à gémir de douleur. Non, ce qui me terrifiait – ce qui me terrifie encore –, c'était ma propre métamorphose. L'oubli de Sam.

Je mens mal. Je n'essayai même pas.

— Oui, ça fait mal.

— Ça m'attriste de penser que, tout gosse, tu as dû endurer ça, déclara Grace, les sourcils froncés, en clignant des paupières sur ses prunelles luisantes. En fait, ça fait plus que m'attrister. Mon pauvre Sam !

Elle me toucha du doigt le menton. Je le posai dans sa paume.

Je repensai à ma fierté de ne pas avoir pleuré cette

fois-là, contrairement à l'époque où j'étais plus jeune, quand mes parents me regardaient avec des yeux béants d'horreur. Je revis Beck le loup m'emmener en bondissant dans la forêt, je goûtai sur mon museau le parfum tiède et amer de mon premier gibier. Après que Paul, emmitouflé dans son manteau et son chapeau, m'avait récupéré, je m'étais de nouveau transformé et, sur le chemin du retour, dans la camionnette, la solitude m'avait rattrapé : désormais, j'étais livré à moi-même. Beck ne redeviendrait plus humain cette année.

Et je me retrouvai brusquement de nouveau à huit ans, seul, fraîchement blessé. Mon thorax m'élançait, j'en perdais le souffle.

— Montre-moi à quoi je ressemble, demandai-je à Grace en penchant la photo vers elle. Je t'en prie !

Elle me prit toute la pile des mains, et je vis son visage s'éclairer tandis qu'elle la feuilletait.

— Tiens, c'est ma préférée !

Je saisis la photo et l'examinai. Debout dans les bois, sa fourrure étincelant au soleil, un loup me fixait de mes yeux. Je le regardai longuement, à attendre qu'il me parle, à espérer un frisson de reconnaissance. Que l'identité des autres loups des photos me soit si évidente, quand la mienne m'était cachée, me paraissait injuste. Qu'avait cette image, ce loup, pour faire briller les yeux de Grace ?

Et si, malgré tout, ce n'était pas moi ? Si celui qu'elle aimait était un autre, qu'elle prenait pour moi ? Jamais je ne le saurais.

Grace ignorait tout de mes doutes et prit mon silence pour de la fascination. Elle décroisa les jambes, puis se leva et passa la main dans mes cheveux. Portant sa paume à ses narines, elle inspira profondément.

— Tu sais que tu as gardé ton odeur de loup ?

Et c'est ainsi, tout simplement, qu'elle prononça les seuls mots sans doute capables de m'apaiser.

Je lui tendis la photo alors qu'elle allait quitter la pièce. Elle s'arrêta dans l'encadrement de la porte, sa silhouette se découpa sur le fond de lumière grise et terne du matin. Elle regarda tour à tour mes yeux, ma bouche et mes mains. Quelque chose en moi se noua et se dénoua insupportablement.

Je me croyais un étranger dans son monde, un garçon en porte-à-faux entre deux existences, péril lupin aux basques. Pourtant, lorsqu'elle articula mon nom et m'attendit, je compris que j'étais prêt à tout pour ne pas la quitter.

chapitre 22 • Sam
16 °C

Je restai longtemps à tourner sur le parking du lycée après avoir déposé Grace. Je me sentais frustré par l'idée de Jack, la pluie et les limites que m'imposaient mon corps humain. Un loup était passé par là – un léger souffle musqué, lupin, flottait dans l'air – mais j'étais incapable de le suivre, et même d'identifier Jack avec certitude. J'avais l'impression d'être aveugle.

J'y renonçai, finalement, et, après quelques minutes assis dans la voiture, cédai à mon envie de retourner chez Beck. Je ne savais pas où commencer à chercher Jack, mais les bois derrière sa maison étaient fréquentés par les loups, et je me dirigeai donc vers mon ancien refuge estival.

J'ignorais également si Beck était ou non devenu humain cette année. Je ne me souvenais même pas clairement de mes propres mois d'été. Les images se dissolvaient les unes dans les autres jusqu'à former un amalgame bigarré de saisons et d'odeurs d'origine obscure.

Comme il avait un plus long passé de transformations que moi, il me semblait peu probable qu'il soit redevenu humain, et moi non. Mais j'avais aussi l'impression que j'aurais dû continuer à changer. J'étais jeune, je ne me métamorphosais pas depuis très longtemps. Où avaient fui mes étés ?

Je voulais retrouver Beck et ses conseils, comprendre pourquoi la balle du chasseur avait fait de moi un humain et de combien de temps nous disposions, Grace et moi. Je voulais savoir si cette fois-ci serait la dernière.

— Tu es le meilleur de tous, m'avait-il déclaré un beau jour, et je me souviens encore de son expression : il avait l'air carré, solide et fiable comme une ancre dans une mer démontée. J'avais compris qu'il entendait par là : le plus humain de la meute. C'était après qu'ils eurent arraché Grace de la balançoire.

Quand j'arrivai, la maison apparaissait toujours sombre et déserte. Mes espoirs s'évanouirent. Il me vint à l'esprit que les autres avaient déjà dû tous se transformer pour l'hiver : les jeunes loups se faisaient rares ; sauf qu'à présent, il y avait Jack.

La boîte aux lettres débordait d'enveloppes et d'avis de la poste informant Beck que d'autres l'attendaient au bureau central. Je pris le tout et le déposai dans la voiture de Grace. J'avais une clef de la boîte postale de Beck et comptais aller relever son courrier plus tard.

Je me refusais à croire que je ne le reverrais plus.

Il n'en restait pas moins qu'en l'absence de Beck, personne n'avait rien expliqué à Jack, et que quelqu'un devait le tenir à l'écart du lycée et des endroits fréquentés par les hommes jusqu'à ce que cessent ses mutations sauvages et imprévisibles, propres aux nouveaux loups. Sa soi-disant mort avait déjà entraîné suffisamment de malheurs pour la meute. Je n'allais pas le laisser nous mettre en danger en se transformant en public ou en attaquant quelqu'un.

Jack était venu au lycée, peut-être avait-il voulu aussi rentrer chez lui. Je décidai donc de me rendre chez les Culpeper. Leur adresse n'avait rien d'un secret : tout le monde connaissait l'immense manoir Tudor, visible même de l'autoroute, le seul de Mercy Falls. Je ne pensais pas que qui que ce soit serait là en pleine journée, mais je garai par prudence la Bronco de Grace un kilomètre plus loin environ et je traversai à pied la pinède.

La maison était vide en effet. Elle se dressait devant moi comme un gigantesque château sorti tout droit d'un conte de fées. Un rapide examen des portes révéla une odeur caractéristique de loup.

Impossible de dire s'il était entré dans la maison, ou si, comme moi, il était venu en l'absence de tous avant de repartir dans les bois. Je me souvins alors combien j'étais vulnérable sous ma forme humaine et je pivotai sur moi-même, flairant l'air, scrutant les pins à la recherche d'un signe de vie. Rien. Du moins rien que mes sens humains puissent détecter.

Par acquit de conscience, j'entrai tout de même dans la maison pour vérifier que Jack n'était pas là, enfermé dans une pièce réservée aux monstres. Je fis des dégâts : brisant l'une des vitres de la porte de derrière avec une brique, je passai la main par le trou en dents de scie pour tourner le loquet.

À l'intérieur, je humai l'air de nouveau et crus flairer encore une trace de loup, mais très faible, comme passée. Je la suivis, un peu perplexe, jusqu'à une grande porte de chêne à double battant : j'étais sûr d'être sur une piste.

Je poussai prudemment les panneaux de bois. J'inspirai à fond.

L'immense vestibule qui s'étendait devant moi regorgeait d'animaux. D'animaux empaillés. Et pas de ceux qui donnent envie de les câliner. La vaste pièce plongée dans la pénombre évoquait une salle de musée abritant une exposition sur la faune du Nouveau Monde ou, plutôt, un temple dédié à la mort. Mon cerveau cherchait les paroles d'une chanson, il ne trouva qu'un vers : *Nous portons les sourires des morts grimaçants.*

Je frissonnai.

Dans le demi-jour qui filtrait par les fenêtres rondes bien au-dessus de ma tête, je distinguais assez de bêtes pour peupler l'arche de Noé : ici, un renard serrait avec raideur dans ses crocs une caille naturalisée, là, un ours noir aux griffes menaçantes me dominait de toute sa taille ; un lynx rampait le long d'une branche pour l'éternité, et je vis même un ours polaire, entre les pattes duquel on avait poussé le soin du détail jusqu'à placer un poisson. On empaillait donc aussi les poissons ? Je n'y avais jamais songé.

Ce fut au milieu d'une harde de cerfs de tailles et de robes variées que je découvris l'origine du fumet que j'avais perçu : tête retournée sur l'épaule, babines retroussées, un loup me fixait de ses prunelles de verre, hostile. Je m'approchai et lui tendis la main. Lorsque j'effleurai son poil desséché, il s'en dégagea la même odeur fanée, qui se dévoila à mes narines. Je reconnus le parfum caractéristique de la forêt. Mes doigts se recroquevillèrent, je serrai les poings et ma peau se hérissa. Je reculai. L'un des nôtres, sans doute. À moins que ce ne soit un simple loup, mais jamais encore je n'en avais croisé dans nos bois.

— Qui étais-tu ? dis-je dans un souffle.

Ses yeux – seul élément commun aux deux formes d'un garou – avaient disparu, remplacés par deux billes de verre. Le corps de Derek, criblé de balles le soir où l'on m'avait tiré dessus, viendrait-il le rejoindre dans cette macabre ménagerie ? L'idée me crispa les entrailles.

Jetant un dernier coup d'œil circulaire au vestibule, je me dirigeai vers la porte d'entrée. Tout ce qu'il avait d'encore animal en moi hurlait, me poussait à fuir l'odeur fade de mort qui infestait la pièce. Jack n'y était pas. Je n'avais aucune raison de rester.

chapitre 23 ◆ Grace
11 °C

— Bonjour, m'a dit Papa en relevant la tête du mug de voyage dans lequel il versait du café. (Il était habillé avec beaucoup de recherche pour un samedi, comme s'il s'apprêtait à essayer de vendre une villa à un riche investisseur.) Je dois retrouver Ralph au bureau à huit heures et demie, pour la propriété Wyndhaven.

Encore tout engourdie, j'ai cligné des paupières.

— Je ne suis pas réveillée, ne m'adresse pas la parole !

Dans mon brouillard, j'ai ressenti un pincement de culpabilité : pourquoi ne pas me montrer plus gentille avec lui ? Voilà plusieurs jours que je ne faisais que le croiser, que je ne lui avais pas vraiment parlé. La veille, Sam et moi avions discuté toute la soirée de l'étrange vestibule plein d'animaux empaillés des Culpeper ; nous nous demandions où Jack allait réapparaître, la prochaine fois, et la question s'avérait aussi irritante qu'un pull qui gratte. Un matin ordinaire avec Papa, tel que celui-ci, me semblait un retour abrupt à ma vie d'avant Sam.

Il a agité la cafetière dans ma direction.

— Tu en veux ?

— Verse donc, que je me débarbouille ! (J'ai tendu mes mains jointes en forme de coupe.) Où est M'man ?

Les préparatifs de ma mère pour quitter la maison impliquent d'ordinaire tout un remue-ménage et force bruits de pas en provenance de sa chambre, or je n'avais rien entendu.

— À une galerie ou une autre, à Minneapolis.

— Pourquoi si tôt ? On est presque encore hier.

Mon père n'a pas répondu. Il regardait par-dessus ma tête la télévision, qui diffusait un talk-show matinal particulièrement bruyant. Vêtu de kaki, l'invité de l'émission était entouré de toutes sortes de bébés animaux dans des boîtes et des cages, et la scène m'a rappelé de façon saisissante la description que Sam m'avait faite du vestibule des Culpeper. L'un des deux animateurs a entrepris de caresser délicatement un opossum, qui a objecté d'un sifflement. Papa a froncé les sourcils. Je me suis éclairci la gorge.

— Hé ho, P'pa, reviens parmi nous ! Attrape donc une tasse et verse-moi du café, si tu ne veux pas avoir ma mort sur la conscience, et je te promets que je ne nettoierai pas après.

Il a tâtonné dans le placard sans quitter l'écran des yeux, ses doigts se sont arrêtés sur mon mug préféré – le bleu turquoise, qu'une amie de Maman a fabriqué – qu'il a posé sur la table et il l'a poussé avec la cafetière vers moi. Une vapeur chaude s'est élevée quand je me suis servie.

— Alors, comment ça se passe, au lycée ? ai-je demandé.

Fasciné par le bébé koala qui se débattait dans les bras de l'invité, mon père a hoché la tête.

— Très bien, merci, ai-je répondu. (Il a émis un grognement approbateur.) Rien de spécial, ai-je insisté, hormis le récent arrivage de pandas, les élèves abandonnés par les profs à des hordes d'anthropophages... (j'ai fait une pause pour voir si j'avais réussi à attirer son attention)... tous les bâtiments qui ont brûlé, mon échec à mon examen de théâtre, et, bien entendu, toujours le sexe le sexe le sexe *le sexe*...

Papa a émergé brusquement de sa transe et s'est tourné vers moi, sourcils froncés.

— Qu'est-ce que tu viens de dire qu'on t'apprend, à l'école ?

Au moins, il en avait saisi plus que prévu.

— Rien de bien passionnant. Nous devons écrire des nouvelles, en anglais. J'ai horreur de ça, je ne suis vraiment pas douée pour la fiction.

— Des nouvelles sur le sexe ? a-t-il interrogé d'un air dubitatif.

J'ai secoué la tête.

— Tu devrais partir pour le travail, P'pa. Tu vas être en retard.

— Au fait, tu n'as pas vu le solvant ? Je dois le rapporter à Tom.

Il s'est gratté le menton ; il avait oublié un poil en se rasant.

— Tu dois rapporter *quoi* à *qui* ?

— Le solvant, pour nettoyer les armes. Je croyais l'avoir laissé sur le plan de travail ; ou dessous, peut-être...

Il s'est penché et s'est mis à fouiller dans le placard sous l'évier.

— Pourquoi le lui as-tu emprunté ? ai-je demandé en fronçant les sourcils.

Il a agité la main vers son bureau.

— Pour le fusil.

De petites sonnettes d'alarme se déclenchaient dans ma tête. Je savais que mon père possédait un fusil, accroché au mur de son bureau, mais je ne me souvenais pas de l'avoir jamais vu le nettoyer. Or, pour autant que je sache, on nettoie une arme après l'avoir utilisée.

— Tom m'a prêté le solvant pour que je le nettoie, après la battue. Je sais que je devrais le faire plus souvent, mais quand je ne l'utilise pas, je n'y pense pas.

— Tom Culpeper ?

Papa a sorti le flacon du placard sous l'évier.

— Oui.

— Tu es allé chasser avec Tom Culpeper ? L'autre jour ? Toi ?

J'ai senti mes joues me brûler et j'ai formé des vœux pour qu'il me réponde « non ».

Papa m'a regardée de cet air qui précède une remarque du type : *Je t'en prie, Grace, toi qui es si raisonnable d'habitude.*

— Il fallait agir, Grace.

— Tu as participé à la battue ? À la battue contre les loups ? Je n'arrive pas à croire que tu...

J'ai soudain imaginé Papa, un fusil à la main, rampant dans la forêt en rabattant les loups devant lui, et je me suis sentie si bouleversée que j'ai dû m'interrompre.

— Grace, je l'ai fait aussi pour toi !

Quand j'ai repris la parole, ma voix était comme assourdie.

— Et tu as tiré ?

Mon père a semblé comprendre l'importance de la question.

— Oui, mais en l'air.

Je ne savais pas s'il mentait ou s'il disait la vérité. Je ne voulais plus lui parler. J'ai secoué la tête et je lui ai tourné le dos.

— Ne boude pas, m'a dit Papa. (Il m'a embrassée sur la joue – je suis restée de marbre – et il a saisi son mug et son attaché-case.) Sois sage. À plus tard !

Debout dans la cuisine, les mains autour du mug bleu, je l'ai écouté démarrer la Taurus. Le ronflement du moteur s'est estompé peu à peu, puis la maison est retombée dans son silence habituel, tout à la fois réconfortant et déprimant. Ce matin aurait pu être comme les autres – un moment paisible, un café à la main –, mais non : les mots de mon père – *en l'air* – retentissaient encore dans la pièce.

Il savait combien les loups étaient importants pour moi. Malgré cela, il était allé comploter sournoisement avec Tom Culpeper.

Sa trahison me blessait au plus profond.

J'ai entendu un petit bruit du côté de la porte et j'ai tourné la tête. Sam, ses cheveux encore tout humides de la douche hérissés sur le crâne, me fixait d'un regard interrogateur. Je ne lui ai rien dit. Je me demandais comment réagirait mon père, s'il venait à apprendre l'existence de mon ami.

chapitre 24 ◆ Grace
11 °C

J'ai passé la majeure partie de la matinée et de l'après-midi suivants plongée dans mon manuel d'anglais, pendant que Sam, allongé sur le canapé, lisait un roman. Être ensemble dans une même pièce, très efficacement séparés par un livre de classe, me semblait une torture. Après plusieurs heures de travail entrecoupées seulement d'une pause déjeuner, j'ai senti que je n'en pouvais plus.

— J'ai l'impression de gaspiller ta présence, lui ai-je dit.

Sam n'a pas répondu. Croyant qu'il ne m'avait pas entendue, j'ai répété. Il a cligné des yeux, puis les a tournés lentement sur moi.

— Moi, je suis heureux d'être avec toi, tout simplement. Je n'en demande pas plus.

J'ai scruté un moment son visage. Le pensait-il vraiment ?

Sam a noté d'un coup d'œil le numéro de sa page et il a refermé doucement son livre.

— Veux-tu que nous sortions ? Si tu considères que tu as assez étudié, on peut aller faire un tour du côté de chez Beck, pour voir si Jack est venu jusque-là.

L'idée me séduisait. Depuis sa réapparition au lycée, je me demandais avec angoisse à quel endroit et sous quelle forme Jack allait maintenant se manifester.

— Tu crois qu'il y est ?

— Je ne sais pas, mais les nouveaux loups finissent toujours par s'y rendre. La meute vit le plus souvent dans ces parages, dans les bois derrière la maison.

Sam m'a soudain paru soucieux. Il n'a pas poursuivi. J'espérais que Jack rejoindrait ses congénères, parce que je ne voulais pas qu'on découvre ce qu'étaient vraiment les loups. L'inquiétude de Sam, elle, semblait avoir une autre cause, plus vaste et moins aisée à formuler.

Guidée par Sam, j'ai donc conduit la Bronco dans la lumière dorée de l'après-midi jusque chez Beck. La route serpentait en longeant Boundary Wood pendant vingt-cinq bonnes minutes avant de rejoindre la maison. Je n'avais pas réalisé combien les bois étaient vastes, avant d'en faire ainsi le tour, mais, en réalité, ce n'était pas surprenant : où cacher toute une meute de loups, sinon sur des centaines d'hectares de terrain inhabité ? J'ai ralenti dans l'allée, plissant les yeux pour détailler la façade de briques aux fenêtres closes. L'endroit semblait complètement désert. Sam a ouvert sa portière, et l'odeur douceâtre des pins qui montaient la garde autour du jardin a envahi mes narines.

— Belle maison ! ai-je commenté en admirant les hautes fenêtres dont les vitres renvoyaient les rayons du soleil.

Une maison en brique aussi grande paraît souvent imposante, mais l'atmosphère de celle-ci avait quelque chose de désarmant – peut-être à cause des haies taillées à la diable, embroussaillées, du jardin de devant, ou de la vieille mangeoire à oiseaux délabrée, qu'on aurait dit avoir poussé avec l'herbe de la pelouse. L'endroit avait un air *confortable*, comme un lieu qu'aurait conçu un garçon tel que Sam.

— Comment Beck l'a-t-il eue ? ai-je demandé.

— La maison ? Il a gagné beaucoup d'argent en travaillant comme homme de loi pour de vieux richards, et il l'a achetée pour la meute.

— C'est très généreux de sa part. (J'ai fermé ma portière.) Oh, zut !

Sam s'est penché vers moi par-dessus le capot.

— Qu'est-ce qu'il y a ?

— Je viens d'enfermer les clefs à l'intérieur de la voiture ! Mon cerveau fonctionne en pilotage automatique.

Sam a haussé les épaules avec insouciance.

— Beck garde un sésame dans la maison. On passera le prendre, en rentrant de la forêt.

— Un sésame ? Fascinant ! (J'ai grimacé un sourire.) J'ai toujours eu un faible pour les hommes pleins de ressources !

— Te voilà servie, dans ce cas, a répliqué Sam, et il a indiqué de la tête la ligne d'arbres bordant le jardin. Prête à t'enfoncer là-dedans ?

L'idée me terrifiait autant qu'elle m'attirait. Je n'étais pas retournée dans les bois depuis le soir de la battue, et avant cela, depuis le jour où j'avais vu Jack cloué au sol par les autres loups. Tous mes souvenirs de la forêt paraissaient entachés de violence.

— Tu as peur ?

Sam me tendait la main, et je me suis demandé si la prendre reviendrait à admettre que oui. Sauf qu'il ne s'agissait pas vraiment de peur, mais seulement d'une chose qui courait sur ma peau et redressait le duvet sur mes bras. Il faisait froid, mais ce n'était pas encore le désert glacial de l'hiver. Les loups sauraient trouver bien assez de nourriture sans qu'il soit nécessaire de nous attaquer. *Les loups sont des créatures pacifiques.*

Sam m'a pris la main et l'a serrée fort. Ses doigts étaient chauds entre les miens. Ses grands yeux luisants m'ont retenue un moment captive. J'ai revu mon loup me dévisager de ces mêmes prunelles.

— On n'est pas obligés d'y aller tout de suite.

— Mais je le veux !

C'était vrai : une partie de moi désirait voir l'endroit de la forêt où Sam passait l'hiver, lorsqu'il ne se tenait pas près de notre jardin, et une autre, celle qui n'en pouvait plus de nostalgie lorsque la meute hurlait dans la nuit, brûlait de suivre son faible effluve dans les bois. Pour le prouver, j'ai traversé le jardin et je me suis dirigée vers le rideau d'arbres, la main toujours dans celle de Sam.

— Ils garderont leurs distances, m'a-t-il assuré, comme si j'avais encore besoin d'être convaincue. Jack est bien le seul qui se risquerait à nous approcher.

Je me suis retournée et j'ai haussé un sourcil.

— Ah oui ? À ce propos, je voulais te demander : il ne va pas se jeter sur nous en bavant, comme dans un film d'horreur, j'espère ?

— Cela ne transforme pas les gens en monstres. Cela ne fait que lever leurs inhibitions. Pourquoi ? Il se conduisait comme ça, au lycée ?

J'avais comme tout le monde entendu raconter comment, en sortant d'une fête, Jack avait envoyé un autre garçon à l'hôpital, mais j'avais cru à des ragots jusqu'à ce que je voie moi-même la victime descendre le couloir, une bonne moitié du visage toujours enflée.

Jack n'avait pas besoin de se transformer pour être un monstre.

— Oui, en fait, il bavait pas mal, ai-je répondu en faisant la grimace.

— Eh bien, si ça peut te rassurer, je ne crois pas qu'il soit là. Mais je l'espère.

Les bois étaient ici différents de ceux qui jouxtent le jardin de mes parents. Les arbres se serraient les uns contre les autres, et les troncs comprimaient les broussailles comme pour les soutenir. Les ronces s'accrochaient à mon jean, obligeant continuellement Sam à s'arrêter pour détacher les bourres de nos chevilles. Nous progressions avec lenteur, sans découvrir aucune trace de Jack ni des loups. Sam ne semblait pas examiner la végétation alentour avec beaucoup d'attention. Je tournais ostensiblement la tête de tous les côtés, feignant de ne pas remarquer qu'il me regardait à tout bout de champ.

J'ai eu vite les cheveux pleins de bourres qui s'y agrippaient en formant des nœuds douloureux.

Sam a fait une pause pour me les retirer.

— Tu verras, ça s'arrange, plus loin, a-t-il promis.

Je le trouvais mignon de s'imaginer que l'expédition me rebuterait au point de me faire renoncer et retourner à la voiture. Comme si j'avais mieux à faire que de laisser ses doigts détacher délicatement, une par une, les bourres de ma tête !

— Pas grave, l'ai-je rassuré, mais je me dis que, même s'il y avait quelqu'un ici, on ne s'en rendrait pas compte. La forêt continue sur des kilomètres.

Sam a passé les doigts dans mes cheveux comme à la recherche d'autres bourres, alors que je savais pourtant très bien, et lui aussi sans doute, qu'il n'en restait plus.

Il a interrompu son geste et m'a souri, puis il a inspiré à fond.

— Ça ne sent pas comme si nous étions seuls.

Il m'a regardée, et j'ai compris qu'il m'invitait à vérifier par moi-même – autrement dit, à admettre que je pouvais, si je le voulais, détecter alentour les traces secrètes de la meute. Je me suis bornée à lui reprendre la main.

— Montre le chemin, fin limier !

Il a eu l'air un peu mélancolique, mais il m'a précédée dans les taillis. Nous avons gravi une pente douce, et le terrain est devenu plus praticable, ainsi qu'il l'avait annoncé. Les épineux étaient plus rares, les arbres plus grands, moins tortueux, et leurs branches s'amorçaient à présent bien au-dessus de nos têtes. Le soleil oblique de l'après-midi donnait une couleur de beurre aux copeaux d'écorce blanche du tronc des bouleaux dont les feuilles prenaient une délicate teinte dorée. Je me suis tournée vers Sam. Ses yeux luisaient du même jaune lumineux.

Soudain, je me suis arrêtée : ici s'étendaient mes bois, la forêt d'or où je me réfugiais en pensée. Sam, qui guettait mon expression, m'a lâché la main et a reculé d'un pas pour mieux me voir.

— On rentre, a-t-il déclaré.

Je crois qu'il s'attendait à ce que je dise quelque chose, ou peut-être lisait-il sur mon visage : je n'ai pas eu à parler – j'ai simplement regardé autour de moi la lumière miroitante et les feuilles accrochées aux branches comme des plumes.

— Tu as l'air triste !

Sam m'a saisi le bras et il a scruté mon visage, pour voir si je pleurais.

J'ai décrit lentement un cercle sur place. L'air semblait moucheté, vibrant.

— C'est toujours ici que je rêvais d'être, quand j'étais

petite. Je n'arrive pas à comprendre comment j'aurais pu déjà voir cet endroit.

Je n'étais sans doute pas très claire ; j'ai poursuivi, tâchant d'expliquer.

— Les bois derrière chez moi sont très différents. Sans bouleaux ni feuillages jaunes. Il n'y a aucune raison que je reconnaisse cet endroit.

— On t'en a peut-être parlé ?

— Je crois que je m'en souviendrais, si on m'avait décrit un coin de forêt comme ça, jusqu'au dernier détail, jusqu'à la façon dont l'air scintille. Je ne sais pas qui aurait pu me décrire ça.

— Je t'ai déjà dit que les loups ont d'autres façons de communiquer et que, quand ils sont tout près l'un de l'autre, ils peuvent partager des images.

Je me suis tournée vers lui et je lui ai lancé un regard. Sa silhouette creusait une trouée sombre dans la lumière.

— Tu ne comptes pas abandonner, n'est-ce pas ?

Sam me fixait posément, de ce regard lupin, intensément triste, que je lui connaissais si bien.

— Pourquoi tu n'arrêtes pas de remettre ça sur le tapis ?

— Tu as été mordue.

Sam tournait autour de moi en soulevant les feuilles avec ses pieds et en me regardant par-dessous ses sourcils sombres.

— Et alors ?

— Alors je te parle de qui tu es. Tu es des nôtres. Seul l'un des nôtres aurait reconnu cet endroit, Grace. Si tu n'étais pas loup, tu n'aurais pas vu ce que je te montrais, affirma-t-il avec un grand sérieux, en me dévorant d'un regard intense. Je ne... je ne pourrais même pas t'en parler, si ce n'était pas le cas. Nous ne dévoilons

169

pas notre véritable identité devant les gens ordinaires. Nous n'avons que peu de règles, mais personne ne transgresse celle-ci, selon Beck.

La logique de la chose m'échappait.

— Mais pourquoi ?

Sam est resté muet, mais ses doigts sont venus effleurer la trace du coup de feu sur son cou, révélant les cicatrices pâles et luisantes de son poignet. Il me semblait injuste qu'un être aussi paisible que lui soit condamné à porter éternellement les marques de la violence humaine. L'air de cette fin d'après-midi se rafraîchissait, j'ai frissonné.

— Beck m'a raconté des choses, a-t-il repris d'une voix douce. Les gens utilisent toutes sortes de méthodes affreuses pour nous tuer : nous mourons dans des laboratoires, abattus d'un coup de feu, empoisonnés. Nos transformations relèvent peut-être de la science, mais tout ce que les humains y voient, c'est de la magie. Beck a raison quand il soutient que nous ne devons pas en parler à ceux qui sont autres.

— Mais moi, je ne me transforme pas, Sam. Je ne suis pas vraiment comme vous !

Je sentais un nœud de déception impossible à ravaler se former dans ma gorge.

Il n'a pas répondu, et nous sommes restés longtemps silencieux, immobiles. Puis il a poussé un soupir.

— Après que tu as été mordue, je savais ce qui allait se passer. Chaque nuit, j'attendais ta métamorphose, pour t'accompagner à la maison, pour te protéger.

Un coup de vent frais a soulevé ses cheveux, déversant une pluie de feuilles dorées sur sa tête. Sam a écarté les bras pour attraper celles qui se posaient sur ses mains. Il ressemblait dans cette attitude à l'ange sombre d'une éternelle forêt d'automne.

— Tu sais qu'on a un jour de bonheur pour chaque ?

Je n'ai pas compris, même lorsqu'il a ouvert les mains et m'a montré les feuilles froissées frissonnant sur ses paumes.

— Un jour heureux par feuille morte qu'on attrape, a-t-il murmuré.

J'observais les bords des feuilles qui se dépliaient lentement en frémissant dans la bise.

— Et tu as attendu jusqu'à quand ?

S'il avait relevé la tête, s'il m'avait parlé les yeux dans les yeux, alors la situation serait devenue affreusement romantique. Mais il a baissé les yeux et a traîné les pieds dans les feuilles mortes qui jonchaient le sol comme autant d'éventuels jours de bonheur.

— Je n'ai pas cessé d'attendre.

J'aurais dû répondre à mon tour par quelque chose de romantique, mais je n'ai pas osé et je me suis bornée à le regarder un moment examiner timidement les feuilles en se mordillant les lèvres.

— Ça doit être très ennuyeux, ai-je fini par dire.

Sam a éclaté d'un rire étrange, plein d'autodérision.

— De fait, tu lis beaucoup. Et tu passais bien trop de temps derrière la fenêtre de la cuisine, où je ne te voyais pas bien.

— Tu veux dire pas assez derrière celle de ma chambre, en petite tenue, l'ai-je taquiné.

Il a rougi.

— Ce n'est pas le sujet de notre conversation.

J'ai souri avec indulgence à son embarras et je me suis remise à marcher en shootant dans les feuilles. Elles ont crissé sous ses pieds quand il m'a emboîté le pas.

— Rappelle-moi : c'est quoi, au fait, le sujet de notre conversation ?

— Laisse tomber ! Est-ce que l'endroit te plaît ?

J'ai pilé sur place et j'ai pivoté pour lui faire face.

— Hé, toi ! (J'ai pointé l'index vers lui, et il s'est arrêté, lui aussi, en haussant les sourcils.) Tu ne t'attendais pas vraiment à trouver Jack par ici, pas vrai ?

Ses épais sourcils sombres ont monté un peu plus haut.

— Tu avais l'intention de le chercher, sérieusement ?

Sam a levé les bras en signe de capitulation.

— Qu'est-ce que tu veux que je te dise ?

— En réalité, tu voulais voir si j'allais reconnaître l'endroit, pas vrai ? (J'ai fait un pas dans sa direction, réduisant d'autant la distance qui nous séparait. Je percevais sans le toucher la chaleur de son corps, qui tranchait sur le froid grandissant de cette fin de journée.) C'est *toi* qui, d'une façon ou d'une autre, m'en as parlé. Comment as-tu fait pour me le montrer ?

— Je me tue à te l'expliquer, mais tu ne veux pas entendre. Tu es une vraie tête de pioche ! C'est ainsi que nous communiquons – les seuls mots dont nous disposons sont des images, juste de petites images toutes simples. Et tu as *effectivement* changé, Grace. Mais pas ta peau. Fais-moi confiance, je t'en prie, a-t-il imploré.

Ses bras étaient toujours levés, et il esquissait un sourire dans le jour déclinant.

— Tu ne m'as amenée ici que pour me montrer cet endroit.

J'ai avancé encore d'un pas. Il a reculé.

— Ça te plaît ?

— Autrement dit, sous un faux prétexte.

J'ai fait de nouveau un pas en avant, lui un en arrière, et son sourire s'est accentué.

— Alors, ça te plaît, oui ou non ?

Je lui ai expédié un coup de poing dans la poitrine.

— Non seulement tu le sais bien, mais en plus tu le savais. Que j'adore.

J'allais recommencer à le battre quand il m'a saisi les poignets, et nous sommes restés un moment comme ça, sans bouger. Il me contemplait en souriant à demi mon visage levé vers lui : *Nature morte avec fille et garçon*. C'était l'occasion idéale pour m'embrasser, mais il ne faisait que me regarder, et lorsque j'ai enfin réalisé que je pourrais tout aussi bien prendre l'initiative, je vis que son sourire commençait à s'estomper.

Il a ramené lentement mes bras vers le bas et m'a lâché les mains.

— J'en suis heureux, a-t-il déclaré très doucement.

Mes bras pendaient le long de mon torse, là où Sam les avait abandonnés. J'ai froncé les sourcils.

— Tu aurais dû m'embrasser.

— J'y ai songé.

Je ne pouvais détacher mon regard de la courbe de ses lèvres, douce et triste comme sa voix. Je le dévisageais sans doute avec trop d'intensité. Je voulais désespérément qu'il m'embrasse, et je me trouvais stupide de le vouloir autant.

— Pourquoi seulement songé ?

Il s'est alors penché pour me donner le baiser le plus léger du monde. Ses lèvres étaient fraîches et sèches, pleines de retenue et effroyablement frustrantes.

— Il faut que je rentre sans tarder, a-t-il murmuré. Il commence à faire froid.

C'est seulement alors que j'ai remarqué le vent glacé qui transperçait mes manches longues. Une bourrasque glaciale a balayé les feuilles mortes et les a renvoyées dans les airs. L'espace d'une seconde, j'ai cru sentir une odeur de loup.

Sam a frémi.

Plissant les paupières pour mieux distinguer son visage dans le jour déclinant, j'ai lu soudain la peur dans ses yeux.

chapitre 25 ◆ Sam

3 °C

Nous ne retournâmes pas à la maison en courant, car cela aurait été admettre une chose que je ne me sentais pas prêt à reconnaître devant elle – une chose que *j'étais*, mais nous marchâmes à grandes foulées. Notre souffle couvrait le craquement des branchages et des feuilles mortes sous nos pas. Le froid s'insinuait sous mon col, horripilait ma peau.

Si je ne lâchais pas sa main, je m'en tirerais.

La moindre erreur d'orientation aurait suffi à nous éloigner de la maison, mais je n'arrivais pourtant pas à me concentrer sur les arbres alentour. Ma vision explosait en souvenirs saccadés d'humains se changeant en loups, de mes centaines de transformations dans la meute. La première fois que j'avais vu Beck muer me revenait en mémoire avec un éclat plus vif que le coucher de soleil qui embrasait les arbres devant nous. Je revoyais la lumière blanche et glaciale qui se déversait à flots par les fenêtres du salon et je revoyais Beck, les épaules tressautantes, s'arc-bouter contre le dossier du canapé.

J'étais debout près de lui, je le regardais, les yeux levés, muet.

— Faites-le sortir ! hurla Beck, le visage tourné vers le vestibule, mais les yeux mi-clos. Ulrik, emmène Sam ailleurs !

Les doigts d'Ulrik serraient mon bras aussi fort que ceux de Grace, m'entraînant à travers bois le long du chemin que nous avions parcouru ensemble un peu plus tôt. Tapie entre les arbres, la nuit noire et froide nous guettait, attendant son heure, mais mon amie ne lâchait pas des yeux les ultimes rayons ardents du soleil entre les arbres, droit devant nous.

À moitié aveuglé par le nimbe éclatant de lumière qui transformait les arbres en squelettes décharnés, j'eus soudain à nouveau sept ans. Je revis le motif en étoile de mon vieux couvre-lit si clairement que j'en trébu-chai. Mes doigts s'agrippaient au tissu, le froissaient, le lacéraient.

— Mama-aan ! hurlai-je, et ma voix se brisa sur la seconde syllabe. Maman, j'vais être malade !

Je gisais à terre, prisonnier d'un enchevêtrement confus de couvertures, de bruits et de flaques de vomi et je grelottais, griffant le sol, tentant de m'y raccrocher, quand la silhouette familière de ma mère apparut dans l'encadrement de la porte. Joue pressée contre le plan-cher, je la regardai et j'entrepris d'articuler son nom. Pas un son ne sortit.

Elle se laissa tomber à genoux près de moi et assista ainsi à ma première métamorphose.

— Enfin ! dit Grace, m'arrachant brutalement à mes souvenirs pour me ramener d'un coup dans la forêt.

(Elle parlait d'une voix essoufflée, comme si nous avions couru.) On est presque arrivés.

Je ne pouvais pas la laisser me voir me transformer. Je ne pouvais pas changer maintenant.

Je suivis son regard jusqu'à la maison de Beck, un point chaud, rouge et brun dans la lumière bleutée et froide du soir.

Et je courus.

J'étais à deux pas de la voiture quand Grace secoua violemment la portière. En vain. Tous mes espoirs de me réchauffer dans la Bronco volèrent soudain en éclats : dans l'habitacle, les clefs oscillaient sur le contact. Le visage de Grace se tordit de frustration.

— Essayons la maison, proposa-t-elle.

Inutile d'entrer par effraction car Beck gardait toujours, glissé dans le revêtement isolant de la porte de derrière, un double de la clef. Je la dénichai de mes doigts tremblants et tentai de l'insérer dans le cadenas du verrou. Mon corps commençait déjà à me faire mal. *Plus vite, espèce d'idiot ! Dépêche-toi !*

Je ne contrôlais plus mes frissons.

Grace, qui pourtant ne pouvait pas ne pas comprendre ce qui m'arrivait, ne semblait pas le moins du monde effrayée. Elle me prit délicatement la clef des doigts et referma une main chaude sur les miennes, froides et frémissantes. Enfonçant de l'autre la clef dans le cadenas, elle ouvrit.

S'il vous plaît, faites que le courant soit branché ! Faites que le chauffage fonctionne !

Sa main sur mon coude me propulsa dans la cuisine sombre. Le froid irradiait chaque centimètre carré de ma peau, je ne parvenais toujours pas à me réchauffer. Puis je sentis les crampes tirailler mes muscles et courbai les épaules en me voilant le visage de mes mains.

177

— Non, dit Grace avec fermeté, d'une voix égale, comme si elle répondait à une question toute simple. Non, viens !

Elle me tira loin de la porte et la referma. Sa main tâtonna sur le mur à la recherche d'un interrupteur, et les ampoules – miracle ! – s'allumèrent en clignant et inondèrent la pièce de leur vilaine lumière fluorescente. Grace essaya de m'éloigner de la porte, mais je lui résistai. Je refusais de bouger ; je ne voulais plus que me rouler en boule, céder, m'abandonner.

— J'peux pas, Grace, j'te jure, j'en peux plus !

Je ne sais si je l'ai dit ou juste pensé, mais elle ne m'écoutait pas. Me forçant à m'asseoir par terre, juste devant la grille du chauffage, elle enleva sa veste et m'en couvrit la tête et les épaules. Puis elle s'accroupit devant moi, prit mes mains froides et les serra contre elle.

Le corps tout parcouru de spasmes, les dents serrées pour ne pas qu'elles s'entrechoquent, je tentais de ne me concentrer que sur elle, sur mon humanité et la nécessité de me réchauffer. Elle me parlait, mais je ne la comprenais pas. Elle était trop bruyante, tout était trop bruyant. Une odeur, son odeur, toute proche, explosait à mes narines. J'avais mal. Tout me faisait mal, partout.

J'eus un tout petit gémissement.

Elle sauta sur ses pieds, descendit en courant le couloir, actionnant au passage tous les interrupteurs, et disparut. Je reposai ma tête sur mes genoux en geignant. *Non, non, non, non.* Je ne savais même plus contre quoi j'étais censé me battre. La douleur ? Les frissons ?

Elle revint. Ses mains étaient humides. Elle m'empoigna par les poignets, ses lèvres s'agitèrent, sa voix retentit, impénétrable. Sons destinés à d'autres oreilles. Je rivai mes yeux sur les siens.

Elle me tirait de nouveau. Elle était plus forte que je ne

le croyais. Je me dressai sur mes pieds et fus surpris par ma taille, je ne sais trop pourquoi. Je tremblais si fort que sa veste glissa de mes épaules. L'air froid contre mon cou m'ébranla derechef, et je manquai de m'écrouler.

Affermissant sa prise sur mes bras, la jeune fille m'entraînait, sans cesser de me parler d'une voix douce, apaisante, aux inflexions d'airain. Elle me poussa par une porte où l'air vibrait de chaleur.

Non, pitié ! Non, non, non, *pas ça !* Je me débattis pour me libérer, les yeux braqués sur le fond de la petite pièce carrelée. Une baignoire se dressait devant moi comme un cercueil. Des volutes de vapeur montaient d'une eau délicieusement brûlante, et chaque fibre de mon être se rebellait.

— Laisse-toi faire, Sam ! Ne résiste pas s'il te plaît ! Oh, je suis désolée, tellement désolée, mais je ne vois pas d'autre solution.

Mes doigts s'agrippèrent au chambranle de la porte. Je ne quittais pas la baignoire des yeux.

— Pitié ! murmurai-je.

Dans ma tête, les mains qui m'enfoncèrent dans la baignoire sentaient l'enfance et le familier, les câlins et les draps propres, tout ce que j'avais connu jusqu'alors ; elles me poussèrent dans l'eau tiède, à la température de mon corps, et les voix récitèrent ensemble les chiffres, sans prononcer mon nom. *Coupe. Coupe. Coupe. Coupe.* On me perçait la peau, on me répandait au-dehors ; l'eau se teintait de petits tourbillons rouges, je me débattais, je haletais, je criais ; ils ne disaient rien ; la femme me maintenait en pleurant dans l'eau. *Je suis Sam !* Je gardais mon visage au-dessus de la surface rouge et je leur disais : *Je suis Sam. Je suis Sam. Je suis...*

— Sam !

La fille m'arracha à la porte et, s'interposant entre le

mur et moi, m'en éloigna d'une poussée. Je fis un pas vers la baignoire et trébuchai. Je tentais de retrouver mon équilibre quand elle me propulsa violemment en avant. Ma tête heurta de plein fouet le carrelage, je m'écroulai dans l'eau brûlante.

Je coulai à pic, sans un geste. L'eau se referma sur mon visage, ébouillantant ma peau, cuisant mon corps, noyant mes tremblements. Grace appuya un pied dans la baignoire derrière moi, elle releva délicatement ma tête au-dessus de l'eau et la berça dans le creux de ses bras. Elle était trempée, elle grelottait.

— Sam, dit-elle. Oh, Sam ! Tu ne peux pas savoir combien je regrette. Je te demande pardon, je ne savais quoi faire d'autre. Pardonne-moi, je t'en prie ! Je suis si désolée !

Je tremblais convulsivement, les doigts crispés sur les rebords de la baignoire. Je voulais en sortir, qu'elle me tienne dans ses bras, où je me sentirais en sécurité. Je voulais oublier le sang dégouttant des entailles à mes poignets.

— Sors-moi de là, murmurai-je dans un souffle. Sors-moi de là, par pitié !

— Tu as assez chaud ?

Je ne pouvais répondre, je me vidais de mon sang, j'allais mourir. Serrant les poings, je les pressai contre mon torse. La moindre caresse de l'eau contre mes poignets déclenchait de nouveaux spasmes dans mon corps. Son visage reflétait ma douleur.

— Je vais trouver le thermostat et le régler au maximum. Sam, je veux que tu restes ici jusqu'à ce que je revienne avec des serviettes. Si tu savais combien je suis désolée !

Je fermai les yeux.

Je restai un temps infini à flotter, le visage émergeant à peine, incapable du moindre mouvement, puis Grace fut de retour, une pile de serviettes dans les bras. Elle s'agenouilla près de la baignoire et étendit le bras derrière moi. J'entendis un glougloutement dans mon dos et je me sentis aspiré avec l'eau, en spirales rouges tourbillonnantes.

— Je ne peux pas te sortir de là si tu ne m'aides pas. Allez, Sam, s'il te plaît !

Elle me fixait du regard, attendant que je bouge. L'eau ruissela de mes poignets, de mes épaules, de mon dos, et la baignoire se vida enfin. Grace me recouvrit d'un drap de bain très chaud qu'elle avait dû mettre à tiédir quelque part. Puis elle prit dans ses mains un de mes poignets balafrés et me regarda.

— Tu peux sortir maintenant.

Les jambes repliées contre le carrelage du mur, tel un insecte géant, je la contemplais sans ciller.

Elle passa le doigt le long d'un de mes sourcils.

— Tu as vraiment des yeux splendides.

— On les garde, dis-je, et elle sursauta.

— Quoi ?

— C'est la seule chose qui ne change pas en nous, lui expliquai-je en décrispant les poings. Je suis né avec ces yeux. Pour cette vie.

— Eh bien, ils sont splendides, répéta-t-elle sans paraître remarquer l'amertume dans ma voix. Splendides et tristes.

Elle me saisit les doigts et plongea ses yeux dans les miens, soutenant mon regard.

— Tu crois que tu peux te lever, maintenant ?

Je me levai, enjambai le bord de la baignoire et suivis sans la quitter une seconde des yeux Grace, qui me conduisit hors de la salle de bains et me ramena à la vie.

chapitre 26 ♦ Grace

2 °C

C'était la pagaille dans ma tête. Debout dans la cuisine, j'ai contemplé les photos punaisées partout sur les portes des placards, les portraits de gens souriants, les membres de la meute sous leur forme humaine. En temps normal, j'aurais sans doute cherché à reconnaître le visage de Sam, mais je revivais sans cesse son corps brisé, affaissé dans la baignoire, la terreur dans sa voix, et les soubresauts qui le secouaient dans les bois, juste avant que je ne comprenne ce qui allait se produire, tournaient en boucle dans ma tête.

Casseroles. Boîtes de soupe. Pain dans le congélateur. Cuillères. La cuisine de Beck était de toute évidence approvisionnée par une personne bien au fait des particularités du mode de vie lupin : remplie de conserves et de boîtes d'aliments de longue conservation. J'ai aligné sur le plan de travail tous les ingrédients nécessaires à un dîner improvisé en me concentrant sur ma tâche.

Dans la pièce voisine, Sam était enroulé dans une couverture sur le canapé ; ses vêtements tournaient dans la machine à laver. Mon jean était encore trempé, mais il allait devoir attendre. J'ai allumé le gaz pour réchauffer la soupe, m'efforçant de ne voir que les boutons noirs et luisants sur la surface d'aluminium brossé.

Mais Sam ne s'en tordait pas moins sur le sol, les yeux vides, et je réentendais résonner le gémissement animal qu'il avait poussé, quand il avait compris qu'il se perdait.

Mes mains ont tremblé en transvasant la soupe de la boîte à la casserole.

Je ne pouvais pas empêcher *ça*.

Mais j'allais le faire.

J'ai revu son expression lorsque je l'avais poussé dans la baignoire, comme quand ses parents...

Non, je ne supportais pas d'y penser. J'ai ouvert le réfrigérateur et j'ai eu la surprise d'y découvrir un grand carton de lait : le premier aliment périssable que je trouvais. La chose m'a paru si incongrue que j'ai senti les rouages de mon cerveau se mettre en branle. J'ai vérifié la date de péremption – passée de seulement trois semaines –, j'ai vidé le liquide nauséabond dans l'évier et j'ai inspecté à nouveau le réfrigérateur, sourcils froncés.

Sam était toujours recroquevillé sur le canapé lorsque je suis entrée et que je lui ai tendu un bol de soupe et quelques tranches de pain grillé. Il a accepté le tout d'un air encore plus sombre que d'ordinaire.

— Tu dois me prendre pour un monstre.

Je me suis installée dans un fauteuil écossais en face de lui, les jambes repliées, serrant mon bol de soupe contre moi pour me réchauffer. Les murs du salon montaient jusqu'au toit, et la pièce était pleine de courants d'air.

— Je regrette tant, tu sais.

Sam a secoué la tête.

— C'était la seule chose à faire. Je n'aurais pas dû... perdre pied comme ça.

J'ai cillé en me remémorant le bruit de son crâne heurtant le mur et ses doigts écarquillés, agrippant le vide, alors qu'il s'écroulait dans la baignoire.

— Tu t'es vraiment bien débrouillée, a repris Sam en grignotant un coin de toast.

Il m'a jeté un coup d'œil rapide et il m'a semblé peser un moment ses mots.

— Oui, tu t'es vraiment bien débrouillée, a-t-il répété. Est-ce que tu... Est-ce que je te... ?

Il a hésité et s'est tourné vers moi, comme pour mesurer la distance du regard, et quelque chose dans ses yeux a rendu sur le canapé la place vide à côté de lui doulou-reusement évidente.

— Je n'ai pas peur de toi, si c'est ça que tu penses. Je me suis seulement dit que tu apprécierais un peu d'espace pour tes coudes en mangeant.

Pour tout avouer, je l'aurais à n'importe quel autre moment volontiers rejoint sous les couvertures – d'autant qu'il avait l'air confortablement chaud et très sexy dans le vieux jogging qu'il était allé prendre dans sa chambre. Mais je voulais, je ressentais le besoin d'ordonner mes pensées, ce dont j'aurais sans doute été incapable, tout près de lui.

Sam a souri, et le soulagement a envahi son visage.

— La soupe est délicieuse.

— Merci.

En réalité, elle n'était pas si bonne que ça, elle avait même un goût insipide de conserve, mais j'étais trop affamée pour m'en soucier. Et l'action mécanique de mâcher et avaler m'aidait à étouffer le souvenir de Sam dans la baignoire.

— Parle-moi encore de ce truc de fusion de pensées, lui ai-je demandé, parce que je voulais qu'il continue à parler, parce que je voulais entendre sa voix d'humain.

Sam a dégluti.

— Ce quoi ?

— Tu m'as dit que tu m'as montré les bois, quand tu étais loup. Que c'est comme ça que vous communiquez entre vous. Parle-moi encore de ça, je veux savoir comment ça fonctionne.

Sam s'est penché pour poser son bol par terre, il s'est redressé et il m'a regardée d'un air fatigué.

— Ce n'est pas comme ça.

— Je n'ai pas dit que c'était comme quoi que ce soit ! Pas comme quoi ?

— Ce n'est pas un superpouvoir. Plutôt un lot de consolation.

Je l'ai regardé sans répondre.

— C'est notre seul moyen de communiquer. Nous ne pouvons pas mémoriser les mots, et, même à supposer que notre esprit lupin parvienne à les saisir, nous ne serions pas capables de les articuler. Donc tout ce dont nous disposons, ce sont de petites images : des images toutes simples, un peu comme des cartes postales qu'on échange.

— Tu peux m'en envoyer une maintenant ?

Sam s'est enfoncé plus profondément dans le canapé et il a resserré la couverture autour de ses épaules.

— Maintenant, je ne sais même plus comment procéder. Je suis *moi*, là, et je ne le fais que lorsque je suis loup. À quoi ça me servirait à l'instant, puisque j'ai les mots, et qu'avec eux, je peux tout te dire ?

J'allais objecter *mais les mots ne suffisent pas* quand le simple fait d'y penser a déclenché en moi une douleur inconnue.

— Mais moi, je n'étais pas loup, quand tu m'as montré les bois. Est-ce que ça signifie que les loups peuvent communiquer avec les membres de la meute quand ceux-ci sont humains ?

Sous ses paupières un peu lourdes, les yeux de Sam ont parcouru rapidement mon visage.

— Je ne sais pas. Je ne crois pas avoir déjà essayé avec quelqu'un d'autre. Je ne le faisais qu'avec les loups. À quoi ça me servirait ? a-t-il répété, et j'ai perçu une note d'amertume et de lassitude dans sa voix.

J'ai posé mon bol sur la table et je l'ai rejoint sur le canapé. Il a soulevé la couverture pour que je me serre tout contre lui, puis il a appuyé son front sur le mien, il a fermé les yeux et il est resté longtemps ainsi, immobile, avant de les rouvrir.

— Je ne m'inquiétais que de te guider jusqu'à la maison, a-t-il murmuré très bas, et j'ai senti son souffle réchauffer mes lèvres. Je voulais être sûr que tu me retrouves, après ton changement.

Mes doigts ont tracé une ligne à travers le triangle du torse nu au-dessus du col distendu de son sweatshirt.

— Eh bien, tu vois, je t'ai retrouvé, ai-je dit d'une voix un peu incertaine.

La sonnerie du séchoir a retenti dans le couloir, étrange signe de vie dans cette maison vide. Sam a cligné des yeux et s'est penché en arrière.

— Je dois aller chercher mes vêtements.

Il a ouvert la bouche pour poursuivre, mais il s'est ravisé et il a rougi.

— Ils ne vont pas se sauver.

— Nous non plus, si nous ne récupérons pas les clefs de la Bronco, a-t-il fait remarquer, et je me dis que le plus tôt serait le mieux. D'autant que c'est toi qui vas devoir le faire : je ne résisterai pas assez longtemps au froid, dehors.

J'ai reculé à contrecœur pour le laisser passer, et il s'est levé, drapé dans sa couverture comme un chef de tribu primitive. Le tissu, en soulignant la ligne de ses épaules carrées, me rappelait le toucher de sa peau sous mes doigts. Sam a surpris mon regard et l'a soutenu une fraction de seconde avant de se fondre dans la pénombre du couloir.

J'ai senti une chose me ronger comme une brèche, affamée, avide.

Je suis restée un moment là, à me demander si j'allais ou non le suivre dans la buanderie. Finalement, la raison l'a emporté. J'ai rapporté les assiettes à la cuisine, puis je suis revenue examiner les bibelots sur la cheminée. Je voulais me faire une idée sur ce garou que Sam appelait Beck, le propriétaire de la maison, celui qui l'avait élevé.

Avec ses plaids écossais, ses tissus grenat et ses boiseries sombres, le salon avait un air confortable et chaleureux. L'un des murs se composait presque entièrement de hautes fenêtres, et la nuit noire d'hiver semblait vouloir s'immiscer dans la pièce sans y avoir été conviée. Je lui ai tourné le dos pour détailler sur la cheminée la photo d'un groupe de gens qui posaient, souriant à la caméra. Je me suis souvenue avec un bref pincement au cœur de celle de Rachel, Olivia et moi. Ici figuraient six personnes, parmi lesquelles j'ai tout de suite reconnu Sam un peu plus jeune, la peau bronzée par le soleil d'été. Près de lui, l'unique fille de la photo semblait à peu près de son âge. Ses cheveux très blonds, presque blancs, lui descendaient au-dessous des épaules et elle était la seule à ne pas sourire. Elle fixait mon loup avec une telle intensité que j'ai senti mon estomac se contracter.

Un léger contact sur mon cou m'a fait pivoter d'un bond, sur la défensive. Sam a sauté prestement en arrière en riant et en levant les mains.

— Tout doux !

J'ai ravalé le grondement qui me montait à la gorge et j'ai frotté la peau encore toute frissonnante de mon cou, à l'endroit où il m'avait embrassée. Je me suis sentie stupide.

— Tu pourrais prévenir ! ai-je protesté, et je lui ai montré la photo. Je me sentais toujours mal disposée à l'égard de cette fille inconnue.

— C'est qui, ça ?

Sam a baissé les bras, s'est approché par derrière et m'a enlacée en posant les bras sur mon ventre. Ses vêtements sentaient le propre, mais quelques effluves de loup, vestiges de sa transformation avortée, s'attardaient sur sa peau.

— Shelby, a-t-il répondu en appuyant sa tête sur mon épaule et sa joue contre la mienne.

— Elle est jolie, ai-je dit d'un ton dégagé.

Un grondement étouffé, fauve, s'est élevé de sa gorge et m'a noué les entrailles de nostalgie. Sam m'a effleuré le cou de ses lèvres sans tout à fait m'embrasser.

— Tu l'as rencontrée, tu sais.

Ce n'était pas sorcier de deviner.

— La louve blanche, ai-je dit, puis je lui ai demandé,

parce que je voulais savoir, tout simplement : pourquoi est-ce qu'elle te regarde comme ça ?

— Oh, Grace. (Il a retiré ses lèvres de mon cou.) Je ne sais pas. Elle... je ne sais pas. Elle croit qu'elle est amoureuse de moi. C'est ce qu'elle voudrait.

— Pourquoi ?

— Pourquoi poses-tu des questions si difficiles ? a-t-il demandé avec un petit rire sans gaieté. Je n'en sais rien. Je crois qu'elle en a vu de dures, avant de rejoindre la meute. Elle aime être loup, avoir sa place dans le groupe. Peut-être, en voyant comment ça se passe entre Beck et moi, se dit-elle que devenir ma compagne la renforcerait.

— Mais on peut être amoureuse de toi à cause de qui tu es, tout simplement.

J'ai senti son corps se raidir.

— Ce n'est pas à cause de qui je suis. C'est... une obsession.

— Et je suis obsédée.

Sam a expiré longuement et s'est écarté.

— Shhhhh. Ce n'était pas la peine de *bouger*, ai-je soupiré.

— J'essaie juste de me conduire en gentleman.

Je me suis appuyée contre lui et j'ai souri à ses yeux inquiets.

— Inutile d'en faire trop.

Il a inspiré à fond, et, après un long moment, m'a embrassée délicatement dans le cou, juste au-dessous de la mâchoire. Je me suis tournée dans ses bras vers ses lèvres, toujours charmantes d'hésitation.

— Je pensais au frigo, ai-je chuchoté.

Sam s'est éloigné un tout petit peu, sans se dégager de mes bras.

— Tu pensais au frigo ?

— Oui. Tu ne savais pas si le courant n'allait pas être coupé pour l'hiver dans la maison. Mais non.

Il a froncé les sourcils, et j'ai frotté du doigt le pli entre ses yeux.

— Qui paye la facture d'électricité ? C'est Beck ? (Il a approuvé de la tête.) Il y avait du lait dans le frigo, Sam, vieux de quelques semaines seulement. Quelqu'un est venu ici. Récemment.

Sam avait relâché son étreinte et ses yeux étaient devenus encore plus tristes. Toute son expression était une énigme, son visage un livre dans une langue inconnue.

— Sam, ai-je dit, pour le faire revenir près de moi.

Mais son corps s'était raidi.

— Il faut que je te reconduise chez toi. Tes parents vont s'inquiéter.

— C'est un risque, en effet, ai-je ironisé avec un petit rire sans joie. Qu'est-ce qui ne va pas ?

— Rien. (Sam a hoché la tête, visiblement distrait.) Non, je veux dire, pas rien. Mais la journée a été infernale. Je suis juste... un peu fatigué, je crois.

Il en avait l'air. Des ombres rôdaient sur son visage, et je me suis demandé si son amorce de changement ne l'avait pas durement affecté, et si je n'aurais pas mieux fait de m'abstenir de mentionner Shelby et Beck.

— Alors tu y retournes avec moi.

Il a désigné la pièce d'un geste du menton.

— Allez, viens, ai-je supplié. J'ai toujours peur que tu disparaisses.

— Je ne disparaîtrai pas.

J'ai revu malgré moi Sam recroquevillé sur le sol du vestibule, qui gémissait à mi-voix en luttant pour rester humain et je l'ai immédiatement regretté.

— Tu ne peux pas me le promettre. Et je ne rentrerai pas à la maison. Pas sans toi.

Sam a poussé un geignement étouffé. Ses paumes ont effleuré la zone de peau découverte au-dessous de mon tee-shirt, et ses pouces ont tracé des lignes sur mes flancs.

— Ne me tente pas !

Je n'ai pas répondu. Je suis restée dans ses bras, tête levée, à le regarder, et il a enfoui son visage dans le creux de mon épaule en gémissant derechef.

— C'est si difficile de me conduire correctement quand tu es là, s'est-il plaint, et il s'est écarté. Je ne sais pas si je peux continuer à vivre avec toi. Bon sang, tu n'as que – combien, au juste ? – tu n'as que dix-sept ans !

— Parce que toi, tu es beaucoup plus vieux, c'est ça ? ai-je répliqué, soudain sur la défensive.

— J'en ai dix-huit, a-t-il déclaré comme s'il y avait lieu de s'en attrister. Je suis majeur, au moins.

Je n'ai pas pu m'empêcher de rire, mais ce n'était pas drôle. Mes joues me brûlaient, mon cœur cognait dans ma poitrine.

— Tu te payes ma tête ?

— Grace, a-t-il dit. (Il avait d'un seul mot stabilisé mon rythme cardiaque, et il m'a pris le bras.) Je veux juste me comporter correctement, d'accord ? Et c'est ma seule et unique chance, avec toi.

Je l'ai contemplé. Le silence de la pièce n'était troublé que par le bruissement des feuilles que le vent soufflait contre les vitres. Je me suis demandé à quoi ressemblait le visage que je tournais vers lui. Mon regard avait-il l'intensité de celui de Shelby, sur la photo ? Avais-je l'air obsédée ?

La nuit glaciale pressait contre la fenêtre près de nous, telle une menace devenue ce soir abruptement réelle. Ce n'était pas une question de désir. C'était une question de peur.

— Je t'en prie, rentre à la maison avec moi, ai-je imploré, sans savoir ce que je pourrais faire s'il refusait. Je ne supporterais pas de revenir le jour suivant pour le trouver changé en loup.

Sam a dû le lire dans mes yeux : il a seulement hoché la tête et il a pris le sésame.

chapitre 27 • Sam

3 °C

Les parents de Grace étaient de retour.

— Alors que ça ne leur arrive jamais, dit Grace d'un ton dégoûté.

C'était bien le cas, pourtant, du moins leurs voitures étaient garées devant la maison : la Taurus de son père, qui oscillait entre argenté et bleu à la lumière de la lune, et, derrière la petite Golf de sa mère.

— Ne t'avise même pas de penser « *je te l'avais bien dit* », reprit-elle. J'entre voir où ils sont et je reviens te débriefer.

— Pour que je te débriefe, plutôt, rectifiai-je, en contractant mes muscles pour en réprimer les tremblements. Les nerfs ou le froid, je n'aurais su le dire.

— Oui, c'est ça. (Grace éteignit les phares.) À tout de suite.

Elle sortit de la voiture et courut vers la maison. Je la suivis du regard avant de m'enfoncer plus profondément dans mon siège. J'avais du mal à croire que j'étais là, par une nuit glaciale, caché dans une voiture à attendre qu'une jeune fille accoure pour me dire si le chemin était libre et si je pouvais aller dormir dans son lit. Et pas n'importe quelle jeune fille. *La jeune fille*. Grace.

Elle réapparut sur le seuil et se lança dans une gesticulation complexe, et je pris un moment pour comprendre qu'elle me faisait signe d'éteindre le moteur et d'entrer. Obéissant, je me glissai hors de la voiture aussi vite que possible et me hâtai silencieusement de la rejoindre. Je sentis le froid me tirailler et me mordre la peau. Sans même me laisser le temps de reprendre mon souffle, Grace me propulsa d'une poussée à l'intérieur, ferma la porte, se dirigea vers la cuisine et entra.

— J'avais oublié mon sac à dos dans la voiture, déclara-t-elle d'une voix forte.

Je profitai de leur conversation pour me faufiler discrètement dans la chambre de Grace et refermai doucement la porte derrière moi. Il faisait bien quinze degrés de plus à l'intérieur qu'à l'extérieur, ce dont je fus reconnaissant. Je sentais encore mes muscles tressaillir d'avoir été dehors, et je haïssais cette impression *d'entre-deux*.

J'étais fourbu de froid, et, comme j'ignorais combien de temps Grace allait devoir tenir compagnie à ses parents, je me mis au lit sans allumer la lumière. À la clarté pâle de la lune, adossé aux oreillers, je me frictionnai les orteils pour les réchauffer, tout en écoutant la voix lointaine de mon amie discuter avec sa mère de la dernière comédie romantique à la télévision. J'avais remarqué que Grace et ses parents n'éprouvaient aucune difficulté à parler de choses insignifiantes et qu'ils semblaient dotés d'une intarissable capacité pour débattre aimablement de broutilles. Mais je ne les avais encore jamais entendus aborder un sujet sérieux.

Tout cela semblait si étrange, pour moi qui venais de la meute. Dès lors que Beck m'avait pris sous sa protection, j'avais vécu très entouré, dans une famille à l'atmosphère parfois même étouffante, et il n'avait jamais manqué de me donner toute l'attention que je désirais. La chose m'avait paru naturelle, à l'époque, mais je me sentais à présent privilégié.

J'étais toujours assis dans le lit quand la poignée de la porte tourna silencieusement. Je me figeai, retenant mon souffle, et ne me détendis qu'en reconnaissant la respiration de Grace. Elle referma derrière elle et se tourna vers la fenêtre.

— Tu es là ? murmura-t-elle et je vis l'éclat de ses dents dans la pénombre.

— Et tes parents ? Ils vont venir me tirer dessus ?

Elle se tut. Sans sa voix, plongée dans l'ombre, elle m'était invisible.

Je m'apprêtais à parler pour dissiper la gêne curieuse qui venait de s'installer quand elle me devança.

— Non, ils sont montés. Mon père pose, et ma mère fait son portrait. La voie est donc libre, tu peux aller te brosser les dents et tout ça. Mais ne traîne pas. Et chantonne d'une voix aiguë, pour leur faire croire que c'est moi.

Son ton s'était durci sur les mots *mon père*, mais du diable si je savais pourquoi.

— D'une voix fausse, tu veux dire.

Grace se dirigea vers l'armoire et me donna une petite tape sur les fesses au passage.

— Arrête de discuter et vas-y !

Abandonnant mes chaussures dans sa chambre, je descendis le couloir à pas feutrés jusqu'à la salle de bains du rez-de-chaussée. Il n'y avait là qu'une douche, ce dont je fus très reconnaissant, d'autant que Grace avait pris la précaution de tirer le rideau pour la dissimuler.

Je me lavai les dents avec la brosse de Grace, puis
je restai là, à contempler dans le miroir l'adolescent
dégingandé vêtu du grand tee-shirt vert qu'elle avait
emprunté à son père, aux mèches pendantes et aux
yeux jaunes. *Qu'es-tu en train de faire, Sam ?*

Je fermai les paupières comme si cacher mes yeux,
qui demeuraient toujours si lupins lors même que
j'étais homme, pourrait changer ma nature. Le chauffage central bourdonnait et transmettait de minuscules
vibrations à mes pieds nus, me rappelant que, sans lui,
je ne serais pas humain. Les nuits d'octobre étaient
déjà bien assez froides pour m'arracher la peau, et, d'ici
novembre, les jours le deviendraient aussi. Allais-je me
terrer tout l'hiver dans la maison de Grace, à redouter
le moindre petit courant d'air ?

Je rouvris les yeux et les fixai dans le miroir jusqu'à
ce que leur forme et leur couleur perdent toute signification. Qu'est-ce que Grace voyait en moi ? Qu'est-ce
qui la fascinait ? Et qu'étais-je, dépouillé de ma peau de
loup ? Un garçon contenant tant de mots qu'ils débordaient.

Et pour l'instant, chaque phrase, chaque parole de
chanson dans ma tête s'achevait sur le même : *amour*.

Il fallait que je dise à Grace que cette année serait ma
dernière.

Je vérifiai d'un coup d'œil que ses parents n'étaient
pas dans le couloir et regagnai silencieusement la chambre. Mon amie était déjà couchée, son corps dessinait
une longue courbe douce sous les couvertures. Je me
demandai ce qu'elle portait et laissai un moment libre
cours à mon imagination. Je gardais le souvenir confus,
étant loup, de l'avoir vue par un matin de printemps

quitter son lit, vêtue d'un seul tee-shirt immense, ses longues jambes nues émergeant des draps douloureusement érotiques.

Je me sentis aussitôt coupable de m'être laissé emporter par mes fantasmes et restai un moment à piétiner au bout du lit en pensant à des douches froides, des accords de musique et d'autres choses qui n'étaient pas Grace.

— Hé, chuchota-t-elle d'une voix brumeuse, comme déjà assoupie. Qu'est-ce que tu fais ?

— Shhh, répondis-je en m'empourprant, désolé de t'avoir réveillé. Je réfléchissais, voilà tout.

— Eh bien, arrête, dit-elle dans un bâillement.

Je me mis au lit, tout au bord du matelas. Quelque chose avait changé en moi ce soir – quelque chose en rapport avec le fait que Grace m'avait vu dans le pire état possible, cloué dans la baignoire, prêt à capituler. Ce soir, le lit semblait trop petit pour échapper à son parfum, à sa voix ensommeillée, à la tiédeur de son corps. J'arrangeai discrètement un tas de couvertures entre nous, puis je posai ma tête sur l'oreiller et m'efforçai de chasser les doutes et de trouver le sommeil.

Grace étendit le bras et entreprit de passer doucement ses doigts dans mes cheveux. Je fermai les yeux, m'abandonnant à sa caresse. *Elle trace sur mon visage / Des lignes qui font des formes qui ne peuvent remplacer / Ce moi que je garde en moi / Quand couché avec toi, avec toi, avec toi...*

— J'aime tes cheveux, dit-elle.

Je ne répondis pas. Je songeais à l'air qui accompagnerait les paroles dans ma tête.

— Désolée pour ce soir, murmura-t-elle, je ne veux pas repousser tes limites.

Ses doigts s'enroulèrent autour de mes oreilles et de mon cou. Je poussai un soupir.

— C'est juste que tout va si vite. Je voudrais que tu – je ne pouvais me résoudre à dire *que tu m'aimes*, cela sonnait présomptueux – que tu veuilles être avec moi. Je l'ai toujours désiré, sans jamais croire que cela puisse arriver. Tout compte fait, je ne suis qu'une créature de mythe, poursuivis-je pour atténuer le sérieux de mes propos, et techniquement parlant, je ne devrais même pas exister.

Grace eut un petit rire étouffé.

— Espèce d'idiot ! En ce qui me concerne, tu n'existes pas qu'un peu.

— Toi aussi, murmurai-je.

Un ange passa dans l'obscurité.

— Je voudrais me transformer moi aussi, dit-elle enfin, d'une voix presque inaudible.

Je rouvris les yeux pour la scruter et son visage me parut plus expressif que jamais : elle semblait extraordinairement triste, et sa bouche était figée dans une grimace de nostalgie.

J'étendis la main et la posai contre sa joue.

— Non, Grace, non. Tu ne veux pas ça.

Elle secoua sa tête sur l'oreiller.

— Je suis si triste quand j'entends les loups hurler. Et je me sentais si mal, chaque fois que tu disparaissais pour l'été.

— Oh, ma chérie, je t'emmènerais avec moi, si seulement je le pouvais, lui dis-je, tout surpris à la fois de m'entendre dire *ma chérie* et de découvrir combien ces mots sonnaient juste. (Je passai la main dans sa chevelure, et mes doigts s'accrochèrent à ses boucles.) Mais tu ne le veux pas vraiment. Tous les ans, je perds un peu plus de moi-même.

— Raconte-moi ce qui se passe, à la fin, demanda-t-elle d'une voix étrange.

Il me fallut un moment pour saisir ce qu'elle voulait dire. Il y avait mille façons de le lui dire, mille façons de présenter les choses, mais elle ne se contenterait pas de la version édulcorée que Beck m'avait servie au début. J'optai pour la franchise.

— À la fin ? Chaque année, je redeviens moi – humain, je veux dire – de plus en plus tard au printemps. Puis viendra celle où... où je ne changerai plus, je pense. J'ai vu ça chez les loups les plus âgés. Après un temps, ils cessent de se transformer en humains et ils restent... loups, tout simplement. Ils vivent aussi un peu plus longtemps que des loups ordinaires – peut-être quinze ans.

— Comment peux-tu évoquer ta propre mort comme ça ?

Je la scrutai de mes yeux luisant dans la pénombre.

— Comment voudrais-tu que j'en parle ?

— Avec regret.

— Je le regrette chaque jour.

Grace se tut, mais je la *sentis* passer en revue tout ce que je venais de lui dire et l'ordonner soigneusement dans son esprit.

— Tu étais loup quand on t'a tiré dessus.

J'aurais aimé appuyer mes doigts contre ses lèvres pour repousser les mots qui naissaient dans sa gorge. Il était encore trop tôt, je ne voulais pas le lui entendre dire.

Mais Grace poursuivit, tout bas.

— Tu as manqué les mois les plus chauds, cette année. Il ne faisait pas si froid que cela quand ça s'est passé. Pas comme en hiver. Mais tu étais loup, pourtant. Quand as-tu été humain, cette année ?

— Je ne me souviens pas, dis-je dans un murmure.

— Et si tu n'avais pas reçu cette balle ? Quand serais-tu redevenu toi ?

Je fermai les yeux.

— Je ne sais pas, Grace.

C'était l'occasion idéale pour lui dire : *cette année est ma dernière*, mais je ne pouvais m'y résoudre. Pas encore. Je voulais de tout cœur pouvoir feindre encore une minute, encore une heure, une nuit, que ce n'était pas la fin.

Grace inspira lentement, par à-coups, et je compris que, quelque part, elle savait déjà. Elle avait toujours su.

Elle ne pleurait pas, mais je me sentais au bord des larmes.

Elle enfouit de nouveau les doigts dans mes cheveux qui se mêlaient aux siens. Nos bras nus se pressaient l'un contre l'autre. Sa peau fraîche exhalait au moindre contact un mélange émoustillant de savon aux fleurs, de légère transpiration et de désir.

Devinait-elle combien son odeur m'était transparente et combien celle-ci trahissait ses sentiments, même lorsqu'elle les taisait ?

Bien sûr, je l'avais vue flairer l'air aussi souvent que moi. Elle devait savoir qu'elle me rendait fou, à l'instant, et que le plus petit frôlement déclenchait des secousses électriques dans mon corps.

Chaque effleurement repoussait un peu plus l'approche de l'hiver.

Comme pour le confirmer, Grace, balayant du pied les couvertures, vint se serrer contre moi et pressa sa bouche sur la mienne. Je la laissai m'entrouvrir les lèvres et gémit en goûtant son haleine. Quand je la pris dans mes bras, je l'entendis haleter très bas. Tous mes sens me chuchotaient de m'approcher encore, plus près, aussi près que possible. Elle enlaça de ses jambes nues les miennes et nous nous embrassâmes à en perdre le souffle, jusqu'à ce que des hurlements s'élèvent dans le lointain, me ramenant au réel.

Grace émit un petit bruit déçu lorsque, douloureusement frustré, je libérai mes jambes. Je me déplaçai un peu et m'allongeai à côté d'elle, mes doigts toujours dans ses cheveux. Nous écoutâmes les vocalises des loups derrière la fenêtre, des loups qui n'avaient pas changé et de ceux qui ne changeraient plus. Et nous enfouîmes nos têtes l'une contre l'autre pour ne plus rien entendre, hormis le battement affolé de nos cœurs.

chapitre 28 ◆ Grace
9 °C

Lundi, le lycée m'a semblé un monde extraterrestre, et je suis restée longtemps derrière le volant de la Bronco, à regarder les élèves traîner sur les trottoirs, les voitures tourner sur le parking et les bus venir se ranger sur leurs emplacements, avant de réaliser que l'endroit n'avait pas changé. C'était moi.

— Il faut vraiment que tu ailles en cours, a dit Sam, et si je ne le connaissais pas, j'aurais sans doute manqué la note d'interrogation et d'espoir dans sa voix. Où irait-il, pendant que j'étais en classe ?

— Oui, je sais. (J'ai froncé les sourcils à la vue des pull-overs et des écharpes multicolores qui convergeaient vers l'entrée comme autant de signes avant-coureurs de l'hiver.) Ça paraît tellement...

L'école m'apparaissait hors de propos, inutile, déconnectée de ma vie, et j'avais le plus grand mal à me rappeler en quoi le fait de rester assise dans une salle de classe avec une pile de notes qui, dès l'année suivante,

aurait perdu toute actualité, pouvait avoir de l'importance.

Sam a sursauté quand la portière côté conducteur s'est
ouverte près de moi. Rachel est entrée dans la Bronco
avec son sac à dos et m'a bousculée pour se faire une
place. Elle a refermé la portière en la claquant et elle a
poussé un énorme soupir. Sa présence remplissait tout
l'habitacle.

— Chouette bagnole ! s'est-elle exclamée et elle s'est
penchée pour regarder Sam. Ohooo, un garçon ! Salut,
Garçon ! Grace, je suis *survoltée*. C'est le café ! Tu es
furax contre moi ?

Je me suis penchée en arrière, un peu déconcertée.

— Non.

— Impeccable ! Parce que, comme tu ne m'as pas
appelée pendant une *éternité*, j'en ai conclu que de deux
choses l'une : soit tu avais passé l'arme à gauche, soit
tu étais furax. Et, étant donné que, de toute évidence,
tu n'es pas morte, ça ne me laissait plus que la seconde
possibilité. (Elle a tambouriné des doigts sur le volant.)
Mais tu *es* furax contre Olivia, non ?

— Oui, ai-je répondu, mais je n'étais pas certaine de
l'être encore : si je me souvenais de la cause de notre
querelle, je ne me rappelais plus très bien en quoi elle
avait été si marquante. Ou plutôt non, ai-je repris, je ne
crois pas ; c'était idiot.

— Ouais, c'est bien ce que je pensais, a dit Rachel,
qui s'est penchée et a posé le menton sur le volant pour
mieux voir Sam. Et donc, Garçon, comment se fait-il
que tu te retrouves dans la voiture de Grace ?

J'ai souri malgré moi. Si la *nature* de Sam devait
absolument rester secrète, cela n'impliquait pas pour
autant que Sam lui-même était obligé de se cacher, pas

vrai ? Et j'avais soudain terriblement besoin que Rachel approuve sa présence.

— Oui, Garçon. (Je me suis tordu le cou pour regarder Sam qui, à côté de moi, arborait une expression mi-amusée, mi-dubitative.) Comment se fait-il que tu te retrouves dans ma voiture ?

— Pour le plaisir des yeux, a-t-il rétorqué.

— Ouaaah ! À court ou à long terme ?

— Pour aussi longtemps que je m'avérerais digne d'intérêt.

Sam a posé la joue sur mon épaule un instant, dans un geste d'affection muette, et j'ai essayé de ne pas sourire comme une idiote.

— Oh, c'est donc ça ? Eh bien, je suis Rachel la survoltée, et aussi la meilleure amie de Grace.

Elle lui a tendu la main – elle portait des mitaines arc-en-ciel qui lui montaient jusqu'aux coudes – et Sam l'a serrée.

— Sam.

— Enchantée, Sam. Tu vas à notre lycée ? (Sam a secoué la tête, et Rachel m'a pris par la main.) Oui, c'est bien ce qu'il me semblait, a-t-elle poursuivi, et, par conséquent, je vais maintenant te priver de cette charmante personne et l'emmener en cours, parce que nous allons être en retard et que j'ai des millions de choses à discuter avec elle qui a zappé plein de nouvelles sidérantes sur les loups parce qu'elle ne parle plus à son autre meilleure amie. Donc on te quitte. Je dirais qu'en temps normal, je ne suis pas aussi survoltée que ça, sauf que si. Viens, Grace, on y va !

Sam et moi avons échangé un regard, et j'ai surpris un éclair d'inquiétude dans ses yeux. Rachel a ouvert la portière et m'a tirée dehors. Sam s'est glissé à ma place derrière le volant. J'ai cru une seconde qu'il allait m'embrasser pour me dire au revoir, mais, après un coup d'œil rapide à Rachel, il s'est contenté de poser brièvement la main sur la mienne. Ses joues étaient roses.

Rachel s'est abstenue de tout commentaire, mais elle a eu un sourire en coin avant de m'entraîner vers le bâtiment. Elle m'a secoué le bras.

— Alors c'est pour ça que tu n'appelais pas ? Il est trop mignon ! Qu'est-ce qu'il fait ? Des études en solo ? À la maison ?

Avant de disparaître dans le hall, j'ai tourné la tête une dernière fois et j'ai vu Sam lever la main et me faire un signe d'adieu.

— Oui aux deux ; on en reparlera plus tard, ai-je éludé. Dis-moi plutôt, qu'est-ce qui se passe avec les loups ?

Mon amie m'a entouré théâtralement les épaules de son bras.

— Olivia en a vu un. Juste à l'entrée de la maison, et il y avait des traces de *griffes*, Grace ! Sur la porte. L'angoisse !

J'ai pilé net en plein milieu du hall, déclenchant un concert de protestations chez les élèves qui nous dépassaient en nous bousculant.

— Minute. Chez Olivia, tu veux dire ?

— Mais non, chez ta mère, voyons ! (Rachel a secoué la tête en retirant ses mitaines.) Oui, chez Olivia. Elle te le raconterait elle-même, si vous arrêtiez de vous disputer, toutes les deux. Au fait, pourquoi êtes-vous brouillées ? Ça me fait mal de voir mes amies ne pas s'entendre.

— Je te l'ai déjà dit, une histoire idiote.

J'aurais voulu qu'elle cesse ses bavardages, que je puisse penser à ce loup qui avait fait son apparition chez Olivia. Était-ce encore Jack ? Et pourquoi chez Olivia ?

— Eh bien, vous allez devoir entreprendre de vous rabibocher, parce que je compte sur vous pour partir en vacances avec moi, à Noël. Et tu sais, c'est bientôt, ou du moins, dans pas très longtemps, si on tient compte des préparatifs. *Allez*, Grace, dis oui !

— On verra.

Ce n'était pas tant la présence d'un loup près de la maison d'Olivia qui m'inquiétait que les traces de griffes. Il me fallait lui parler, pour savoir ce qui dans cette histoire était vrai, et ce qui relevait de la propension de Rachel à affabuler.

— C'est à cause du Garçon ? Qu'à cela ne tienne, qu'il nous accompagne ! Pas de problème !

Le hall se vidait peu à peu. La sonnerie a retenti.

— On en discutera plus tard, ai-je dit, et nous nous sommes dépêchées de rejoindre notre premier cours.

Je me suis installée à ma place habituelle et j'ai commencé à mettre un peu d'ordre dans mes notes.

— Il faut qu'on parle.

J'ai sursauté en entendant la voix d'Isabel Culpeper. Elle s'est assise, elle a fait glisser ses semelles de liège compensées jusque sous le pupitre de devant et s'est penchée vers moi. Les mèches colorées de sa coiffure encadraient son visage d'impeccables bouclettes brillantes.

— On est pour ainsi dire en cours, dans l'immédiat, Isabel, ai-je objecté avec un geste en direction des annonces du matin préenregistrées qui défilaient sur l'écran de télévision, tout à l'avant de la classe.

Penchée sur son bureau, notre professeur ne faisait pas attention à nous, mais l'idée d'une conversation avec Isabel ne m'enthousiasmait pas. Dans le meilleur des cas, elle avait besoin d'aide pour ses devoirs ou quelque chose du même acabit : ce n'était pas totalement improbable, dans la mesure où j'avais la réputation d'être bonne en maths.

Dans le pire, elle venait au sujet de Jack.

Sam m'avait appris que la seule règle absolue de la meute était de ne pas parler des garous aux étrangers. Je n'avais pas l'intention de la transgresser.

Isabel arborait toujours sa mignonne petite moue, mais j'ai vu des tempêtes détruire de petits villages au fond de ses yeux. Après un bref regard vers l'avant de la classe, elle s'est penchée encore plus près et j'ai senti une odeur de parfum – de roses et d'été, dans ce Minnesota froid.

— J'en ai pour une seconde.

J'ai jeté un œil vers Rachel, qui fronçait les sourcils à l'adresse d'Isabel. Je ne savais pas grand-chose de cette dernière, mais je n'ignorais pas qu'elle était une dangereuse reine du ragot, parfaitement capable de nuire à ma réputation au point de faire de moi l'une des souffre-douleur de la cafétéria. Je ne suis pas obsédée par la popularité, mais je me souvenais de ce qui était arrivé à la dernière personne à avoir contrarié Isabel : la malheureuse se dépêtrait toujours dans une invraisemblable histoire de danse-contact avec des membres de l'équipe de foot.

— De quoi tu veux me parler ?

— *En privé*, a sifflé Isabel. Pas ici, dehors.

J'ai levé les yeux au ciel, je me suis levée et je l'ai suivie sur la pointe des pieds vers la porte au fond de la salle. Rachel m'a envoyé un bref regard douloureux, et mon expression devait ressembler à la sienne.

— Tu as deux secondes, pas plus, ai-je dit à Isabel, alors qu'elle me précédait dans une salle de classe inoccupée.

Le tableau de liège sur le mur d'en face était couvert

de croquis anatomiques, et quelqu'un avait punaisé un string sur l'un des dessins.

— Si tu le dis.

Isabel a refermé la porte derrière nous et m'a dévisagée comme si j'allais me mettre inopinément à chanter ou quelque chose comme ça. Je ne comprenais pas ses intentions.

— Bon alors, qu'est-ce que tu veux ? lui ai-je demandé en croisant les bras.

Je pensais être blindée, mais mon cœur s'est emballé en l'entendant répondre :

— Mon frère. Jack.

Je n'ai rien dit.

— Je l'ai vu en faisant mon jogging, ce matin.

J'ai dégluti.

— Ton frère.

Elle a pointé sur moi un ongle impeccablement manucuré, plus brillant que le capot de la Bronco, et ses bouclettes ont dansé.

— Oh, arrête de faire l'innocente ! Je lui ai *parlé*. Il n'est pas mort.

J'ai essayé en vain de me représenter Isabel en train de faire son jogging. Courait-elle pour échapper à son chihuahua ?

— Il avait un truc qui clochait. Et ne t'avise pas de me répondre : *normal, vu qu'il est mort,* parce que ce n'est pas vrai !

Quelque chose dans la charmante personnalité d'Isabel – ajouté, peut-être, au fait que je savais son frère vivant – ne m'incitait pas outre mesure à compatir avec elle.

— Isabel, il me semble que tu n'as pas besoin de moi pour cette conversation. Tu te débrouilles très bien toute seule.

— La ferme, a-t-elle répondu, ce qui n'a fait que me conforter dans mon opinion.

J'étais sur le point de l'en informer, lorsque ses mots suivants m'ont arrêtée net.

— Quand j'ai vu Jack, il m'a dit qu'il n'était pas mort pour de bon. Puis il a été pris de – de spasmes – et il a dit qu'il devait partir *immédiatement*. Et quand j'ai voulu lui demander ce qui n'allait pas, il a affirmé que toi, tu savais.

— Moi ? Ma voix s'est étranglée dans ma gorge.

Je me suis souvenue de l'expression implorante de ses yeux alors qu'il gisait, maintenu au sol par la louve. *Aide-moi*. Il m'avait reconnue.

— Ce n'est pas très surprenant, non ? Chacun sait qu'Olivia Marx et toi, vous êtes des fans de loups, et ça doit avoir un rapport. Alors, explique-moi ce qui se passe, Grace.

Je n'ai pas aimé la façon dont elle a posé la question – comme si elle connaissait d'avance la réponse. Le sang battait à mes tempes. J'étais complètement dépassée par la tournure des événements.

— Écoute. Tu es bouleversée, ce que je comprends très bien. Mais, sérieusement, tu as besoin d'aide, tu devrais aller consulter. Et laisse-nous en dehors de tout ça, Olivia et moi. Je ne sais pas ce que tu as vu, mais ce n'était pas Jack.

Le mensonge m'a laissé un goût amer dans la bouche. Je pouvais comprendre pourquoi les membres de la meute étaient tenus au silence, mais Jack était tout de même son frère. Cela ne lui donnait-il pas le droit de savoir ?

— Je n'ai pas halluciné, a répliqué hargneusement Isabel alors que j'ouvrais la porte. Je compte bien le retrouver. Et je saurai quel est ton rôle dans tout ça.

— Je n'en ai pas. J'aime bien les loups, c'est tout. Et je dois aller en cours maintenant.

Elle est restée debout dans l'encadrement de la porte et m'a regardée m'éloigner. Que s'attendait-elle à entendre, au début de notre conversation ?

Elle affichait une mine désespérée, mais elle jouait peut-être la comédie.

— Tu devrais voir un spécialiste, Isabel.

Elle a croisé les bras.

— C'est bien ce que je croyais faire, m'a-t-elle répondu.

chapitre 29 • Sam
12 °C

Après que Grace fut entrée dans le lycée, je passai un bon moment sur le parking, à penser à ma rencontre avec cette sauvage de Rachel et à me demander ce qu'elle avait à raconter sur les loups. Je songeai à partir à la recherche de Jack, mais je voulais savoir ce que Grace apprendrait au lycée, avant de me lancer sur ce qui pourrait être une fausse piste.

Je ne savais trop comment tuer le temps sans elle ni la meute. Je me sentais comme quelqu'un dont le bus partirait dans une heure – pas vraiment assez de temps pour entreprendre quoi que ce soit, mais beaucoup trop pour rester simplement là, à attendre.

La morsure froide que je sentais poindre dans la brise m'interdisait de continuer à tergiverser.

Je finis par conduire la Bronco jusqu'au bureau de poste. J'avais la clef de la boîte postale de Beck, mais en réalité, je cherchais surtout à évoquer le passé, à me faire croire que je pouvais le rencontrer là par hasard.

Je repensai au jour où Beck m'avait amené là pour chercher mes livres d'école – encore maintenant, je me souviens que nous étions un mardi, mon jour préféré à l'époque : je ne sais plus exactement pourquoi, mais quelque chose dans la proximité du *a* et du *r* sonnait obscurément sympathique à mes oreilles. J'avais toujours adoré accompagner Beck à la poste, que je voyais comme une cave aux trésors où s'alignaient rangée après rangée de petites boîtes fermées, toutes pleines de secrets et de surprises réservés aux seuls porteurs de clefs.

Je revis avec une clarté extraordinaire l'expression sur le visage de Beck, et j'entendis à nouveau le son de sa voix :

— Sam, mon pote, viens voir un peu par ici !

— C'est quoi, ça ?

Chancelant sous le poids d'un énorme colis, Beck s'efforçait de pousser du dos la porte vitrée.

— Ton cerveau.

— Mais j'en ai déjà un.

— Si c'était le cas, tu m'aurais ouvert la porte.

Je lui décochai un regard assassin et le laissai s'escrimer encore un peu avant de passer sous son bras et de le faire.

— Non, sérieusement, qu'est-ce que c'est ?

— Des manuels scolaires. Nous allons t'éduquer dans les règles de l'art, histoire d'éviter que tu ne deviennes un parfait crétin en grandissant.

Je me souviens d'avoir été intrigué par l'idée d'un concentré d'école en boîte – comme une forme d'instruction lyophilisée : ajoutez-juste-Sam-et-de-l'eau.

Les autres membres de la meute ne se montrèrent pas moins curieux. J'étais le premier à avoir été mordu avant d'avoir terminé mes études, et la nouveauté que représentait pour eux mon éducation les fascinait. Ils se relayèrent pendant plusieurs étés pour se pencher avec moi sur le gros manuel de leçons et les merveilleux livres tout neufs, qui fleuraient bon l'encre. Ils passaient des journées entières à me faire travailler : Ulrik les mathématiques, Beck l'histoire, Paul le vocabulaire et, par la suite, les sciences. Ils me harcelaient de questions au dîner, ils inventaient des chansons pour m'aider à mémoriser la chronologie des présidents morts et ils convertirent l'un des murs de la salle à manger en tableau blanc géant perpétuellement couvert de maximes du jour et de blagues salaces dont personne ne voulait s'avouer l'auteur.

Lorsque j'en eus fini avec ce premier lot de livres, Beck les rangea, et un autre colis fit son apparition. Quand je n'étudiais pas dans mon école-en-boîte, je surfais sur le net en quête d'une autre sorte d'éducation : je cherchais des photos de monstres de cirque, des synonymes pour « coït », et une explication à la nostalgie qui, le soir, me déchirait le cœur lorsque je contemplais le ciel étoilé.

Le troisième envoi coïncida avec l'arrivée d'une nouvelle venue dans la meute : Shelby, une fille mince et bronzée, couverte d'ecchymoses, à l'accent du sud prononcé. Je me souviens de Beck disant à Paul : « Bon sang, je ne pouvais tout de même pas l'abandonner là à son sort, Paul ! Tu n'as pas vu, toi, d'où elle vient, tu n'as pas vu ce qu'ils lui faisaient subir. »

J'avais ressenti de la compassion pour Shelby, qui s'isolait farouchement du reste du groupe. J'avais été le seul à réussir à faire voguer un petit radeau jusqu'à son île, le seul à pouvoir lui arracher quelques mots, un sourire. C'était une créature étrange, fragile, prête à tout pour réaffirmer son contrôle sur sa propre existence. Elle chapardait des objets appartenant à Beck pour l'entendre demander où ils étaient passés, détraquait le thermostat pour obliger Paul à quitter le canapé pour aller le régler et cachait mes livres afin que je lui parle au lieu de les lire. Mais n'étions-nous pas tous, dans cette maison, brisés ? N'étais-je pas le gosse allergique à la simple vue d'une salle de bains ?

Beck avait rapporté de la poste un autre colis de livres pour Shelby, mais elle ne s'y intéressait pas comme moi. Elle les laissait se couvrir de poussière pour chercher sur la toile des renseignements sur le comportement des loups.

Je m'étais à présent arrêté, dans le bureau de poste, devant la boîte postale de Beck, au numéro 730. Je posai les doigts sur la peinture écaillée des chiffres, sur le 3 presque effacé, tel que la première fois que je l'avais vu. J'introduisis la clef dans la serrure, sans ouvrir. Était-ce donc si mal de désirer ardemment *ceci* ? Une vie banale d'années ordinaires passées près de Grace, de quelques dizaines d'années à tourner des clefs dans les serrures des boîtes postales, à rester étendu sur mon lit, à décorer en hiver un sapin de Noël ?

Et je me repris à songer à Shelby. Comparés à ceux de Grace, mes souvenirs d'elle avaient le mordant de l'hiver. Elle avait toujours jugé grotesque mon attachement pour ma vie d'humain. Je me souviens encore de notre pire dispute à ce sujet. Ce n'était ni la première, ni la dernière, mais ce fut de beaucoup la plus cruelle. J'étais allongé sur mon lit, plongé dans l'exemplaire des œuvres de Yeats qu'Ulrik m'avait acheté, quand Shelby sauta sur le matelas et piétina le livre, froissant les pages sous ses pieds nus.

— Viens écouter les hurlements que j'ai trouvés sur la toile, me dit-elle.

— Je lis.

— Ce que j'ai trouvé est plus important, affirma Shelby qui, perchée au-dessus de moi, chiffonnait le papier de ses orteils recourbés. Pourquoi est-ce que tu t'entêtes à potasser ces machins-là ? (Elle eut un geste en direction de la pile de livres de classe sur le bureau, près de mon lit.) Ce n'est pas ce que tu deviendras plus tard. Tu ne vas pas devenir homme, mais loup, et tu devrais donc apprendre des trucs de loup.

— Ferme-la.

— C'est pourtant vrai. Tu ne seras pas Sam. Tous ces bouquins ne sont qu'une perte de temps. Tu seras le mâle alpha. J'ai lu des trucs là-dessus. Et moi, je serai ta compagne, la femelle alpha.

Son visage était cramoisi d'excitation. Plus que tout au monde, Shelby voulait tracer une croix sur son passé.

J'arrachai mon exemplaire de Yeats de sous ses pieds et lissai la page.

— *Je serai Sam !* Je ne cesserai jamais d'être Sam.

— Non, je te dis ! s'écria-t-elle. (Elle quitta mon lit d'un bond et renversa d'un geste toute ma pile de livres ; des milliers de mots allèrent s'écraser au sol.) Tu fais semblant, voilà tout ! Nous n'avons pas de noms, et nous ne serons rien que des loups !

— Ta gueule ! hurlai-je. Je peux parfaitement rester Sam tout en étant loup !

Beck entra en trombe dans la pièce et contempla la scène avec son sang-froid accoutumé : mes livres, ma vie, mes rêves épars sous les pieds de Shelby, et moi, sur mon lit, serrant de toutes mes forces mon Yeats chiffonné dans mes mains.

— Que se passe-t-il ici ?

Shelby me désigna du doigt.

— Dis-lui ! Dis-lui, toi, qu'il cessera d'être Sam quand nous deviendrons loups. Que c'est impossible. Il ne saura même plus comment il s'appelle. Et moi, je ne serai plus Shelby ! s'écria-t-elle d'une voix tremblante de colère.

Celle de Beck était si calme que j'eus du mal à l'entendre.

— Sam restera toujours Sam.

Il la saisit violemment par le bras et la fit sortir de force de la pièce. Les pieds de Shelby dérapèrent sur mes livres, elle eut l'air choqué. Beck avait pris grand soin de ne jamais poser la main sur elle depuis son arrivée. Je ne l'avais jamais vu dans une telle colère.

— Je te préviens, Shelby, tu ferais mieux de ne pas lui affirmer le contraire, sinon je te ramène d'où tu viens. *Je te ramène*, tu m'entends !

Dans le hall, Shelby se mit à hurler et elle continua jusqu'à ce que Beck ait claqué la porte de sa chambre derrière elle.

Il redescendit le couloir et s'arrêta sur le seuil de ma chambre. Je réempilais soigneusement mes livres sur mon bureau. Mes mains tremblaient. Je m'attendais à ce qu'il me dise quelque chose, mais il se borna à ramasser un livre à ses pieds et à l'ajouter aux autres avant de quitter la pièce.

Plus tard dans la journée, j'entendis Ulrik et Beck parler. Ils n'avaient pas réalisé combien rares dans la maison étaient les endroits hors de portée d'oreille d'un garou.

— Tu t'es montré trop dur avec Shelby, dit Ulrik, et elle n'a pas tort, quelque part. Que crois-tu donc qu'il va faire de toute cette merveilleuse éducation, Beck ? Ce n'est pas comme s'il allait pouvoir un jour marcher sur tes traces.

Il y eut une longue pause, puis Ulrik reprit :

— En fait, il n'y a rien là d'étonnant. Suivre ton raisonnement n'est pas sorcier. Mais dis-moi, comment t'imagines-tu que Sam pourrait intégrer une université ?

Une autre pause.

— En suivant des cours d'été, répondit la voix de Beck. Et aussi quelques formations en ligne.

— D'accord. Admettons qu'il obtienne son diplôme. Qu'est-ce qu'il en fera ? Des études de droit en ligne, là aussi ? Quelle sorte d'homme de loi deviendra-t-il ainsi ? Les gens tolèrent ton étrange routine et tes absences chaque hiver parce que tu étais déjà établi quand tu as été mordu. Sam devra trouver un travail compatible avec ses disparitions imprévisibles chaque année. Tu peux lui bourrer le crâne de connaissances tant que tu veux, il n'en reste pas moins qu'il sera obligé d'accepter des petits emplois dans des stations-service, comme nous tous. En supposant qu'il soit encore là quand il aura vingt ans.

— Tu voudrais lui conseiller de laisser tomber ? Alors, dis-lui, toi. Ne compte pas sur moi pour ça, jamais je ne le ferai.

— Ce n'est pas à lui, mais à toi, que je veux dire d'abandonner.

— Sam ne fait rien de tout cela contre son gré. Il désire lui-même apprendre. Il est intelligent.

— Tu vas le rendre malheureux, Beck. Tu ne peux pas lui donner toutes les clefs du succès pour le laisser ensuite découvrir – *pouf* – qu'elles ne lui ouvriront aucune porte. Shelby a raison. Somme toute, nous sommes des loups. Je peux lui lire de la poésie allemande, Paul lui expliquer les participes passés et toi lui jouer du Mozart, mais, en fin de compte, c'est dans une longue nuit froide, dans les bois, que nous finirons tous.

Il y eut un autre silence avant que Beck ne réponde,

et quand il le fit, ce fut d'une voix lasse, qui ne lui ressemblait pas.

— Laisse-moi en paix, Ulrik, d'accord ? Je ne t'en demande pas plus. Laisse-moi tranquille, c'est tout.

Le lendemain, Beck m'annonça que je n'étais pas obligé de faire mes devoirs si je ne le voulais pas, et il partit tout seul, en voiture. J'attendis qu'il eût disparu, puis je fis quand même mon travail.

Je souhaitais à présent plus que tout au monde que Beck soit là, avec moi. Je tournai la clef dans la serrure en sachant ce que j'allais trouver – des lettres qui s'empilaient depuis des mois et sans doute un avis m'invitant à en retirer d'autres au guichet.

Mais en ouvrant la boîte, je ne vis que deux plis et quelques prospectus publicitaires.

Quelqu'un était passé par là. Récemment.

chapitre 30 ✦ Sam
5 °C

— Ça ne t'embête pas qu'on passe devant chez Olivia ? me demanda Grace en entrant dans la voiture, accompagnée d'un souffle d'air glacial. (Je me recroquevillai sur le siège passager, et elle se hâta de refermer la portière derrière elle.) Oh, pardon, j'ai dû drôlement te refroidir ! Je veux dire, pas pour lui rendre visite ni rien, juste passer près de la maison. Rachel m'a raconté qu'on y avait vu un loup. On trouverait peut-être une piste, de ce côté-là.

— Allons-y !

Je lui pris la main, embrassai l'extrémité de ses doigts et la remis sur le volant. Affalé sur mon siège, je tirai de mon sac la traduction de Rilke que j'avais apportée pour la lire en l'attendant.

Les lèvres de Grace amorcèrent un léger sourire mais elle quitta le parking sans un mot. Je regardais son visage concentré sur la conduite, le tracé ferme de sa bouche, en attendant qu'elle se sente prête à me confier ce qu'elle avait sur le cœur. Mais elle persistait dans son mutisme, et j'ouvris mon livre et me carrai confortablement dans mon siège.

— Qu'est-ce que tu lis ? me demanda-t-elle après un long silence.

J'étais quasiment sûr que Grace, toujours si pragmatique, n'aurait jamais entendu parler de Rilke.

— De la poésie.

Elle poussa un soupir et contempla le ciel blanc et mort qui pesait sur la route devant nous.

— Je n'y comprends rien, dit-elle, puis elle parut se rendre compte que sa remarque pouvait être blessante et s'empressa d'ajouter :

— Je suis peut-être tout simplement mal tombée.

— Tu l'as peut-être tout simplement mal lue, lui fis-je remarquer. (J'avais vu les livres de Grace : des ouvrages documentaires, des ouvrages sur les choses, plutôt que la façon de les dire.) Il faut écouter la musique des mots, repris-je, et pas seulement leur sens ; comme dans une chanson.

Elle fronça les sourcils. Je feuilletai mon livre et m'approchai jusqu'à ce que nos hanches se touchent.

Grace jeta un coup d'œil sur la page.

— Ce n'est même pas de l'anglais ! s'exclama-t-elle.

— Il y en a aussi en anglais, dis-je. (Je poussai un soupir.) Ulrik me lisait Rilke pour m'apprendre l'allemand, moi je vais te le lire pour t'apprendre la poésie.

— Une langue parfaitement étrangère.

— Parfaitement, approuvai-je. Écoute : « *Was soll ich mit meinem Munde ? Mit meiner Nacht ? Mit meinem Tag ? Ich habe keine Geliebte, kein Haus, keine Stelle auf der ich lebe.* »

Grace semblait perplexe. Elle se mordillait la lèvre avec une petite moue frustrée adorable.

— Qu'est-ce que ça veut dire ?

— Ce n'est pas le problème. L'important, c'est comment tu l'entends, pas seulement ce que ça signifie.

Je cherchais désespérément les mots justes. Je voulais qu'elle se souvienne du moment où elle s'était mise à m'aimer, lorsque j'étais loup : sans mots, mais percevant, au-delà de la signification manifeste de mon enveloppe lupine, ce qui en moi me faisait Sam, pour toujours.

— Lis-le encore une fois.

Je m'exécutai.

Elle tapota des doigts contre le volant.

— Ça sonne triste, commenta-t-elle. Tu souris – j'ai donc raison.

Je tournai les pages pour trouver la traduction :

— « Que fais-je donc de mes lèvres ? De ma nuit ? De mon jour ? Je n'ai pas de... » Bah ! Je n'aime pas cette traduction. J'en ai une autre, j'irai demain la prendre à la maison, mais oui, tu as vu juste, c'est triste.

— J'ai gagné un prix ?

— Peut-être, répondis-je en glissant ma main sous la sienne et en entrelaçant nos doigts.

Sans quitter la route des yeux, elle les porta à ses lèvres, m'embrassa le bout de l'index, puis le mordilla légèrement.

Elle me lança un regard de défi silencieux.

Complètement subjugué, j'allais lui dire de se garer sans délai, car j'étais pris une envie *irrésistible* de l'embrasser.

Quand je vis un loup.

— Stop, Grace ! Arrête la voiture !

Elle tourna brusquement la tête, mais l'animal avait

déjà franchi d'un bond le fossé bordant la route et s'éloignait entre les arbres clairsemés.

— Arrête-toi, Grace ! C'est Jack.

Elle pila net. La Bronco oscilla sur ses suspensions en glissant sur le bas-côté. Je n'attendis pas que la voiture s'immobilise pour ouvrir la portière et sauter à terre. Mes chevilles entrèrent douloureusement en contact avec le sol gelé. Je scrutai les bois alentour. Des bouffées de fumée âcre flottaient entre les arbres, se mêlant aux nuages lourds et blancs qui bouchaient le ciel : on brûlait des feuilles de l'autre côté de la forêt. À travers la fumée, sous le couvert des arbres, je vis le loup gris bleu hésiter, indécis, ne sachant s'il était poursuivi ou non. L'air froid griffait mon épiderme. Le loup tourna la tête et me regarda par-dessus son épaule. Ses yeux étaient noisette. Jack. Ce devait être lui.

Puis il disparut, sans crier gare, dans la fumée. Franchissant d'un bond le fossé, je m'élançai à ses trousses, écrasant sous mes pieds les tiges raides et froides de la végétation morte.

Je courais entre les arbres. J'entendis Jack piétiner bruyamment les branchages, plus soucieux de s'échapper que de le faire discrètement. Son odeur trahissait sa peur. La fumée s'épaississait, et il devenait difficile de voir où elle s'arrêtait pour céder la place au ciel pris dans les branches au-dessus de ma tête. Jack, plus leste et plus rapide sur ses quatre pattes que moi sur mes deux jambes et insensible à la température, n'était plus qu'à demi visible.

Des élancements douloureux traversaient mes doigts gourds, et je sentais le froid me pincer la peau du cou, me révulser les entrailles. Le loup devant moi commençait à disparaître. Celui qui m'habitait me parut soudain beaucoup plus proche.

— Sam ! cria Grace.

Elle agrippa le dos de ma chemise, me força à m'arrêter et jeta son manteau sur mes épaules. Je toussais et je m'étranglais en essayant de reprendre mon souffle, de ravaler le loup que je sentais monter en moi. Je frissonnais. Elle m'entoura de ses bras.

— Qu'est-ce qui t'a pris ? Qu'est-ce que tu...

Et, sans achever, elle m'entraîna. Nous traversâmes le bois d'un même pas trébuchant. Mes genoux flageolaient. Je ralentis en approchant du fossé, mais Grace ne faiblit pas et me tira par le coude jusqu'à la Bronco.

Une fois dans la voiture, j'enfouis mon visage frigorifié dans la peau chaude de son cou et me laissai enlacer. Je ne maîtrisais plus les tremblements qui me secouaient, et je percevais avec acuité chaque aiguillon de douleur acérée palpitant au bout de mes doigts.

— Qu'est-ce que tu essayais de faire ? demanda Grace en me serrant contre elle à m'étouffer. Tu ne peux pas agir comme ça, Sam, il fait un froid de loup, dehors ! Que diable voulais-tu faire ?

— Je ne sais pas, dis-je dans son cou en lovant mes mains entre nous deux pour les réchauffer. (Je n'en avais effectivement pas la moindre idée ; je savais seulement que Jack était imprévisible, et j'ignorais quelle sorte d'humain il était, quelle sorte de loup il ferait.) Je ne sais pas, répétai-je.

— Ça n'en vaut pas la peine, Sam, me dit Grace, et elle appuya fermement son visage contre mon crâne. Et si tu t'étais transformé ? (Ses doigts agrippèrent mes manches, sa voix se voila.) Qu'est-ce qui a pu te passer par la tête ?

— Rien du tout, dis-je sincèrement. Je suis désolé.

J'étais enfin assez réchauffé pour cesser de trembler.

Je m'adossai à mon siège et je posai les mains sur les grilles de la ventilation. Nous restâmes longtemps sans rien dire. Seul le ronronnement inégal du moteur troublait le silence.

— Isabel est venue me voir, aujourd'hui, reprit Grace. La sœur de Jack. Elle dit qu'elle lui a parlé.

J'agrippai sans répondre les grilles de mes doigts, comme pour en capturer l'air chaud.

— Mais tu ne peux pas juste te lancer à sa poursuite comme ça. Il fait trop froid, maintenant, ça ne vaut pas le coup de prendre un tel risque. Je veux que tu me promettes de ne plus faire de choses pareilles.

Je baissai les yeux. Je n'osais pas la regarder en face quand elle prenait ce ton.

— Et Isabel ? Qu'est-ce qu'elle t'a raconté ?

— Ce n'est pas clair, soupira Grace. Elle sait que Jack est vivant. Elle pense que les loups y sont pour quelque chose, et elle croit que je suis au courant. Qu'est-ce qu'on va faire ?

Je songeai aux deux enveloppes dans la boîte postale, au loup dans les bois, aux extrémités encore cuisantes de mes doigts. Et si Beck était *vraiment* là ?

L'espoir me tourmentait plus que le froid.

Peut-être n'était-ce pas Jack qu'il me fallait chercher.

chapitre 31 ◆ Sam
11 °C

Une fois que je me laissai aller à penser que Beck pouvait être resté humain, l'idée se mit à m'obséder. Elle troublait mon sommeil, et mon cerveau ne cessait de passer en revue les moyens dont je disposais pour retrouver sa trace. J'avais aussi des doutes – n'importe qui, dans la meute, aurait pu aller ramasser le courrier et acheter du lait – mais, rien à faire, l'espoir gagnait toujours. Au petit déjeuner le lendemain, alors que je discutais avec Grace de ses devoirs de mathématiques – auxquels je ne comprenais goutte –, de sa riche amie surexcitée Rachel, et de savoir si les tortues ont oui ou non des dents, c'était toujours Beck qui monopolisait mes pensées.

Après avoir déposé Grace au lycée, j'essayai un moment de me persuader que je n'allais pas retourner directement chez lui.

Il n'y était pas. Je le savais.

Mais il n'y avait pas de mal à aller vérifier.

Je ne cessais, en chemin, de songer à ce que Grace m'avait dit l'autre soir à propos de l'électricité et du lait dans le réfrigérateur. Il restait peut-être une chance, une toute petite chance, que Beck soit là, et je serais alors débarrassé du fardeau de la responsabilité des agissements de Jack comme de l'idée insupportable que j'étais seul ici de mon espèce. Et, même s'il n'y avait personne, je pourrais prendre des vêtements de rechange et mon autre édition de Rilke et parcourir la maison, m'imprégner des souvenirs et des effluves des miens.

Je me rappelais l'époque, il y a seulement trois ans, où, pour la plupart encore jeunes et dans la fleur de l'âge, nous retrouvions nos formes humaines au moindre souffle de printemps. La maison était alors pleine de monde – Paul, Shelby, Ulrik, Beck, Derek, et jusqu'à ce fou de Salem, tous humains en même temps. Traverser ensemble cette folie semblait en quelque sorte la rendre plus normale.

Je ralentis en m'engageant sur le chemin qui menait à la maison. Mon cœur s'emballa un instant quand je vis un véhicule s'arrêter devant le garage, mais je constatai, déçu, que c'était une Chevrolet inconnue. Les feux de freinage luisaient d'un éclat terne dans le jour gris. J'abaissai la vitre dans l'espoir d'identifier une odeur et j'entendis aussitôt la portière de la voiture, côté conducteur, s'ouvrir puis se refermer. Le vent m'apporta une fraîche odeur aux légers relents de fumée.

Beck. Je rangeai la Bronco sur le bas-côté, en jaillis d'un bond et, radieux, le vis surgir de derrière la Chevrolet. Ses yeux s'élargirent de surprise et le sourire familier éclaira son visage, plissant ses pattes-d'oie.

— Sam ! s'exclama-t-il d'une voix stupéfaite, et son sourire s'accentua. Sam, le ciel soit loué ! Viens ici !

Il m'étreignit et me tapota le dos chaleureusement. Lui pouvait le faire sans paraître importun, il le devait sans doute à sa profession d'homme de loi : il savait comment prendre les gens. Il me sembla grossi, mais ce n'était pas de l'embonpoint : j'ignore combien de chemises il portait sous son manteau pour se tenir assez chaud pour rester humain, mais j'aperçus le col d'au moins deux d'entre elles.

— Où étais-tu passé ? me demanda-t-il.

— Je...

J'allais lui résumer toute l'histoire du coup de feu, de Jack et de ma rencontre avec Grace, quand je me ravisai, sans trop savoir pourquoi. Sûrement pas à cause de lui, qui me fixait sérieusement de ses yeux bleus intenses, mais une étrange odeur, diffuse mais familière, flottait dans l'air, me contractait les muscles et collait ma langue à mon palais. Ce n'était pas ainsi que les choses étaient censées se passer, pas ainsi que j'aurais dû sentir, et je lui répondis avec réserve :

— J'étais dans le coin, mais pas ici. Et *toi non plus*, j'ai pu voir.

— Non, moi non plus, confirma-t-il. (Il se dirigea vers l'arrière de la Chevrolet, et je constatai que la voiture était très sale, couverte d'une épaisse couche de boue aux relents d'ailleurs qui maculait les enjoliveurs et éclaboussait les pare-chocs.) Salem et moi étions au Canada.

Voilà pourquoi je n'avais pas rencontré Salem, ces derniers temps. Celui-ci avait toujours posé des problèmes : quelque chose ne tournait pas très rond chez lui quand il était homme, et par conséquent quand il était loup. Je pensais que c'était certainement lui qui avait arraché Grace à sa balançoire, autrefois. Je n'arrivais pas à comprendre comment Beck avait pu le supporter pendant toute la durée du trajet. *Pourquoi* il l'avait fait dépassait plus encore mon entendement.

— Tu sens l'hôpital, me dit Beck qui me scrutait en plissant les paupières, et tu as une mine de déterré.

— Merci bien, dis-je. (J'allais donc lui raconter, en fin de compte. J'aurais cru l'odeur d'hôpital dissipée, après toute une semaine, mais les narines frémissantes de Beck m'affirmaient le contraire.) On m'a tiré dessus, expliquai-je.

Beck posa ses doigts contre ses lèvres.

— Bonté divine ! Où ça ? Pas dans un endroit embarrassant, j'espère !

— Désolé, non. Ici, dis-je en désignant mon cou.

— Et tout va bien, maintenant ?

Voulait-il savoir si tout allait bien pour la meute ? Si personne n'était au courant ? *J'ai rencontré une fille. Une fille épatante. Elle sait, mais ce n'est pas un problème.* Je testais les mots dans ma tête, sans parvenir à les faire sonner juste. Je réentendais sans cesse la voix de Beck me répétant que nous ne devions confier notre secret à personne.

— Aussi bien que possible, répondis-je sur un haussement d'épaules.

Je sentis soudain mon estomac plonger : Beck n'allait pas manquer de flairer Grace dans la maison.

— Grands dieux, Sam, pourquoi ne m'as-tu pas appelé sur mon portable ? C'était quand ?

— Je n'ai pas ton numéro, pas celui de cette année.

Comme nous ne les utilisons pas pendant l'hiver, nous prenons chaque année de nouveaux téléphones.

Beck eut un autre regard qui ne me plaisait pas ; un regard de sympathie, non, de pitié. Je fis mine de ne pas le voir.

Il fouilla dans sa poche et en sortit un portable.

— Tiens, prends-le. C'est celui de Salem ; il n'en a plus l'usage.

— Un aboiement pour oui et deux pour non, c'est ça ?

— Exactement. (Il grimaça un sourire.) Quoi qu'il en soit, tu trouveras mon numéro dans le répertoire. Alors, utilise-le. Tu auras peut-être besoin d'acheter un chargeur.

Je me dis qu'il allait probablement me demander où j'habitais et, pour éluder la question, désignai la Chevrolet du menton.

— D'où vient toute cette boue ? Et pourquoi ce voyage ? (Je donnai du poing contre le côté du châssis et je fus étonné de sentir quelque chose répondre à l'intérieur ; un choc sourd, comme un coup de pied. Je haussai un sourcil.) Salem est là-dedans ?

— Il est retourné dans les bois. Ce salaud s'est transformé au Canada, j'ai dû le ramener en l'état. Il perd ses poils à croire que la fourrure est passée de mode. Et, tu sais, je le crois fou.

Nous rîmes de conserve – comme s'il pouvait en être autrement !

Je regardai à nouveau l'endroit où j'avais *senti* heurter contre le métal.

— Alors, qu'est-ce qui cogne, là-dedans ?

— L'avenir, me répondit Beck. Tu veux voir ?

Je reculai en haussant les épaules pour lui permettre d'ouvrir le hayon. Si je m'étais cru prêt pour ce que j'allais y découvrir, je me serais bercé de sérieuses illusions.

Les sièges arrière de la Chevrolet avaient été repliés pour faire plus de place, et dans le coffre se trouvaient trois corps. Humains. L'un maladroitement adossé au siège avant, l'autre gisant en position fœtale, et le dernier allongé de travers devant la portière. Tous attachés en ligne par les poignets le long d'une corde.

Je les contemplai fixement. Le garçon avachi contre le siège me rendit mon regard de ses yeux injectés de sang. Il devait avoir mon âge, ou un peu moins, peut-être. Du rouge maculait ses bras, et j'en vis également partout dans l'habitacle. Puis je perçus leurs effluves : puanteur métallique du sang, odeurs de transpiration et de peur, et ce même parfum de terre qu'à l'extérieur de la voiture. Et, omniprésente, l'odeur des loups – de Beck, de Salem et d'autres encore, que je ne connaissais pas.

La fille roulée en boule tremblait. Le garçon me suivait des yeux, et, plissant les paupières dans la pénombre, je le vis frissonner lui aussi. Il se tordait les mains, serrant et desserrant sans cesse ses doigts entrelacés en un geste plein de frayeur.

— Au secours, articula-t-il.

Je reculai de quelques mètres, les genoux flageolants. Je me couvris la bouche, puis m'approchai de nouveau. Le garçon me suppliait des yeux.

Je sentais confusément près de moi Beck qui m'observait, mais je ne pouvais quitter du regard ces trois adolescents.

— Non. *Non*, dis-je d'une voix que je ne me connaissais pas. Ces gosses ont été mordus. On les a mordus, Beck !

Je pivotai sur les talons, croisai les mains derrière la tête, puis me retournai derechef pour les voir encore, tous les trois. Le garçon fut secoué de violents tremblements, mais il garda les yeux rivés sur moi. *À l'aide.*

— Bon sang, Beck, qu'est-ce que tu as fait ? Que diable as-tu fait ?

— Ça y est ? Tu en as assez vu ? me demanda Beck d'une voix posée.

Je me retournai de nouveau, serrai les paupières de toutes mes forces, puis les rouvris.

— Assez vu, tu dis ? Qu'est-ce que tu crois ? Ces gamins sont en train de se transformer, Beck !

— Je refuse d'en parler tant que tu ne te seras pas calmé.

— Beck, mais *regarde* !

Je m'appuyai contre la Chevrolet et fixai la fille, dont les doigts griffaient la moquette ensanglantée. Elle avait environ dix-huit ans et portait un tee-shirt tie-dye moulant. Je reculai, comme si cela pouvait les faire tous disparaître. Le garçon se mit à gémir et enfouit son visage dans ses mains liées. Sa peau s'assombrit, et il amorça sa métamorphose.

Je détournai les yeux. Je ne pouvais pas voir ça. J'avais oublié ce qu'on ressentait, les premiers jours. Les mains toujours croisées derrière la nuque, je pressai en étau mes bras contre mes oreilles en répétant : *bon Dieu de bon Dieu de bon Dieu de bon Dieu*, encore et encore jusqu'à me faire croire que je n'entendais pas ses gémissements. Il n'appelait même pas au secours : peut-être avait-il perçu que la maison de Beck était très isolée, ou peut-être s'était-il résigné.

— Tu m'aides à les amener à l'intérieur ? me demanda Beck.

Un loup émergea soudain du tee-shirt et des liens devenus trop lâches et il recula d'un bond, grognant contre la fille qui gémissait à ses pattes. Beck ne fit ni une ni deux : sautant prestement, avec une agilité de fauve, dans la Chevrolet, il le renversa sur le dos, lui saisit les mâchoires et le regarda dans le blanc des yeux.

— Ne songe même pas à résister, grogna-t-il d'un ton menaçant. Ce n'est pas toi qui commandes, ici !

Beck le relâcha, et la tête du loup alla cogner contre le

sol avec un bruit mat. Il s'était remis à trembler, sur le point de changer à nouveau.

Quelle horreur. Impossible de suivre ça : c'était aussi atroce que de le revivre moi-même, que de ne jamais savoir pour quelle forme j'opterais. Je détournai les yeux sur Beck.

— Tu as fait exprès, non ?

Beck s'assit sur le rebord du hayon sans paraître se soucier du loup secoué de convulsions et de la fille qui gémissait derrière lui. Le troisième, lui, n'avait toujours pas bougé. Était-il mort ?

— Sam, en ce qui me concerne, cette année est probablement la dernière. Je crois que je ne changerai plus, ensuite. Quand je suis devenu humain, cette fois-ci, j'ai dû réfléchir très vite pour parvenir à le rester. (Il me vit regarder les cols de chemise bariolés à son cou et hocha la tête.) Nous avons besoin de cette maison, la meute en a besoin. Et la meute a également besoin de protecteurs encore capables de se transformer. Impossible de compter sur les humains, comme tu le sais. Nous ne pouvons compter que sur nous-mêmes pour assurer notre sécurité.

Je ne lui répondis pas.

— C'est ta dernière à toi aussi, n'est-ce pas, Sam ? soupira-t-il. Je ne pensais pas que tu changerais cette année. Tu étais toujours loup quand je me suis transformé, alors que cela aurait dû être l'inverse. J'ignore pourquoi tu as eu si peu de temps, peut-être est-ce dû à ce que tes parents t'ont fait. Mais c'est bougrement dommage. Tu es le meilleur de nous tous.

Je n'avais pas de souffle pour parler. Je ne pouvais détacher mes pensées de la tache de sang dans ses cheveux. Ceux-ci étaient châtain foncé, ce qui explique que je ne l'aie pas notée plus tôt, mais le liquide en se coagulant avait collé une mèche en épi.

— À ton avis, Sam, qui doit s'occuper de la meute, hein ? Shelby ? Nous avons besoin de nouveaux loups. Encore jeunes, de sorte que le problème ne se repose pas avant huit ou dix ans.

Je fixais le sang dans sa chevelure.

— Et pour Jack ? demandai-je d'une voix morne.

— Le gamin au fusil ? (Beck fit la grimace.) On peut remercier Salem et Shelby, pour lui ! Il fait trop froid pour que je parte à sa recherche, il va devoir nous retrouver tout seul. J'espère seulement qu'il s'abstiendra de faire des bêtises dans l'intervalle. Avec un peu de chance, il sera assez malin pour éviter les humains jusqu'à ce que sa forme se soit stabilisée.

Derrière lui, la fille poussa un cri aigu et sans force. Entre deux vagues de frémissements, sa peau virait au bleu crème des loups noirs. Ses épaules ondulèrent, ses bras la repoussèrent vers le haut en se muant en pattes et ses doigts s'estompèrent. Et je me remémorai, avec la même intensité que si je changeais moi-même, la douleur, l'atroce souffrance de la seconde où je me sentais me perdre, avec ce qui me faisait Sam, cette partie de moi qui se souvenait du nom de Grace.

J'essuyai une larme qui me perlait à l'œil en la regardant se débattre. Une part de moi aurait voulu secouer Beck comme un prunier, pour le punir de leur infliger ça. Une autre répétait en boucle dans ma tête : *heureusement que Grace n'a jamais eu à vivre ça.*

— Beck, dis-je en cillant, et je le regardai. T'iras en enfer pour ça !

Et je partis, sans attendre sa réaction. J'aurais voulu ne jamais être venu.

Cette nuit-là, comme chaque nuit depuis notre rencontre, je serrais Grace dans mes bras, tout en écoutant les sons étouffés de ses parents dans le salon. Ils me faisaient penser à de petits oiseaux vifs et écervelés, sans cesse occupés, à toute heure du jour comme de la nuit, à entrer et sortir de leur nid, si absorbés par le plaisir de sa construction qu'ils ne remarquent pas que celui-ci est vide depuis des années.

Ses parents étaient bruyants, aussi. On les entendait rire, bavarder et entrechoquer la vaisselle, même si rien ne m'avait jamais laissé croire qu'ils puissent faire la cuisine. Comme un couple d'étudiants qui, ayant trouvé un nouveau-né dans un panier en osier, ne sauraient trop qu'en faire. Que serait devenue Grace, si elle avait eu ma famille – la meute ? Si elle avait eu Beck ?

J'entendis de nouveau dans ma tête la voix de Beck donner corps à mes craintes : oui, cette année était bien ma dernière.

— La fin, murmurai-je dans un souffle, presque sans bruit, pour tester la forme des mots sur mes lèvres.

Grace, dans le rempart de mes bras, soupira et pressa son visage contre ma poitrine. Elle dormait déjà. Alors que je devais poursuivre le sommeil dans ses derniers retranchements, elle s'assoupissait en un clin d'œil. Je l'enviais.

Je revoyais sans cesse Beck et les trois adolescents. Dix mille variations de la scène se succédaient devant mes yeux.

Je voulais en parler à Grace. Je ne voulais pas lui en parler.

J'avais honte de Beck, j'étais déchiré entre ma loyauté envers lui et celle envers moi-même – je ne m'étais jusqu'alors même pas rendu compte que les deux puissent ne pas coïncider. Je ne souhaitais pas que Grace ait mauvaise opinion de lui – mais j'avais besoin de me confier, d'un endroit où me débarrasser du fardeau insupportable qui m'oppressait le cœur.

— Dors, murmura-t-elle d'une voix presque inaudible en glissant les doigts sous mon tee-shirt d'une façon qui m'ôtait toute envie de le faire.

Je déposai un baiser sur ses paupières closes et soupirai. Elle fit un petit bruit approbateur et chuchota, les yeux toujours clos :

— Shhh, Sam. Quoi que ce soit, ça peut attendre jusqu'au matin, et sinon, c'est que ça n'en vaut pas la peine. *Dors.*

Et, parce qu'elle me l'avait ordonné, je parvins enfin à m'endormir.

chapitre 32 • Grace
7 °C

La première chose que Sam m'a dite le jour suivant était : *Il est grand temps que nous sortions selon les règles.* Non, en fait, ses tout premiers mots ont été : *tu es toujours coiffée en pétard le matin !* Mais sa première phrase lucide (car je me refuse à croire que, le matin, mes cheveux soient en pétard) concernait cette histoire de sortie. C'était un jour de « réunion pédagogique » pour les professeurs au lycée, ce qui voulait dire que nous avions congé jusqu'au soir – un luxe rare. Sam mélangeait le porridge et regardait par-dessus son épaule vers la porte d'entrée en me faisant cette déclaration. Mes parents étaient partis dès l'aube pour un quelconque voyage d'affaires de mon père, mais il semblait craindre de les voir resurgir pour le chasser à coups de fourche.

Je suis venue le rejoindre près du plan de travail et j'ai examiné le contenu de la casserole. L'idée de manger du porridge ne m'enthousiasmait pas. Il m'était arrivé d'essayer d'en préparer, autrefois, et j'avais trouvé le goût très... *insipide*.

— Et tu comptes m'emmener où ? Un endroit excitant, comme au cœur de la forêt, par exemple ?

Il a appuyé sans sourire le doigt exactement au centre de mes lèvres.

— Une sortie ordinaire. Manger un morceau et s'amuser, s'amuser, et encore s'amuser.

J'ai tourné la tête pour que sa main repose sur mes cheveux.

— Moui, je vois le genre, ai-je raillé car il ne se déridait toujours pas. Je ne te croyais pas adepte de quoi que ce soit d'ordinaire.

— Sors deux bols, tu veux ? (Je les ai posés sur le plan de travail, et Sam y a versé le porridge, qui a dégagé une vapeur parfumée.) Je cherche seulement à bien faire les choses, pour que tu aies de vrais souvenirs, avant...

Il s'est interrompu, bras appuyés contre le plan de travail, tête enfoncée entre les épaules. Il a regardé les bols. Finalement, il s'est tourné vers moi.

— Je veux faire comme il faut, c'est tout. On ne pourrait pas essayer d'agir comme des gens normaux ?

J'ai pris un des bols en hochant la tête et j'ai goûté la mixture – sucre brun, sirop d'érable et quelque chose d'un peu épicé. J'ai pointé vers lui ma cuillère couverte de porridge.

— Ce qui est normal ne me pose aucun problème ; mais ce truc-là, c'est gluant.

— Ingrate, a-t-il répondu en contemplant le contenu de son bol d'un air déçu. Tu n'aimes pas ça.

— En fait, c'est plutôt pas mal.

— Beck s'était mis à m'en préparer, quand ma passion pour les œufs s'est calmée.

— Tu avais une passion pour les œufs ?

— J'étais un drôle de gosse, a dit Sam. Ne te sens pas obligée de le manger, si tu n'aimes pas ça, a-t-il poursuivi en désignant mon bol. Dès que tu as fini, on y va.

— Où ça ?

— Surprise !

Je n'avais pas besoin d'en entendre davantage. En un clin d'œil, le porridge avait disparu, j'avais enfilé mon manteau et mon bonnet et empoigné mon sac à dos.

Sam a ri, pour la première fois ce matin-là, et je me suis sentie bêtement heureuse de l'entendre.

— Tu ressembles à un chiot : je fais tinter les clefs, et tu sautilles près de la porte, dans ton impatience à partir en promenade.

— Ouaf.

Sam m'a tapoté la tête et nous sommes sortis dans l'air froid et pâle du matin. Dans la Bronco, en chemin, je l'ai interrogé de nouveau.

— Alors tu ne veux toujours pas me dire où on va ?

— Non. Tout ce que je te demande, c'est de faire semblant que nous nous sommes rencontrés aujourd'hui, et pas quand on m'a tiré dessus.

— Je n'ai pas assez d'imagination.

— Moi, si, alors je vais l'imaginer pour toi, et si fort que tu seras forcée d'y croire. (Il a souri avec une telle tristesse que mon souffle s'est coincé dans ma gorge.) J'ai l'intention de faire une vraie cour, pour que mon obsession pour toi paraisse un peu moins monstrueuse.

— Il me semble que c'est plutôt la mienne qui est monstrueuse. (J'ai regardé par la fenêtre le ciel, qui laissait choir lentement flocon de neige sur flocon de neige.) Je suis victime de..., comment ça s'appelle, déjà, ce truc qui pousse les gens à s'identifier avec ceux qui les ont sauvés.

Sam a secoué la tête et a pris la direction opposée au lycée.

— Tu penses au syndrome de Münchausen, quand les gens s'identifient avec leurs ravisseurs.

— Non, pas ça. Münchausen, ce n'est pas quand quelqu'un s'invente une maladie pour attirer l'attention ?

— Ah oui ? C'est sans doute juste que j'aime bien dire « Münchausen », ça me donne l'impression de parler allemand.

J'ai ri.

— Ulrik est né en Allemagne. Il connaît toutes sortes de contes pour enfants passionnants sur les loups-garous. Il affirme que les gens faisaient exprès de se laisser mordre, autrefois.

Sam a tourné dans la rue principale et s'est mis à chercher une place pour se garer.

J'ai contemplé Mercy Falls par la fenêtre de la voiture. Les bâtiments gris et bruns des magasins semblaient encore plus gris et plus bruns sous le ciel plombé, et, pour un mois d'octobre, l'hiver apparaissait dangereusement proche. Il ne restait plus la moindre feuille verte sur les arbres qui bordaient la rue, et certains étaient déjà complètement dénudés, ce qui donnait à la ville une apparence encore plus morne. L'œil ne discernait que du béton, à perte de vue.

— Mais pourquoi faire ça ?

— Si l'on en croit les récits, les gens se transformaient en loups pour voler des moutons et d'autres animaux, quand la nourriture se faisait rare. Certains aussi juste pour s'amuser.

J'ai scruté son visage, cherchant à comprendre ce qui se cachait derrière le son de sa voix.

— C'est effectivement amusant ?

Il a détourné les yeux, et j'ai cru qu'il avait honte de

244

répondre, jusqu'au moment où j'ai compris qu'il regardait tout simplement derrière lui pour faire un créneau.

— Il y en a qui aiment ça, et même qui préfèrent ça à être hommes. Shelby adore – mais, comme je te l'ai dit, je crois que sa vie humaine était plutôt affreuse. Je ne sais pas. Mon côté loup fait tellement partie de moi, à présent, qu'il m'est difficile d'imaginer vivre sans.

— Et c'est bien, ou non ?

Sam m'a fixée intensément de ses yeux jaunes.

— Quand je suis loup, ça me manque d'être moi. Tu me manques. Tout le temps.

J'ai baissé les yeux sur mes mains.

— Mais pas tout de suite.

Sam a tendu le bras, m'a caressé les cheveux et, les saisissant entre ses doigts, les a examinés comme si mes mèches d'un blond terne renfermaient tout le secret de mon être.

— Non, pas tout de suite, a-t-il admis. À l'instant, je ne me souviens même plus de ce que c'est qu'être malheureux.

Ses joues s'étaient empourprées. Il rougissait toujours, quand il me faisait un compliment. Sans que je sache trop pourquoi, ses mots m'ont fait monter les larmes aux yeux. J'ai cillé, soulagée de penser que les siens restaient rivés sur mes cheveux. Il y a eu un long silence.

— Tu ne te souviens pas d'avoir été attaquée, m'a-t-il dit finalement.

— Quoi ?

— Tu as oublié l'attaque, n'est-ce pas ?

Déconcertée par son brusque changement de sujet, j'ai froncé les sourcils et j'ai ramassé mon sac à dos pour le poser sur mes genoux.

— Je ne sais pas, peut-être. J'ai l'impression qu'il y avait tout plein de loups, beaucoup plus qu'il ne me paraît possible maintenant. Je me souviens que tu… te tenais derrière eux, et que tu m'as touché la main (Sam me toucha la main) et la joue (il me toucha la joue), quand les autres me traitaient brutalement. Ils voulaient me manger, pas vrai ?

— Tu ne te rappelles pas ce qui s'est passé après ? Comment tu as été sauvée ?

J'ai fouillé dans ma mémoire. Ma tête était pleine de neige, de rouge, d'haleines sur mon visage, puis de Maman qui hurlait, mais il devait bien y avoir quelque chose entre les deux : d'une façon ou d'une autre, je m'étais rendue des bois à la maison. Je me suis efforcée de m'imaginer traversant la forêt en trébuchant dans la neige.

— J'ai marché ?

Il m'a regardée et il a attendu que je réponde moi-même à ma question.

— Non, je n'ai pas marché, je le sais. Je ne m'en souviens plus, pourquoi est-ce que je ne m'en souviens plus ?

Mon cerveau refusait de m'obéir, et cela me frustrait. La question que je me posais semblait pourtant simple. Malgré tous mes efforts, je ne parvenais à évoquer que l'odeur de Sam, omniprésente, et la voix étrange de M'man qui se ruait, affolée, sur le téléphone.

— Ne t'inquiète pas, m'a dit Sam. Ce n'est pas important.

Mais j'ai songé que cela l'était sans doute.

Fermant les yeux, j'ai retrouvé le parfum des bois ce jour-là, les secousses du trajet de retour, des bras serrés contre mon corps. J'ai rouvert les paupières.

— Tu m'as portée.

Sam m'a jeté un brusque coup d'œil.

Cela me revenait, un peu comme quand remonte le souvenir des rêves confus induits par la fièvre.

— Mais il fallait que tu sois humain, alors ! Je me souviens *distinctement* de t'avoir vu loup, mais tu devais pourtant être humain, pour pouvoir me porter. Comment as-tu fait ?

Il a haussé les épaules d'un air incertain.

— Je me suis transformé, je ne sais trop comment ; comme lorsqu'on m'a tiré dessus, et que j'étais humain quand tu m'as trouvé.

J'ai senti une chose qui ressemblait à de l'espoir palpiter dans ma poitrine.

— Tu peux choisir de te métamorphoser ?

— Non, ça ne fonctionne pas comme ça. Cela ne m'est arrivé que deux fois. Malgré tous mes efforts, jamais je n'ai pu recommencer. Et, crois-moi, ce n'est pas faute d'avoir essayé.

Sam a coupé le moteur comme pour mettre fin à la conversation. J'ai sorti de mon sac à dos mon bonnet que j'ai enfilé et j'ai attendu sur le trottoir pendant qu'il verrouillait les portières.

Sam a contourné la voiture et il a pilé net en me voyant.

— Bonté divine, qu'est-ce que c'est que *ça* ?

J'ai fait tournoyer d'une pichenette entre le pouce et le majeur le pompon multicolore sur ma tête.

— Chez moi, on appelle ça un *bonnet*. Ça sert à garder les oreilles au chaud.

— Bonté divine, a-t-il répété en s'approchant de moi.

Il a pris mon visage entre ses mains et m'a examinée.

— C'est effroyablement mignon, a-t-il déclaré, puis

il m'a embrassée, a contemplé de nouveau mon couvre-chef et m'a embrassée de nouveau.

Je me suis juré sur-le-champ de ne jamais perdre ce bonnet. Sam tenait toujours mon visage entre ses mains, et j'étais sûre maintenant que tout le monde nous regardait, mais je ne voulais pas m'écarter et je me suis laissé embrasser encore, tout doucement cette fois, comme par un flocon de neige. Puis Sam m'a libérée et il a pris ma main dans la sienne.

Il m'a fallu un moment pour retrouver ma voix. Je ne parvenais pas à effacer mon sourire.

— Bon, où on va ? ai-je fini par lui demander.

Il faisait si froid que je savais que ce ne pouvait être loin. Impossible de prendre le risque de rester trop long-temps à la merci des éléments.

Les doigts de Sam enlaçaient étroitement les miens.

— D'abord dans une boutique-spéciale-Grace. Là où te conduirait un véritable gentleman.

J'ai pouffé, bien que ce ne soit absolument pas dans mes habitudes, et Sam qui le savait bien s'est mis à rire. Il m'enivrait. Je l'ai laissé me guider le long du pâté de maisons de béton nu jusqu'à *L'étagère biscornue*, une petite librairie indépendante. Je n'y avais pas mis les pieds depuis un an, ce qui peut paraître idiot, compte tenu du nombre de livres que je lis, mais je n'étais qu'une lycéenne pauvre, qui ne disposait que de peu d'argent de poche et qui les empruntait à la bibliothèque.

— C'est bien une boutique-spéciale-Grace, n'est-ce pas ?

Sam a poussé la porte sans attendre ma réponse, et une merveilleuse odeur de livres neufs m'a assailli les narines, me rappelant aussitôt Noël : mes parents m'en m'offrent toujours pour les fêtes. La porte s'est refermée derrière nous sur un tintement mélodieux, et il m'a lâché la main.

— À toi de jouer à présent. Je t'offre un livre, je sais que c'est ce que tu désires.

J'ai souri et j'ai inspiré à fond en passant en revue les rayons. Sur les étagères de bois blond et chaud regorgeant de volumes de toutes les couleurs m'attendaient des centaines de milliers de pages jamais encore tournées. Les couvertures brillantes des coups de cœur des libraires empilés sur les tables réfléchissaient la lumière. Le vendeur, assis à son bureau dans une encoignure, ne nous prêtait aucune attention. Derrière lui, un escalier recouvert d'un épais tapis rouge sombre montait vers d'autres univers inexplorés.

— Je pourrais vivre ici, ai-je déclaré.

Sam m'a contemplée avec un plaisir non dissimulé.

— Tu lisais, assise sur la balançoire, même lorsque le temps était épouvantable, et je te regardais, je me souviens. Pourquoi ne rentrais-tu pas dans la maison, quand il faisait si froid ?

Mes yeux parcouraient les rayonnages.

— Les livres semblent plus vrais quand on les lit dehors. (Je me mordillais les lèvres, mes yeux papillonnaient d'une étagère à l'autre.) Je ne sais pas par où commencer.

— Je voudrais te montrer quelque chose, a dit Sam, et la façon dont il l'a dit me laissait penser qu'il ne s'agissait pas d'un quelconque *quelque chose*, mais d'une chose véritablement extraordinaire, qu'il attendait depuis le matin de me montrer.

Il m'a repris la main et m'a guidée à travers la librairie, devant le vendeur indifférent, jusqu'à l'escalier qui a étouffé le bruit de nos pas.

À l'étage se trouvait un petit loft, deux fois moins

grand que le rez-de-chaussée, bordé d'un garde-fou pour empêcher que les visiteurs ne tombent.

— J'ai travaillé ici pendant un été. Assieds-toi là et attends-moi, m'a dit Sam en me conduisant jusqu'à un petit canapé défoncé bordeaux qui occupait une bonne partie de l'espace.

Charmée par ses ordres, j'ai retiré mon manteau et mon bonnet et j'ai entrepris d'admirer ses fesses tandis qu'il inspectait les rayonnages. Accroupi devant les étagères, il faisait courir ses doigts sur le dos des livres comme s'il s'agissait de vieux amis, sans paraître remarquer mon regard. J'ai détaillé la ligne de ses épaules, l'inclinaison de sa tête, la façon dont il prenait appui au sol sur une main, doigts écartés en araignée, pour lire les titres. Finalement, il a trouvé ce qu'il cherchait, s'est redressé et est venu me rejoindre.

— Ferme les yeux, m'a-t-il dit et il a posé sans attendre les doigts sur mes paupières.

Le canapé a bougé un peu lorsqu'il s'est assis près de moi, puis j'ai perçu le bruit étrangement sonore du livre qu'il ouvrait et le bruissement des pages.

J'ai senti son souffle dans mon oreille et il s'est mis à lire d'une voix très basse, à la limite de l'inaudible : « *Je ne peux pas sanctifier chaque minute. Je ne veux pas me tenir devant toi, avisé, secret comme une chose. Je veux ma propre volonté, et simplement l'accompagner, quand elle se tend vers l'action.* » Il a fait une longue pause, pendant laquelle je n'ai entendu que le bruit de sa respiration un peu saccadée, avant de poursuivre : « *Et, aux moments silencieux, parfois presque immobiles, quand quelque chose approche, je veux être avec ceux qui savent les choses secrètes, ou bien seul. Je veux me déployer. Je ne veux être plié nulle part, car là où je suis plié, je suis mensonge.* »

J'ai tourné mon visage vers sa voix, les paupières toujours serrées, et il a posé sa bouche sur la mienne. Puis je l'ai senti s'éloigner un instant, j'ai entendu le bruit léger du livre posé délicatement au sol, et il m'a prise dans ses bras.

Ses lèvres fraîches avaient un goût de menthe froide et d'hiver, mais ses mains douces sur ma nuque me promettaient une éternité de longues journées d'été. J'avais le vertige, comme si l'air me manquait ou que l'on me volait mon souffle dès que j'inspirais. Sam s'est penché un peu en arrière, s'adossant au canapé, et il m'a entourée de son corps et m'a embrassée encore et encore, avec une telle délicatesse qu'on aurait pu croire ma bouche une fleur qui se flétrirait s'il la touchait trop brusquement.

Je ne sais pas combien de temps nous sommes restés ainsi, enlacés sur le canapé, à nous embrasser en silence, avant que Sam ne remarque mes larmes. Je l'ai senti, perplexe, goûter le sel sur mon visage, puis comprendre.

— Grace. Tu... tu pleures ?

Je n'ai pas répondu, car en parler n'aurait fait qu'en rendre la cause plus réelle. Sam a essuyé mes larmes du pouce, puis il a tiré sa manche sur son poing pour en effacer les traces sur mes joues.

— Grace, qu'est-ce qui ne va pas ? J'ai fait quelque chose que je n'aurais pas dû ?

Les yeux jaunes de Sam me dévisageaient en quête d'une explication, mais j'ai secoué la tête. J'ai entendu le vendeur faire tinter la caisse, en bas ; le bruit semblait provenir de très loin.

— Non, ai-je enfin répondu en essuyant une larme qui perlait. Non, tu n'as rien fait de mal. C'est juste que...

Je n'arrivais pas à le dire.

— ... que c'est ma dernière année, a-t-il complété sans s'émouvoir.

Je me suis mordu violemment les lèvres et j'ai essuyé une autre larme.

— Je ne suis pas prête. Je ne le serai jamais.

Il n'a rien répondu, et peut-être n'y avait-il rien à répondre. Il m'a pris de nouveau dans ses bras, mais pour appuyer cette fois ma joue sur son torse et me caresser maladroitement la nuque d'un geste consolateur. J'ai fermé les yeux et j'ai écouté les battements de son cœur jusqu'à ce que le mien soit à l'unisson. Enfin, il a posé son visage contre le sommet de mon crâne.

— Nous n'avons pas le temps d'être tristes, a-t-il murmuré.

Le soleil brillait fort quand nous sommes sortis de la librairie, et j'ai réalisé avec un choc combien de temps avait passé. Mon estomac criait famine.

— C'est l'heure de déjeuner, ai-je déclaré. Sans attendre, si tu ne veux pas me voir dépérir jusqu'à complète inanition, et tu serais dévoré de culpabilité.

— Je n'en doute pas. (Sam a pris mon petit sac de nouveaux livres et il s'apprêtait à les mettre dans la Bronco quand il s'est figé sur place, les yeux fixés sur un point derrière mon dos.) Oh, zut ! Calamité en vue !

Il s'est tourné pour déverrouiller la portière et il a fourré les livres sur la banquette en essayant de passer inaperçu. Pivotant sur les talons, j'ai reconnu Olivia, échevelée, l'air fatigué, puis John a surgi derrière elle avec un large sourire. Je ne l'avais pas vu depuis ma rencontre avec Sam, je ne comprenais plus comment j'avais pu le trouver beau. Il paraissait terne et ordinaire près de Sam, ses mèches noires et ses yeux d'or.

— Hé, beauté, a dit John.

Sam s'est aussitôt retourné. Il n'a pas bougé, ce n'était pas nécessaire : ses yeux jaunes, ou était-ce sa posture, la tension de ses épaules, ont arrêté John tout net, et l'idée que Sam puisse être dangereux – il faisait taire d'ordinaire le loup en lui bien plus qu'il ne le laissait voir – m'a traversé l'esprit comme une flèche.

John avait pris une expression étrange, indéchiffrable, qui me faisait me demander si tous ces mois de badinage feint n'avaient pas été plus sérieux que je ne le pensais.

— Salut, a dit Olivia avec un coup d'œil vers Sam, dont le regard était resté accroché à l'étui de l'appareil photo sur son l'épaule.

Il a baissé les siens et les a frottés comme pour en chasser une poussière. Le malaise de Sam était contagieux, et mon sourire forcé.

— Salut ! C'est drôle de vous rencontrer ici.

— On passe juste faire quelques courses pour notre mère, a dit John. (Il a lancé un regard vers Sam, et il a souri avec une amabilité un peu excessive. Mes joues se sont empourprées devant cette silencieuse guerre d'hormones, mais je la trouvais en quelque sorte flatteuse aussi, malgré sa bizarrerie.) Et Olivia a voulu en profiter pour passer à la librairie. On gèle, ici, j'entre !

— Parce que tu t'imagines que c'est en accès libre pour les analphabètes ? ai-je dit du ton taquin qui était le nôtre, avant.

Il a souri, soudain détendu, il a regardé Sam comme pour lui dire : *eh bien, bonne chance, mon pote !* et il a disparu dans la librairie. Une grimace ambiguë aux lèvres, les paupières plissées et presque fermées, Sam persistait à feindre qu'il avait quelque chose dans l'œil. Olivia, toujours debout sur le trottoir devant la porte, avait enroulé ses bras autour du corps pour se réchauffer.

— Je ne pensais pas te voir dehors si tôt le matin, quand il n'y a pas cours, m'a-t-elle dit en regardant Sam. Je croyais que les jours fériés, tu hibernais.

— Non, pas aujourd'hui. (Je ne lui avais pas parlé depuis si longtemps que je me sentais rouillée.) C'est juste que je me suis levée tôt, pour changer.

— Stupéfiant, a dit Olivia, et ses yeux fixés sur Sam contenaient une interrogation muette. Étant donné le malaise que la présence de mon amie et son appareil photo semblaient déclencher chez celui-ci, j'aurais préféré éviter de faire les présentations, mais je percevais avec beaucoup d'acuité la façon dont Olivia notait, à chacun de nos mouvements, les moindres palpitations de l'espace et des fils invisibles qui nous reliaient. Son regard a suivi la main de Sam quand il m'a touché légèrement le bras, avant de passer à l'autre, qu'il gardait nonchalamment appuyée sur la portière comme pour indiquer qu'il l'avait déjà souvent ouverte et qu'il appartenait sans conteste à l'univers de la Bronco et au mien.

— Qui est-ce ? m'a-t-elle demandé enfin.

J'ai interrogé Sam du regard. Ses paupières baissées dissimulaient ses prunelles.

— Je suis Sam, a-t-il répondu doucement.

Quelque chose clochait dans sa façon de parler. Il ne regardait pas directement l'appareil photo, mais j'ai *senti* son attention focalisée dessus, et ma voix a reflété malgré moi son anxiété.

— Sam, je te présente Olivia. Olive, Sam est mon ami, mon petit ami, je veux dire. On sort ensemble.

Je m'attendais à un commentaire, mais elle s'est abstenue.

— Je te connais, a-t-elle dit à Sam qui s'est raidi un instant, mais elle a poursuivi : de la librairie, pas vrai ?

Il a relevé brièvement les yeux. Olivia a hoché presque imperceptiblement la tête.

— Oui, a-t-il confirmé.

Les bras toujours croisés, Olivia triturait le bord de son sweat sans quitter Sam des yeux. Elle semblait chercher ses mots.

— Je... Est-ce que tu portes des lentilles ? Excuse-moi de te poser la question si brutalement, mais ça doit t'arriver souvent, non ?

— Oui, a dit Sam, on me le demande souvent. Et, oui, j'en porte.

Une ombre de quelque chose qui ressemblait à de la déception a parcouru le visage d'Olivia.

— Trop cool, a-t-elle dit. Mmm, enchantée de t'avoir rencontré.

Puis elle s'est tournée vers moi.

— Je regrette. C'était vraiment idiot de se disputer pour ça.

J'ai oublié ce que j'avais prévu de lui dire en l'entendant dire : *je regrette*.

— Moi aussi, tu sais, ai-je répondu d'un ton un peu incertain, parce que je ne savais pas très bien de quoi je m'excusais.

Olivia a regardé Sam, puis elle s'est tournée de nouveau vers moi.

— Je... Tu pourrais m'appeler ? Plus tard ?

J'ai cligné des yeux de surprise.

— Oui, bien sûr. Quand ?

— Je... en fait, ça ne te gêne pas si c'est moi, plutôt ? Je ne sais pas quand je pourrai. D'accord ? Je peux juste t'appeler sur ton portable ?

— Quand tu veux. Tu es sûre que tu ne veux pas qu'on aille quelque part pour parler maintenant ?

— Mmm, non, pas tout de suite. Ce n'est pas possible, à cause de John. (Olivia a secoué la tête et elle a regardé Sam.) Il veut traîner. Mais, plus tard, par contre, oui, absolument. Merci, Grace, vraiment. Je suis terriblement désolée pour cette brouille stupide.

J'ai serré les lèvres. Pourquoi me remerciait-elle ?

John a passé la tête par la porte de la librairie.

— Alors, Olive, tu viens ?

Olivia nous adressé un petit signe. La porte a tinté quand elle est entrée dans la boutique.

Sam a croisé les mains derrière la nuque en poussant un énorme soupir tremblé et il a décrit un petit cercle sur le trottoir sans abaisser les bras.

Je suis passée derrière lui pour ouvrir la portière côté passager.

— Est-ce que tu vas me dire ce qui t'a pris ? Tu as simplement horreur des appareils photo, ou c'est plus grave que ça ?

Il a contourné la voiture, il s'est assis et il a claqué la portière comme pour exclure Olivia et cet étrange entretien.

— Excuse-moi. C'est seulement que... j'ai vu un loup l'autre jour, et cette histoire avec Jack me met les nerfs à vif. Et Olivia... elle nous a photographiés, nous tous, sous notre aspect de loup, je veux dire. Alors, avec mes yeux... j'ai eu peur qu'elle n'en sache plus à mon sujet qu'elle ne le disait et j'ai... paniqué. Je sais, je me suis conduit en parfait cinglé, pas vrai ?

— Oui, et tu as de la chance qu'elle le soit encore plus que toi. J'espère qu'elle va me rappeler plus tard, ai-je dit, et j'ai senti soudain un malaise m'envahir.

Sam m'a touché le bras.

— Tu veux qu'on aille manger quelque part, ou tu préfères rentrer ?

Je me suis pris la tête entre les mains en soupirant.

— On rentre, tu veux bien ? Oh ! là, là ! Ça me chamboule, de ne pas comprendre ce qu'elle disait !

Il n'a pas répondu, mais c'était bien comme ça. Je repassais dans mon esprit toute la conversation, essayant de saisir ce qui avait fait peser une telle gêne sur notre échange et de deviner ce qu'Olivia n'avait pas dit. Sans doute aurais-je dû discuter plus longuement avec elle, après ses excuses pour notre dispute, mais que restait-il à dire ?

Nous avions roulé un bon moment en silence quand j'ai soudain pris conscience de mon égoïsme.

— Excuse-moi, je suis en train de saboter ta sortie ! (J'ai pris la main libre de Sam, qui a pressé mes doigts entre les siens.) Je commence par pleurer – ce qui ne m'arrive jamais, il faut bien le dire – et maintenant, je suis distraite à cause d'Olivia.

— Tais-toi, m'a-t-il dit gentiment. Nous avons encore des heures devant nous, et j'aime bien te voir... *émue* pour une fois, et un peu moins fichtrement stoïque.

— Stoïque ? (Le mot m'a fait sourire.) Ça me plaît bien, ça.

— C'était prévu. Mais j'ai plutôt apprécié de ne pas être la chochotte, pour une fois.

— Ce n'est pas exactement le terme que j'aurais choisi pour te décrire, ai-je rétorqué en éclatant de rire.

— Tu ne me perçois pas comme une fleur délicate, comparé à toi ? (J'ai ri de nouveau.) Alors comment dirais-tu ? a-t-il insisté.

Je me suis adossée à la banquette et j'y ai réfléchi. Sam me regardait d'un air dubitatif. Il avait raison :

mon esprit n'est pas très doué pour les mots – ou du moins, pas de cette façon abstraite, descriptive.

— Sensible, ai-je hasardé.

— Pathétique, a-t-il traduit.

— Créatif.

— Dangereusement émotionnel.

— Réfléchi.

— Feng shui.

Je m'étranglais de rire.

— Comment fais-tu pour passer de réfléchi à feng shui ?

— Tu sais bien qu'en feng shui, on doit beaucoup réfléchir à la façon de disposer les meubles et les plantes et tout ça, a-t-il expliqué en haussant les épaules. Pour être calme, zen, ou je ne sais quoi. Je ne suis pas absolument sûr des détails, à part le coup d'y réfléchir.

Je lui ai expédié un petit coup de poing pour rire dans le bras et j'ai regardé dehors. La route longeait des bosquets de chênes, nous approchions de la maison. Les feuilles mortes d'un brun orangé terne qui s'accrochaient encore aux branches frémissaient dans l'attente du coup de vent qui les précipiterait au sol. Transitoires, tout comme Sam, comme une feuille d'été cramponnée aussi longtemps que possible à sa branche gelée.

— Tu es splendide et triste, ai-je fini par lui dire sans le regarder. Exactement comme tes yeux. Tu es comme une chanson que j'aurais entendue quand j'étais gosse, mais dont j'aurais oublié l'existence jusqu'à ce que je la redécouvre.

Pendant un long moment, je n'ai entendu que le crissement des pneus sur l'asphalte.

— Merci, a-t-il murmuré.

Nous sommes rentrés à la maison et nous avons fait la sieste tout l'après-midi sur mon lit, les jambes entrelacées, mon visage dans son cou, avec la radio en sourdine. Vers l'heure du dîner, nous nous sommes aventurés hors de la chambre en quête de nourriture. Pendant que Sam confectionnait soigneusement des sandwichs, j'ai essayé d'appeler Olivia.

John a décroché.

— Désolé, Grace, mais elle est sortie, m'a-t-il dit. Tu veux que je lui transmette un message, ou que je lui dise de te rappeler ?

— Oui, demande-lui de me rappeler, ai-je répondu et j'ai eu, sans que je sache trop pourquoi, l'impression d'avoir laissé tomber mon amie.

J'ai raccroché et j'ai passé un doigt distraitement le long du plan de travail. Je n'arrêtais pas de penser à ce qu'elle m'avait dit : *c'était vraiment idiot de se disputer pour ça.*

— Tu as remarqué l'odeur, quand nous sommes entrés ? ai-je demandé à Sam. Près de la porte ?

— Oui, a-t-il répondu en me tendant un sandwich.

— Comme une odeur d'urine. D'urine de loup.

— Oui, a répété Sam d'une voix malheureuse.

— Tu penses à qui ?

— Je ne pense pas, a dit Sam, je *sais* que c'est Shelby. Je l'ai senti. Elle a aussi arrosé la terrasse, je m'en suis rendu compte hier, en sortant.

J'ai revu les yeux de Shelby me fixant par la fenêtre de ma chambre et j'ai fait la grimace.

— Pourquoi fait-elle ça ?

Sam a secoué la tête.

— J'espère seulement que c'est à cause de moi, et pas de toi, a-t-il déclaré d'une voix incertaine. J'espère que c'est bien moi qu'elle poursuit.

Les yeux de Sam se sont tournés vers l'entrée, et j'ai entendu au loin une voiture approcher.

— Je crois que ta mère revient. Je disparais.

Sur ce, il s'est retiré dans la chambre, son sandwich à la main, et il a refermé tout doucement la porte, m'abandonnant seule face à mes questions et mes doutes sur Shelby. Je l'ai suivi du regard en fronçant les sourcils.

Des pneus ont crissé sur les gravillons de l'allée. J'ai saisi mon sac à dos et, lorsque ma mère est arrivée, j'étais déjà installée à la table de la cuisine, les yeux fixés sur un problème de maths.

Maman s'est engouffrée dans la pièce avec un grand courant d'air froid et elle a lancé une pile de papiers sur le plan de travail. J'ai croisé les doigts en espérant qu'elle ne devinerait pas la présence de Sam derrière la porte de ma chambre. Les clefs de ma mère ont glissé et sont tombées par terre en cliquetant. Elle les a ramassées avec un petit juron et les a renvoyées sur les feuillets.

— Tu as dîné ? J'ai un petit creux. On a joué au paint-ball aujourd'hui, c'est l'entreprise qui a payé !

J'ai froncé les sourcils, une moitié de mon cerveau toujours occupée par l'idée de Shelby rôdant autour de la maison et surveillant Sam, ou moi, ou nous deux.

— Pour renforcer la cohésion du groupe et l'esprit d'équipe, je parie.

Maman n'a pas répondu.

— Est-ce qu'il y a quelque chose de mangeable devant la télé ? (Elle a ouvert le réfrigérateur.) Grands dieux, qu'est-ce que c'est que ce truc-là ?

— Du filet de porc, M'man. Pour la mijoteuse, demain.

Elle a frissonné en refermant la porte.

— Ça ressemble à une limace géante congelée. Tu veux regarder un film avec moi ?

J'ai jeté un œil vers l'entrée. Vide.

— Où est Papa ?

— Parti en quête d'ailes de poulet avec ses nouveaux collègues. Et n'essaie pas de faire croire que je te propose ça uniquement parce que ton père est absent !

Elle s'est versé à grand bruit un bol de granola et elle a disparu vers le sofa, abandonnant la boîte ouverte sur le plan de travail.

Il y avait eu une époque où j'aurais sauté sur la trop rare occasion de me rouler en boule contre elle sur le canapé. Mais cela me semblait être à présent trop peu, et venir trop tard. Quelqu'un d'autre m'attendait.

— Je ne suis pas dans mon assiette, ai-je annoncé. Je crois qu'il vaut mieux que j'aille me coucher tôt.

C'est seulement devant son indifférence que j'ai compris combien j'avais souhaité la voir déçue. Elle s'est carrée dans le canapé et a saisi la télécommande.

— Au fait, évite de laisser des sacs poubelle sur la terrasse, tu veux ? Des animaux viennent fouiller dedans, m'a-t-elle dit alors que j'allais sortir.

— D'accord.

Je me doutais de quel animal il s'agissait. La laissant à son film, j'ai rassemblé mes affaires de classe et j'ai emporté le tout dans ma chambre. Roulé en boule sur mon lit, Sam lisait un roman à la lueur de la lampe de chevet. Il semblait faire partie intégrante de la pièce. Il ne pouvait pas ne pas m'avoir entendue entrer, mais ses yeux sont restés fixés sur la page pendant qu'il terminait son chapitre. Il était vraiment très beau, plongé ainsi dans sa lecture, et je ne me lassais pas de l'admirer, de la courbe de son cou penché sur les pages jusqu'aux lignes déliées de ses pieds en chaussettes.

Finalement, il a fermé son livre en glissant un doigt entre les pages et il m'a souri, sourcils froncés, avec sa tristesse habituelle. Il a allongé le bras dans un geste d'invite, et j'ai abandonné mes manuels au bout du lit pour venir le rejoindre. Son roman dans une main, il m'a caressé les cheveux de l'autre, et nous avons lu ensemble les trois derniers chapitres. C'était une histoire étrange, dans laquelle tous les habitants de la Terre avaient été enlevés, à l'exception du héros et de son amie, et ceux-ci devaient choisir entre entreprendre une ultime expédition à la recherche des disparus ou s'occuper de coloniser et de repeupler à eux seuls la planète. Puis Sam a roulé sur le dos et il a contemplé le plafond, pendant que je dessinais doucement des cercles de mes doigts sur son ventre plat.

— Qu'est-ce que tu choisirais, toi ? m'a-t-il demandé.

Les personnages du livre étaient partis essayer de trouver les autres, mais ils avaient été séparés et ils s'étaient retrouvés seuls. Je ne sais pourquoi, les battements de mon cœur se sont précipités, et j'ai agrippé le tee-shirt de Sam.

— À ton avis ?

Ses lèvres se sont retroussées en un sourire.

Ce n'est que bien plus tard que j'ai réalisé qu'Olivia ne m'avait pas rappelée. Quand j'ai essayé de la joindre chez elle, sa mère m'a appris qu'elle était toujours sortie.

Sortie où ? a demandé une petite voix dans ma tête. *Où peut-on donc sortir, à Mercy Falls ?*

Cette nuit-là, j'ai rêvé du visage de Shelby à ma fenêtre et des yeux de Jack dans la forêt.

chapitre 33 ◆ Sam
5 °C

Cette nuit-là, pour la première fois depuis très longtemps, je vis en songe les chiens de M. Dario.

Je m'éveillai trempé de sueur, tremblant, un goût de
sang à la bouche. De crainte que les battements précipités de mon cœur ne la tirent de son sommeil, je
m'écartai de Grace en roulant. Je me léchai les lèvres :
je m'étais mordu la langue.

Quand j'étais humain, bien en sécurité dans le lit de
Grace, il devenait si facile d'oublier la violence primitive du monde dont je venais, si simple de nous imaginer comme elle devait sans doute le faire : des fantômes des bois, silencieux et magiques. Et elle n'aurait
peut-être pas tort, si nous n'étions que loups. De purs
loups ne représenteraient pas une menace, mais ceux-là
n'étaient pas seulement loups.

Le rêve me chuchotait que j'étais en train d'ignorer
les signes, et les signes me disaient que je ne faisais
qu'apporter dans le monde de Grace la sauvagerie du

nôtre : des loups près de son lycée, chez son amie, et jusqu'à chez elle maintenant ; des loups qui dissimulaient sous leur fourrure des cœurs humains.

Allongé sur le lit, dans la chambre obscure, je tendis l'oreille. Je croyais entendre un bruit de griffes sur la terrasse et m'imaginais même, malgré la fenêtre fermée, sentir la trace de Shelby. Elle me voulait, je le savais, pour mon statut et ce que je représentais. J'étais le préféré à la fois de Beck, notre chef humain, et de Paul, notre alpha lupin, et leur successeur logique à tous deux. Dans notre petit univers, j'avais beaucoup de pouvoir.

Et Shelby était avide de pouvoir. Oh combien !

Les chiens de Dario en avaient fait la preuve. J'avais treize ans, je vivais chez Beck, quand notre voisin le plus proche (à plusieurs kilomètres de là) déménagea et vendit son énorme maison à un riche excentrique du nom de M. Dario. Personnellement, je ne le trouvais pas si impressionnant que ça. Il dégageait une drôle d'odeur, à croire qu'il était mort et qu'on l'avait séché et conservé. Il avait passé la plus grande partie de notre visite à nous décrire le système d'alarme sophistiqué qu'il avait installé pour protéger son commerce d'antiquités (« autrement dit, son trafic de drogue », m'avait appris Beck par la suite), et il était parti dans de grandes envolées lyriques en évoquant les chiens de garde qu'il lâchait dans le jardin en son absence.

Puis il nous les montra : les chiens ressemblaient à des gargouilles vivantes, avec des mufles hargneux, baveux, et une peau pâle et plissée ; une race d'Amérique latine, affectée à la garde du bétail, nous apprit M. Dario, avant de préciser, avec une satisfaction manifeste, que ses protégés arrachaient volontiers le visage d'un homme pour le dévorer. Beck avait l'air sceptique en lui disant qu'il espérait que M. Dario ne les laissait pas sortir de sa propriété. Celui-ci indiqua les colliers électrifiés aux pointes d'acier tournées vers l'intérieur (« Ils prennent une sacrée décharge ! », m'avait dit Beck plus tard avec un geste de la main pour me donner une idée du voltage) et il nous affirma que seuls auraient le visage arraché ceux qui viendraient sournoisement s'introduire de nuit sur ses terres pour faire main basse sur ses antiquités. Il nous fit voir le bloc d'alimentation des colliers, qui interdisaient aux chiens de s'éloigner de la maison, et le boîtier couvert d'une peinture noire, mate et poudreuse, laissa des traces sombres sur ses mains.

Personne d'autre n'avait l'air d'y penser, mais ces chiens m'obsédaient. Je ne cessais de trembler à l'idée qu'ils puissent s'échapper, mettre Paul ou Beck en pièces et leur broyer le visage de leurs crocs. Après des semaines d'inquiétude, en pleine canicule estivale, j'allai trouver Beck qui, en short et tee-shirt dans la cuisine, était occupé à badigeonner des entrecôtes pour le barbecue.

— Beck ?

Tout à sa tâche, il ne releva pas la tête.

— Qu'est-ce qu'il y a, Sam ?

— Tu pourrais me montrer comment tuer les chiens de M. Dario ? (Beck se tourna brusquement vers moi.) Si j'ai à le faire ?

— Tu n'auras pas à le faire.

— S'il te plaît ! insistai-je, bien que j'aie horreur de le harceler.

Il tiqua.

— Tu n'as pas l'estomac assez bien accroché pour ce genre de chose, objecta-t-il.

Et c'était vrai : humain, je réagissais avec une sensibilité maladive à la vue du sang.

— Je t'en prie !

Beck fit la grimace et refusa, mais le lendemain, il rapportait à la maison une demi-douzaine de poulets crus et m'apprenait comment trouver le point faible des articulations pour les briser. Lorsque, enfin aguerri, je cessai de m'évanouir en voyant les os se rompre, il revint avec des blocs d'une viande rouge, dégouttante de sang, qui me soulevèrent le cœur et me donnèrent la nausée. Les os durs et froids résistaient impitoyablement, et il était impossible de les séparer sans avoir trouvé le joint.

— Tu n'en as pas assez ? me demanda Beck quelques jours plus tard.

Je secouai la tête. Les bêtes me traquaient dans mes rêves, dans les chansons que je composais. Nous poursuivîmes donc : Beck se procura des vidéos amateur de combats de chiens, et nous regardâmes ensemble des molosses s'entredévorer. La main collée contre la bouche, l'estomac révulsé à la vue de l'hémoglobine, je constatai que certains visent la jugulaire, tandis que d'autres s'attaquent aux pattes antérieures qu'ils brisent pour réduire leur adversaire à l'impuissance.

— Regarde le petit, me dit Beck devant un combat particulièrement inégal entre un énorme pitbull et un minuscule terrier. C'est toi : en tant qu'humain, tu es plus fort que la plupart des gens, mais ça ne suffira pas face à l'un des chiens de Dario. Observe bien comment le petit se bat, comment il affaiblit progressivement le gros, comment il l'étouffe.

Je vis le petit terrier tuer le gros pitbull. Puis nous sortîmes dans le jardin et nous nous battîmes, Beck et moi – gros chien contre petit chien.

L'été passa. Nous nous mîmes à changer l'un après l'autre, à commencer par le plus âgé et le plus imprudent.

Nous nous retrouvâmes bientôt peu nombreux à être restés humains : Beck résistait par entêtement, Ulrik à force de ruse, Shelby pour demeurer près de Beck et de moi, et moi parce que ma jeunesse me protégeait.

Je n'oublierai jamais le bruit d'un combat de chiens. Qui n'en a pas suivi ne saurait imaginer la férocité primitive de deux molosses s'évertuant à se massacrer. Même étant loup, je n'avais jamais vu ça – les membres de la meute s'affrontaient pour leur statut, et non pour se tuer.

Ce soir-là, Beck m'avait dit de ne pas quitter la maison, et j'étais bien sûr sorti me promener dans les bois. Je projetais vaguement de composer une chanson juste entre chien et loup et je venais de trouver un fragment des paroles quand j'entendis des aboiements. Le bruit était proche, il provenait des bois alentour, non de la propriété de M. Dario, mais je savais qu'il ne s'agissait pas de loups. J'avais immédiatement reconnu les grognements caractéristiques des chiens.

Puis je les vis. Deux énormes silhouettes blanches se découpaient dans la lumière incertaine du crépuscule, les monstres de Dario. Une troisième, celle d'un loup noir ensanglanté, se roulait dans les fourrés en se débattant. C'était Paul. Il appliquait les règles du comportement en meute – oreilles couchées en arrière, queue basse, tête à demi tournée –, toute son attitude hurlait sa soumission, mais les chiens ignoraient les codes et ne savaient qu'attaquer. Et ils entreprirent de déchiqueter Paul.

— Holà ! criai-je, d'une voix plus faible que je ne l'escomptais. Je répétai, parvenant cette fois à un semi-grondement. *Holà !*

L'un des molosses se retourna et se précipita sur moi. Je roulai sur moi-même, le regard rivé à l'autre monstre dont les dents enserraient la gorge du loup noir. Paul étouffait, et tout un côté de son museau était trempé de cramoisi. Je me jetai violemment contre le chien qui le maintenait et nous roulâmes tous trois à terre. L'animal était lourd, extrêmement musclé, couvert de traînées de sang. Je tentai d'une main pitoyablement humaine et faible de le saisir à la gorge, en vain.

Une masse pesante me heurta le dos, et je sentis une bave brûlante dans mon cou. Je me retournai en me tortillant, juste à temps pour éviter la morsure létale de l'autre mâtin. Mon adversaire en profita pour planter ses crocs dans mon épaule, et je sentis le grattement nauséeux, enflammé, de ses dents raclant l'os de ma clavicule.

— *Beck !* hurlai-je.

Il était atrocement difficile de réfléchir avec cette douleur, devant Paul qui agonisait sous mes yeux, mais je me souvins du petit terrier – vif, brutal, mortel. Étendant le bras vers le chien qui étranglait Paul, je lui saisis la patte antérieure, localisai l'articulation et ne pensai plus au sang ni au craquement. Je ne pensai plus à rien, sinon l'acte mécanique de

Craaac.

Les yeux du chien roulèrent dans leurs orbites et la bête siffla par les narines, mais sans relâcher son étreinte.

Mon instinct de survie me hurlait de me débarrasser de mon autre adversaire qui me secouait l'épaule et la rongeait de ses brûlantes mâchoires d'acier. Je croyais déjà sentir mes os se déboîter, mon bras arraché de son articulation. Mais Paul ne pouvait attendre.

Mon bras droit était presque insensible, mais je saisis de la main gauche une poignée de gorge de chien et la tordis, la pressai, l'écrasai entre mes doigts jusqu'à ce que j'entende le monstre suffoquer. J'étais devenu le petit terrier. Le chien ne relâchait toujours pas sa prise sur le cou de Paul, mais je ne cédais pas plus que lui. Faisant passer mon bras droit inerte sous la bête accrochée à mon épaule, je lançai la main vers le mufle de l'autre et lui comprimai les narines. J'agissais sans réfléchir – mon esprit errait très loin, dans la chaleur de la maison, écoutant de la musique, lisant un poème, tout sauf être ici, à tuer.

Pendant une longue et terrifiante minute, rien ne se produisit. Des étoiles s'allumèrent devant mes yeux. Puis le chien s'écroula, libérant Paul. Tout était couvert de sang – le mien, celui de Paul et celui du chien.

— Tiens bon ! me cria la voix de Beck, et je perçus un bruit sourd de pas dans le sous-bois. Ne le lâche pas, il n'est pas encore mort !

Je ne sentais plus mes mains – ni le reste de mon corps – mais je croyais toujours tenir le cou du molosse qui avait attaqué Paul. Puis les crocs dans mon épaule tressautèrent quand un loup – c'était Ulrik – se rua en grondant sur le chien, lui sauta à la gorge et le força à lâcher prise. J'entendis une détonation, immédiatement suivie d'une autre, beaucoup plus proche, et je perçus un tressaillement sous mes doigts. Ulrik s'écarta en haletant. Un silence assourdissant s'installa.

Beck détacha doucement mes doigts l'un après l'autre de la gorge du chien mort et les pressa délicatement contre mon épaule. Le saignement ralentit, et je me sentis aussitôt un peu mieux, tandis que mon incroyable corps ravagé entamait sa régénération.

Beck s'agenouilla devant moi. Il tremblait de froid, sa peau était grise, ses épaules toutes tordues.

— C'était toi qui avais raison. Tu l'as sauvé. Ces malheureux poulets n'ont pas été sacrifiés en vain.

Debout derrière lui, silencieuse, bras croisés, Shelby contemplait Paul qui peinait à reprendre son souffle et hoquetait dans les feuilles mortes. Puis elle nous regarda tous les deux, Beck et moi, en serrant ses poings, dont l'un portait une trace de poudre noire.

Dans la douce obscurité de la chambre de Grace, je me retournai dans mon lit et enfonçai mon visage dans son épaule. N'était-il pas étrange de constater que j'avais vécu en humain, et non en loup, les moments les plus violents de mon existence ?

J'entendis un crissement de griffes sur la terrasse. Je fermai les yeux et tâchai de ne penser qu'aux battements du cœur de mon amie.

Le goût de sang dans ma bouche me rappelait l'hiver.

C'était Shelby qui avait lâché les chiens, je le savais.

Elle voulait que je sois le chef et elle ma compagne, or Paul se dressait sur mon chemin. Et Grace, à présent, sur le sien.

chapitre 34 • Grace
9 °C

Les jours suivants se fondent en un collage confus d'images quotidiennes : traversées du parking du lycée dans le froid, place vide d'Olivia en cours, souffle de Sam dans mon oreille, empreintes de pattes sur les brins d'herbe gelés du jardin.

Quand le week-end est arrivé, je n'en pouvais plus d'attendre, même si je n'aurais pas su dire précisément quoi. La nuit précédente, Sam s'était tourné et retourné dans le lit, hanté par ses cauchemars, et il avait samedi matin si mauvaise mine que j'ai abandonné tout projet de sortie et, une fois mes parents disparus pour un brunch chez des amis, je l'ai installé d'autorité sur le canapé.

Je suis restée blottie dans ses bras pendant qu'il zappait d'un mauvais téléfilm à l'autre. Nous nous sommes arrêtés sur une histoire de science-fiction dont la production avait sans doute coûté moins cher que la Bronco. Des tentacules caoutchouteux grouillaient *partout* sur l'écran quand Sam m'a demandé :

— Est-ce que ça t'ennuie, que tes parents soient comme ça ?

J'ai enfoui mon visage dans le creux de son aisselle, qui sentait fort le Sam.

— Et si on n'en parlait pas.

— Si on en parlait, au contraire !

— Oh, mais *pourquoi* ? Qu'est-ce qu'il y a à en dire ? Tout baigne ! Ils sont très bien, ils sont comme ils sont.

Les doigts de Sam sont venus délicatement trouver mon menton et l'ont relevé.

— Non, Grace, non, tout ne baigne pas. Je suis ici depuis... depuis combien de semaines, maintenant ? Je ne sais même plus. Mais je sais comment c'est, et ce n'est pas *très bien*.

— On ne les refera pas. Je ne savais pas que les autres étaient différents d'eux, avant d'aller à l'école, et d'apprendre à lire. Mais sérieusement, Sam, je t'assure que *ce n'est pas un problème*.

J'avais trop chaud. J'ai retiré mon menton du creux de sa main et j'ai regardé l'écran, où une petite voiture s'enfonçait peu à peu dans une vase visqueuse.

— Grace, m'a dit Sam avec douceur, et il est resté parfaitement immobile, comme si c'était moi cette fois l'animal sauvage qui risquait de s'enfuir au moindre mouvement. Grace, tu n'as pas besoin de faire semblant, avec moi.

J'ai contemplé la voiture qui se désagrégeait, avec chauffeur et passager. Le son était réglé au minimum et l'action assez difficile à suivre, mais les débris semblaient se changer à nouveau en tentacules. Un type promenait son chien à l'arrière-plan, comme si de rien n'était. Comment pouvait-il ne rien remarquer ?

Je savais sans avoir à tourner la tête que Sam me regardait moi, et non le film.

Mais pas ce qu'il s'attendait à m'entendre lui répondre. Je n'avais rien à en dire. Ce n'était pas un problème, mais un mode de vie.

Les tentacules sur l'écran ont commencé à ramper pour aller rejoindre le premier monstre caoutchouteux et s'y greffer. Leurs chances d'y parvenir étaient nulles, dans la mesure où le monstre en question était en train de brûler vif autour d'une maquette du Washington Monument, à Washington D.C. Les nouveaux tentacules en seraient donc réduits à tourmenter seuls le monde.

— Pourquoi je n'arrive pas à faire qu'ils m'aiment plus ?

Était-ce moi qui avait dit ça ? Ça ne ressemblait pas à ma voix. Les doigts de Sam m'ont effleuré la joue, mais je ne pleurais pas ; j'étais très loin des larmes.

— Ils t'aiment, Grace, je te le jure. Ce n'est pas à cause de *toi*. C'est leur problème à eux.

— J'ai essayé si *dur*, tu sais ! Je suis sage, je fais consciencieusement mes devoirs, je leur prépare tous leurs fichus repas, quand ils sont là, c'est-à-dire jamais (je me suis interrompue, ne sachant comment poursuivre).

Sam m'a prise dans ses bras.

— Oh, Grace, je suis désolé. Je ne voulais pas te faire pleurer.

— Je ne pleure pas !

Il a passé gentiment le pouce sur ma joue et m'a montré la larme qu'il y avait cueillie. Je me suis sentie idiote, et je l'ai laissé me rouler en boule sur ses genoux, coincée sous son menton. Là, à l'abri de ses bras qui l'étouffaient un peu, je retrouvais ma voix.

— Peut-être que je suis trop sage. Si je faisais les quatre cents coups au lycée, ou si je mettais le feu à des garages, ils seraient forcés de faire attention à moi.

— Tu serais incapable de faire des choses comme ça,

et tu le sais, a-t-il affirmé. Tes parents sont tout simplement stupides et égoïstes, voilà tout. Excuse-moi d'avoir mis ça sur le tapis, d'accord ? Et si on regardait ce film idiot maintenant ?

J'ai posé la joue contre son torse et j'ai écouté. Les battements sourds de son cœur semblaient si normaux, exactement comme ceux d'un cœur ordinaire. Il était humain depuis maintenant si longtemps que l'odeur des bois était devenue sur lui presque imperceptible, que le souvenir du contact de sa fourrure quand j'y plongeais les doigts s'estompait. Sam a monté le son, et nous sommes restés assis ainsi longtemps, tel un être en deux corps, jusqu'à ce que j'oublie ce qui m'avait bouleversée et que je retrouve mon calme.

— Je t'envie, tu sais, lui ai-je dit.

— Qu'est-ce que tu m'envies ?

— La meute. Beck. Ulrik. Quand tu parles d'eux, je comprends combien ils sont importants pour toi. Ils ont fait de toi cette personne. (J'appuyai le doigt sur son torse.) Ils sont splendides, et par conséquent toi aussi.

Sam a fermé les yeux.

— Je n'en suis pas si sûr. (Il les a rouverts.) En outre, toi aussi, ce sont tes parents qui t'ont faite. Tu crois vraiment que tu te montrerais aussi indépendante, s'ils étaient moins absents ? Au moins, toi, tu es *quelqu'un* quand ils ne sont pas là. Moi, j'ai l'impression de ne plus être celui que j'ai été. Parce que je suis surtout moi quand je suis avec Beck, Ulrik et les autres.

Je me suis redressée en entendant une voiture approcher de la maison.

— Quand on parle des loups..., dit Sam. C'est l'heure pour moi de m'éclipser.

Je l'ai retenu par le bras.

— J'en ai assez des cachotteries. Je crois qu'il est temps que tu les rencontres.

Il a lancé un coup d'œil inquiet vers la porte d'entrée, mais sans objecter.

— C'est le début de la fin, a-t-il dit.

— Arrête de prendre ça au tragique. Ils ne vont pas te tuer !

Il m'a regardée, et mes joues se sont empourprées.

— Sam, je ne voulais pas dire que... Oh, tu ne peux pas savoir combien je suis désolée.

J'aurais voulu détourner les yeux de son visage, mais je n'y arrivais pas, comme lorsqu'on regarde un accident de voiture. Je m'attendais à tout moment à un choc, mais son expression n'a pas varié. On aurait dit que les souvenirs que Sam gardait de ses parents et ses émotions étaient légèrement déconnectés, et que ce petit décalage, par bonheur, lui permettait de rester entier.

Sam m'a tirée d'embarras en changeant de sujet, ce qui était extraordinairement généreux de sa part.

— Est-ce que je joue le rôle du gentil petit ami, ou sommes-nous justes des camarades ?

— Le petit ami. Je ne fais pas semblant.

Sam s'est écarté d'une dizaine de centimètres et il a retiré son bras de mon cou pour le poser sur le dossier du canapé derrière moi. Puis il a harangué le mur :

— Bonjour, parents de Grace ! Je suis son petit ami, et je vous prie de remarquer qu'une distance honnête nous sépare. Je suis très sérieux, et je n'ai jamais mis la langue dans la bouche de votre fille.

La porte s'est entrouverte. Nous avons sursauté de conserve avec un rire nerveux.

— C'est toi, Grace ? a appelé la voix de Maman de l'entrée. Ou un cambrioleur ?

— Un cambrioleur !

— Je vais me faire pipi dessus, m'a chuchoté Sam à l'oreille en pouffant de rire.

— En es-tu bien sûre, Grace ? a demandé Maman avec méfiance. (Elle n'avait pas l'habitude de m'entendre rire.) Rachel est là aussi ?

Papa est apparu le premier dans l'encadrement de la porte. Il s'est arrêté net à la vue de Sam.

D'un mouvement presque imperceptible, celui-ci a détourné la tête juste assez pour soustraire ses yeux jaunes à la lumière, et son réflexe m'a fait comprendre que, même avant d'être loup, Sam n'était pas comme les autres.

Papa le dévisageait. Sam lui retournait un regard tendu, mais sans frayeur. Serait-il resté assis si calmement, s'il avait su que Papa avait pris part à la battue dans les bois ? Soudain, j'ai eu honte de mon père, cet ennemi des loups, et je me suis félicitée de ne pas avoir révélé à Sam que mon père avait participé à la chasse.

— P'pa, je te présente Sam. Sam, voici mon père, ai-je dit d'une voix tendue, elle aussi.

Papa l'a regardé encore une fraction de seconde, puis il a souri jusqu'aux oreilles.

— J'espère que vous allez m'annoncer que vous êtes son petit ami.

Les yeux de Sam se sont agrandis en soucoupes. J'ai recommencé à respirer.

— Oui, P'pa, c'est mon petit ami.

— À la bonne heure ! Je commençais à craindre que tu ne donnais pas dans ces choses-là.

— *Papa !*

— Que se passe-t-il ? a crié la voix de Maman de la cuisine où elle farfouillait dans le réfrigérateur. (Le brunch ne devait pas avoir été bien fameux.) Et qui est ce Sam ?

— Mon petit ami.

Maman a surgi dans un nuage de vapeurs d'essence de térébenthine, les avant-bras constellés de taches de peinture. Je la connaissais, elle avait sans doute fait exprès de sortir comme ça. Elle m'a regardée, puis Sam, puis s'est tournée de nouveau vers moi d'un air intrigué.

— M'man, je te présente Sam. Sam, c'est Maman.

Des vagues d'émotions déferlaient des deux côtés, sans que je sache exactement lesquelles. Maman braquait fixement, sans relâche, ses yeux sur ceux de Sam, qui semblait paralysé. Je lui ai donné un petit coup de poing.

— Enchanté, a-t-il articulé d'une voix mécanique.

— M'man, ai-je sifflé. *M'man*. Allô, M'man ! Ici la Terre !

Je dois signaler à sa décharge qu'elle a eu l'air un peu confuse en reprenant pied dans la réalité.

— Ton visage me dit vraiment quelque chose, s'est-elle excusée, mais on ne me la faisait pas : même un môme aurait compris que ce n'était qu'un prétexte pour le dévorer des yeux.

— J'ai travaillé à la librairie, en ville, a dit Sam avec espoir.

Maman a agité le doigt dans sa direction.

— Oui, je suis sûre que c'est ça. (Elle lui a adressé son sourire à cent watts, gommant d'un coup toute atrocité sociale qu'elle aurait pu avoir commise.) Eh bien, je suis absolument ravie de t'avoir rencontré, mais je vais monter travailler un peu, maintenant.

Et elle a tendu vers lui ses bras couverts de peinture, pour lui montrer ce qu'il devait entendre par « travailler ». Je me suis sentie brusquement traversée par une onde d'agacement. Je savais bien qu'elle flirtait ainsi systématiquement, que ce n'était chez elle qu'une habitude, une réaction instinctive à la présence de tout nouvel individu pubère, mais quand même ! Vivement qu'elle grandisse un peu !

La réaction de Sam m'a étonnée.

— Pourrais-je visiter votre atelier, si cela ne vous dérange pas, puisque je suis là ? Grace m'a parlé un peu de vos œuvres, et j'aimerais beaucoup les voir.

Ce qui était vrai, du moins en partie. Je lui avais effectivement raconté une exposition particulièrement affreuse, où toutes les toiles portaient des noms de nuages et représentaient des femmes en maillot de bain. L'art « déclaratif » me passait droit au-dessus de la tête. Je n'y comprenais rien. Et je *ne voulais pas* y comprendre quoi que ce soit.

Maman, qui supposait sans doute le degré de compréhension de l'art déclaratif de Sam proche du mien, lui a adressé un sourire artificiel.

J'ai regardé Sam avec scepticisme. Fayoter ne lui ressemblait guère. J'ai attendu que Maman ait disparu à l'étage et Papa dans son bureau.

— T'es maso ou quoi ?

Sam a rétabli le son juste à temps pour qu'une femme soit dévorée par une bestiole à tentacules, qui abandonna, gisant sur le trottoir, un bras arraché et visiblement faux.

— J'essaie simplement de me faire aimer.

— La seule personne ici qui doit t'aimer, c'est moi. Ne te fais pas de souci pour eux.

Sam a ramassé un coussin qu'il a serré contre lui et il y a enfoui son visage.

— Tu sais, elle risque d'avoir à me supporter pendant un moment, a-t-il dit d'une voix étouffée.

— C'est combien, un moment ?

Il a eu un sourire extraordinairement mignon.

— Très longtemps.

— Toujours ?

Ses lèvres souriaient encore, mais ses yeux jaunes étaient devenus tristes, comme s'il se savait sur le point de mentir.

— Plus que ça.

J'ai franchi la distance qui nous séparait, je me suis lovée dans le creux de son bras, et nous nous sommes remis à observer la lente progression de l'extraterrestre à tentacules qui rampait dans les égouts d'une ville sans défiance. Sam a gardé les yeux fixés sur l'écran comme s'il suivait vraiment le futile combat intergalactique, et je suis restée assise là, à essayer de comprendre pourquoi lui se transformait, et pas moi.

chapitre 35 • Sam
9 °C

Après la fin du film de science-fiction (le monde fut finalement sauvé, mais nombre de civils périrent), je restai un moment assis à la petite table près de la porte de la terrasse, à regarder Grace faire ses devoirs. Je me sentais exténué – même lorsqu'il ne m'enserrait pas dans ses griffes au point de me transformer, le froid me rongeait comme une plaie – et j'aurais voulu pouvoir me glisser dans le lit de Grace ou m'affaler sur le canapé pour une sieste, mais mon côté loup s'agitait et m'interdisait de m'assoupir en présence d'inconnus. Abandonnant Grace penchée sur son travail dans la lumière déclinante de l'après-midi, je décidai, pour me tenir éveillé, de monter visiter l'atelier.

Celui-ci était facile à trouver : seules deux portes ouvraient sur le palier, et l'une d'elles, entrebâillée, exhalait une odeur d'orange puissamment chimique. Je l'ouvris et clignai des yeux : les lampes imitant la lumière naturelle qui illuminaient violemment la pièce tout entière créaient une atmosphère à mi-chemin entre le désert à midi et l'hypermarché.

Les murs disparaissaient derrière d'innombrables toiles appuyées contre toutes les surfaces disponibles. Profusions de couleurs somptueuses, figures réalistes dans des poses irréalistes, formes courantes de teintes improbables, l'inattendu dans l'ordinaire. On tombait dans ces peintures comme dans un rêve, dans lequel tout ce que l'on sait apparaît sous un jour inhabituel. *Tout est possible dans cette garenne luxuriante / Est-ce un miroir ou un portrait que tu me tends ? Toutes les permutations des rêves sillonneront / Cette charmante friche de couleurs devant moi.*

Là, deux tableaux plus grands que nature montraient tous deux un homme qui embrassait une femme dans le cou. Si les poses étaient identiques, les coloris différaient radicalement : criard, strié de rouge et de violet, l'un était laid et commercial quand l'autre, sombrement bleuté, se révélait plus difficile à déchiffrer ; réservé, ravissant, il m'évoquait la librairie, et Grace, si tiède et si réelle dans mes bras tandis que je l'embrassais.

— Lequel préfères-tu ? me demanda sa mère d'une voix claire, avenante. Sa voix de galerie, supposai-je, celle qui dénichait les portefeuilles des visiteurs avant de les plumer.

— Celui-ci, sans l'ombre d'un doute, dis-je en inclinant la tête vers le tableau bleu.

— Vraiment ? s'exclama-t-elle d'un ton sincèrement surpris. Personne ne me dit jamais ça ! L'autre (elle désigna le tableau rouge et violet) a beaucoup plus de succès. J'en ai vendu des centaines d'exemplaires.

— Très joli, dis-je poliment, ce qui la fit rire.

— Il est hideux. Sais-tu comment je les ai appelés ?

(Elle montra successivement le bleu, puis le rouge.) *Amour* et *Luxure*.

— Je viens de rater mon examen de virilité, pas vrai ? répliquai-je en souriant.

— Parce que tu as choisi *Amour*, tu veux dire ? Non, je ne crois pas, mais ça n'engage que moi. Grace m'a dit que non seulement c'était idiot de peindre deux fois la même chose, mais qu'en plus et sur les deux toiles, les yeux de l'homme étaient trop rapprochés.

— Oui, c'est un commentaire qui lui ressemble bien, dis-je en souriant, mais elle n'est pas artiste.

— Non, en effet. Elle a l'esprit très pragmatique. Je ne sais pas de qui elle tient ça.

Elle eut une moue un peu contrite.

Je m'approchai lentement des toiles suivantes – des animaux sauvages y traversaient des penderies débordantes de vêtements, des chevreuils se tenaient perchés sur des escarpements de fenêtres, des poissons émergeaient de collecteurs d'eaux pluviales.

— Cela vous déçoit.

— Oh, non, pas du tout ! Grace est Grace, il faut la prendre telle quelle. (Elle recula un peu pour me laisser mieux voir les tableaux, par un réflexe inconscient résultant d'années d'expérience de la vente.) Je pense même que ça lui facilitera la vie, parce qu'elle aura un bon travail, fixe, avec plus de stabilité.

— La mère fait trop de protestations, ce me semble, rétorquai-je en détournant les yeux.

Je l'entendis soupirer.

— J'imagine que tout le monde voudrait que son enfant lui ressemble. Grace ne s'intéresse qu'aux chiffres, aux livres et au fonctionnement des choses. J'ai du mal à la comprendre.

— C'est réciproque.

— Sans doute. Mais toi, par contre, tu es un artiste, non ? J'en suis convaincue.

Je haussai les épaules. J'avais remarqué l'étui à guitare près de la porte, et les doigts me démangeaient de trouver les accords de certaines des chansons qui me couraient dans la tête.

— Je ne peins pas ; mais je joue un peu de guitare.

Il y eut un long silence, durant lequel je regardai un tableau représentant un renard qui pointait son museau de sous une voiture à l'arrêt. Elle m'observait.

— Tu portes des lentilles de contact ? questionna-t-elle enfin.

On m'avait si souvent posé la question que son sans-gêne ne me surprenait même plus.

— Non.

— Telle que tu me vois, je souffre d'une affreuse angoisse de la toile blanche, déclara-t-elle alors avec un petit rire gêné. J'aimerais beaucoup que tu poses pour moi. C'est pour ça que je te regardais comme ça, tout à l'heure. Je me disais que tu ferais une magnifique étude de couleurs, avec le noir de tes cheveux et ces yeux. Tu me rappelles les loups de nos bois, à côté. Grace t'a peut-être parlé d'eux ?

Je me raidis. La remarque semblait presque une intrusion, surtout après l'incident avec Olivia, et mon instinct lupin me conseillait de détaler sans demander mon reste : de dévaler l'escalier, d'ouvrir à toute volée la porte et de me fondre dans la sécurité de la forêt. Il me fallut un long moment pour dominer cette pulsion et me convaincre moi-même qu'elle ne pouvait rien savoir, que c'était seulement moi qui entendais dans ses paroles plus qu'elle n'y mettait, puis un autre pour réaliser que j'étais resté trop longtemps sans rien dire.

— Oh… je ne veux pas te mettre dans l'embarras,

reprit-elle en trébuchant sur ses mots. Tu n'es pas obligé. Je sais qu'il y a des gens qui n'aiment pas ça. Et tu as sûrement envie de descendre retrouver Grace.

Je me sentis forcé de tenter de racheter mon impolitesse.

— Non, non... ce n'est pas un problème. Mais, oui, l'idée me met effectivement un peu mal à l'aise. Est-ce que je peux faire quelque chose pendant que vous peignez ? Je ne dois pas juste rester assis, à regarder dans le vide, n'est-ce pas ?

— Non, bien sûr que non, dit-elle en se ruant littéralement sur son chevalet. Si tu jouais de la guitare ? Oh, ça va être épatant ! Merci, vraiment. Tu peux t'asseoir sous ces lampes, là-bas.

J'allai chercher la guitare, et elle courut plusieurs fois à travers tout l'atelier pour apporter une chaise, régler les spots lumineux et tendre une pièce d'étoffe jaune de façon à refléter une lumière dorée sur mon visage.

— Dois-je essayer de rester parfaitement immobile ?

Elle agita comme en réponse un pinceau dans ma direction, disposa une toile blanche sur le chevalet et pressa des tortillons de peinture noire sur sa palette.

— Non, contente-toi de jouer.

J'accordai la guitare et là, dans la lumière dorée, je me mis à jouer en fredonnant. Je pensais à toutes ces fois où, assis sur le canapé de Beck, j'avais joué pour la meute, et à toutes celles où j'avais chanté avec Paul, qui nous accompagnait à la guitare. J'entendais en bruit de fond le grattement du couteau sur la palette et le frottement de la brosse sur la toile et je me demandais ce qu'elle faisait de mon visage, pendant que je ne regardais pas.

— Je t'entends fredonner, me dit-elle. Tu chantes, aussi ?

Je grommelai une réponse indistincte et continuai à pincer les cordes avec nonchalance.

Son pinceau ne chômait pas.

— Les chansons sont de toi ?

— Moui.

— Tu en as écrit une pour Grace ?

J'en avais écrit des milliers pour elle.

— Oui.

— J'aimerais beaucoup l'entendre.

Je passai sans m'interrompre dans une tonalité majeure et, pour la première fois cette année, me mis à chanter à voix haute. C'était de tous mes textes à la fois le plus heureux et le plus simple.

> *Je m'épris d'elle d'été, ma charmante fille d'été*
> *D'été elle est faite, ma charmante fille d'été*
> *Je rêve d'un hiver avec ma charmante fille d'été*
> *Mais toujours suis trop froid, pour ma charmante*
> *fille d'été.*

> *C'est l'été quand elle sourit, et je ris comme un enfant*
> *C'est l'été de nos vies, retenons-le un petit instant*
> *Dans le creux de sa main, tourne le chaud souffle d'été*
> *L'été dont je me réjouis, même si c'est notre dernier.*

La mère de Grace me regarda.

— Je ne sais pas quoi dire. J'ai la chair de poule, dit-elle en me montrant son bras.

Je reposai la guitare tout doucement pour éviter que les cordes ne résonnent. Il me paraissait soudain urgent et capitalement important de passer ces instants, si précieux et si comptés, tout près de Grace.

Je venais juste de prendre cette décision quand un énorme fracas monta de l'étage inférieur. Le bruit était si fort, si *déplacé*, que nous restâmes quelques minutes, sa mère et moi, sourcils froncés, à nous regarder comme si nous ne pouvions y croire.

Puis s'éleva le cri.

Aussitôt après, j'entendis un grognement et me précipitai hors de la pièce.

chapitre 36 • Sam
9 °C

Je me souvenais de l'expression de Shelby lorsqu'elle me proposa :

— Tu veux voir mes cicatrices ?

— Tes cicatrices de quoi ?

— De quand j'ai été attaquée. Par les loups.

— Non.

Elle me les montra tout de même. Son ventre était tout couturé de chéloïdes qui disparaissaient dans son soutien-gorge.

— Je ressemblais à un hamburger, là où ils m'ont mordue.

Je ne voulais pas entendre.

Shelby ne baissa pas son chemisier.

— Ça doit être l'enfer, pour ceux qu'on tue, commenta-t-elle. Nous sommes sans doute la pire façon de mourir.

chapitre 37 • Sam

5 °C

Une pléthore de sensations m'assaillit dès mon entrée dans la salle de séjour. Une bouffée d'air cruellement glaciale me piqua les yeux et me tordit l'estomac. Je découvris aussitôt le trou déchiqueté dans la porte de la terrasse : des fragments de verre fêlé oscillaient encore, accrochés au cadre, et les petits éclats teintés de rose qui jonchaient le sol renvoyaient dans mes pupilles des éclairs lumineux.

La chaise qu'avait occupée Grace était renversée. La pièce semblait éclaboussée de peinture rouge, et les murs jusqu'à la terrasse étaient maculés de longues traînées de formes improbables. Puis je sentis dans l'air la trace de Shelby. Je restai figé sur place, paralysé un instant par l'absence de Grace, le froid et la puanteur de sang et de fourrure mouillée.

— Sam !

Ce ne pouvait être qu'elle, mais la voix paraissait étrange, difficile à reconnaître – comme si quelqu'un avait voulu la contrefaire. Je dérapai dans ma hâte sur une flaque de sang et dus me raccrocher au chambranle de la porte pour franchir le seuil sans tomber.

Le tableau avait un air surréaliste sous la douce lumière de la cuisine. Des empreintes sanguinolentes pointaient vers Shelby qui, pantelante, se contorsionnait en clouant Grace contre le placard. Grace se débattait et donnait de grands coups de pied, mais son assaillante était solidement bâtie et ivre d'adrénaline. Un éclair de douleur traversa soudain les grands yeux candides de Grace, puis Shelby s'écarta. J'avais déjà vu cela.

Je ne sentais plus le froid. Avisant une lourde poêle à frire sur la cuisinière, je m'en emparai, et son poids tira douloureusement sur mon bras. Pour ne pas risquer d'atteindre Grace, j'en assenai un grand coup sur la hanche de Shelby.

Celle-ci poussa un grognement et claqua des mâchoires. Inutile de parler la même langue pour nous comprendre, le message était clair : *Arrière, bas les pattes.* Soudain, je crus voir Grace agoniser, effondrée sur le sol de la cuisine, tandis que Shelby l'observait, et cette scène inopinément surgie dans mon cerveau avait une clarté telle qu'elle me paralysa – Grace avait dû ressentir une chose similaire, quand je lui avais montré l'image de la forêt d'or. L'image était tel un souvenir acéré comme une lame de rasoir, souvenir de Grace suffocante, luttant pour recouvrer son souffle.

Je lâchai la poêle et me ruai sur Shelby.

Saisissant sa gueule cramponnée au bras de Grace, je remontai à tâtons les babines jusqu'aux commissures et enfonçai les doigts dans la chair tendre en appuyant vers le haut, comprimant brutalement la trachée-artère. Shelby hurla et lâcha prise juste assez longtemps pour me permettre de repousser le placard des pieds et de l'arracher à Grace. Nous traversâmes la cuisine de conserve, accrochés l'un à l'autre, ses griffes cliquetant et raclant contre le linoléum tandis que mes chaussures couinaient en dérapant dans le sang qui gouttait d'elle.

Shelby gronda furieusement et fit claquer ses maxillaires à quelques millimètres de mon visage. La vision de Grace inerte sur le sol me poursuivait toujours.

Je me souvins du bruit sec des os de poulet que je faisais craquer.

Mon esprit se représentait avec une clarté parfaite ce que serait tuer Shelby.

Elle se dégagea d'un brusque sursaut et s'écarta, comme si elle venait de lire dans mes pensées.

— Non, P'pa, non ! *Attention !* cria Grace.

Une détonation, assourdissante.

Durant une fraction de seconde, le temps parut se figer. Non, pas exactement se figer, plutôt vibrer sur place, miroiter : les lumières clignotèrent, avant de se rallumer. Si l'instant avait pris corps, ç'aurait été celui d'un papillon battant des ailes et virevoltant vers le soleil.

Shelby s'effondra d'un coup, comme une masse. Je m'affalai contre le placard derrière moi.

Elle était morte. Ou tout du moins mourante, elle tressaillait encore. Curieusement, je ne pensais qu'au sol de la cuisine, que j'avais sali. Je ne voyais que les dalles de lino blanc. Remontant des yeux les traînées laissées dans le sang par mes semelles, je découvris, miraculeusement préservée au beau milieu de la pièce, une unique empreinte de patte rouge.

Je ne comprenais pas pourquoi l'odeur du sang me paraissait si forte. Puis je baissai les yeux vers mes mains tremblantes et les vis rouges jusqu'aux poignets.

Il me fallut lutter pour me souvenir que c'était là le sang de Shelby. Qui était morte. Le sien. Pas le mien.

Mes parents comptaient lentement à l'envers ; il sourdait de mes veines.

J'allais vomir.

J'étais de glace.

Je

— Il faut le déplacer ! (La voix de la jeune fille transperça douloureusement le silence.) Le mettre au chaud. Non, je ne suis pas blessée. *Je n'ai rien.* Je veux juste... aide-moi à le soulever !

Trop fortes, trop nombreuses, les voix me lacéraient la tête. Je sentis des corps se mouvoir, tournoyer alentour, ma peau tourbillonna confusément, mais au plus profond de mon être une chose demeurait immobile.

Grace. Je me raccrochais à ce nom. Si seulement je parvenais à le garder en tête, je m'en tirerais.

Grace.

J'étais secoué de violents, d'incessants frissons ; ma peau se détachait par lambeaux.

Grace.

Mes os se contractaient, pressaient, pinçaient mes muscles.

Grace.

Ses yeux ne me quittèrent pas, même lorsque j'eus cessé de sentir ses doigts agripper mes bras.

— Sam, dit-elle. Ne pars pas.

chapitre 38 • Grace
3 °C

— Mais qui infligerait ça à un enfant ?

Ma mère a fait la grimace, sans que je sache trop si elle réagissait à ce que je venais de lui dire ou aux odeurs d'urine et d'antiseptique de l'hôpital.

Mal à l'aise, j'ai haussé les épaules et je me suis tortillée sur le lit. Je n'aurais pas dû être là, la blessure de mon bras n'avait même pas eu besoin d'être suturée. Tout ce que je voulais, c'était voir Sam.

— Alors, tu dis qu'on l'a salement esquinté ? (Elle a froncé les sourcils vers le téléviseur, pourtant éteint, accroché au-dessus du lit, et elle a poursuivi sans attendre ma réponse.) Bien sûr, comment pourrait-il en être autrement ? On ne traverse pas une telle épreuve sans y laisser des plumes. Pauvre gosse ! Il avait l'air de souffrir atrocement.

J'espérais qu'elle aurait cessé de jacasser sur le sujet avant que l'infirmière n'en ait fini avec Sam. J'aurais voulu ne plus penser à l'arc de ses épaules, à la forme monstrueuse qu'avait prise son corps au contact du froid. Et j'espérais aussi qu'il comprendrait pourquoi j'avais parlé de ses parents à ma mère – il valait tout de même mieux lui parler d'eux que des loups.

— Je te l'ai dit, M'man, ça le perturbe beaucoup d'y repenser. C'est normal qu'il ait paniqué en voyant ses bras couverts de sang. C'est du conditionnement classique, ou un truc comme ça. Tu chercheras sur Google, si tu veux.

— Sans lui, pourtant...

Elle a serré ses bras croisés sur sa poitrine.

— Oui, je serais morte, à l'heure qu'il est, et patati et patata. Mais *il était là*. Alors pourquoi est-ce que tout le monde en fait tout un plat ?

Les marques laissées sur mon bras par les crocs de Shelby s'étaient déjà pour la plupart résorbées en vilaines ecchymoses – même si je ne guérissais pas, et de loin, aussi vite que Sam après sa blessure par balle.

— Parce que tu n'as pas d'instinct de survie, Grace. Tu es comme un tank, tu fonces droit devant toi et tu crois que rien ne peut t'arrêter, jusqu'à ce que tu rencontres un autre tank plus gros que toi. Es-tu bien sûre de vouloir sortir avec un garçon qui traîne un passé aussi lourd ? (Elle se laissait entraîner par sa propre rhétorique.) Il risque de basculer, de devenir psychotique. J'ai lu quelque part que ça arrivait souvent aux gens, à l'âge de vingt-huit ans. Il pourrait être quasiment normal, puis tourner sans crier gare au fou furieux. Je veux dire, tu sais que je ne me suis jamais mêlée de tes affaires jusqu'ici, mais si... si je te demandais de ne plus le voir ?

Je ne m'attendais pas à cela, et lorsque j'ai pu lui répondre, ça a été d'une voix éraillée.

— Je te dirais que, étant donné que tu n'as pas joué

les parents jusqu'ici, tu as perdu le droit de le faire. Nous sommes ensemble, Sam et moi, et ça ne se discute pas.

Maman a levé les bras au plafond comme pour arrêter le tank que j'étais et l'empêcher de l'écraser.

— D'accord, d'accord, comme tu voudras. Seulement, sois prudente, OK ? C'est toi qui vois. Je vais chercher un truc à boire.

Elle avait déjà atteint le fond de ses réserves de sollicitude parentale. Elle avait tenu son rôle de mère : elle nous avait conduit aux urgences, elle avait regardé l'infirmière panser mes blessures et elle m'avait mise en garde contre mon petit ami potentiellement psychotique. C'en était terminé, à présent. J'allai de toute évidence survivre, elle n'était donc plus de service.

Quelques minutes après son départ, la porte s'est ouverte et Sam, à qui l'éclairage verdâtre donnait un air pâle et las, s'est approché de mon lit. Fatigué, mais humain.

— Qu'est-ce qu'ils t'ont fait ?

Sa bouche s'est tordue en un sourire entièrement dépourvu d'humour.

— Ils ont posé un pansement sur une blessure qui a guéri depuis. Qu'est-ce que tu lui as raconté ?

Il cherchait ma mère du regard.

— Je lui ai dit pour tes parents, et que c'était ça qui te tourmentait. Elle m'a cru, tout va bien. Et toi, comment te sens-tu ? Est-ce que tu... (Je n'étais pas très sûre de ce que je voulais lui demander.) Papa m'a appris qu'elle était morte. Shelby. J'imagine qu'elle n'a pas pu se régénérer comme toi. Ça s'est passé trop vite.

Sam a posé une main de chaque côté de mon cou et il m'a embrassée. Il a appuyé son front contre le mien pour que nous nous regardions au fond des yeux. Il avait l'air de n'en avoir plus qu'un.

— J'irai en enfer.

— Quoi ?

Son œil unique a cillé.

— Parce que je devrais me sentir coupable de sa mort.

J'ai reculé pour jauger son expression, et elle était curieusement vide. Je ne savais trop comment réagir face à ce qu'il venait de dire, mais il m'a tiré d'embarras en me prenant les mains et en les serrant fortement entre les siennes.

— Je sais que je devrais être bouleversé, mais j'ai plutôt l'impression que je viens juste d'éviter un énorme missile : je ne me suis pas transformé, tu es saine et sauve, et, pour le moment, elle n'est qu'un souci en moins. Simplement, je me sens comme... *ivre*.

— Maman pense que tu es détraqué.

Il m'a embrassée de nouveau, il a fermé les yeux un instant et il m'a embrassée une troisième fois, légèrement.

— Elle n'a pas tort. Tout ça ne te donne pas envie de fuir ?

Je ne savais pas s'il parlait de lui-même ou de l'hôpital.

— M. Roth ? (Une infirmière a surgi dans l'encadrement de la porte.) Vous pouvez rester ici, mais je vais vous demander de vous asseoir pour ceci.

Sam devait, comme moi, subir toute une série de piqûres antirabiques – c'était la procédure standard en cas de blessures infligées sans raison apparente par des animaux inconnus. Nous ne pouvions pas révéler au personnel soignant que Sam connaissait l'animal en question et que celui-ci n'était pas enragé mais qu'il cherchait simplement à tuer. Je me suis poussée, et Sam s'est assis près de moi avec un regard un

peu inquiet vers la seringue entre les mains de l'infirmière.

— Ne regardez pas, a-t-elle conseillé en retroussant
la manche ensanglantée d'une main gantée de caoutchouc.

Sam a détourné la tête vers moi. Son regard était lointain, un peu flou, et il avait l'air de penser à autre chose
quand l'infirmière a enfoncé l'aiguille sous sa peau. J'ai
suivi le lent mouvement du piston en m'imaginant qu'il
s'agissait là d'un remède – d'été sous forme liquide,
directement injecté dans les veines de Sam.

On a frappé à la porte et une autre infirmière a passé
la tête dans la pièce.

— Tu as fini, Brenda ? Je crois qu'on a besoin de toi
en 302. Il y a une fille qui nous fait une crise, là-bas.

— Génial, a ironisé Brenda. En ce qui vous concerne,
vous deux, c'est terminé. (Elle s'est tournée vers moi.)
Je transmettrai les papiers à ta mère, quand j'aurai réglé
tout ça, a-t-elle ajouté.

— Merci, a dit Sam en me prenant la main.

Nous avons redescendu le couloir ensemble, et, pendant un étrange moment, j'ai eu l'impression de revivre
le soir de notre première rencontre, comme si rien ne
s'était passé depuis.

— Attends un peu, l'ai-je arrêté alors que nous tra-
versions la salle d'attente des urgences.

J'ai scruté la pièce pleine de monde en plissant les
paupières, mais la femme que je croyais avoir vue avait
disparu.

— Qui cherches-tu ?

— Je pensais avoir vu la mère d'Olivia.

J'ai inspecté à nouveau la pièce, mais les visages
m'étaient tous inconnus.

Sam a gonflé les narines et il a froncé légèrement les

sourcils, mais il s'est abstenu de tout commentaire et nous nous sommes dirigés vers les grandes portes de verre. Dehors, Maman avait déjà amené la voiture au bord du trottoir où elle nous attendait, bien loin de se douter qu'elle rendait là à mon ami un service inestimable.

Des petits flocons voltigeaient comme autant d'incarnations de l'hiver. Les yeux de Sam restaient fixés sur les arbres de l'autre côté du parking, que l'on distinguait à peine à la lumière des réverbères, et je me suis demandé s'il songeait au froid mortel qui s'insinuait par les fentes de la portière de la voiture, au corps brisé de Shelby, qui jamais plus ne serait humain, ou, comme moi, à cette seringue d'été liquide imaginaire.

chapitre 39 ◆ Sam
5 °C

La mosaïque de ma vie : un dimanche paisible, parfum de café sur l'haleine de Grace, reliefs étranges de la nouvelle cicatrice bosselée sur mon bras, odeur de neige menaçante dans l'air : deux mondes distincts gravitant l'un autour de l'autre, se rapprochant toujours plus et s'entremêlant de maintes façons que je n'aurais su concevoir.

Ma presque métamorphose de la veille planait encore dans l'air au-dessus de ma tête, et un relent lupin un peu passé s'accrochait à mes cheveux, à l'extrémité de mes doigts. M'abandonner aurait été si simple. Encore maintenant, vingt-quatre heures plus tard, je sentais mon corps continuer à lutter.

J'étais si las.

Roulé en boule dans un fauteuil de cuir tout défoncé, somnolant à demi, je tentai de me perdre dans un roman. Depuis quelques soirs, avec la chute brutale des températures, nous nous étions mis à passer notre temps libre dans le bureau, le plus souvent inoccupé, du père de Grace. Après la chambre, c'était la pièce la plus chaude de la maison, ainsi que celle où il y avait le moins de courants d'air. Je l'aimais bien. Les murs disparaissaient derrière des rangées d'encyclopédies aux reliures sombres et de plaquettes de bois commémorant la victoire à des marathons, trop vieilles les unes pour être utiles, les autres pour avoir encore un sens. L'endroit était exigu et brun comme un terrier de cuir obscur, de bois à l'odeur de fumée et de dossiers cartonnés : un lieu sûr et stimulant.

Assise au bureau, Grace faisait ses devoirs, les cheveux illuminés comme dans un vieux tableau par le halo d'une paire de lampes de bureau couleur or patiné, et sa pose, tête inclinée dans une concentration tenace, retenait bien plus mon attention que mon livre.

Je me rendis soudain compte qu'elle n'avait pas bougé depuis un long moment.

— À quoi penses-tu ?

Elle fit pivoter son fauteuil vers moi et tapota son stylo contre sa lèvre ; le geste était charmant et me donna envie de l'embrasser.

— À un lave-linge et à un sèche-linge, répondit-elle. Je me disais que, quand je partirai d'ici, il me faudra soit aller à la laverie automatique, soit acheter un lave-linge et un sèche-linge.

Je la contemplai, mi-ravi mi-horrifié par cet étrange aperçu des mécanismes de son univers mental.

— Et c'est *ça* qui te distrait de ton travail ?

— Je n'étais pas distraite, répliqua-t-elle d'une voix un peu pincée. Je faisais juste une pause dans la lecture de cette nouvelle idiote pour le cours d'anglais.

Et, se retournant, elle se pencha à nouveau sur son livre.

Plusieurs minutes s'écoulèrent en silence. Elle ne s'était toujours pas remise à prendre des notes.

— Tu crois qu'il y a un remède, interrogea-t-elle finalement sans relever la tête.

— Oh, Grace, soupirai-je en fermant les yeux.

— Allez, parle, insista-t-elle. C'est de la science, ou de la magie, les garous ?

— Ça a de l'importance ?

— Bien sûr, rétorqua-t-elle d'un ton frustré. La magie est immatérielle, alors que la science dispose de remèdes. Tu ne t'es jamais demandé comment tout cela avait commencé ?

— Un jour, un loup mordit un homme, dis-je sans rouvrir les yeux, et l'homme fut contaminé. Magie ou science, cela revient au même. La seule chose magique là-dedans, c'est que ça reste inexplicable.

Grace se tut, mais je pouvais *sentir* son inquiétude. J'étais assis là en silence, caché derrière mon livre, et je savais qu'elle attendait de moi des mots – des mots que je me refusais à prononcer. Je ne savais pas trop qui de nous deux se montrait le plus égoïste – elle, de désirer une chose que personne ne saurait promettre, ou moi, de ne pas lui promettre une chose trop douloureusement impossible à désirer.

Avant qu'aucun de nous n'ait pu briser le silence gêné qui s'était installé, la porte du bureau s'ouvrit, et le père de Grace entra un bol de soupe à la main, les lunettes embuées de condensation. Il fit le tour de la pièce des yeux, détaillant les changements que nous y avions apportés : la guitare trop longtemps délaissée de l'atelier appuyée contre mon fauteuil, la pile de livres de poche éraflés sur la petite table près de moi, les crayons bien taillés soigneusement alignés sur le bureau. Son regard s'attarda sur la cafetière électrique que Grace avait

installée pour assouvir sa soif de caféine, et l'appareil
sembla le fasciner autant que moi : l'objet, minuscule,
semblait conçu pour des bambins ayant besoin d'un
remontant express.

— Nous sommes de retour, dit-il. Vous vous êtes
appropriés mon bureau, vous deux ?

— Il était inoccupé, répondit Grace sans relever la
tête de ses devoirs, et beaucoup trop utile pour qu'on
l'abandonne à son sort. Il est trop tard pour que tu son-
ges à le récupérer maintenant.

— Manifestement, dit-il et il me regarda, vautré dans
son fauteuil. Qu'est-ce que tu lis ?

— *Bel Canto*.

— Inconnu au bataillon. Ça parle de quoi ?

Il plissa les yeux en direction de la couverture que je
lui tendais.

— De chanteurs d'opéra et d'oignons hachés. Et de
fusils.

À ma grande surprise, le visage de son père s'éclaira.

— Ça ressemble à quelque chose que la mère de Grace
pourrait lire, commenta-t-il.

Grace fit pivoter sa chaise.

— Qu'est-ce que tu as fait du corps, Papa ?

Il sourcilla.

— Quoi ?

— Le loup. Après l'avoir tué, qu'est-ce que tu as fait
du corps ?

— *Oh*. Je l'ai mis sur la terrasse.

— Et puis ?

— Et puis quoi ?

Grace éloigna sa chaise du bureau d'une poussée
exaspérée.

— Et puis, qu'est-ce que tu en as fait ensuite ? Je sais
que tu ne l'as pas laissé pourrir sur place.

Un lent nœud nauséeux commençait à tordre le tré-fonds de mes tripes.

— Pourquoi insistes-tu comme ça, Grace ? Je suis sûr que ta mère s'en est occupée.

Grace appuya ses doigts contre son front.

— Mais Papa, comment veux-tu que *Maman* l'ait déplacé ? Elle était à l'hôpital avec nous !

— Je n'y avais pas vraiment réfléchi. J'allais appeler les services vétérinaires pour qu'ils viennent le prendre, mais le lendemain, il avait disparu, alors j'ai pensé que l'un de vous m'avait devancé.

Grace eut un petit bruit étranglé.

— Voyons, Papa ! Tu sais bien que Maman n'est même pas fichue de téléphoner pour commander une pizza ! Tu l'imagines appeler les services vétérinaires ?

Son père haussa les épaules et tourna la cuillère dans sa soupe.

— On a déjà vu plus étrange. En tout cas, inutile de s'inquiéter. Un animal sauvage l'aura emporté dans la forêt. Je ne crois pas qu'un cadavre puisse transmettre la rage.

Grace croisa les bras et le fusilla des yeux, comme pour lui signifier qu'elle trouvait ce dernier commentaire trop stupide pour mériter une réponse.

— Ne fais pas la tête, lui dit son père en entrouvrant la porte de l'épaule, ce n'est pas joli à voir.

— Je dois toujours m'occuper de tout, ici, déclara-t-elle d'une voix glaciale.

Il lui adressa un sourire plein d'affection propre à désamorcer sa colère.

— Sans toi, on ne s'en sortirait pas, c'est clair. Ne te couche pas trop tard !

La porte se referma doucement derrière lui. Grace

regarda tour à tour les rayonnages de livres, le bureau, la porte fermée ; tout, sauf mon visage.

Je refermai mon livre sans noter la page.

— Elle n'est pas morte, dis-je.

— Peut-être que ma mère a fait venir les services vétérinaires.

— Non, elle ne l'a pas fait. Shelby est vivante.

— Sam. Tais-toi, je t'en prie ! Nous ne le savons pas. Un autre loup peut très bien avoir traîné son corps loin de la terrasse. Ne saute pas aux conclusions.

Finalement, elle tourna vers moi les yeux, et je vis que, malgré son incapacité totale à lire l'esprit d'autrui, Grace était parvenue à déchiffrer ce que Shelby représentait pour moi : mon passé cherchant à m'enserrer dans ses griffes et à m'enlever avant même que l'hiver ne le fasse.

Je sentais les choses s'éloigner de moi. J'avais trouvé le paradis, je l'avais saisi et agrippé aussi fort que possible, mais il se délitait, ses fils immatériels s'effilochaient, glissaient entre mes doigts et, trop fins, échappaient à ma prise.

chapitre 40 ✦ Sam
14 °C

Je me mis alors à leur recherche.

Chaque jour, pendant que Grace était en cours, je pistais les deux loups en qui je n'avais pas confiance, les deux qu'on croyait morts. Mercy Falls était petit. Boundary Wood, lui, moins petit, mais plus familier, pouvait se montrer plus disposé à me livrer ses secrets.

Je retrouverai Shelby et Jack, je leur tiendrai tête et je leur imposerai mes conditions.

Mais Shelby n'avait pas laissé de traces sur la terrasse, et peut-être s'était-elle éclipsée pour de bon. Jack, lui aussi, ne semblait être nulle part – sa piste se perdait, froide et morte, tel un fantôme sans cadavre. J'avais l'impression d'avoir passé toute la région au peigne fin pour le retrouver, sans parvenir à dénicher le moindre indice.

Je pensais – j'espérais même confusément – qu'il avait péri, lui aussi, qu'il avait cessé d'être un problème ; renversé par un quelconque véhicule du département des Transports, abandonné dans une décharge ou une autre. Je ne découvris cependant aucune trace qui menait à une route, aucun arbre marqué, et nul effluve de jeune nouveau loup ne traînait sur le parking du lycée. Jack s'était évanoui comme neige en été.

J'aurais dû m'en réjouir : disparition rimait avec discrétion ; disparition signifiait que je n'avais plus à m'en soucier.

Mais je ne pouvais l'accepter, tout simplement. Nous, les loups, faisions nombre de choses : nous nous transformions, nous nous dérobions aux regards et nous chantions sous des lunes pâles et désolées – mais jamais nous ne disparaissions entièrement. Les humains disparaissaient. Les humains faisaient de nous des monstres.

chapitre 41 ✦ Grace
12 °C

Sam et moi, tels les chevaux d'un manège, parcourions toujours le même cercle – maison, lycée, maison, lycée, librairie, maison, lycée, maison, etc. – mais nous ne faisions en réalité que tourner autour du point central, sans jamais l'approcher. De ce qui était au cœur de tout. L'hiver. Le Froid. La Perte.

Nous ne parlions pas de cette constante menace, mais je sentais sans cesse la fraîcheur de son ombre projetée sur nos têtes. Un jour, dans un recueil de mythes grecs vraiment sinistre, j'avais lu l'histoire d'un homme appelé Damoclès. Une épée était suspendue par un seul cheveu au-dessus de son siège. C'était la même chose pour nous – l'humanité de Sam ne tenait qu'à un fil.

Lundi, fidèle au manège, j'ai retrouvé le lycée. Bien que deux jours seulement se soient écoulés depuis l'agression de Shelby, même mes ecchymoses avaient déjà disparu. Je devais donc avoir en moi un peu du pouvoir régénérant des garous, tout compte fait.

J'ai constaté avec surprise qu'Olivia était absente. Elle qui n'avait pas manqué une seule journée, l'année précédente.

Pendant les deux cours que nous avions en commun ce matin-là, je m'attendais à tout instant à la voir surgir dans la salle, mais elle n'est pas venue. Je regardais continuellement sa chaise vide. Elle était peut-être simplement malade, mais quelque chose en moi, une voix que j'aurais voulu ignorer, me soufflait que tout n'était pas aussi simple. En quatrième heure, je me suis glissée à ma place habituelle, derrière Rachel.

— Hé, Rachel, tu as vu Olivia ?

Elle s'est retournée.

— Quoi ?

— Olivia. Tu as sciences avec elle, non ?

— Je n'ai pas de nouvelles depuis vendredi, m'a répondu Rachel en haussant les épaules. J'ai appelé, et sa mère m'a dit qu'elle était malade. Mais toi, la belle, que deviens-tu ? Où étais-tu passée ce week-end ? Jamais tu n'appelles, jamais tu n'écris.

— J'ai été mordue par un raton laveur, puis j'ai dû aller me faire vacciner contre la rage et j'ai passé mon dimanche à dormir pour m'en remettre. Histoire d'être vraiment sûre que je ne risquais pas de me mettre à baver et à attaquer les gens.

— Beurk ! Où est-ce qu'il t'a mordue ?

J'ai fait un geste vers mon jean.

— À la cheville. Ça n'a rien de bien impressionnant. Mais je suis inquiète, pour Olive. Je n'ai pas pu la joindre au téléphone.

Rachel a croisé les jambes et froncé les sourcils. Elle portait à son habitude des rayures, cette fois sur ses collants.

— Comme moi, alors. Tu crois qu'elle cherche à nous éviter ? Elle est toujours fâchée contre toi ?

J'ai secoué la tête.

— Non, je ne pense pas.

Rachel a fait une grimace.

— Mais, entre *nous deux*, toi et moi, il n'y a pas d'embrouille, non ? Je veux dire, ça fait un moment qu'on n'a pas eu de vraie conversation, qu'on ne s'est pas parlé pour de bon. Des choses se sont passées, mais on n'a pas... pas vraiment discuté. Tu n'es pas venue chez moi, ni moi chez toi. Ni rien.

— Non, pas d'embrouille, ai-je confirmé fermement.

Elle a gratté son collant arc-en-ciel et elle s'est mordillé les lèvres.

— Tu crois qu'on devrait – comment dire – passer chez elle, voir si on la trouve ?

Je n'ai pas répondu immédiatement, et elle n'a pas insisté. Nous entrions toutes les deux là en terrain inconnu : jamais nous n'avions eu à véritablement agir pour préserver notre trio, et je ne savais pas si traquer Olivia était une si bonne idée que cela. La mesure me semblait bien un peu excessive, mais d'autre part, combien de temps s'était-il écoulé depuis que nous l'avions vue et que nous lui avions parlé pour la dernière fois ?

— Qu'est-ce que tu dirais d'attendre jusqu'à la fin de la semaine, ai-je suggéré prudemment. Si à ce moment-là, on n'a toujours pas de nouvelles, alors on... ?

— Impeccable ! a opiné Rachel d'un air soulagé.

M. Rink s'est éclairci la gorge pour attirer notre attention. Elle s'est retournée.

— Écoutez-moi bien, tous ! Vous allez sans doute entendre vos professeurs vous le répéter plusieurs fois aujourd'hui, mais ne léchez pas le robinet de la fontaine et n'embrassez pas des inconnus, d'accord ? Le ministère de la Santé a signalé quelques cas de méningite dans la région. Et la méningite se transmet par... ? Personne ne le sait ? La morve ! La salive ! En embrassant et en suçant ! Alors, abstenez-vous, c'est compris ?

Un ululement enthousiaste est monté du fond de la salle.

— Comme vous voilà donc privés de ces activités, nous allons nous pencher sur des choses presque aussi passionnantes, en l'occurrence l'instruction civique. Ouvrez vos livres à la page cent douze.

J'ai jeté un millionième coup d'œil à la porte dans l'espoir de voir Olivia apparaître et j'ai ouvert mon manuel.

À l'heure du déjeuner, je me suis faufilée discrètement dans le hall et j'ai appelé chez elle. La sonnerie a retenti douze fois, puis le répondeur s'est mis en marche. J'ai raccroché : si Olivia séchait les cours sans être malade, je ne voulais pas que sa mère tombe sur un message demandant où était sa fille pendant les heures de classe. J'allais refermer mon casier quand j'ai remarqué que la fermeture Éclair de la plus petite poche extérieure de mon sac à dos était entrouverte. Un morceau de papier en dépassait, sur lequel était inscrit mon nom, et mes joues se sont soudain enflammées en reconnaissant l'écriture brouillon et chaotique de Sam.

« *Encore et encore, bien que nous connaissions le paysage de l'amour,*
Et petit cimetière là-bas, avec ses noms plaintifs,
Et le gouffre effrayant de silence où les autres
S'abîment : encore et encore, nous deux sortons ensemble

Sous les arbres anciens, et encore et encore nous allongeons
Parmi les fleurs, tournés face au ciel. »

« C'est de Rilke. J'aurais voulu l'avoir écrit pour toi. »

Je ne comprenais pas tout, mais je l'ai lu à voix basse, pour moi seule, en pensant à Sam, et la forme des mots sur mes lèvres est devenue très belle. Je me suis sentie sourire à part moi. Mes soucis persistaient, mais je flottais pour l'instant au-dessus d'eux, dans le chaud souvenir de mon ami.

Je ne voulais pas que ma félicité et mon allégresse se dissipent dans l'atmosphère bruyante de la cafétéria et je suis allée me réfugier dans la salle encore vide de mon prochain cours. Je me suis assise, j'ai laissé tomber mon livre d'anglais sur une table et j'ai déplié la feuille pour la relire.

Dans la classe vide, en écoutant le brouhaha lointain des élèves dans la cafétéria, je me suis rappelé le jour où je m'étais sentie mal en cours, et où l'on m'avait envoyée à l'infirmerie. Il y régnait la même atmosphère de distance étouffée, comme si l'endroit était un satellite en orbite autour de la planète assourdissante de l'école. J'y avais passé longtemps, après mon attaque par les loups, à cause de cette grippe qui n'en était sans doute pas une.

Je ne sais pas combien de temps je suis restée à contempler l'écran de mon portable en songeant à la morsure des loups ; à la maladie qu'elle entraînait ; à la guérison. Pourquoi étais-je seule à en avoir guéri ?

— Tu as changé d'avis ?

J'ai sursauté et, relevant la tête, je me suis retrouvée face à Isabel assise à la table voisine. À mon grand étonnement, elle n'avait pas l'air aussi parfaite que d'habitude : son maquillage ne masquait qu'en partie ses cernes profonds, et elle ne pouvait rien faire pour dissimuler ses yeux injectés de sang.

— Pardon ?

— Au sujet de Jack. Tu maintiens toujours que tu ne sais rien ?

Je l'ai regardée avec méfiance. J'avais un jour entendu dire que les avocats ne posent jamais une question sans en connaître d'avance la réponse, et la voix d'Isabel sonnait étrangement assurée.

Plongeant un long bras artificiellement bronzé dans son sac, elle en a tiré une liasse de papiers qu'elle a jetés sur mon livre de poésie.

— Ton amie a laissé tomber ça.

Il m'a fallu un moment avant de réaliser qu'il s'agissait de papier photo brillant, et que ces images devant moi ne pouvaient être que l'œuvre d'Olivia. Mon estomac a fait la culbute. Les premières montraient les bois et n'avaient rien d'exceptionnel. Puis sont venus les loups. Le tacheté fou, à demi caché derrière les arbres. Et ce loup noir – Sam m'avait-il dit son nom ? J'ai hésité un instant, les doigts au bord de l'épreuve, avant de passer à la suivante. Isabel, près de moi, était visiblement tendue, elle attendait, elle aussi. Et je savais que, quoi qu'Olivia ait pu saisir dans son viseur, ce serait difficile à expliquer.

Isabel s'est finalement penchée avec impatience dans l'allée et elle a repris brusquement les premières photos de la pile.

— Passe à la suivante, m'a-t-elle ordonné.

C'était une photo de Jack. Jack, en loup. Un gros plan de ses yeux dans une tête de loup.

Sur la suivante, le même, humain. Un garçon nu.

Dans sa crudité, l'image avait une sorte de dimension

esthétique. La posture de Jack, bras enroulés autour du torse, tête tournée sur l'épaule en direction de l'appareil, montrait les écorchures de la longue courbe pâle de son dos et semblait presque une pose.

J'ai comparé les deux vues en me mordillant les lèvres. Même en l'absence d'un cliché pris au moment de la transformation, la similitude des yeux était criante. Ce gros plan de la tête de loup faisait mouche. Soudain, j'ai pris conscience de l'importance de ces photos et de ce qu'elles signifiaient réellement : pas tant qu'Isabel, mais qu'Olivia savait. Olivia avait pris ces photos, donc bien sûr, elle devait être au courant. Mais depuis combien de temps ? Et pourquoi ne m'en avait-elle pas parlé ?

— Alors, dis quelque chose !

J'ai relevé enfin les yeux sur Isabel.

— Qu'est-ce que tu veux que je te dise ?

Elle a eu un petit bruit irrité.

— Tu vois ces photos ? Il est vivant. Il est *là*.

Je suis revenue à Jack, qui me toisait de sa forêt. Il avait l'air d'avoir froid dans sa nouvelle peau.

— Je ne comprends pas. Qu'est-ce que tu attends de moi ?

Elle a paru en proie à un conflit interne. Un instant, elle a eu l'air sur le point de me répliquer vertement, puis elle a fermé les yeux, elle les a rouverts et elle a détourné le regard vers le tableau blanc.

— Tu n'as pas de frères, n'est-ce pas ? Ni de sœurs ?

— Non. Je suis une enfant unique.

— Alors je ne sais pas comment je pourrais t'expliquer, m'a-t-elle dit en haussant les épaules. C'est mon frère. Je le croyais mort, mais il est vivant. Et le voilà, *juste là*, sauf que je ne sais pas où ça se passe, ni *ce qui* se passe. Mais je crois – je crois que toi, tu le sais. Et tu refuses de m'aider. (Elle m'a regardée, et un éclat sauvage a traversé ses yeux.) Qu'est-ce que j'ai bien pu te faire ?

Elle n'avait pas tort, Jack était effectivement son frère, et elle avait le droit de savoir, me semblait-il. Mais comme j'aurais voulu que ce ne soit pas elle, *Isabel*, qui me le demande !

— Isabel..., lui ai-je répondu – j'avais du mal à trouver mes mots –, tu dois comprendre pourquoi j'hésite à te parler. Je sais que tu ne m'as jamais rien fait à moi personnellement, mais je connais des gens que tu as positivement *détruits*. Alors... tu peux m'expliquer pourquoi je devrais te faire confiance ?

Elle a attrapé toute la pile de photos et l'a fourrée dans son sac.

— Parce que, comme tu viens de le dire, je n'ai jamais cherché à te nuire. Ou peut-être parce que je crois que le problème de Jack – c'est aussi celui de ton petit ami.

Je me sentais paralysée à l'idée des photos que je *n'avais pas encore vues*. Sam y figurait-il ? Olivia connaissait-elle le secret des loups depuis plus longtemps que moi ? J'essayais de me souvenir de ses paroles exactes pendant notre dispute, d'y trouver de possibles sens cachés. Isabel me regardait fixement et attendait que je parle. Je ne savais pas quoi lui dire.

— Bon, arrête de m'épier comme ça, lui ai-je finalement lancé, non sans agressivité. Laisse-moi *réfléchir*.

La porte de la salle de classe a claqué contre le mur, et les élèves ont commencé à entrer pour le cours suivant. J'ai arraché une page de mon cahier et j'ai noté mon numéro de téléphone.

— C'est mon portable. Appelle-moi quand tu veux, après les cours. On se retrouvera quelque part.

Isabel a pris le papier. Je m'attendais à voir de la satisfaction sur son visage et j'ai été surprise de constater qu'elle avait l'air de se sentir aussi mal que moi. Les loups étaient un secret que personne ne voulait partager.

— On a un problème.

Assis au volant, Sam s'est tourné pour me regarder.

— Tu ne devrais pas être encore en cours ?

J'avais arts plastiques en dernière heure, et ni moi ni mon hideuse sculpture de fil de fer et d'argile ne manqueraient à personne.

— Je suis sortie plus tôt. Isabel est au courant.

Sam a cligné lentement des paupières.

— Qui est Isabel ?

— La sœur de Jack, tu te souviens ?

J'ai baissé le chauffage – que Sam avait réglé sur *chaleur infernale* – et j'ai fait glisser mon sac à dos à mes pieds. Puis je lui ai raconté mon échange avec Isabel, en passant sous silence l'aspect horrifiant de la photo de Jack humain.

— Je n'ai aucune idée de ce qu'étaient les autres photos.

Sam a aussitôt délaissé la question d'Isabel.

— Olivia les a prises ?

— Oui.

Il avait l'air très inquiet.

— Je me demande si ça n'a pas quelque chose à voir avec son attitude à la librairie, son attitude à mon égard.

Je n'ai pas répondu, et il a regardé le volant, ou peut-être quelque chose au-delà.

— Si elle sait ce que nous sommes, a-t-il poursuivi, sa remarque sur mes yeux devient parfaitement logique. Elle voulait seulement nous faire avouer.

— Oui, ça expliquerait tout, effectivement.

Sam a soupiré.

— Je songe à ce que Rachel t'a dit, au sujet du loup sur la terrasse d'Olivia.

J'ai fermé les yeux, puis je les ai rouverts. Je revoyais la photo de Jack, bras serrés sur sa poitrine.

— Affreux. Je ne veux pas y penser. Et pour Isabel, qu'est-ce qu'on fait ? Je ne peux pas vraiment l'éviter ; ni continuer à lui mentir : ça me donne l'air idiot, et c'est tout.

Il m'a envoyé un demi-sourire.

— Je te demanderais bien quel genre de personne c'est, et ce que tu crois que nous devrions faire, mais...

— ... mais je suis nulle en psychologie, achevai-je à sa place.

— C'est toi qui l'as dit, pas moi. Ne l'oublie pas.

— D'accord. Mais qu'est-ce qu'on fait ? Et pourquoi est-ce que j'ai l'impression d'être la seule par ici à être passée en mode alerte ? Tu es si... calme.

Sam a haussé les épaules.

— Sans doute parce que je ne suis pas du tout préparé à une telle éventualité. Je ne peux pas savoir comment agir avant de l'avoir rencontrée. Si je lui avais parlé quand elle t'a montré les photos, je serais peut-être inquiet, mais, pour l'instant, je n'arrive pas à y penser comme à une donnée concrète. Je ne sais pas, mais Isabel, ça sonne plutôt sympa, comme nom.

J'ai ri.

— Pour le coup, tu te mets le doigt dans l'œil.

Il a fait une grimace si mélodramatique, si exagérément angoissée et contrite que je me suis sentie un peu rassérénée.

— Elle est vraiment abominable ?

— Je le croyais jusqu'ici. Maintenant ? (J'ai haussé les

épaules.) Maintenant, je ne sais plus. Je n'ai pas encore décidé. Alors, qu'est-ce qu'on fait ?

— Je pense que nous devrions la rencontrer.

— Tous les deux ? Où ça ?

— Oui, tous les deux. Ce n'est pas juste un problème qui te concerne toi. Où, je n'en sais rien. Un endroit calme, pour que je puisse me faire une idée sur elle, avant qu'on ne décide de ce qu'on va lui dire. (Il a froncé légèrement les sourcils.) Elle ne serait pas la première de la famille à découvrir la vérité.

Sa figure me prouvait qu'il ne pensait pas à ses propres parents – son expression dans ce cas n'aurait pas varié.

— Pas la première ?

— La femme de Beck était au courant.

— Au passé ?

— Cancer du sein. Longtemps avant que je vienne vivre chez Beck. Je ne l'ai jamais connue. C'est de Paul que je l'ai appris, par hasard. Beck ne voulait pas que je sache. Parce que les gens ne nous voient pas d'un très bon œil, j'imagine, et qu'il ne voulait pas que je pense qu'il me suffirait de mettre le nez dehors pour dénicher une gentille petite épouse, ou une chose comme ça.

Il me semblait injuste que la tragédie frappe ainsi deux fois un même couple, et j'ai bien failli laisser passer l'amertume inhabituelle de sa voix, mais quand je l'ai remarquée, il était déjà trop tard pour la relever. J'ai pensé à lui dire quelque chose, à l'interroger sur Beck, mais le moment propice avait déjà disparu, noyé dans le bruit de la radio dont Sam venait de monter le son tout en appuyant sur l'accélérateur.

Il a fait une marche arrière pour sortir la Bronco du parking, sourcils froncés, plongé dans ses réflexions.

— Au diable les règles, a-t-il déclaré. Je veux la rencontrer.

chapitre 42 • Sam

12 °C

Les tout premiers mots que j'entendis Isabel prononcer furent : « Je peux savoir pourquoi diable on va faire des quiches, au lieu de parler de mon frère ? »

Elle sortait d'une énorme Chevrolet blanche qui accaparait toute l'allée devant la maison des Brisbane, et ma première impression d'elle fut une de *taille* – sans doute à cause des très hauts talons de ses bottes agressivement pointues –, suivie de *bouclettes* – dont son crâne était plus copieusement garni qu'une poupée de porcelaine.

— Non, dit Grace d'un adorable ton catégorique.

Isabel émit un son qui, s'il avait été un missile, aurait aisément rayé de la carte un petit pays.

— Et lui, je peux savoir qui c'est ?

Je lui jetai un coup d'œil et la surpris à mater mes fesses. Elle détourna prestement le regard.

— Non, répétai-je en écho.

Grace nous escorta dans la maison. Dans l'entrée, elle se tourna vers Isabel.

— Ne pose pas de questions sur Jack. Ma mère est là.

— C'est toi, Grace ? appela cette dernière de l'étage.

— Oui. On fait des quiches ! répondit Grace en accrochant son manteau et en nous faisant signe de l'imiter.

— J'ai rapporté des trucs de l'atelier, vous n'avez qu'à les pousser pour faire de la place ! cria sa mère.

Isabel plissa le nez et ne retira pas sa veste doublée de fourrure. Elle fourra ses mains dans ses poches et recula, tandis que Grace empilait des cartons contre les murs pour dégager un chemin dans le capharnaüm. Elle avait l'air tellement hors de son élément dans le désordre sympathique de la cuisine que je n'arrivais pas à décider si la perfection synthétique de sa coiffure rendait encore plus pathétique le linoléum d'un blanc approximatif, ou si le vieux sol craquelé donnait à ses cheveux des reflets de toc. Je ne m'étais même pas rendu compte jusqu'ici que la cuisine était si vétuste.

Isabel recula encore d'un pas quand Grace releva ses manches pour se laver les mains à l'évier.

— Mets la radio, Sam, et trouve-nous quelque chose de bien, d'accord ?

Je dénichai un petit transistor près de quelques boîtes de sucre et de sel sur le plan de travail et tournai le bouton.

— Misère, on va vraiment faire des quiches ! gémit Isabel. Moi qui croyais à un code pour autre chose.

Je lui décochai un sourire, croisai son regard, et elle fit une grimace horrifiée. Elle forçait un peu trop son expression – sa prétendue angoisse ne me convainquait pas entièrement. Quelque chose dans ses yeux me disait que la situation piquait sa curiosité. Et la situation était la suivante : pas question pour moi de lui révéler quoi que ce soit avant d'être sûr et certain de quelle sorte de personne elle était.

La mère de Grace entra, accompagnée de vapeurs d'essence de térébenthine parfumées à l'orange.

— Bonjour, Sam. Tu fais des quiches, toi aussi ?

— J'essaie, opinai-je gravement.

Elle rit.

— Épatant ! Et qui est-ce ?

— Isabel, répondit Grace. M'man, sais-tu où est passé le livre de cuisine vert ? Je le range là depuis toujours. C'est dans celui-là qu'il y a la recette de la quiche.

Sa mère haussa les épaules d'un air impuissant et s'agenouilla devant l'un des cartons contre le mur.

— Il a dû se faire la malle. Qu'est-ce que c'est que cette horreur à la radio ? Tu peux faire mieux que ça, Sam !

Pendant que Grace fouillait dans les livres de recettes empilés au bout du plan de travail, je continuai à passer d'une station à l'autre jusqu'à ce que le poste déverse une musique pop vaguement funky et que la mère de Grace s'exclame : « Stop, arrête-toi là ! » Elle était debout, un carton dans les bras.

— Je crois que j'en ai fini par ici. Amusez-vous bien, les enfants ! Je reviendrai... plus tard sans doute.

Grace sembla à peine remarquer son départ.

— Les œufs, le fromage et le lait sont dans le frigo, Isabel. Sam, il faut préparer des fonds de tarte. Tu veux bien préchauffer le four à 4.5 et sortir des plats ?

Isabel inspectait le réfrigérateur.

— Il doit y avoir dans les huit mille sortes de fromage là-dedans, et ils se ressemblent tous.

— Alors occupe-toi du four et laisse Sam chercher le fromage et tout le reste. Il s'y connaît, en cuisine, déclara Grace.

Debout sur la pointe des pieds, elle allongeait le bras pour atteindre la farine dans le placard du haut. Le mouvement étirait délicieusement tout son corps, me donnant une irrépressible envie de toucher la zone de peau nue en bas de son dos. Mais trop tard, elle avait déjà saisi le paquet. Changeant de place avec Isabel, je sortis du réfrigérateur les œufs, le lait et le vieux cheddar et déposai le tout sur le plan de travail.

Le temps que je casse des œufs et que je les batte, Grace mélangeait déjà la farine et la margarine dans une jatte. La cuisine bourdonnait d'activité, comme si nous étions légion.

— C'est quoi, ces trucs ? demanda Isabel en regardant le sachet que Grace venait de lui donner.

— Des champignons, ricana Grace.

— Ça m'a tout l'air sorti de l'arrière-train d'une vache.

— Une vache comme ça, ce serait le rêve, dit Grace en se penchant devant Isabel pour mettre du beurre dans une casserole. Son derrière vaudrait des millions. Fais-les revenir là-dedans quelques minutes, jusqu'à ce qu'ils aient l'air délicieux.

— Combien de temps ?

— Jusqu'à ce qu'ils aient l'air délicieux, répétai-je.

— Tu l'as entendu, dit Grace et elle tendit le bras. Plats à tarte ! réclama-t-elle.

— Va l'aider, dis-je à Isabel. Je me charge de l'air délicieux, vu que ce n'est pas ton rayon.

— Mais moi, je l'ai *déjà*, grommela Isabel.

Elle tendit deux plats à tarte à Grace, et celle-ci y déplia adroitement – comme par magie – la pâte, avant de se mettre à lui montrer comment en pincer les bords. Tout le processus semblait lui être très familier, et j'eus l'impression qu'elle aurait fait tout cela beaucoup plus vite sans Isabel et moi dans ses jambes.

Isabel surprit mon sourire alors que je contemplais les deux filles s'affairant autour des plats.

— Qu'est-ce qu'il y a de drôle ? Surveille plutôt tes champignons !

Je sauvai ces derniers de justesse et y ajoutai les épinards que Grace venait de me fourrer entre les mains.

— Mon *mascara* ! gémit Isabel, dominant le bruit ambiant.

Je me tournai et vis les filles hacher des oignons en riant aux larmes, puis la forte odeur des petits bulbes parvint à mes narines et me brûla les yeux, à moi aussi.

— Mettez-les directement là-dedans, proposai-je en tendant la casserole, ça atténuera un peu.

Isabel fit tomber les oignons de la planche à découper dans le récipient, et Grace claqua une main enfarinée sur mes fesses. Je me tordis le cou pour essayer de voir si elle avait laissé une trace, tandis qu'elle se frottait les paumes pour obtenir une empreinte plus nette avant de récidiver.

— *This is my song* ! s'exclama-t-elle soudain. Monte le son ! Plus fort !

C'était bien le pire de Mariah Carey, mais aussi juste ce qu'il nous fallait, à ce moment précis, et je tournai le bouton du volume jusqu'à ce que les petits haut-parleurs sur les côtés du transistor se mettent à vibrer contre les boîtes en fer blanc. Puis, saisissant Grace par la main, je l'attirai à moi et nous nous mîmes à danser en feignant d'être à la fois terriblement décontractés, affreusement maladroits et incroyablement sexy, elle, bras levés, se frottant tout contre moi qui lui enlaçait scandaleusement bas la taille.

Une vie se mesure à l'aune de moments comme celui-ci, songeai-je. Grace pencha la tête en arrière, son mince cou pâle contre mon épaule, quémandant un baiser, et mes lèvres rejoignaient les siennes quand je surpris sur nous les yeux pensifs d'Isabel. Qui détourna aussitôt le regard.

— Dites-moi à combien je dois régler le minuteur, demanda-t-elle. Et ensuite, peut-être qu'on pourrait enfin parler de... ?

Appuyée dans mes bras, couverte de farine, Grace aiguisait tant mon appétit que je mourais d'envie d'être seul avec elle, ici, tout de suite. Elle eut un geste nonchalant pour le livre de cuisine ouvert sur le plan de travail. Isabel consulta la recette et tourna le bouton.

Un moment de silence suivit, quand nous réalisâmes que nous en avions fini avec la cuisine. Inspirant profondément, je me tournai vers Isabel :

— Bon, d'accord. Je vais te dire ce qui ne va pas avec Jack.

Isabel et Grace eurent toutes deux l'air surpris.

— Allons nous asseoir, suggéra cette dernière en s'extrayant de mes bras. Le salon est par là. Je vais faire du café.

Isabel et moi passâmes donc à côté. La pièce était tout encombrée, comme la cuisine, ce que je n'avais pas remarqué avant l'entrée d'Isabel, et celle-ci dut déplacer une pile de linge froissé pour s'asseoir sur le canapé. Je ne voulais pas être à côté d'elle et m'installai en face, dans le fauteuil à bascule.

— Pourquoi n'es-tu pas comme Jack, toi ? me demanda-t-elle avec un regard en coin. Pourquoi est-ce que tu ne te transformes pas sans cesse ?

Je ne bronchai pas, mais sans doute l'aurais-je fait

si Grace ne m'avait pas prévenu qu'Isabel risquait d'en avoir déjà deviné long.

— Parce que je suis comme ça depuis plus longtemps que lui. Avec le temps, on devient plus stable, mais au début, on ne cesse de passer d'une forme à l'autre. C'est aussi un peu en fonction de la température, mais moins que par la suite.

La question suivante fusa aussitôt.

— C'est toi qui as fait ça à Jack ?

— Non, et je ne sais pas qui est responsable, répondis-je sans dissimuler mon dégoût. Nous sommes assez nombreux, et pas tous sympathiques.

Je m'abstins de mentionner la carabine à air comprimé de Jack.

— Pourquoi est-ce qu'il est tellement en rogne ?

— Je ne sais pas, dis-je avec un haussement d'épaules. C'est peut-être dans sa nature ?

L'expression d'Isabel se fit... pincée.

— Écoute, repris-je, être mordu, ça ne fait pas des gens des monstres. Ça les transforme simplement en loups. On est ce qu'on est. Quand on est loup, ou en cours de métamorphose, on perd ses inhibitions humaines, et ceux qui sont agressifs ou violents par nature le deviennent encore plus.

Grace entra, les mains périlleusement encombrées de trois mugs de café. Isabel choisit celui orné d'un castor, moi celui avec le nom d'une banque, et Grace alla rejoindre Isabel sur le canapé.

Isabel ferma les yeux une seconde.

— D'accord. Laissez-moi récapituler, histoire que j'y voie bien clair : les loups n'ont pas *vraiment* tué mon frère, ils se sont contentés de le malmener avant de le transformer en *loup-garou* ? Désolée, mais je ne saisis absolument pas le coup de cette mort qui n'en est pas une. Et, dans ce cas, où sont passées la lune et les balles en argent et toutes ces foutaises ?

— Il a guéri tout seul, mais ça a pris un moment, répondis-je. Il n'a jamais été véritablement mort. J'ignore comment il s'est enfui de la morgue. Quant aux histoires de lune, de balles en argent et tout ça, ce ne sont que des légendes. Je ne sais pas comment t'expliquer, c'est... comme une maladie, qui s'aggrave avec le froid. Je crois que le mythe de la lune vient de ce que les températures chutent pendant la nuit, et ça explique aussi que, lorsqu'on est jeune, c'est souvent à ce moment-là qu'on devient loup. Alors, les gens en sont venus à croire que la lune y était pour quelque chose.

Isabel semblait réagir plutôt bien. Elle n'avait pas tourné de l'œil et ne sentait pas la peur. Elle sirotait son café.

— Ton café est dégueulasse, Grace, déclara-t-elle.

— C'est de l'instantané, s'excusa Grace.

— Est-ce que mon frère me reconnaît, quand il est loup ? interrogea Isabel.

Grace scruta mon visage, mais je ne pus me résoudre à la regarder en répondant.

— Sans doute un peu. Certains d'entre nous oublient tout de leur vie humaine, d'autres se souviennent un peu.

Feignant l'indifférence, Grace détourna la tête et prit une gorgée de café.

— Et vous formez donc une meute ?

Les questions d'Isabel ne manquaient pas de pertinence. J'opinai.

— Mais Jack ne l'a pas encore rejointe. Ou alors, ce sont les autres qui ne l'ont pas trouvé.

Isabel fit longtemps courir son doigt sur le bord de

son mug. Elle releva enfin la tête et nous regarda tour à tour, moi, puis Grace, puis de nouveau moi.

— Bon. Alors, c'est quoi, l'embrouille là-dedans ?

Je battis des paupières.

— Qu'est-ce que tu veux dire ?

— Simplement que toi, tu es là à me raconter tout ça, et Grace essaye de faire croire que tout va pour le mieux, alors qu'en réalité, tout *ne va pas* pour le mieux, je me trompe ?

Une telle intuition ne me surprenait guère de sa part : on ne se hisse pas à grands coups de griffes au sommet de la hiérarchie sociale d'un lycée sans savoir un tant soit peu lire dans l'esprit d'autrui. Je contemplai le contenu de mon mug toujours plein. J'étais resté trop longtemps loup, je n'aimais plus le café – je le trouvais maintenant trop fort et trop amer à mon goût.

— Nous avons tous un terme, une échéance : plus il s'est écoulé de temps depuis que nous avons été mordu et moins il a besoin de faire froid pour que nous nous transformions en loups, et plus aussi il doit faire chaud pour que nous redevenions humains. Et, finalement, on ne change plus, on reste loup.

— Et ça prend combien de temps ?

— Ça varie d'un individu à l'autre, répondis-je sans regarder Grace. Plusieurs années, dans la plupart des cas.

— Mais pas pour toi.

Tais-toi, Isabel ! Peu désireux de mettre plus longtemps à l'épreuve le stoïcisme de Grace, je me bornai à secouer très légèrement la tête, en espérant que mon amie regardait vraiment par la fenêtre, et non dans ma direction.

— Dans ce cas, pourquoi ne pas aller vivre en Floride, où dans un endroit où le climat est très chaud ?

J'étais soulagé de l'entendre changer de sujet.

— Certains d'entre nous ont essayé. Ça ne marche pas. Tout ce que ça fait, c'est nous rendre hyper sensibles à la moindre variation de température.

Une année, dans l'espoir d'échapper à l'hiver, Ulrik, Melissa et un loup nommé Bauer étaient partis au Texas. Je me souviens encore du coup de fil d'Ulrik, tout excité après des semaines sans métamorphose – puis de son retour, la mine défaite – sans Bauer : celui-ci s'était transformé instantanément en franchissant la porte d'un magasin à air conditionné, et les services vétérinaires du Texas n'étaient apparemment pas adeptes des armes incapacitantes.

— Et à l'équateur ? Là où la température reste toujours constante ?

— Je n'en sais rien, répondis-je en tâchant de dissimuler mon exaspération. Aucun de nous n'a encore décidé d'aller vivre dans une forêt tropicale, mais je ne manquerai pas d'y penser, quand j'aurai gagné au loto.

— Pas la peine d'être sarcastique, dit Isabel, qui posa son mug sur une pile de magazines. Je demandais juste. Alors tous ceux qui ont été mordus se transforment, c'est bien ça ?

Sauf celle que je voudrais emmener avec moi.

— L'un dans l'autre, oui.

J'étais conscient de la lassitude de ma voix, mais je m'en moquais. Isabel pinça les lèvres, et je crus qu'elle allait poursuivre sur le sujet. Il n'en fut rien.

— Alors, si je comprends bien, mon frère est un garou, un vrai de chez vrai, et on n'y peut rien.

Grace plissa les yeux. J'aurais donné cher pour savoir ce qu'elle pensait.

— Oui, c'est ça. Mais tu le savais déjà. Alors pourquoi nous questionner ?

Elle haussa les épaules.

— J'imagine que j'espérais que quelqu'un allait me sauter dessus à l'improviste en criant : « Ah, je t'ai bien eue ! Les loups-garous, ça n'existe pas. Qu'est-ce que tu croyais ? »

J'aurais voulu lui dire que les garous n'existaient *effectivement* pas ; qu'il y avait les humains et qu'il y avait les loups, et que certains parmi nous migraient d'une forme à l'autre. Mais je me sentais trop fatigué.

— Tu vas nous promettre de ne le dire à personne, intervint Grace abruptement. Je ne crois pas que tu l'aies déjà fait, mais maintenant, tu ne dois plus en parler à qui que ce soit.

— Tu me prends pour une idiote ? Mon père a été fichu de tirer sur un loup sous le coup de la colère, alors tu crois que j'irais lui raconter que Jack en est un ? Et ma mère, bourrée de médicaments jusqu'à la moelle comme elle l'est, tu t'imagines que je peux compter sur elle ! Non, c'est à moi seule de m'occuper de ça.

Grace me lança un regard qui signifiait : *Bien vu, Sam*.

— À nous aussi, ajouta Grace. On t'aidera dans la mesure du possible. Pas question d'abandonner Jack à son sort, mais la première chose à faire, c'est de le retrouver.

Isabel fit tomber d'une pichenette une poussière de sa bottine. Elle semblait déconcertée, comme si elle ne savait pas trop comment réagir à mes paroles. Finalement, et contemplant toujours son pied :

— Je ne sais pas, avoua-t-elle. Il n'était pas à proprement parler très sympathique, la dernière fois que je l'ai vu. Je ne sais pas si je veux vraiment le retrouver.

— Désolé, dis-je.

— De quoi ?

De ne pas pouvoir te dire que son sale caractère est consé-cutif à sa morsure, et seulement temporaire. Je haussai les épaules. J'avais l'impression de faire le geste souvent, ces temps-ci.

— Que les nouvelles ne soient pas meilleures.

Un bourdonnement bas, agaçant, s'éleva dans la cuisine.

— Les quiches sont prêtes, mon prix de consolation, dit Isabel, qui nous regarda tour à tour. Et donc, comme l'hiver approche, il arrêtera bientôt de passer d'un état à l'autre, non ?

J'opinai.

Elle fixa par la fenêtre les branches nues des arbres et ces bois où vivait à présent son frère, et où je ne tarderai pas à aller le rejoindre.

— Parfait, déclara-t-elle. Le plus tôt sera le mieux.

chapitre 43 ◆ Grace
7 °C

J'étais abrutie par le manque de sommeil. J'étais
Dissertation d'anglais
Voix de M. Rink
Clignotement du néon au-dessus de ma tête
Biologie renforcée
Masque de marbre d'Isabel
Paupières lourdes

— Ici la Terre, Grace répondez ! (Rachel m'a pincé le
bras en me dépassant sur le trottoir.) Tiens, voilà Olivia !
Je ne l'avais même pas remarquée en cours, et toi ?

J'ai suivi son regard jusqu'aux élèves qui attendaient
le car de ramassage. Olivia était là en effet, elle sautillait sur place pour se réchauffer. Elle n'avait pas son
appareil, et j'ai repensé aux photos.

— Il faut que je lui parle.

— Oui, tu dois lui parler. Parce que vous devez vous
réconcilier avant les vacances de Noël et avant qu'on ne
parte ensemble dans un endroit chaud et ensoleillé. Je

resterais bien avec vous, mais mon père m'attend, il a un rendez-vous à Duluth et il sera furax si je ne sors pas immédiatement. Tu me raconteras votre conversation !

Elle est partie en courant vers le parking, et j'ai rejoint Olivia au petit trot.

— Olivia !

Elle a sursauté. Je l'ai saisie par le coude, comme si elle risquait de me fausser compagnie.

— J'ai essayé de t'appeler.

Elle a enfoncé son bonnet sur ses oreilles et elle s'est recroquevillée pour mieux résister au froid.

— Ah oui ?

J'ai envisagé un instant d'attendre ce qu'elle me dirait, histoire de voir si elle allait avouer de sa propre initiative qu'elle connaissait le secret des loups, mais les cars arrivaient, et je ne voulais pas attendre. Baissant la voix, je lui ai murmuré à l'oreille :

— J'ai vu tes photos. Tes photos de Jack.

Elle a pivoté brutalement pour me faire face.

— Alors c'est *toi* qui me les as prises ?

— Non, c'est *Isabel* qui me les a montrées, ai-je répondu en m'efforçant de ne pas prendre un ton acerbe.

Olivia a blêmi.

— Pourquoi refusais-tu de m'en parler ? Et de m'appeler ?

— Je voulais le faire, au début. (Elle s'est mordu la lèvre et elle a regardé vers l'autre bout du parking.) J'allais t'appeler, pour te dire que tu avais raison. Mais à ce moment-là, j'ai rencontré Jack, et il m'a dit que je ne devais parler de lui à personne, et du coup, je me suis sentie coupable, comme si j'allais faire quelque chose de mal.

Je l'ai scrutée.

— Tu as *parlé* avec lui ?

L'air malheureux, Olivia a haussé les épaules et elle a frissonné dans l'après-midi fraîchissant.

— J'étais en train de photographier les loups, comme d'habitude, quand je l'ai vu. Je l'ai vu... (Elle s'est penchée vers moi et s'est mise à chuchoter.)... quand il a changé. Quand il est redevenu humain. Je n'en croyais pas mes yeux. En plus, il s'est retrouvé tout nu, alors, comme on n'était pas très loin de chez moi, je lui ai dit de m'accompagner, pour que je lui passe quelques-uns des vêtements de John. Je crois que j'essayais juste de me persuader que je n'étais pas folle.

— Première nouvelle, ai-je rétorqué sarcastiquement.

Il lui a fallu un moment pour comprendre, puis elle a dit très vite :

— Oh, Grace, je sais. Je sais bien que c'est ce que tu me racontais depuis le début, mais qu'est-ce que j'aurais pu faire d'autre – te croire ? Alors que ça sonnait incroyable, et que ça *avait l'air* impossible. Mais il m'a fait pitié. Il n'a plus sa place nulle part, à présent.

Je me sentais blessée, comme trahie, ou quelque chose d'approchant. J'avais dès le début fait part de mes doutes à Olivia, mais elle avait attendu que je vienne la trouver pour admettre quoi que ce soit.

— Combien de temps ça a duré, tout ça ?

— Je ne sais pas. Un moment. Je lui ai donné à manger, j'ai fait sa lessive, des choses comme ça. Je ne sais pas où il dort. On a pas mal parlé, jusqu'au moment où on s'est disputés au sujet du remède. Je séchais les cours pour parler avec lui et essayer de prendre plus de photos des loups. Je voulais voir si d'autres changeraient. (Elle s'est tue un moment.) Grace, il m'a dit que tu avais été mordue et que tu avais guéri.

— J'ai été mordue, ça c'est vrai. Tu le savais, du reste. Mais je ne me suis jamais transformée en loup.

Elle me fixait intensément.

— Jamais ?

— Non. Est-ce que tu en as parlé à quelqu'un d'autre ?

— Je ne suis pas idiote !

Olivia m'a lancé un regard lourd de mépris.

— Eh bien, d'une façon ou d'une autre, Isabel a mis la main sur ces photos. Et, si elle le peut, c'est à la portée de n'importe qui.

— Je n'ai pas de photo qui montre le changement lui-même. Je te l'ai dit, je ne suis pas complètement demeu-rée. Juste des clichés d'avant et d'après. Rien qui puisse accréditer cette histoire.

— Isabel, ai-je répété.

Olivia a froncé les sourcils.

— Je suis prudente. En plus, je ne l'ai pas revue depuis notre dispute. Je dois partir. (Elle eut un geste pour le bus.) C'est bien vrai que tu ne t'es jamais trans-formée ?

Ça a été mon tour de lui lancer un regard lourd de mépris.

— Je ne te mens jamais, Olivia.

Elle m'a regardée longuement.

— Tu veux venir chez moi ? m'a-t-elle demandé enfin.

J'aurais voulu l'entendre demander pardon ; de ne pas s'être confiée à moi, de m'avoir cherché querelle, de ne pas m'avoir dit : *c'est toi qui avais raison*.

— J'attends Sam, me suis-je bornée à répondre.

— Bon. Peut-être un autre jour, cette semaine ?

J'ai cillé.

— Peut-être.

Puis elle a disparu dans le bus et je n'ai plus vu que sa silhouette qui, derrière les vitres, se frayait un chemin vers le fond du véhicule. J'avais cru que l'entendre reconnaître qu'elle connaissait le secret des loups aurait... tourné pour moi une page, en quelque sorte, mais je ne ressentais qu'une anxiété trouble. Tout ce temps passé à chercher Jack, quand Olivia savait depuis le début où le trouver ! Je ne savais trop qu'en penser.

Sur le parking, la Bronco roulait lentement dans ma direction, et la vue de Sam derrière le volant m'a apaisée comme la discussion avec Olivia n'avait pu le faire. Étrange que la simple apparition de ma propre voiture puisse me rendre si heureuse.

Sam s'est penché pour m'ouvrir la portière. Il avait l'air encore un peu fatigué. Il m'a tendu un gobelet en polystyrène plein de café brûlant.

— Ton téléphone a sonné il y a quelques minutes.

— Merci. (Je suis montée dans la Bronco et j'ai pris le café avec reconnaissance.) Je me sens complètement dans le cirage, aujourd'hui. Je suis cruellement en manque de caféine, et je viens d'avoir une conversation des plus tordues avec Olivia. Je t'en dirai plus dès que j'aurais bu ça. Où est mon mobile ?

Sam a indiqué du doigt la boîte à gants.

Je l'ai ouverte et j'ai pris le téléphone. *Un nouveau message.* J'ai appelé ma boîte vocale, j'ai mis l'appareil en mode « mains libres » et je l'ai posé sur la plage avant, puis je me suis tournée vers Sam.

— Je suis prête.

Il m'a regardée en haussant les sourcils d'un air intrigué.

— Prête pour quoi ?

— Pour être embrassée.

Sam s'est mordillé la lèvre.

— Je préfère attaquer par surprise.

Vous avez un nouveau message, a annoncé la bande enregistrée de mon petit bijou technologique.

— Tu me rends folle, ai-je déclaré en m'adossant au siège.

Il a grimacé un sourire.

Bonjour, ma chérie ! Tu ne devineras jamais qui j'ai rencontré aujourd'hui, a bourdonné la voix de Maman dans le haut-parleur.

— Tu pourrais te jeter sur moi, ai-je suggéré, je n'y vois aucun inconvénient.

Naomi Ett ! Tu sais, ma camarade de classe, s'est exclamée Maman, tout excitée.

— Je ne te croyais pas comme ça, a objecté Sam plaisamment.

Elle est mariée et tout et tout, maintenant, a poursuivi Maman, *et elle est en ville pour quelques jours seulement, alors ton père et moi avons décidé de passer un moment avec elle.*

Je l'ai regardé en fronçant les sourcils.

— Effectivement, je ne le suis pas, mais quand tu es là, je ne réponds plus de rien.

Donc nous allons rentrer tard ce soir, a conclu le message. *Il y a encore des restes dans le frigo, et, bien sûr, tu peux nous appeler si nécessaire.*

Les restes de *mon* ragoût.

Sam regardait le mobile quand la bande enregistrée a pris le relais de Maman. *Pour réécouter ce message, faites le un. Pour le supprimer...*

Je l'ai effacé. Sam contemplait toujours l'appareil, les yeux dans le vague. Je ne savais pas à quoi il pensait. Peut-être que sa tête était, comme la mienne, remplie d'une douzaine de problèmes différents, trop informes et intangibles pour être résolus.

J'ai refermé d'un coup sec le téléphone, et le bruit a semblé sortir Sam de sa transe. Ses yeux m'ont soudain fixée avec intensité.

— Sortons.

J'ai haussé un sourcil.

— Je parle sérieusement. Allons quelque part, tous les deux. Tu veux bien que nous sortions ensemble, ce soir ? Un endroit où l'on mangera quelque chose de mieux que des restes ?

Je ne savais que lui répondre, sinon peut-être : *tu crois vraiment que tu as besoin de me le demander ?*

Je l'observai de près, alors qu'il continuait à parler à toute allure, trébuchant sur les mots dans sa hâte. Si à ce moment-là, je n'avais pas humé l'air, je n'aurais sans doute pas réalisé que quelque chose clochait. Je flairais chez lui une odeur douceâtre d'anxiété. Se faisait-il du souci à mon sujet, ou à celui de quelque chose qui se serait produit aujourd'hui ? Ou bien étaient-ce les prévisions météo qui l'inquiétaient ?

— Qu'est-ce qui se passe ?

— Seulement que je voudrais sortir de cette ville, ce soir. Juste m'éloigner un peu. Des mini vacances, si tu veux, quelques heures d'une vie autre. Mais on n'est pas obligés, si tu ne veux pas. Et si tu crois que ce n'est pas...

— Tais-toi, Sam.

Il s'est tu.

— On y va.

Il a démarré.

Sam a pris l'autoroute et nous avons roulé et roulé jusqu'à ce que le ciel vire au rose au-dessus des arbres et que les oiseaux au-dessus de la route se muent en silhouettes noires. Le froid était assez vif pour blanchir les gaz d'échappement des voitures rejoignant l'autoroute. Sam conduisait d'une main et gardait l'autre entrelacée dans la mienne. Tout ceci était tellement mieux que de rester tous les deux à la maison en tête à tête avec le ragoût.

Quand nous avons quitté l'autoroute, soit je m'étais habituée au parfum de l'anxiété de Sam, soit celle-ci s'était calmée, car je ne percevais plus dans la voiture que sa trace musquée de loup.

— Alors, ai-je dit en passant un doigt sur le dos de sa main fraîche, où allons-nous, en fin de compte ?

Le tableau de bord a illuminé brièvement son sourire un peu triste quand il m'a jeté un coup d'œil.

— Il y a une confiserie géniale, à Duluth.

Je le trouvais adorable d'avoir fait un trajet d'une heure, dans le simple but de m'emmener dans un magasin de bonbons ; et aussi incroyablement stupide, étant donné les prévisions météo, mais pas moins adorable pour autant.

— Je n'y suis jamais allée.

— Ils ont des pommes d'amour fabuleuses, m'a promis Sam. Et ces machins tout collants, je ne sais même pas ce que c'est. Sans doute un bon million de calories. Et leur chocolat chaud – oh, je te jure, Grace, il est extraordinaire !

Je ne savais que lui répondre, plongée dans un ravissement imbécile par la façon dont il articulait mon nom et le mouvement de ses lèvres, et le timbre de sa voix s'est gravé dans mon esprit comme une musique.

— J'ai même écrit une chanson sur leurs truffes, m'a-t-il avoué.

Cela a retenu mon attention.

— Je t'ai entendu jouer de la guitare pour ma mère,

qui m'a dit que c'était une chanson composée pour moi. Tu ne veux pas me la chanter ?

Sam a haussé les épaules.

J'ai contemplé la ville scintillante dont chaque bâtiment et chaque pont brillamment illuminé semblait lutter vaillamment contre l'obscurité précoce de l'hiver. Nous nous dirigions vers le centre. Je ne me souvenais plus de quand j'étais venue ici pour la dernière fois.

— Ce serait très romantique, et ça renforcerait ton look de Gavroche ambulant des cités.

Il n'a pas quitté la route des yeux, mais ses lèvres se sont retroussées. J'ai souri moi aussi avant de reporter mon attention sur le paysage. Sam conduisait sans même consulter les panneaux. Les réverbères qui au-dessus de nous rayaient rythmiquement le pare-brise et les lignes blanches qui défilaient sous nos roues ponctuaient le temps.

Finalement, Sam a garé la voiture et, se tournant vers moi, m'a montré un magasin brillamment éclairé à quelques pas de là.

— Le paradis sur terre.

Nous sommes sortis ensemble de la voiture et nous avons couru à petites foulées jusqu'à la boutique. Je ne sais combien de degrés il pouvait faire, mais je me souviens de mon haleine se condensant en un nuage flou quand j'ai ouvert la porte vitrée. Sam, bras serrés autour du torse, m'a suivie dans l'atmosphère chaude et lumineuse de la boutique. La clochette de la porte n'avait pas fini de tinter qu'il m'a attirée à lui et m'a enlacée étroitement.

— Ferme les yeux, m'a-t-il chuchoté à l'oreille. Ne regarde pas, sens. Fais-le *pour de bon*. Je sais que tu en es capable !

J'ai penché la tête en arrière contre son épaule, dans

la chaleur de son corps, et j'ai fermé les paupières. Mon nez n'était qu'à quelques centimètres de la peau de son cou, et, pour l'instant, c'était *ça* que je humais : une fragrance crue, terrestre, complexe et sauvage.

— Non, pas moi.

— C'est tout ce que je perçois, ai-je murmuré et j'ai ouvert les yeux et les ai levés vers lui.

— Ne sois pas têtue ! (Il m'a fait pivoter face au centre de la boutique, où, derrière des rangées d'étagères de boîtes de gâteaux et de bonbons, étincelait un grand comptoir en verre chargé de friandises.) Laisse-toi faire, pour une fois, a-t-il insisté, le jeu en vaut la chandelle.

Ses yeux tristes m'imploraient d'explorer cette chose que j'avais délaissée depuis des années. Plus que délaissée – enterrée vive. Enterrée quand je m'étais crue seule. Et à présent Sam se tenait derrière moi, il me serrait fermement contre son torse comme pour me maintenir debout, et son souffle me réchauffait les oreilles.

Fermant les yeux, j'ai gonflé les narines et j'ai laissé les odeurs m'envahir. D'abord est venue la plus forte, un parfum de caramel et de sucre brun, qui avait le jaune orangé du soleil. Ça, c'était facile. L'odeur que n'importe qui remarquerait en entrant. Et puis, bien sûr, le chocolat noir, amer, et le chocolat au lait, doux et sucré. Je ne crois pas qu'une fille ordinaire aurait perçu quoi que ce soit d'autre, et une partie de moi aurait voulu en rester là. Mais le cœur de Sam battait à tout rompre dans mon dos, et, pour une fois, j'ai cédé.

Dans mes narines tournoyait en volutes la menthe poivrée, tranchante comme un éclat de verre et presque trop sucrée, tel un fruit trop mûr ; la pomme, croquante et pure ; l'odeur de beurre des noix, chaudes et terrestres comme Sam ; le parfum léger, subtil, du chocolat blanc ; et, ciel ! un moka sombre, riche de culpabilité. J'ai soupiré d'aise, mais ce n'était pas tout : les biscuits au beurre sur les étagères ajoutaient une note réconfortante de farine, et les sucettes une profusion de parfums fruités trop concentrés pour être vrais ; le sel des bretzels, l'acidité vive du citron, le fragile tranchant de l'anis, et d'autres, dont j'ignorais jusqu'au nom. J'ai poussé un gémissement.

Sam m'a récompensée d'un baiser infiniment léger sur l'oreille, puis il a murmuré :

— N'est-ce pas incroyable ?

J'ai rouvert les yeux ; les couleurs paraissaient ternes, comparées à ce que je venais d'éprouver. Ne trouvant rien à lui répondre qui ne soit insignifiant, je me suis bornée à hocher la tête. Il m'a embrassée à nouveau, sur la joue, et il a scruté mon visage, l'air joyeux et tout réjoui par ce qu'il y lisait. Il m'est venu à l'idée qu'il n'avait jamais partagé cet endroit, cette expérience avec personne d'autre. Juste moi.

— J'adore, ai-je finalement dit dans un murmure si bas que je me suis demandé s'il pouvait l'entendre. Mais, bien sûr, puisqu'il percevait tout ce que moi j'entendais.

Je n'étais pas sûre d'être prête à admettre ma différence.

Sam m'a relâchée, mais il a gardé ma main dans la sienne et il m'a entraînée plus avant dans la boutique.

— Viens. C'est maintenant que ça devient difficile. Qu'est-ce que tu veux ? Choisis ! N'importe quoi. Je te l'achète.

Je te veux toi. Je sentais sa main sur la mienne, sa peau contre la mienne, je voyais la façon mi-humaine, mi-lupine dont il se mouvait, je humais son odeur et je brûlais du désir de l'embrasser.

Sam m'a serré plus fort la main, comme s'il lisait dans

mes pensées. Il m'a amenée au grand comptoir de verre, et j'ai contemplé les rangées de bouchées au chocolat, de petits-fours, de bretzels luisants et de truffes impeccablement alignées.

— Il fait plutôt frisquet dehors, ce soir, pas vrai ? nous a dit la jeune fille derrière le comptoir. On a annoncé de la neige. Vivement qu'elle tombe !

Elle a levé la tête pour nous regarder et nous a lancé un sourire affable un peu niais. Je me suis dit que nous devions sans doute avoir l'air d'imbéciles heureux, Sam et moi, à saliver d'envie devant toutes ces douceurs en nous tenant par la main.

— Quels sont les meilleurs ? ai-je demandé.

Elle a aussitôt montré du doigt quelques rangées de chocolats. Sam a secoué la tête.

— On pourrait avoir deux chocolats chauds ?

— Avec de la crème fouettée ?

— Cela ne va pas de soi ?

Elle s'est retournée avec un sourire pour les préparer. Un irrésistible arôme de chocolat a traversé en bourrasque le comptoir lorsqu'elle a ouvert la boîte de cacao. Pendant qu'elle laissait goutter de l'extrait de menthe dans des gobelets en carton, je me suis tournée vers Sam et j'ai saisi son autre main. Je me suis mise sur la pointe des pieds et je l'ai embrassé prestement sur les lèvres.

— Attaque-surprise !

Sam s'est penché et il m'a embrassée lui aussi, sa bouche s'attardant sur la mienne, et le contact rude de ses dents contre ma lèvre inférieure m'a fait frémir.

— Attaque-surprise-retour.

— Traître, ai-je dit d'une voix indûment voilée.

— Vous êtes trop chou, tous les deux, a commenté la vendeuse en posant sur le comptoir deux gobelets débordant de crème fouettée.

Son sourire était avenant, légèrement asymétrique, et je me suis dit qu'elle devait souvent rire.

— Sérieusement, ça fait combien de temps que vous êtes ensemble ?

Sam a lâché ma main pour attraper son portefeuille d'où il a sorti quelques billets.

— Six ans.

J'ai plissé le nez pour ne pas rire. Lui tenait compte, bien sûr, de tout le temps pendant lequel nous appartenions à des espèces différentes.

— Whouaaa ! s'est exclamée la vendeuse en hochant la tête avec admiration. Pas mal, pour des jeunes comme vous !

Sam m'a passé mon gobelet sans répondre, mais ses yeux jaunes me dévoraient d'un air si possessif que je me suis demandé s'il se rendait compte que son regard était bien plus intime que n'importe quel attouchement.

Je me suis accroupie pour examiner les pralinés sur l'étagère du bas du comptoir.

— Un coup de foudre, ai-je précisé sans oser lever les yeux.

— C'est tellement romantique, ça ! a soupiré la vendeuse. Faites-moi plaisir et ne changez jamais, vous deux. Le monde a besoin de plus de coups de foudre.

— Tu veux ceux-là ? m'a demandé Sam d'une voix un peu éraillée.

Quelque chose accrochait dans son ton. J'ai réalisé que mes paroles l'avaient touché plus profondément que je ne l'avais prévu et je me suis demandé quand on lui avait dit qu'on l'aimait pour la dernière fois.

L'idée m'attristait.

Je me suis relevée et je lui ai repris la main. Ses doigts ont serré les miens si fort que j'en ai eu presque mal.

— Ces fondants ont l'air géniaux. On peut en acheter ?

Sam a fait un signe de tête à la vendeuse. Quelques minutes plus tard, je tenais en main une petite pochette de papier pleine de bonbons, et Sam avait de la crème fouettée sur le bout du nez. Quand je lui en ai fait la remarque, il a souri avec embarras et l'a essuyée de sa manche.

— Je vais faire tourner le moteur, ai-je annoncé en lui passant le sac, et, comme il me regardait sans réagir, j'ai ajouté : pour chauffer la voiture.

— Oh ! Oui, bonne idée.

Il semblait avoir oublié combien il faisait froid dehors. J'y pensais, moi, et j'avais en tête une affreuse vision de lui dans la voiture, tout secoué de spasmes, tandis que j'essayais de monter le chauffage. Je l'ai donc laissé m'attendre dans la boutique et je suis sortie dans la sombre nuit d'hiver.

Bizarrement, dès que la porte s'est refermée derrière moi, je me suis sentie complètement seule, assaillie brusquement par l'immensité de la nuit, perdue sans l'ancrage du contact et de l'odeur de Sam. Rien ici ne m'était familier. Si Sam redevenait brusquement loup, je ne savais pas combien de temps cela me prendrait pour retrouver mon chemin et rentrer à la maison, ni ce que je ferais de lui – impossible de l'abandonner ici, à des kilomètres et des kilomètres des bois qu'il connaissait. Je le perdrais alors, et sous toutes ses formes. La rue était déjà poudrée de blanc et des flocons planaient lentement autour de moi, délicats, maléfiques. Lorsque j'ai déverrouillé la portière de la voiture, mon haleine s'est condensée en nuages fantomatiques devant mon visage.

Ce malaise croissant ne me ressemblait pas. J'ai

attendu dans la voiture en frissonnant et en sirotant mon chocolat que l'air se réchauffe. Sam avait raison – la boisson était délicieuse, et la menthe y ajoutait une note de fraîcheur. Je me suis sentie tout de suite mieux et, lorsqu'il a enfin fait chaud dans l'habitacle, je me sentais idiote d'avoir imaginé que quelque chose puisse mal tourner, ce soir.

Je suis sortie de la Bronco et j'ai passé la tête par la porte de la boutique.

— Ça y est, la voiture est prête.

Sam a grelotté en sentant le souffle d'air glacé du dehors, et, sans un mot, il a couru vers la Bronco. J'ai crié un remerciement à la vendeuse et je lui ai emboîté le pas. En chemin, j'ai vu sur le trottoir quelque chose qui m'a arrêtée. Dans la neige fraîchement tombée, sous les longues empreintes de Sam, une autre série de traces, plus anciennes, mais que je n'avais pas remarquée plus tôt, longeait la devanture de la confiserie.

J'ai suivi des yeux les pas, espacés et légers, qui s'entrecroisaient sur le trottoir et j'ai découvert, cinq ou six mètres plus loin, hors du cône de lumière projeté par le réverbère, un petit monticule sombre. J'ai hésité. *Retourne à la voiture*, me suis-je admonestée, mais mon instinct a eu finalement raison de moi, et je me suis approchée.

Une veste sombre, un jean et un col roulé étaient empilés là, et dans la mince couche de neige, des empreintes de pattes s'éloignaient des vêtements.

chapitre 44 • Sam
0 °C

Cela paraît idiot, mais l'une des choses que j'aimais tant chez Grace était qu'elle ne se sentait pas obligée de parler. Il m'arrivait parfois de désirer simplement que mes silences restent silencieux, emplis de pensées, vides de mots. Alors qu'une autre aurait probablement tenté d'amorcer une conversation, Grace prit simplement ma main dans la sienne, les posa toutes les deux sur ma cuisse, puis appuya sa tête contre mon épaule et resta ainsi jusqu'à ce que Duluth soit loin derrière nous. Elle ne me demanda pas comment je connaissais mon chemin dans la ville, ni pourquoi mes yeux s'attardaient sur la route, là où mes parents tournaient pour rejoindre notre quartier, autrefois, ni comment un gosse de Duluth en était venu à rejoindre une meute près de la frontière canadienne.

Et quand, finalement, elle parla, ôtant sa main de la mienne pour extraire un fondant du sac, ce fut pour me raconter comment, petite, elle avait un jour confectionné des gâteaux avec des œufs durs qui restaient de Pâques, au lieu d'œufs frais. C'était exactement ce dont j'avais besoin – une splendide diversion.

Jusqu'à ce que se déclenche le petit decrescendo digital du portable dans ma poche. Une seconde, je ne compris pas pourquoi un tel objet se trouvait dans mon manteau, puis je me souvins de Beck le fourrant dans ma main, tandis que je fixais l'espace derrière sa nuque. *Quand tu as besoin de moi, appelle*, m'avait-il dit.

Marrant qu'il ait dit *quand*, et non *si*.

— C'est une sonnerie de téléphone, ça ? demanda Grace, les sourcils froncés. Tu as un portable ?

La splendide diversion s'était effondrée d'un coup. Je sortis l'appareil de ma poche.

— Je n'en avais pas, avant, dis-je faiblement. (Mon amie me fixait toujours d'un regard un peu blessé, dévastateur, et je sentis mon visage s'enflammer de honte.) C'est tout récent, ajoutai-je.

Le téléphone sonna derechef. J'appuyai sur la touche verte. Je savais qui m'appelait sans avoir besoin de consulter l'écran.

— Où est-tu, Sam ? Il fait froid, dit Beck avec cette sollicitude sincère que j'avais toujours appréciée chez lui.

Je sentais sur moi les yeux de Grace.

Je ne voulais pas de sa prévenance.

— Ça va très bien, lui dis-je.

Beck se tut un instant, et je l'imaginai disséquant les moindres nuances du ton de ma voix.

— Rien n'est tout noir ou tout blanc, Sam, les choses ne sont pas si simples. Essaie de comprendre. Tu ne me laisses même pas l'occasion de te parler. Tu peux me dire quand ça m'est déjà arrivé de me tromper ?

— À l'instant, lui dis-je avant de raccrocher et de

remettre le portable dans ma poche. Je m'attendais à moitié à ce qu'il sonne à nouveau et je l'espérais même vaguement, pour que je puisse refuser de répondre.

Grace ne me demanda pas qui c'était. Ni de quoi nous parlions. Je savais qu'elle attendait que je le lui dise, et je savais que j'aurais dû le faire, mais je ne le voulais pas. Je ne... je ne supportais pas de l'imaginer voir Beck sous cet éclairage ; ou peut-être refusais-je l'idée que je puisse le voir *moi* ainsi.

Je me tus.

Grace avala sa salive et sortit son propre téléphone.

— Ça me rappelle que je dois consulter ma messagerie. Ha. Comme si mes parents risquaient de m'appeler.

Elle scruta l'écran bleuté qui illuminait la paume de sa main et projetait une lueur fantomatique sur son menton.

— Ils l'ont fait ?

— Bien sûr que non. Ils sont bien trop occupés à renouer avec leurs vieilles connaissances, dit Grace en composant le numéro de ses parents.

Elle patienta, puis j'entendis à l'autre bout du fil un murmure trop indistinct pour que je le comprenne.

— Bonjour, c'est moi... Oui. Très bien... Oh, d'accord. Je ne resterai pas à vous attendre, alors. Amusez-vous bien. Ciao.

Elle referma l'appareil avec un claquement sec, leva ses yeux bruns au ciel et me sourit faiblement.

— On s'enfuit et on va se marier en cachette ?

— Pour ça, il nous faudrait conduire jusqu'à Las Vegas, dis-je. Personne ici n'acceptera de nous marier à cette heure indue, hormis les cerfs et quelques types éméchés.

— Les cerfs, alors, décréta fermement Grace. Les

éméchés bafouilleraient en prononçant nos noms, ce qui gâcherait tout.

— Quelque part, un cerf présidant à la cérémonie de mariage d'une jeune fille avec un garou me semble curieusement à sa place.

Grace partit à rire.

— Au moins, ça capterait l'attention de mes parents. « M'man, P'pa, je me suis mariée. Ne me regardez pas comme ça, il ne perd pas ses poils toute l'année. »

Je secouai la tête. J'avais envie de lui dire *merci*, mais je n'en fis rien.

— C'est Beck qui a appelé, lui avouai-je.

— *Le* Beck ?

— Oui. Il était au Canada avec Salem – un des loups, qui est devenu complètement fou.

Même si ce n'était que partiellement vrai, du moins, ce n'était pas un mensonge.

— Je veux le rencontrer, déclara Grace aussitôt, et mon expression dut lui paraître bizarre, car elle ajouta : Beck, je veux dire. C'est en quelque sorte un père, pour toi, n'est-ce pas ?

Je frottai le volant du doigt, et mes yeux quittèrent la route pour se poser sur les articulations blanches de mes mains crispées. Étrange que certains prennent leur enveloppe de peau comme allant de soi, sans jamais songer à ce que serait la perdre. *Abandonnant ma peau / fuyant son étreinte / dépouillé de mon esprit / être moi me fait mal*. Et je me souvins du jour où Beck s'était montré tout particulièrement paternel.

— Il y avait ce grand barbecue, à la maison, et, un soir qu'il en avait assez de faire la cuisine, il m'a dit : « Sam, c'est toi qui nous nourris ce soir. » Et il m'a appris à appuyer au milieu des steaks pour juger de leur degré de cuisson et comment saisir rapidement l'extérieur, pour qu'ils restent juteux.

— Et ils étaient abominables, pas vrai ?

— Je les ai complètement brûlés, dis-je sans m'émouvoir. Je les comparerais volontiers à du charbon, si le charbon n'était pas un tant soit peu comestible.

Grace se mit à rire.

— Beck a mangé le sien, dis-je en souriant piteusement à l'évocation de ce souvenir. Il a déclaré que c'était le meilleur de toute sa vie, parce qu'il n'avait pas eu à le préparer.

La scène semblait appartenir à un passé très lointain.

Grace me souriait comme si de vieilles histoires sur moi et mon chef de meute étaient la chose la plus passionnante au monde. Comme si elle les trouvait stimulantes. Comme si nous avions, Beck et moi, le père et le fils, quelque chose de spécial.

Dans ma tête, le gosse à l'arrière de la Chevrolet me regardait et m'implorait : *à l'aide !*

— C'était il y a combien de temps ? demanda Grace. Je veux dire, pas depuis les steaks, mais depuis que tu as été mordu ?

— Onze ans. J'en avais sept.

— Qu'est-ce que tu faisais dans ces bois ? dit-elle. Tu viens pourtant de Duluth, n'est-ce pas ? C'est ce qui est marqué sur ton permis de conduire, en tout cas.

— Ce n'est pas dans les bois qu'ils m'ont attaqué, dis-je. Ça a fait la une de tous les journaux.

Grace ne me quittait pas des yeux ; je détournai le regard sur la route obscure devant nous.

— J'ai été attaqué par deux loups au moment où j'allais monter dans le car de ramassage scolaire. L'un m'a cloué au sol, et l'autre m'a mordu.

M'a lacéré de ses crocs, plutôt, comme si son seul unique objectif avait été de me saigner. Mais, bien sûr, c'était *précisément* ça, n'est-ce pas ? À y repenser, tout me paraissait à présent douloureusement clair. Jamais auparavant je n'avais cherché à remonter plus loin que mes simples souvenirs d'enfant attaqué par les loups, puis sauvé par l'apparition de Beck, après que mes parents eurent tenté de me supprimer. J'avais été si proche de Beck, et Beck lui-même si parfait, que je n'avais pas *voulu* creuser plus avant. Mais raconter cette histoire à Grace propulsait l'inévitable vérité juste devant mon nez : les loups ne s'en étaient pas pris à moi par hasard. J'avais été choisi, chassé, traqué et traîné dans la rue pour être contaminé, exactement comme ces gosses à l'arrière de la Chevrolet. Beck était venu plus tard, pour ramasser les morceaux.

Tu es le meilleur de tous, dit la voix de Beck dans ma tête. Il avait prévu que je lui survivrais et que je lui succéderais. J'aurais dû être furieux. Furieux que l'on m'arrache à ma vie. Mais j'étais empli de bruit blanc, ce bourdonnement monotone du néant.

— Ça s'est passé en ville ? demanda Grace.

— En banlieue. Il n'y avait pas de bois dans le coin. Des voisins ont raconté que, par la suite, ils ont vu les loups s'enfuir en traversant leurs jardins.

Grace ne dit rien. Le fait que j'ai été délibérément visé me semblait évident, et sans cesse, je m'attendais à ce qu'elle en parle. J'aurais voulu, dans un sens, qu'elle le mentionne, pour souligner combien c'était injuste. Mais elle ne le fit pas. Elle réfléchissait, sourcils froncés.

— C'étaient quels loups ? interrogea-t-elle enfin.

— Je ne me souviens plus. L'un d'eux était noir, ça aurait pu être Paul. Je n'en sais pas plus.

Il y eut un très long silence, puis nous arrivâmes à

la maison. Aucun véhicule n'était encore apparu dans l'allée, et Grace expira longuement.

— On dirait que nous sommes à nouveau seuls, dit-elle. Reste ici jusqu'à ce que j'aie ouvert la porte, d'accord ?

Elle sortit d'un bond de la voiture, laissant entrer une bouffée d'air froid qui me mordit les joues, et je montai le chauffage à fond en prévision du trajet jusqu'à l'entrée. Blotti contre les bouches d'aération dont la chaleur me cuisait l'épiderme, je fermai les yeux et serrai les paupières en essayant de me concentrer jusqu'à retrouver le moment que je venais de vivre, quand j'enlaçais Grace dans la confiserie, consumé par la chaleur de son corps, et que je la regardais humer l'air en sachant que c'était mon odeur qu'elle flairait – je frissonnai. Je ne savais pas si j'étais capable de passer encore une nuit à ses côtés en me conduisant correctement.

— Sam ! appela Grace dehors.

Je rouvris les yeux et les fixai sur son visage qui se découpait dans l'entrebâillement de la porte d'entrée à la peinture craquelée. Elle essayait d'empêcher autant que possible le froid de pénétrer dans l'entrée. Futé.

Il était temps de courir. Je coupai le contact, sortis de la Bronco et détalai sur le trottoir glissant, dérapant un peu sur les plaques de glace. Ma peau se tordait, me picotait et me pinçait.

Grace claqua la porte derrière moi, enfermant le froid dehors, et m'enlaça vivement, me transmettant la chaleur de son corps. Sa voix me parvint comme un murmure essoufflé.

— Tu as assez chaud ?

Mes yeux s'accoutumaient peu à peu à la pénombre de l'entrée, et je perçus l'éclat de son regard, la forme de sa chevelure et la courbe de ses bras autour de moi. Le miroir au mur renvoyait l'image floue de la silhouette de son corps pressé contre le mien. Je m'abandonnai longtemps dans ses bras avant de répondre :

— Ça va.

— Tu as faim ?

Sa voix sonnait dans la maison vide, se répercutait contre le parquet. Le seul autre bruit était le souffle sourd et régulier de l'air traversant les bouches de chauffage. J'avais une conscience aiguë de notre solitude.

Je déglutis.

— J'ai sommeil.

Elle sembla soulagée.

— Moi aussi.

Je trouvai presque dommage qu'elle approuve. Si j'étais resté debout, à manger un sandwich, regarder la télévision, ou quelque chose comme ça, il m'aurait peut-être été plus facile d'oublier combien je la désirais.

Mais elle n'avait pas objecté. Se déchaussant vivement derrière la porte, elle descendit à pas feutrés le couloir devant moi. Nous nous glissâmes dans la chambre obscure, éclairée du seul reflet de la lune sur la mince couche de neige qui recouvrait l'appui de la fenêtre. La porte soupira doucement en se refermant derrière nous, et Grace s'appuya contre elle, sans lâcher la poignée dans son dos. Un long moment s'écoula avant qu'elle ne parle.

— Pourquoi prenez-vous tant de précautions avec moi, Sam Roth ?

Je tentai de dire la vérité.

— Je... c'est que... je ne suis pas un animal.

— Tu ne me fais pas peur, affirma-t-elle.

Elle n'avait effectivement pas l'air effrayée. Toute baignée de lune, splendide, attirante, elle exhalait une odeur de menthe poivrée, de savon et de peau. J'avais passé onze ans à regarder les autres membres de la meute devenir des bêtes, onze ans à réprimer mes instincts, à me contrôler et à lutter pour rester humain, pour faire ce qui était bien.

Grace semblait lire dans mes pensées.

— Tu serais prêt à me jurer que seul le loup en toi veut m'embrasser ?

Mon être tout entier n'aspirait qu'à l'embrasser assez fort pour que je disparaisse. Appuyant un bras de chaque côté de sa tête, je m'arc-boutai contre la porte dont le bois gémit et pressai mes lèvres contre les siennes, et elle me rendit le baiser de sa bouche brûlante, la langue sur mes dents, les mains toujours derrière le dos, corps pressé contre la porte. Tout en moi bourdonnait, électrique, et brûlait de franchir les quelques centimètres qui nous séparaient encore.

Elle m'embrassa plus fort, son souffle envahit ma bouche, et elle mordit ma lèvre inférieure. Ciel, c'était effroyablement délicieux ! Je lâchai un grognement involontaire, mais avant même que je n'aie eu le temps de me sentir gêné, Grace avait retiré ses mains de son dos et entouré mon cou de ses bras, m'attirant à elle.

— C'était vraiment hyper sexy, ça, articula-t-elle d'une voix mal assurée. Je ne croyais pas ça possible.

Je l'embrassai à nouveau sans la laisser poursuivre et reculai avec elle dans la pièce, nos bras entremêlés à la lueur de la lune. Ses doigts vinrent s'accrocher à la ceinture de mon jean, ses pouces effleurant mes hanches, et m'attirèrent encore plus près.

— J'te jure, Grace, balbutiai-je, tu... surestimes grandement mon *self-control*.

— Ton *self-control*, je m'en passerais bien.

Mes mains étaient dans son chemisier, paumes pressées, doigts écartés, sur son dos. J'aurais été incapable de dire comment elles étaient venues là.

— Je... je ne veux pas faire quelque chose que tu puisses regretter.

Le dos de Grace fléchit sous mes doigts.

— Alors continue !

Je l'avais imaginée disant cela de mille façons différentes, mais aucune n'approchait l'incroyable réalité.

Nous reculâmes maladroitement jusqu'au lit. Une part de moi essayait de penser à ne pas faire de bruit, au cas où ses parents reviendraient. Mais elle m'aida à faire passer ma chemise au-dessus de ma tête et fit courir sa main sur mon torse. Je grognai, oubliant tout ce qui n'était pas le contact de ses doigts sur ma peau. Mon esprit cherchait à l'aveuglette les paroles d'une chanson, des mots à assembler pour décrire ce moment, mais rien ne me venait : ma tête était toute pleine de sa paume sur ma peau.

— Comme tu sens bon ! chuchota Grace. Chaque fois que je te touche, tu sens encore meilleur.

Ses narines se gonflèrent comme celles d'un loup, captant mon désir. Elle savait ce que j'étais, et pourtant elle me désirait, malgré tout.

Elle me laissa la repousser doucement dans les oreillers, et je la chevauchai, encadrant son visage mes bras tendus.

— Sûre et certaine ?

Ses yeux brillaient d'excitation. Elle hocha la tête.

Je glissai pour embrasser son ventre, et le geste me parut parfaitement juste et naturel, comme si je l'avais déjà accompli mille fois, et le ferais encore mille autres.

Je vis les vilaines cicatrices que la meute avait laissées sur son cou et ses clavicules et les embrassai, elles aussi.

Grace tira les couvertures sur nous, et nous ôtâmes nos vêtements. Lorsque nous pressâmes nos corps l'un contre l'autre, je me débarrassai d'une secousse de ma peau en grognant et m'abandonnai, ni loup, ni homme, juste Sam.

chapitre 45 • Grace
-1 °C

Ma première pensée a été que le téléphone sonnait. Ma deuxième, que le bras nu de Sam reposait sur ma poitrine. Ma troisième, que j'avais froid au visage, là où celui-ci dépassait des couvertures. J'ai cligné des yeux, essayant de me réveiller, étrangement désorientée dans ma propre chambre. Il m'a fallu un moment pour remarquer que le cadran d'ordinaire illuminé de mon réveil était sombre, et que les seules lumières dans la pièce provenaient de la lueur de la lune derrière la fenêtre et de l'écran du portable, dont la sonnerie retentissait.

Avec précaution, pour ne pas déplacer le bras de Sam, j'ai hasardé une main dans le froid, mais l'appareil s'était déjà tu quand je l'ai saisi. Mazette, on gelait, ici ! Les tempêtes de neige annoncées par la météo avaient sans doute entraîné des coupures de courant, et je me suis demandé combien de temps durerait la panne et si Sam risquait d'en souffrir. J'ai soulevé tout doucement les couvertures. Son corps était lové contre le mien, sa tête enfouie dans mon flanc. Seule la courbe pâle et nue de ses épaules émergeait de la pénombre.

Je m'attendais d'un instant à l'autre à ce que la situation me paraisse étrange et son corps pressé contre le mien déplacé, mais non. Je me sentais si vivante que mon cœur martelait mes côtes d'excitation. Sam et moi, c'était ça ma véritable existence. Celle dans laquelle j'allais en cours, j'attendais le retour de mes parents et j'écoutais Rachel se plaindre de ses frères et sœurs – celle-là, en comparaison, me faisait l'effet d'un rêve insipide, de choses faites seulement dans l'attente de Sam. Au loin, des loups ont commencé à hurler lugubrement. Quelques secondes plus tard, la sonnerie du téléphone a retenti de nouveau, descendant la gamme tel un bizarre écho numérique de leur chant.

Je ne me suis rendu compte de mon erreur qu'en tenant l'appareil contre mon oreille.

— Sam, a dit une voix inconnue.

Étais-je bête ! J'avais pris le portable de Sam sur la table de nuit, et non le mien. J'ai hésité, ne sachant trop quoi répondre, et j'ai envisagé de couper la communication, mais je n'ai pu m'y résoudre.

— Non, ai-je dit enfin. Ce n'est pas Sam.

La voix était sympathique, mais je la sentais tendue.

— Désolé. J'ai dû me tromper de numéro.

— Non, ai-je répété avant que mon correspondant ne puisse raccrocher. C'est bien le portable de Sam.

Il y a eu un long silence lourd.

— Oh. (Une autre pause.) Vous devez être la jeune fille, n'est-ce pas ? Celle qui est venue chez moi.

J'ai cherché en vain une bonne raison pour le nier.

— Oui.

— Vous avez un nom ?

— Et vous ?

Mon interlocuteur est parti d'un petit rire sans humour, mais sans rien de désagréable non plus.

— Je crois que vous me plaisez. Je suis Beck.

— Ça me paraît cohérent. (J'ai tourné le dos à Sam, mais il respirait toujours profondément, et ses bras sur sa tête étouffaient sans doute le son ma voix.) Qu'est-ce que vous avez fait pour que Sam vous en veuille tant ?

À nouveau le rire bref.

— Il est toujours fâché contre moi ?

Je me suis demandé comment répondre.

— Pas à l'instant même. Il dort. Je peux lui transmettre un message ?

J'ai regardé le numéro de Beck affiché sur l'écran en m'efforçant de le mémoriser.

Un autre long silence a suivi, si long que j'ai cru que Beck avait raccroché, puis il a annoncé :

— Un de ses... amis est blessé. Vous pourriez le réveiller ?

Un des autres loups. Il ne pouvait s'agir que d'eux. J'ai replongé sous les couvertures.

— Oh... Oui, bien sûr. Tout de suite.

J'ai posé l'appareil et j'ai déplacé délicatement le bras de Sam pour découvrir une oreille et le côté de son visage.

— Réveille-toi, Sam. Téléphone ! C'est important.

Il a tourné la tête pour me montrer son œil jaune déjà ouvert.

— Mets le haut-parleur.

J'ai obtempéré et j'ai posé l'appareil sur mon ventre de façon à ce que l'écran projette un petit cercle bleu sur mon débardeur.

— Que se passe-t-il ? a demandé Sam en s'appuyant sur un coude.

Il a grimacé en sentant le froid et il a tiré d'une

secousse les couvertures sur nous, formant une tente autour du téléphone.

— On s'en est pris à Paul. Il est salement amoché, déchiré de partout.

La bouche de Sam s'est arrondie en forme de petit *o*. Je ne crois pas qu'il se souciait de son apparence – ses yeux étaient très loin, avec sa meute.

— As-tu pu... est-ce que... il saigne encore ? Il était humain ?

— Oui, humain. J'ai essayé de lui demander qui l'avait attaqué – je voulais les tuer. J'ai cru..., Sam, j'ai vraiment cru que j'allais devoir t'appeler pour t'annoncer sa mort. On en était là. Mais il me semble que ses plaies commencent à se refermer. Ce qu'il y a, c'est que toutes ces petites morsures partout, sur son cou, sur ses poignets, sur son ventre, c'est comme si...

— ... comme si quelqu'un savait comment le tuer, a complété Sam.

— Le coupable est un loup, a déclaré Beck. On a quand même réussi à lui faire cracher ça.

— Un de tes nouveaux ? a rétorqué Sam avec une agressivité surprenante.

— Sam !

— C'est possible ?

— Non, Sam. Non, ils sont dans la maison.

Le corps de Sam contre le mien restait tendu, et j'ai médité les différents sens à donner aux mots *un de tes nouveaux*. Jack n'était-il pas le seul ?

— Tu vas venir ? a demandé Beck. Tu peux sortir, il ne fait pas trop froid ?

— Je ne sais pas, a-t-il répondu, et j'ai compris à sa grimace qu'il ne répondait qu'à la première des deux questions. Quelle que puisse être la chose qui l'avait éloigné de Beck, elle n'avait rien d'insignifiant.

La voix de Beck a changé, elle est devenue plus douce, plus tendre et plus jeune.

— Ne reste pas fâché contre moi, Sam, je t'en prie ! Je ne peux pas le supporter.

Sam a détourné son visage de l'appareil.

— Sam, a dit Beck doucement.

J'ai senti mon ami frémir à côté de moi. Il a fermé les yeux.

— Tu es toujours là ?

Je l'ai regardé, mais il a persisté dans son mutisme. Je n'y pouvais rien – Beck me faisait pitié.

— Moi, je le suis, ai-je déclaré.

Un long silence, sans le moindre grésillement ou craquement. Je croyais que Beck avait raccroché, quand il m'a demandé avec circonspection :

— Que savez-vous de Sam, jeune-fille-dépourvue-de-nom ?

— Tout.

Une pause. Puis :

— J'aimerais vous rencontrer.

Sam a tendu le bras et il a refermé le portable avec un claquement sec. La lueur de l'écran a disparu, nous laissant dans le noir, sous nos couvertures.

chapitre 46 ✦ Grace
7 °C

Et mes parents qui n'étaient même pas au courant !
Le matin après que Sam et moi eûmes... passé la nuit
ensemble, ce qui prédominait dans mon esprit, c'était
que mes parents n'en savaient rien. C'était sans doute
normal, comme de se sentir un peu coupable et en proie
à un léger vertige. J'avais l'impression d'avoir toujours
cru être complète, mais que Sam m'avait révélé que
j'étais en fait un puzzle, dont il avait séparé les morceaux avant de les assembler à nouveau. Je ressentais
avec une acuité nouvelle chacune de mes émotions,
qui toutes s'emboîtaient étroitement les unes dans les
autres.

Il restait silencieux, lui aussi. Il serrait ma main droite
entre les siennes, me laissant conduire de la gauche, et
j'aurais donné très cher pour savoir ce qu'il pensait.

— Que veux-tu faire cet après-midi ? lui ai-je enfin
demandé.

Il a regardé par la fenêtre. Ses doigts caressaient le dos

de ma main. Dehors, le monde semblait sec et comme parcheminé dans l'attente de la neige.

— N'importe quoi, mais avec toi.

— N'importe quoi ?

Il m'a lancé un coup d'œil et un drôle de sourire tordu, et je me suis dit qu'il avait peut-être autant le vertige que moi.

— Oui, n'importe quoi, du moment que tu es là.

— Je veux rencontrer Beck.

Voilà. Je l'avais dit. C'était là l'une des pièces du puzzle coincées dans ma tête depuis que j'avais répondu au téléphone.

Sam est resté silencieux, les yeux fixés sur le lycée, et j'ai cru qu'il essayait de gagner du temps, afin de me déposer sur le trottoir devant l'établissement en évitant toute discussion. Mais il a poussé un soupir, comme s'il était très fatigué.

— Grands dieux, Grace. Mais pourquoi donc ?

— C'est quasiment ton père, Sam, et je veux tout savoir de toi. Ce n'est pourtant pas difficile à comprendre.

Sam suivait du regard les petits groupes d'élèves qui traversaient lentement le parking.

— Tu veux simplement que chaque chose soit bien en ordre, m'a-t-il déclaré. (Je faisais exprès de ne pas trouver de place pour me garer.) Juste arranger les choses entre lui et moi, d'un coup de baguette magique, pour te persuader que tout va bien à nouveau.

— Si tu essaies de me taper sur le système en disant ça, c'est raté. Je sais déjà que c'est vrai.

J'ai refait le tour du parking. Sam se taisait.

— J'ai horreur de ça, Grace, a-t-il soupiré finalement. J'ai horreur des confrontations.

— Il n'y en aura pas, mais il veut te voir.

— Tu n'es pas au courant de tout, et il se passe des choses *abominables*. Une confrontation est inévitable, s'il me reste encore un peu de sens moral. Ce qui me paraît difficile à imaginer, après la nuit dernière.

Je me suis dépêchée de trouver une place tout au bout du parking, là où je pouvais le regarder bien en face sans craindre que des curieux ne nous observent en descendant le trottoir.

— Tu te sens coupable ?

— Non. Ou plutôt oui, peut-être un peu. Je me sens... mal à l'aise.

— Nous avons pris nos précautions, nous étions protégés, lui ai-je rappelé.

Il ne m'a pas regardée.

— Je ne te parle pas de ça. Je... c'est juste que... j'espère seulement que c'était le bon moment.

— C'était le bon moment.

Il a détourné la tête.

— Ce qu'il y a, c'est que je me demande si... si tu n'as pas c... fait l'amour avec moi pour te venger de tes parents.

Je l'ai dévisagé, interloquée. J'ai empoigné mon sac à dos sur la banquette arrière. Je me sentais soudain furieuse. Mes oreilles et mes joues me brûlaient, sans que je sache pourquoi, et quand je lui ai répondu, je n'ai pas reconnu le son de ma voix.

— Ça, c'est vraiment un truc sympa à dire.

Sam gardait la tête tournée, comme si cette aile du lycée avait pour lui quelque chose de fascinant. Si fascinant, même, qu'il ne pouvait se résoudre à me faire face en m'accusant de l'avoir utilisé. Une nouvelle vague de colère m'a envahie.

— Tu as si mauvaise opinion de toi que tu me crois incapable de te désirer pour ce que tu es, tout simplement ? (J'ai ouvert la portière et je suis sortie ; Sam a tiqué sous la morsure du froid, mais la température ne pouvait être assez basse pour lui faire du mal.) Tu as vraiment tout gâché. Bravo !

J'allais claquer la portière quand il a étendu le bras pour la retenir et l'empêcher de se refermer complètement.

— Attends, Grace, attends !

— *Quoi ?*

— Je ne veux pas que tu disparaisses comme ça.

Ses yeux m'imploraient, infiniment tristes. J'ai contemplé la chair de poule qui se levait sur ses bras et ses épaules frissonnantes dans le courant d'air froid. J'étais coincée. Quelque fâchée que je puisse être, nous savions tous deux ce qui le menaçait pendant que j'étais en cours. J'avais horreur de ça. De cette peur. Je la haïssais.

— Pardonne-moi de t'avoir dit ça, a lâché Sam précipitamment avant que je ne parte. Tu as raison, mais je n'arrivais pas à croire qu'une chose aussi splendide puisse m'arriver – que je puisse rencontrer quelqu'un d'aussi génial. Ne prends pas la mouche, Grace. Je t'en prie, ne sois pas fâchée.

J'ai fermé les yeux. Un instant, j'ai regretté qu'il ne soit pas un garçon ordinaire, ce qui m'aurait permis d'effectuer une sortie fracassante, drapée dans ma fierté et mon indignation. Mais ce n'était pas le cas. Sam avait la fragilité d'un papillon d'automne que les premiers froids anéantiraient. J'ai donc ravalé amèrement ma colère et j'ai ouvert un peu plus la portière.

— Ne t'avise plus jamais de penser une telle chose, Sam Roth !

Il a fermé les yeux une fraction de seconde lorsque j'ai prononcé son nom, ses cils dissimulant ses prunelles jaunes, puis il a étendu la main et l'a posée doucement sur ma joue.

— Je suis désolé.

J'ai saisi sa main, j'ai entrelacé ses doigts dans les miens et je l'ai fixé du regard.

— Comment crois-tu que Beck se sentirait, si tu le quittais furieux ?

Sam a ri d'un rire sans humour, comme pour se moquer de lui-même, qui m'a rappelé celui de Beck au téléphone la nuit précédente, puis il a baissé les yeux. Il savait que j'avais le numéro. Il a retiré sa main.

— On ira. Très bien, on ira.

J'allais partir, mais je me suis arrêtée.

— Pourquoi es-tu fâché contre Beck, Sam ? Pourquoi lui en veux-tu autant, alors que je ne t'ai jamais vu en colère contre tes véritables parents ?

J'ai lu sur son visage qu'il ne s'était jamais encore posé cette question, et la réponse a pris longtemps à venir.

— Parce que Beck, lui... rien ne l'obligeait à faire ce qu'il a fait. Contrairement à mes parents, qui eux me croyaient un monstre. Ils avaient peur, ils n'agissaient pas par calcul.

Son expression était pleine de douleur et d'incertitude. Je suis entrée dans la voiture et je l'ai embrassé doucement. Puis, ne sachant quoi lui dire, je l'ai embrassé de nouveau, j'ai saisi mon sac et je suis partie dans la lumière grise de la journée.

Lorsque j'ai tourné la tête pour le regarder, il était toujours là, à me suivre de son muet regard lupin, et la dernière chose que j'ai vue a été ses yeux à demi fermés contre le froid et ses cheveux noirs ébouriffés, qui, je ne sais pourquoi, m'ont rappelé notre toute première rencontre.

Un coup de vent froid, incisif, a soulevé les mèches de mon cou.

L'hiver m'a paru soudain effroyablement proche. Je me suis arrêtée sur le trottoir et j'ai fermé les yeux, luttant contre un violent désir d'aller retrouver Sam. Mais le sens du devoir l'a finalement emporté, et je suis entrée dans le lycée. Non sans avoir l'impression de commettre une erreur.

chapitre 47 • Sam
6 °C

Quand Grace eut quitté la voiture, je me sentis mal. Mal de m'être querellé avec elle, mal de tant de doutes, et aussi de cette température tout juste suffisante à me garder humain. Plus que mal, même – nerveux et instable. Trop de choses restaient sans solution : Jack, Isabel, Olivia, Shelby, Beck.

Il m'était difficile d'imaginer que j'allais emmener Grace voir Beck. Je montai le chauffage de la Bronco à fond et restai la tête appuyée sur le volant jusqu'à ce que les reliefs du vinyle qui le recouvrait commencent à s'encastrer douloureusement dans mon front. L'air dans l'habitacle devint très vite étouffant, mais c'était une bonne chose : cela m'éloignait d'autant de toute possibilité de changement, comme si je n'en étais que plus fermement ancré dans ma propre peau.

Je pensai tout d'abord à rester ainsi toute la journée, à chantonner à mi-voix – *Proche du soleil est plus proche de moi / Je sens ma peau m'agripper si fort* – et à attendre

Grace, mais au bout d'une demi-heure seulement, je décidai que j'avais besoin de bouger et, surtout, de me racheter, après ce que je venais de dire à Grace. Je résolus donc de retourner à la maison de Jack. Il n'avait toujours pas réapparu, ni sous forme de cadavre ni dans un article dans le journal, et c'était là le seul endroit où je pouvais envisager de recommencer à le chercher. Grace serait heureuse de constater que j'essayais d'arranger les choses.

J'abandonnai la voiture sur un chemin forestier isolé non loin de chez les Culpeper et coupai à travers bois. Les pins semblaient décolorés à l'approche de la neige, et un vent froid, imperceptible au niveau du sol, à l'abri des branches, balançait légèrement leurs cimes. Les poils sur ma nuque me picotaient désagréablement. La pinède désolée empestait le loup, à croire que le gosse avait uriné contre chaque arbre. Sale petit insolent !

J'avais les nerfs à vif. Un mouvement sur ma droite me fit sursauter. Je me baissai promptement et retins mon souffle.

Ce n'était qu'une biche. J'eus une brève vision de grands yeux, de longues pattes et d'une queue blanche, puis l'animal étonnamment peu gracieux s'éclipsa dans le sous-bois. Je trouvai néanmoins sa présence réconfortante dans la mesure où elle impliquait l'absence de Jack. Je ne disposais d'aucune autre arme que mes deux mains, et elles ne me serviraient pas à grand-chose contre un nouveau loup instable, que l'adrénaline rendait plus dangereux encore.

En arrivant près de la maison, je me figeai sur place, à l'orée du bois, tendant l'oreille aux voix qui me parvenaient de derrière les arbres. Près de la porte de derrière, une fille et un garçon parlaient fort, avec colère. Je me coulai dans l'ombre de la maison et tournai le coin, silencieux comme un loup. Je ne reconnaissais pas la voix masculine, basse et brutale, mais mon instinct me soufflait qu'il s'agissait de Jack. L'autre était celle d'Isabel. Je songeai à me montrer, hésitai, et décidai en fin de compte d'attendre de savoir pourquoi ils se disputaient.

— Je ne comprends pas, disait Isabel d'une voix aiguë. Qu'est-ce que tu regrettes ? D'avoir disparu ? D'avoir été mordu ? Ou bien...

— Pour Chloé, répondit le garçon.

Il y eut un silence.

— Qu'est-ce que tu veux dire, « pour Chloé » ? Quel rapport entre tout ça et ma chienne ? Tu sais où elle se trouve ?

— Bon sang, Isabel, t'as pas écouté ? T'es qu'une idiote finie, parfois. Je t'ai pourtant expliqué que je ne sais plus ce que je fais, quand j'ai changé.

Je me couvris la bouche de la main pour étouffer un rire. Il avait dévoré la chienne de sa sœur.

— Es-tu en train de me raconter qu'elle... que tu l'as... Juste ciel ! Quel salaud tu fais, vraiment !

— J'ai pas pu m'en empêcher. Je t'ai expliqué ce que j'étais devenu. C'est toi qui n'aurais pas dû la laisser sortir.

— Tu as une idée de combien ça coûte, un chien comme ça ?

— Snif, snif !

— Et qu'est-ce que je suis censée raconter aux parents ? M'man, P'pa, Jack a été changé en loup-garou, et puis, vous savez, Chloé qui a disparu, eh bien, il l'a mangée ?

— Tu ne leur dis rien du tout ! dit Jack précipitamment. D'autant que je crois que tout ça sera bientôt du passé : je pense avoir trouvé un remède.

Je fronçai les sourcils.

— Un remède, répéta Isabel d'une voix monocorde. Et on en « guérit » comment, d'être un loup-garou ?

— Ne tourmente pas ta petite caboche avec ça. Je vais... laisse-moi juste encore quelques jours, que je vérifie. Quand je serai sûr, je leur raconterai tout.

— Parfait, comme tu voudras. Bonté divine, je n'arrive pas à croire que tu aies dévoré Chloé !

— Tu ne pourrais pas arrêter d'en parler ? Ça commence à me taper sur le système.

— Si tu le dis. Et les autres, alors ? Tu ne dois pas être le seul, non ? Ils ne pourraient pas t'aider ?

— *Ta gueule*, Isabel ! Je t'ai dit que je pensais avoir trouvé la solution. Je n'ai pas *besoin* d'aide.

— Tu ne crois pas que...

Un bruit sec, incongru. Une branche qui craquait ? Une gifle ?

Isabel reprit la parole d'une voix changée. Moins forte.

— Je te demande seulement de ne pas les laisser te voir, d'accord ? M'man est en thérapie – à cause *de toi* – et P'pa n'est pas en ville. Je retourne en cours. Ça alors, rien que l'idée que tu m'as fait venir jusqu'ici pour m'annoncer que tu as boulotté mon chien !

— Je t'ai demandé de venir pour te dire que j'avais résolu le problème. Et ça a vraiment l'air de te faire plaisir, sans blague !

— Alors tout baigne. Génial. Ciao.

Un bref intervalle, puis j'entendis la Chevrolet d'Isabel descendre l'allée en trombe. J'hésitai à nouveau. Je n'avais pas particulièrement envie de révéler ma présence à un jeune nouveau loup irascible sans avoir exploré au préalable le terrain, mais il me fallait absolument ou retourner me réchauffer dans la voiture, ou entrer dans la maison, et cette dernière était la plus proche. Je contournai silencieusement le bâtiment, l'oreille aux aguets pour tâcher de localiser Jack, mais je n'entendis rien. Il était probablement à l'intérieur.

Je m'approchai de la porte que j'avais forcée quelques jours auparavant – la vitre avait déjà été remplacée – et essayai la poignée. Ce n'était pas fermé à clef. Quelle prévenance !

J'entrai et entendis aussitôt Jack fureter bruyamment. Les sons se répercutaient dans la maison vide. Je traversai furtivement l'entrée plongée dans la pénombre jusqu'à une longue cuisine au plafond haut, carrelée de blanc et noir et pleine à perte de vue de plans de travail noirs. Une lumière crue entrait à flots par les deux fenêtres sur le mur de droite, se reflétait sur le blanc des murs, se fondait dans le métal sombre des poêles accrochées au plafond. Toute la pièce semblait noire et blanche.

Je préférais de beaucoup la cuisine de Grace – chaude, encombrée, pleine d'odeurs de cannelle, d'ail et de pain – à cette salle stérile et froide comme une caverne.

Jack, accroupi, me tournait le dos et fouillait dans les tiroirs du réfrigérateur en inox. Je me figeai sur place en le voyant, mais le bruit qu'il faisait avait couvert mon approche. Aucune brise ne soufflait pour lui apporter mon odeur, et je pus donc rester debout là une longue minute, à réfléchir aux possibilités s'offrant à moi et à l'observer. Le garçon était grand, il avait les épaules larges et des cheveux noirs bouclés, comme une statue grecque. Quelque chose dans son attitude suggérait qu'il était trop sûr de lui, ce qui m'irrita. Ravalant un grognement, je me glissai dans la pièce et grimpai comme un chat sur le plan de travail d'en face. La hauteur me donnerait un léger avantage, si Jack devenait agressif.

Il s'écarta du réfrigérateur et déposa une brassée de victuailles sur l'îlot de cuisine couvert d'un revêtement luisant. Je le regardai de longues minutes se confectionner un sandwich. Il superposa soigneusement des couches de viande et de fromage, étala de la mayonnaise sur le pain et releva la tête.

— Nom de Dieu ! éructa-t-il.

— Salut, dis-je.

— Qu'est-ce que tu veux ?

Il ne semblait pas me craindre. Je n'étais pas assez grand pour que ma seule apparence physique l'impressionne.

Je ne savais comment lui répondre. D'avoir surpris son échange avec Isabel avait changé pour moi la donne.

— Alors, qu'est-ce qui va te guérir, à ton avis ?

Maintenant, il eut l'air d'avoir peur, juste une seconde, mais l'expression disparut aussitôt dans la ligne pleine d'aplomb de son menton.

— De quoi tu parles ?

— Tu penses avoir trouvé un remède. Qu'est-ce qui te fait croire ça ?

— Bon, d'accord, mec. Qui es-tu ?

Je le trouvais vraiment déplaisant. Je n'aurais su dire pourquoi exactement, mais je sentais dans mes tripes que je ne l'aimais pas du tout. Si je ne l'avais pas jugé dangereux pour Grace, Olivia et Isabel, je l'aurais planté là et envoyé au diable. Mon aversion s'avérait pourtant un atout dans cette confrontation, dans la mesure où elle m'aidait à jouer le rôle de celui qui a toutes les réponses.

— Je suis quelqu'un comme toi. Quelqu'un qui a été mordu.

Il parut sur le point de protester. Je levai la main pour l'arrêter.

— Si tu t'apprêtes à me répondre une chose comme « tu te trompes de mec », ne te fatigue pas. Je t'ai vu en loup. Alors dis-moi simplement ce qui te fait croire que tu as découvert un remède.

— Pourquoi je te ferais confiance ?

— Parce que, contrairement à ton père, je n'empaille pas les animaux pour en orner mon vestibule. Et je n'ai pas très envie que tu mettes la meute en danger en te pointant au lycée ou chez des gens. Nous essayons juste de survivre à notre sort pourri. Nous n'avons pas besoin qu'un sale gosse de riches comme toi révèle notre présence au reste du monde et qu'on vienne nous chasser à grands coups de fourche.

Jack émit un grognement un peu trop bestial à mon goût. Je le vis trembler légèrement, ce qui confirma mes craintes : il était encore si instable qu'il risquait de se transformer à tout moment.

— C'est plus mon problème. Moi je vais guérir, alors tu peux déguerpir et me foutre la paix.

Il s'écarta de l'îlot, se rapprochant du plan de travail derrière lui.

Je sautai au sol.

— Il n'y a pas de remède, Jack.

— Tu te trompes, dit-il avec hargne. Un loup a déjà guéri.

Il progressait vers le bloc porte-couteaux. J'aurais dû me précipiter vers la porte, mais ses paroles me figèrent sur place.

— Quoi ?

— Ouais, ça m'a pris tout ce temps-là, mais j'ai fini par comprendre. Il y a une fille au lycée qui a été mordue et qui en a réchappé. Grace. Je sais qu'elle connaît le remède. Et elle va me le dire *fissa*.

— Ne t'avise pas de l'approcher, lançai-je aussitôt.

Jack m'adressa un sourire, ou peut-être une grimace. Sa main rampait vers les lames sur le plan de travail derrière lui, et ses narines palpitaient en détectant le faible effluve de loup que le froid m'avait fait monter à la peau.

— Et pourquoi pas ? Tu ne veux pas le connaître, toi ? Ou est-ce qu'elle t'a déjà guéri ?

— Il n'y a PAS de remède. Elle ne sait rien.

Je haïssais ma voix de me trahir autant : mes sentiments pour Grace semblaient dangereusement transparents.

— T'en es pas sûr, mec, dit Jack. (Il tendit le bras vers un couteau, mais sa main tremblait trop pour attraper le manche du premier coup.) Maintenant fiche-moi le camp !

Je ne bougeai pas. Je ne pouvais envisager pire éventualité que celle de Jack interrogeant Grace. Lui, instable, violent, les muscles frémissants, et elle, incapable de lui fournir les réponses qu'il exigeait.

Jack s'empara d'un couteau et le brandit. L'impressionnante lame crantée refléta les noirs et blancs de la cuisine dans une douzaine de directions différentes. Le garçon tremblait si violemment qu'il avait du mal à garder l'arme pointée vers moi.

— Je t'ai dit de débarrasser le plancher !

Mon instinct me poussait à me jeter sur lui comme je l'aurais fait avec un autre loup, à gronder, menaçant sa gorge, et à le contraindre ainsi à la soumission. À lui faire jurer qu'il ne s'approcherait pas d'elle. Mais ce n'était pas ainsi que les choses fonctionnaient chez les humains, pas lorsque l'adversaire s'avérait beaucoup plus fort physiquement. J'avançai, les yeux dans les siens, ignorant le couteau, et optai pour une autre stratégie.

— Écoute-moi, Jack. Elle n'a pas la solution, mais je peux, moi, te faciliter les choses.

— Dégage !

Il fit un pas dans ma direction, puis il recula, trébucha et s'écroula sur un genou. Le couteau lui échappa des mains et tomba sur le carrelage. Je tressaillis, mais l'objet atterrit avec un bruit sourd. Jack le rejoignit presque silencieusement. Ses doigts se crispaient et se décrispaient comme des griffes sur les dalles noires et blanches. Il bredouillait quelque chose d'incompréhensible. Dans ma tête prenaient forme les paroles d'une chanson, une chanson qui lui était destinée, mais qui en réalité parlait de moi : *Monde de mots qui échappe aux vivants / Je prends ma place parmi les morts en marche / Privé de ma voix toujours je donne / Des mots par milliers à cet effroi sans nom.*

Je m'accroupis près de lui et écartai le couteau pour éviter qu'il ne se blesse. L'interroger n'avait maintenant plus aucun sens, et je soupirai en l'écoutant geindre, pleurer, hurler. Lui et moi étions égaux à présent. Malgré tous ses avantages sociaux, sa chevelure soignée et l'assurance que trahissaient ses épaules, il n'était pas mieux loti que moi.

Jack gémit.

— Tu devrais te réjouir, déclarai-je au loup pantelant. Tu n'as pas vomi, cette fois-ci.

Ses yeux noisette me dévisagèrent un long moment, sans ciller, puis il sauta sur ses pattes et se rua vers la porte.

J'aurais voulu partir, tout simplement, mais je n'avais plus le choix. Toute possibilité de le quitter avait disparu dès qu'il avait prononcé le nom de Grace.

Je lui emboîtai donc le pas, et nous traversâmes la maison de conserve. Ses griffes dérapaient sur le bois

des parquets, mes chaussures couinaient. Je m'engouf-
frai derrière lui dans le vestibule plein d'animaux grimaçants, et la puanteur des peaux mortes envahit mes
narines. Jack avait sur moi deux avantages : il connaissait la disposition des lieux, et il était loup. Je misais
sur le fait qu'il allait choisir de se dissimuler, plutôt que
de s'en remettre à sa nouvelle force animale, qui lui était
peu familière.

Je me trompais.

chapitre 48 ♦ Grace
9 °C

Jamais encore Sam n'avait été en retard. Quand je sortais de cours, je le trouvais toujours là, à m'attendre dans la Bronco, de sorte que jamais je n'avais eu à me demander où il pouvait être, ni que faire dans l'intervalle.

Mais aujourd'hui, c'était moi qui l'attendais.

Je l'attendais. Les élèves sont montés dans les cars de ramassage, puis les derniers se sont dirigés vers leur voiture et ont disparu, seuls ou par petits groupes, et les professeurs ont quitté eux aussi le bâtiment pour rejoindre leur véhicule. J'ai envisagé de sortir mes devoirs de mon sac. J'ai songé au soleil qui descendait progressivement vers la ligne d'arbres, et je me suis demandé s'il faisait très froid, à l'ombre.

— Ton chauffeur se fait désirer, Grace ? m'a gentiment demandé M. Rink, qui avait changé de chemise depuis son cours et sentait vaguement l'eau de Cologne.

Je devais avoir l'air perdu, assise sur le rebord de

brique qui bordait la petite plate-bande recouverte de paillis devant le bâtiment, serrant mon sac à dos sur mes genoux.

— Oui, un peu.

— Veux-tu que j'appelle quelqu'un pour toi ?

J'ai vu du coin de l'œil la Bronco entrer sur le parking et je me suis autorisée un soupir de soulagement.

— Inutile, merci. Voilà ma voiture.

— À la bonne heure ! Il va faire très froid ce soir, à ce qu'il paraît. La météo annonce de la neige.

— Alléluia, ai-je répliqué amèrement, ce qui l'a fait rire, et il s'est éloigné avec un signe de main.

Hissant mon sac sur mon épaule, je me suis précipitée vers la Bronco. J'ai ouvert la portière côté passager et je me suis engouffrée à l'intérieur.

Je venais à peine de refermer la portière quand je me suis rendu compte que l'odeur clochait. J'ai levé les yeux vers le conducteur et j'ai croisé en tremblant les bras sur ma poitrine.

— Où est Sam ?

— Tu parles du type qui devrait être assis ici ? m'a demandé Jack.

Même après avoir découvert ses yeux sur une tête de loup, même après avoir entendu Isabel me raconter qu'elle l'avait vu, même sachant que tout ce temps, il n'était pas mort, je n'étais pas préparée à le rencontrer en personne. Lui, avec ses cheveux noirs bouclés, plus longs que la dernière fois que je l'avais croisé dans le hall du lycée, ses yeux noisette qui sautaient sans cesse d'un objet à l'autre et ses mains serrées sur le volant. Jack en chair et en os. Vivant. Mon cœur a eu un brusque sursaut.

Il a démarré et il est sorti en trombe du parking, les yeux fixés sur la route. Il se disait sans doute que je n'essaierais pas de m'enfuir d'une voiture en marche, mais il n'avait pas de souci à se faire sur ce point. Où était Sam ? La question me clouait sur place.

— Oui, le type qui devrait être assis ici, ai-je répondu d'une voix pleine de hargne. Où est-il ?

Jack m'a jeté un coup d'œil. Il frémissait de nervosité. Quel était donc ce mot, que Sam avait utilisé pour décrire les nouveaux loups ? Instable ?

— Je n'essaie pas de jouer au méchant, Grace, mais j'ai besoin de réponses, et vite, ou je risque de le devenir rapidement.

— Tu conduis comme un idiot. Tu ferais mieux de ralentir, si tu ne veux pas te faire arrêter par les flics. Où est-ce qu'on va ?

— Ch'sais pas. Dis-le-moi, toi. Je veux savoir comment mettre fin à tout ça, et je veux le savoir *immédiatement*, parce que ça empire.

Je ne savais pas s'il entendait par là que cela devenait pire parce qu'il faisait de plus en plus froid, ou si son état était en train de s'aggraver à cet instant précis.

— Je ne te dirai rien avant que tu ne m'aies emmenée là où se trouve Sam, où que ce soit.

Jack n'a pas répondu, et j'ai repris :

— Je ne plaisante pas. Où est-il ?

Il a secoué brusquement la tête.

— Je crois que t'as pas bien compris. C'est moi qui conduis, c'est moi qui sais où il est, et c'est aussi moi qui peux *t'arracher la tête* si je me transforme, alors il me semble que toi, tu devrais commencer à baliser sérieux et à me dire ce que je veux savoir.

Ses mains agrippaient le volant contre lequel ses bras s'arc-boutaient en tremblant. Juste ciel, il allait se métamorphoser d'un instant à l'autre ! Il fallait que j'invente quelque chose pour lui faire quitter la route.

— Qu'est-ce que tu veux savoir ?

— Comment faire cesser tout ça. Je sais que tu connais le remède. Tu as été mordue.

— Je ne sais pas comment arrêter ça. Je ne peux pas te guérir.

— Ouais, c'est bien ce que je pensais que tu allais me répondre. C'est pour ça que j'ai mordu ton idiote d'amie. Parce que, même si tu refuses de faire tout ton possible pour m'aider à guérir, je sais que tu le feras pour elle. Fallait que je sois sûr qu'elle changerait.

J'en ai eu le souffle coupé. J'étais sidérée au point d'avoir du mal à parler.

— Tu as mordu Olivia ?

— T'es débile, ou quoi ? Je viens pourtant de te le dire. Alors il ne te reste plus qu'à parler, maintenant, parce que je vais *aaahhh*...

Son cou a tressailli et s'est tordu dans un violent sursaut. *Danger peur terreur colère* hurlaient tous mes instincts lupins devant les vagues d'émotions qui le secouaient.

J'ai étendu le bras et j'ai tourné le bouton du chauffage à fond. J'ignorais dans quelle mesure cela changerait quoi que ce soit, mais cela ne pouvait pas faire de mal.

— C'est le froid. Le froid change en loup, et la chaleur empêche de changer, ai-je débité en toute hâte, pour l'empêcher de placer un mot et de s'énerver encore plus. C'est pire juste après avoir été mordu, on passe sans cesse d'un état à un autre, mais avec le temps, on devient plus stable. On reste humain plus longtemps – tout l'été – et...

Une convulsion a secoué derechef les bras de Jack, et la voiture a fait une embardée sur le gravier du bas-côté avant de regagner la chaussée.

— Tu n'es pas en état de conduire ! Je t'en prie, je ne vais pas me sauver ni quoi que ce soit – je veux t'aider, je te le promets, mais il faut que tu m'emmènes retrouver Sam.

— Ta gueule, a dit Jack dans un demi-grognement. Cette salope aussi disait qu'elle voulait m'aider. J'en ai ma claque de tout ça. Elle m'a appris qu'on t'avait mordue et que tu ne t'étais pas transformée. Je t'ai suivie. Il faisait froid, et pourtant tu n'as pas changé. Alors, c'est quoi, qui te permet de rester la même ? Olivia soutient qu'elle ne le sait pas.

Ma peau brûlait sous l'effet conjugué du chauffage réglé à fond et de la force de son émotion. Chaque fois qu'il disait *Olivia*, c'était comme s'il m'envoyait un coup de poing dans le ventre.

— C'est *vrai*, ce qu'elle dit. Oui, j'ai été mordue. Mais je ne me suis jamais transformée, pas même une seule fois. J'ignore pourquoi, personne ne le sait. Est-ce que...

— *Arrête de mentir.* (Il devenait difficile à comprendre.) Je veux la vérité, maintenant, sinon tu vas en baver.

J'ai fermé les yeux. J'avais l'impression d'avoir perdu pied, et le monde entier me semblait tournoyer en spirales excentriques. Il y avait forcément quelque chose à lui dire pour améliorer la situation. J'ai rouvert les yeux.

— Bon, d'accord. Il y a un remède. Mais il n'y en a pas assez pour tout le monde, et c'est pour ça que personne ne voulait t'en parler.

J'ai sursauté lorsqu'il a fait claquer ses doigts aux ongles douteux contre le volant. J'ai revu en pensée l'infirmière glissant la pointe de l'aiguille de la seringue de sérum antirabique sous la peau de Sam.

— C'est comme un vaccin, on l'injecte directement dans une veine. Mais ça fait mal. Très mal. Tu es sûr de le vouloir ?

— *Ça aussi*, ça fait mal, a grondé Jack.

— Parfait. Si je te conduis au vaccin, tu me diras où est Sam ?

— Ouais ! Dis-moi d'abord où aller. Et j'te jure sur la tête de ma mère que si tu me mens, je t'étripe !

Je lui ai indiqué le chemin jusqu'à la maison de Beck et j'ai croisé les doigts pour qu'il arrive jusque-là. J'ai sorti mon portable de mon sac.

La Bronco s'est brusquement déportée sur le côté quand Jack a remarqué mon geste.

— Qu'est-ce que tu fais ?

— J'appelle Beck. C'est lui qui a le remède. Il faut que je le prévienne de ne pas distribuer tout ce qu'il reste avant qu'on soit là. D'accord ?

— T'as vraiment pas intérêt à me raconter des bobards...

— Regarde. C'est ça, le numéro que j'appelle, pas celui de la police.

Le numéro de Beck me revenait en mémoire ; j'étais plus douée avec les chiffres qu'avec les mots. La sonnerie s'est déclenchée. *Décroche, Beck, décroche. Pourvu que je fasse le bon choix !*

— Allô ?

Je reconnaissais sa voix.

— Bonjour, Beck, c'est Grace.

— Grace ? Excusez-moi, votre voix me dit quelque chose, mais je...

Je lui coupai la parole brutalement.

— Avez-vous encore du produit ? Le remède ? Dites, j'espère que vous n'avez pas tout utilisé !

Beck se taisait. J'ai fait semblant d'écouter sa réponse.

— Ouf ! Écoutez, Jack Culpeper conduit la voiture dans laquelle je suis. Il retient Sam quelque part, et il refuse de me dire où, sauf en échange d'une dose de remède. Nous sommes à environ dix minutes de chez vous.

— Saloperie de sort, s'est exclamé Beck tout doucement.

Un brusque sursaut m'a secoué la poitrine en l'entendant, et il m'a fallu un moment pour me rendre compte que j'étouffais un sanglot.

— Comme vous dites ! Vous serez chez vous ?

— Oui, bien sûr ! Grace... vous êtes toujours là ? Est-ce qu'il entend ce que je dis ?

— Non.

— Montrez de l'assurance, Grace, d'accord ? Du cran, essayez de ne pas avoir peur. Ne le regardez pas droit dans les yeux, mais tâchez de vous imposer. On sera à la maison, on vous attendra là. Faites-le entrer. Je ne peux pas sortir sans me transformer, et ça ferait tout foirer.

— Qu'est-ce qu'il raconte ? a interrogé Jack.

— Il m'explique par quelle porte entrer dans la maison pour que tu sois à l'intérieur le plus vite possible et que tu ne te transformes pas. Le vaccin ne peut pas être utilisé sur un loup.

— Bravo, a murmuré Beck.

Pour une raison ou une autre, je trouvais sa gentillesse inattendue difficile à supporter – elle faisait monter au coin de mes yeux les larmes que les menaces de Jack n'avait pas déclenchées.

— Nous serons là dans quelques minutes, ai-je dit.

J'ai refermé le téléphone et j'ai regardé Jack. Pas directement dans les yeux, mais son profil.

— Prends tout droit dans l'allée. Ils vont ouvrir la porte de devant.

— Pourquoi je te ferais confiance ?

J'ai haussé les épaules.

— Tu l'as dit toi-même. Tu sais où est Sam. Rien ne va t'arriver, parce que nous devons le retrouver.

chapitre 49 • Sam
4 °C

Le froid m'agrippait la peau. Une obscurité caverneuse pressait contre mes paupières, si lourde que je dus cligner des yeux pour m'éclaircir les prunelles. Puis je vis devant moi l'esquisse d'un rectangle blanc – le chambranle d'une porte. Sans aucun point de comparaison, impossible de déterminer si celle-ci était toute proche ou horriblement lointaine. Des odeurs affluaient autour de moi, poussiéreuses, organiques, chimiques. Je m'entendais respirer bruyamment, ce qui signifiait que l'endroit où je me trouvais devait être de dimensions réduites. Une cabane à outils ? Un vide sanitaire ?

Maudit soit ce *froid* ! S'il n'était pas assez mordant pour me transformer, du moins pas encore, cela ne tarderait pas. J'étais allongé – pourquoi allongé ? Je me remis maladroitement sur pied et dus me mordre très fort la lèvre pour étouffer un gémissement. Quelque chose n'allait pas avec ma cheville. Je tentai à nouveau, avec précaution, de m'appuyer dessus et me redressai, tel un faon mal assuré sur ses nouvelles pattes. L'articulation céda, et je m'écroulai sur le côté, les bras battant l'air à la recherche d'un point d'appui. Je sentis mes mains racler et s'érafler contre toutes sortes d'instruments de torture pointus accrochés aux parois. Je n'avais aucune idée de ce dont il s'agissait – des objets froids, sales, métalliques.

Je restai un moment à quatre pattes à écouter ma propre respiration, le sang perlant sur mes paumes, et pensai à abandonner. J'étais si las de lutter. Épuisé, comme si je m'étais battu des semaines durant.

Finalement, je me relevai tant bien que mal et boitillai jusqu'à la porte, les bras tendus en avant pour épargner à ma fragile carcasse d'autres mauvaises surprises. Un air glacial soufflait des fentes de l'huisserie, pénétrait goutte à goutte mon corps, l'imbibait comme de l'eau. Je tâtonnai là où aurait dû se trouver la poignée, mais ma main ne rencontra qu'une surface de bois rugueux. Une écharde s'enfonça dans mon doigt et je jurai tout bas. J'appuyai alors l'épaule contre le battant et le poussai, pensant : *Ouvre-toi, ouvre-toi je t'en prie, s'il y a une justice en ce monde, ouvre-toi !*

Rien.

chapitre 50 ✦ Grace
3 °C

— Nous y sommes, ai-je annoncé en ramassant mon sac à dos.

Il me semblait absurde que la maison de Beck puisse présenter exactement le même aspect que lorsque Sam m'y avait amenée pour me montrer la forêt d'or, étant donné les circonstances, mais c'était pourtant le cas. L'imposante silhouette de la Chevrolet de Beck garée dans l'allée représentait la seule différence.

Jack immobilisait déjà la voiture sur le bas-côté. Il a retiré les clefs du contact et m'a regardée avec méfiance.

— Tu sors après moi, a-t-il ordonné.

J'ai obéi, attendant qu'il contourne la voiture pour m'ouvrir la portière, et, lorsque je me suis laissée glisser du siège, il m'a saisi fermement par le bras. Ses épaules étaient affreusement contractées et sa bouche béait à demi, mais il ne semblait même pas s'en rendre compte. J'aurais sans doute dû craindre qu'il ne m'attaque, mais ma seule pensée était : *il va changer et nous ne saurons pas où est Sam avant qu'il ne soit trop tard.*

J'espérais de toutes mes forces que Sam se trouvait dans un endroit chaud, à l'abri du froid.

— Dépêche-toi ! (Je remorquais Jack, toujours accroché à mon bras, et je me dirigeais à toute allure, presque en courant, vers la porte d'entrée.) Il n'y a pas de temps à perdre.

Jack a essayé la poignée de la porte d'entrée, et elle s'est ouverte comme prévu. Il m'a poussée devant lui à l'intérieur, puis il a refermé à toute volée derrière nous. Mon nez a capté un soupçon de romarin dans l'air – quelqu'un avait fait la cuisine, et, pour une raison ou une autre, l'anecdote que Sam m'avait racontée sur Beck et la cuisson des steaks m'est revenue en mémoire – puis j'ai entendu un cri et un grondement dans mon dos.

Tous deux provenaient de Jack. Cela n'avait rien à voir avec la lutte silencieuse de Sam pour rester humain, dont j'avais été témoin. Ce qui se passait maintenant était bruyant, violent, déchaîné. Les lèvres de Jack se sont retroussées, babines froncées, puis son visage a crevé en un mufle, et sa couleur a changé d'un coup. Il a tendu le bras vers moi comme pour me frapper, mais ses mains se sont recourbées, se sont muées en pattes aux dures griffes sombres. Sa peau se boursouflait et vibrait pendant un moment avant chaque transformation radicale, tel le placenta autour d'un nouveau-né sauvage et terrifiant.

Je ne pouvais détacher les yeux de la chemise accrochée à la taille du loup. C'était là l'unique chose qui pouvait encore me persuader que cet animal, quelques instants auparavant, était encore Jack.

Ce Jack-ci n'était pas moins furieux que celui qui avait conduit la voiture, mais à présent sa colère l'aveuglait et ne connaissait plus aucune borne. Il a plissé le museau, retroussant ses babines et dévoilant ses crocs, mais sans produire aucun son.

— Reculez !

Un homme de haute taille s'est précipité dans le vestibule avec une agilité surprenante et s'est rué sur lui. Pris au dépourvu, Jack s'est baissé et s'est tapi au sol en position de défense. L'homme s'est laissé tomber sur le loup de tout le poids de sa grande carcasse.

— À terre ! a-t-il grogné, et je me suis crispée avant de comprendre qu'il ne s'adressait pas à moi. Reste là ! Ici, c'est *ma* maison et tu n'es *rien* !

Il gardait une main serrée autour du museau de Jack et lui hurlait dans les oreilles. Jack a sifflé à travers ses mâchoires serrées. Beck lui a plaqué la tête contre le plancher, puis il a levé les yeux et, malgré l'énorme animal qu'il maîtrisait d'une seule main, il a poursuivi d'une voix parfaitement égale.

— Grace ? Pouvez-vous m'aider ?

J'avais suivi la scène comme paralysée.

— Oui.

— Attrapez le bord du tapis. Nous allons le tirer dans la salle de bains. C'est par...

— Je sais.

— Parfait. Allons-y. Je tâcherai de vous seconder, mais il faut que je continue à l'immobiliser sous mon poids.

À nous deux, nous avons donc traîné Jack à travers l'entrée jusqu'à la salle de bains où j'avais poussé Sam dans la baignoire. Beck, à moitié sur le tapis, à moitié à côté, s'est glissé derrière Jack pour le propulser dans la pièce, et j'ai repoussé du pied ce qui dépassait à l'intérieur de la pièce. Beck a fait un bond en arrière, a claqué la porte et l'a verrouillée. La serrure avait été inversée pour fermer de l'extérieur, ce qui m'a fait me demander combien de fois ce genre de chose s'était déjà produit.

Beck a exhalé un profond soupir, qui n'avait rien d'exagéré, et il s'est tourné vers moi.

— Est-ce que ça va ? Il vous a mordue ?

J'ai secoué la tête avec accablement.

— Non, mais ce n'est pas ce qui compte. Comment on va faire pour retrouver Sam, maintenant ?

De la tête, Beck m'a fait signe de le suivre dans la cuisine qui sentait le romarin. Je lui ai emboîté le pas et j'ai découvert avec méfiance un homme assis sur le plan de travail. Si quelqu'un par la suite m'avait demandé de le décrire, je n'aurais rien su répondre d'autre que *sombre*. Sombre, immobile, silencieux, il sentait le loup, et ses mains étaient couvertes de cicatrices encore fraîches. Ce ne pouvait être que Paul. Il n'a pas dit un mot, et Beck ne lui a pas non plus adressé la parole en se penchant sur le plan de travail pour attraper un téléphone.

Beck a composé un numéro et a mis le haut-parleur en marche. Il m'a regardée.

— Il est vraiment furieux contre moi ? Il n'a pas jeté son portable ?

— Je ne le crois pas. Je n'avais pas le numéro.

Beck gardait les yeux rivés sur l'appareil. Nous écoutions la sonnerie retentir au loin. *Réponds, je t'en supplie*. Je sentais mon cœur trépider. Je me suis appuyée contre l'îlot de cuisine et j'ai regardé Beck, ses épaules et ses mâchoires carrées, la ligne volontaire de ses sourcils. Tout en lui paraissait sûr, honnête, rassurant. Je voulais lui faire confiance. Je voulais croire que rien de mauvais ne pouvait arriver, puisque lui ne cédait pas à la panique.

Un craquement s'est élevé à l'autre bout du fil.

— Sam ?

Beck s'est penché tout près de l'appareil.

La voix qui en est sortie était complètement brisée.

— Gr... t ?... toi ?

— C'est Beck. Où es-tu ?

— ...ack. Grace... Jack a... co.

La seule chose intelligible était sa détresse. Je voulais être à ses côtés, où que ce soit.

— Grace est ici, a dit Beck. Tout va bien. Où es-tu ? Comment vas-tu ?

— Froid.

Ce mot isolé nous est parvenu avec une terrible clarté. Je me suis redressée. Il me semblait inconcevable de rester sans rien faire.

— Tu ne te fais pas très bien comprendre, a poursuivi Beck posément. Réessaie. Dis-moi où tu es. Aussi clairement que possible.

— Dis à Grace... appeler I... bel... dans... bane... que part. J'ai... temps.

Je suis revenue au plan de travail et je me suis penchée.

— Tu veux que j'appelle Isabel ? Tu es chez eux, dans une cabane ? Elle est là ?

— ...i, a dit Sam d'un ton catégorique. Grace ?

— Quoi ?

— ... 'aime.

— Ne t'en fais pas, ai-je protesté, on vient te chercher.

— Dépêch...

Il a raccroché.

Beck m'a effleurée d'un regard rapide, dans lequel j'ai lu toute l'inquiétude que sa voix se refusait à trahir.

— Qui est cette Isabel ?

— La sœur de Jack, ai-je répondu en dégageant avec ce qui me semblait une lenteur infinie mon sac de mes épaules et en sortant mon portable de la poche latérale. Sam est sans doute enfermé quelque part dans leur propriété. Dans une cabane à outils ou quelque chose comme ça. Si j'arrive à joindre Isabel, elle pourra peut-être le trouver. Sinon, j'y vais immédiatement.

Paul a regardé par la fenêtre le soleil déclinant, et j'ai compris qu'il se disait que je n'avais pas le temps d'arriver chez les Culpeper avant que la température ne chute. Inutile d'y penser, cela n'aidait pas. J'ai retrouvé le numéro d'Isabel dans la mémoire du portable grâce à son précédent appel et je l'ai activé.

La sonnerie a retenti deux fois.

— Ouaip.

— Isabel, c'est Grace.

— Je ne suis pas idiote, j'ai vu ton numéro.

J'ai été saisie d'une brusque envie d'étirer le bras dans le téléphone et d'attraper Isabel par le cou pour l'étrangler.

— Écoute-moi, Isabel. Jack a enfermé Sam quelque part près de chez vous, ai-je dit et j'ai poursuivi, interrompant la question qu'elle me posait. Non, je ne sais pas pourquoi. Mais Sam va se transformer si la température baisse encore, et, où qu'il soit, il est prisonnier. S'il te plaît, dis-moi que tu es bien chez toi !

— Ouaip. Je viens de rentrer. Je suis dans la maison, et je n'ai pas entendu de vacarme, ni quoi que ce soit du genre.

— Vous avez une cabane à outils ou quelque chose comme ça ?

Isabel a émis un bruit irrité.

— La maison a six dépendances.

— Il est forcément dans l'une d'elles. Il a appelé d'une cabane. Si le soleil descend derrière les arbres, il fera froid en moins de deux, là-dedans.

— OK, je comprends ! a aboyé Isabel. (J'ai entendu un froissement.) Je mets mon manteau, a-t-elle repris. Je sors. Je me gèle les fesses pour vous. Je traverse la cour, et le bout de gazon sur lequel mon chien venait pisser avant que mon satané frère ne le *boulotte*.

Paul a eu une ombre de sourire.

— Tu peux essayer de faire vite ?

— Petit trot jusqu'à la première remise. Je l'appelle. Sam ! Sam ! Es-tu là ? Je n'entends rien. S'il s'est transformé en loup dans l'une des remises et que je le laisse sortir et qu'il m'arrache le visage, ma famille vous attaquera en justice.

J'ai perçu un craquement étouffé.

— Zut ! La porte est coincée.

Un autre craquement.

— Sam ? Hé, garçon-garou ? Tu es là ? Rien dans la remise de la tondeuse. Et, au fait, où est Jack, puisque c'est lui qui a fait ça ?

— Ici. Il va bien pour le moment. Tu entends quelque chose ?

— Qu'il aille bien, ça m'étonnerait. Il est sérieusement tordu, tu sais, Grace. Dans sa tête, je veux dire. Et non, je te le dirais, si c'était le cas. Je passe à la prochaine.

Paul a posé le dos de sa main contre le verre de la fenêtre au-dessus de l'évier et il a fait une grimace. Oui, il avait raison, il commençait à faire très froid.

— Rappelez Sam, ai-je dit à Beck d'un ton suppliant. Demandez-lui de crier, pour qu'elle l'entende.

Beck a saisi son téléphone, il a appuyé sur une touche et il a porté l'appareil à son oreille.

Isabel semblait légèrement essoufflée.

— Je suis à la remise suivante. Sam ! Eh, mec, est-ce que t'es là ?

La porte s'est ouverte avec un tout petit couinement. Une pause.

— Il n'est pas ici non plus, sauf s'il s'est métamorphosé en bicyclette.

— Il en reste combien ?

J'aurais voulu être là-bas, chez les Culpeper, à la place d'Isabel. J'aurais fait plus vite qu'elle. Je me serais arraché les poumons pour le localiser.

— Je te l'ai déjà dit. Encore quatre, dont deux seulement près d'ici. Les autres sont loin dans le champ derrière la maison. Des granges.

— Il est sans doute dans l'une des deux les plus proches. Il a parlé d'une cabane.

J'ai regardé Beck, l'oreille toujours collée à son portable, et il a secoué la tête à mon intention. Pas de réponse. *Sam, pourquoi ne décroches-tu pas ?*

— Je suis à la cabane à outils. Sam ! Sam, c'est Isabel, si tu es là-dedans et que tu es un loup, ne m'arrache pas le visage ! (J'entendais sa respiration dans le téléphone.) La porte est encore bloquée, comme tout à l'heure. Je lui donne des grands coups de pied avec mes chaussures qui coûtent une fortune, ce qui me tape aussi sur le système.

Beck a posé avec un claquement sec son portable sur la table, il a détourné le visage et il a croisé les bras derrière la tête, d'un geste qui me rappelait tellement *Sam* que cela m'a transpercé le cœur.

— J'ai réussi à ouvrir la porte. Ça pue et c'est plein de saloperies, mais il n'y a rien... Oh ! (Elle s'est tue, et le téléphone n'a plus apporté que le bruit de son souffle, plus sonore qu'auparavant.)

— Quoi ? Qu'est-ce qu'il y a ?

— Attends, tais-toi une minute. J'enlève mon manteau. Il est là, OK ? Sam. Sam, regarde-moi ! Sam, je te dis de me regarder ! Espèce de salaud, tu ne vas pas te changer en loup maintenant, t'as pas intérêt à faire ça à Grace !

Je me suis laissée glisser lentement jusqu'au sol près du plan de travail, le téléphone collé à l'oreille. L'expression de Paul n'avait pas varié : il me scrutait, immobile, silencieux, sombre et lupin.

J'ai entendu un choc, un juron étouffé, puis le vent souffler en rafales.

— Je le ramène à la maison. Heureusement que les parents sont sortis, ce soir. J'ai besoin de mes deux mains. Je te rappelle dans quelques minutes.

Dans ma paume, le téléphone est devenu muet. J'ai levé la tête et j'ai regardé Paul, qui m'observait toujours, en me demandant ce que devais lui dire. Mais j'avais l'impression qu'il le savait déjà.

chapitre 51 • Grace
3 °C

Des flocons à demi fondus tournoyaient devant le pare-brise lorsque j'ai pris le tournant de l'allée des Culpeper. Les pins de chaque côté semblaient avaler tout cru la lumière des phares, et, sans les quelques fenêtres éclairées du rez-de-chaussée, l'imposante demeure aurait été presque invisible dans l'obscurité. J'ai dirigé la Bronco droit sur les lumières comme si je pilotais un bateau vers le port et je l'ai garée à côté de la Chevrolet blanche d'Isabel. Il n'y avait aucune autre voiture.

J'ai attrapé le second manteau de Sam et je suis sortie d'un bond. Isabel, qui m'attendait à la porte de derrière, m'a fait traverser un cellier plein de bottes, de laisses pour chiens et de ramures de cerf. L'endroit sentait la fumée, et l'odeur s'est accentuée lorsque nous l'avons quitté pour une très belle cuisine, vaste et dépouillée. Un sandwich intact trônait, abandonné sur le plan de travail.

— Il est dans le salon, près du feu, m'a dit Isabel. Il

a cessé de vomir juste avant que tu n'arrives. Il a gerbé partout sur le tapis. Mais c'est pas grave, parce que *j'adooore* quand les parents sont en rogne contre moi, et que c'est quand même mieux de continuer sur la même lancée.

— Merci, me suis-je contentée de répondre avec bien plus de gratitude que le mot n'exprimait, et, remontant vers la source de la fumée, je suis entrée dans le salon.

Isabel était d'une nullité flagrante en matière d'allumage de feu, mais par bonheur la pièce était très haute, et la majeure partie de la fumée s'était accumulée près du plafond. Sam, une couverture en laine polaire autour des épaules, se tenait roulé en boule comme un paquet près de la cheminée. Un mug de liquide brûlant fumait, intact, près de lui.

J'ai couru jusqu'à lui, et la chaleur du feu m'a arraché une grimace, mais je me suis arrêtée tout net quand j'ai senti son odeur : son parfum âcre, sauvage, fleurant bon la terre, douloureusement familier, que j'aimais tant – mais que je craignais à cet instant précis. Le visage qu'il a tourné vers moi était pourtant humain. Je me suis accroupie près de lui et je l'ai embrassé. Il m'a entourée de ses bras avec des précautions infinies, comme si l'un de nous risquait de se briser, il les a refermés sur moi et il a posé sa tête sur mon épaule. Des tremblements le parcouraient par intermittence, malgré le petit feu de bois qui fumait et me brûlait l'épaule.

Je voulais l'entendre dire quelque chose. Ce silence affreux me faisait peur. Je me suis écartée et j'ai passé les mains dans ses cheveux pendant une longue minute, avant de me résoudre à dire ce qui devait être dit.

— Ça va mal, je me trompe ?

— C'est comme les montagnes russes, a-t-il expliqué doucement. Je monte, je monte et je monte vers l'hiver, et, tant que je n'ai pas atteint le sommet, je peux toujours glisser et redescendre.

Me détournant vers le feu, j'ai fixé les yeux sur le centre incandescent des braises jusqu'à ce que je ne voie plus que des lueurs blanches dansantes et que les couleurs et les lumières perdent leur sens.

— Et maintenant, tu es tout en haut.

— Je crois. J'espère bien que non. Mais c'est affreux, je me sens horriblement mal.

Il m'a pris la main dans ses doigts glacés.

Je ne supportais pas le silence.

— Beck voulait venir, mais il ne pouvait pas quitter la maison.

J'ai entendu Sam déglutir et je me suis demandé s'il avait encore la nausée.

— Je ne le reverrai pas. Cette année est la dernière pour lui. Je croyais avoir de bonnes raisons de lui en vouloir, mais ça me paraît idiot maintenant. Je n'arrive pas... je n'arrive pas à trouver le calme, dans ma tête.

Je ne savais pas s'il voulait parler de sa colère envers Beck ou des montagnes russes. Je continuais à regarder fixement le feu. Si chaud. Un tout petit été, contenu et déchaîné. Si seulement je pouvais le prendre, l'insérer au cœur de Sam et garder celui-ci éternellement au chaud. J'étais consciente de la présence d'Isabel, debout dans l'encadrement de la porte, mais elle me semblait très loin.

— Je ne cesse de me demander pourquoi moi, je n'ai pas changé, ai-je dit lentement. Je suis peut-être immunisée de naissance, ou quelque chose comme ça. Sauf que ce n'est pas possible, tu sais, puisque j'ai attrapé cette grippe. Et il y a aussi le fait que je ne suis pas vraiment... normale. Mon odorat et mon ouïe sont plus développés que ceux des autres. (Je me suis tue un instant, rassemblant mes pensées, avant de poursuivre.) Je crois que c'est à cause de mon père, quand il m'a oubliée dans la voiture. Tu te souviens que je t'ai raconté que j'ai eu tellement chaud que les docteurs disaient que j'aurais dû mourir ? Et pourtant, je ne suis pas morte, j'ai survécu, mais sans me transformer en loup.

Sam m'a regardée de ses yeux tristes.

— C'est vrai.

— Alors ça pourrait être un remède, n'est-ce pas ? D'avoir très chaud ?

Sam a secoué la tête. Il était très pâle.

— Je ne crois pas, ma chérie. À quelle température était l'eau de ce bain que tu m'as fait prendre ? Et Ulrik est allé au Texas l'année dernière ; il fait dans les quarante degrés, là-bas, mais il est quand même resté loup. Si c'est bien ça qui t'a guérie, c'est parce que tu étais très jeune et que tu as eu une fièvre d'enfer, qui t'a consumée entièrement de l'intérieur.

— Une fièvre, ça se déclenche, ai-je soudain dit, avant de secouer aussitôt la tête. Mais je ne crois pas qu'il existe de médicament pour faire *monter* la température.

— C'est envisageable, a déclaré Isabel de la porte. (Je l'ai regardée. Elle s'appuyait contre le chambranle, les bras croisés sur la poitrine, les manches de son sweat pleines de saletés récoltées en faisant ce qu'elle avait fait pour extraire Sam de la cabane à outils.) Ma mère travaille deux jours par semaine dans une clinique des services sociaux, et je l'ai entendue parler d'un type qui avait quarante et un de fièvre. Il souffrait de méningite.

— Et qu'est-ce qu'il lui est arrivé ?

Sam a lâché ma main et il a détourné le visage.

— Il est mort, m'a répondu Isabel en haussant les

épaules, mais un garou, lui, aurait peut-être survécu. Possible que ce soit pour ça que tu t'en es tirée, quand tu étais gamine, parce que tu avais été mordue juste avant que ton crétin de père ne te laisse frire dans la voiture.

À côté de moi, Sam s'est remis précipitamment sur pied et il a été secoué d'une quinte de toux.

— Pas sur le fichu tapis ! s'est exclamé Isabel.

Je me suis levée d'un bond. Sam, les mains appuyées sur les genoux, était soulevé par des vagues de nausée, mais il ne vomissait rien. Il s'est tourné vers moi, chancelant sur ses jambes, et ce que j'ai vu dans ses yeux a fait plonger mon estomac en chute libre.

La pièce empestait le loup. Pendant un moment étourdissant, je nous ai crus seuls, Sam et moi, mon visage enfoui dans son collier, à des milliers de kilomètres de là.

Sam a fermé fort les yeux une seconde, puis il les a rouverts.

— Excuse-moi, Grace, m'a-t-il dit, je sais que c'est affreux de te demander ça, mais est-ce qu'on pourrait aller voir Beck ? Il faut que je le revoie, si c'est...

Il s'est interrompu.

Mais je savais ce qu'il allait dire. La fin.

chapitre 52 ◆ Grace
1 °C

J'ai toujours trouvé déstabilisant de conduire par une nuit nuageuse, comme si les nuages bas ne se contentaient pas de couvrir la lumière de la lune, mais dérobaient aussi celle des phares et, à peine émise, l'absorbaient entièrement. Ce soir-là, avec Sam, j'avais l'impression de foncer dans un tunnel noir qui allait en se rétrécissant. La neige fondue tambourinait contre le pare-brise, les pneus dérapaient sur la chaussée glissante, et j'agrippais le volant des deux mains.

Le chauffage était poussé à fond, et j'essayais de me persuader que Sam avait l'air un peu mieux. Isabel avait versé son café dans un mug de voyage, et j'avais forcé mon ami à en boire un peu, malgré ses nausées. Cela semblait l'aider, du moins plus que les sources de chaleur externes, ce que j'ai interprété comme un élément à l'appui de notre nouvelle théorie de la température interne.

— Je repense à ta théorie, m'a dit alors Sam comme

s'il lisait dans mon esprit. Elle paraît sensée, mais il faudrait se procurer quelque chose pour déclencher la fièvre – peut-être une méningite, comme celle dont parlait Isabel – et je me dis que ça risque d'être horrible.

— Tu veux dire, le reste, et pas seulement la fièvre ?

— Oui, pas seulement la fièvre. Horrible, comme dans horriblement dangereux. Surtout compte tenu du fait qu'on ne peut pas vraiment expérimenter d'abord le produit en laboratoire sur des animaux, pour tester son efficacité.

Sam m'a lancé un regard en coin pour voir si je comprenais la plaisanterie.

— Très drôle.

— Mieux que rien.

— Je te l'accorde.

Il a tendu le bras et m'a touché la joue.

— Mais je veux bien essayer. Pour toi. Pour rester avec toi.

Il a prononcé ces mots si simplement et avec tant de naturel qu'il m'a fallu un moment pour en mesurer toute la portée. Je voulais lui répondre, mais j'avais le souffle coupé.

— Je ne veux pas recommencer, Grace. Ça ne me suffit plus de t'observer de loin, des bois, pas maintenant que je vis avec toi – pour de bon. Je peux plus me contenter de te regarder. Je préfère courir le risque, quel qu'il soit, même celui de...

— Mourir.

— Oui, même *mourir* – plutôt que voir de loin tout ça disparaître. Je ne peux pas m'y résoudre, Grace. Je veux tenter le coup. Seulement... je crois qu'il faut que je sois humain pour que cela ait une chance de réussir. Il me paraît impossible d'éliminer le lupin chez une personne pendant qu'elle *est* loup.

Je tremblais. Pas de froid, mais parce que cela semblait possible. Horrible, mortellement dangereux, affreux – mais possible. Et je le voulais. Je voulais ne jamais avoir à renoncer au contact de ses doigts sur ma joue, au timbre mélancolique de sa voix. J'aurais dû lui dire : *Non, le jeu n'en vaut pas la chandelle*, mais ç'aurait été un mensonge si démesuré que je ne pouvais le proférer.

— Si du moins, tu veux de moi, Grace, a ajouté Sam à brûle-pourpoint.

— Quoi ?

J'ai soudain réalisé ce qu'il venait de dire, mais cela me paraissait inconcevable. Sam ne pouvait pas ne pas lire sur mon visage ce que je ressentais. Puis j'ai compris – si tard, étais-je bête ! – qu'il souhaitait me l'entendre dire. Il n'avait cessé de manifester ce qu'il ressentait, et moi je... restais sur la réserve. Je crois que je n'avais jamais exprimé ce que je ressentais de vive voix.

— Bien sûr que je veux de toi ! Je t'aime, Sam, tu sais que je t'aime. Depuis des années. Tu le *sais*.

Il a entouré son torse de ses bras.

— Oui, mais je voulais l'entendre de ta bouche.

Il a tendu une main pour prendre la mienne, avant de se rendre compte que je ne pouvais pas lâcher le volant. Enroulant alors une mèche de mes cheveux sur ses doigts, il les a posés contre mon cou. J'ai imaginé sentir son pouls et le mien se synchroniser à l'emplacement de ce minuscule point de contact. *Ceci pourrait être à moi pour toujours.*

Il s'est renfoncé dans son siège d'un air las et il a posé sa tête sur son épaule pour me regarder pendant qu'il jouait avec mes cheveux. Il s'est mis à fredonner, puis, après quelques mesures, à chanter. Tout doucement, comme mi-récitant, avec une immense tendresse. Je ne saisissais pas toutes les paroles, mais il s'agissait de sa fille d'été. De moi. Son amie de toujours, peut-être. Il chantait, ses paupières dissimulant à moitié ses prunelles jaunes, et pendant ces minutes dorées, suspendues au beau milieu de ce paysage couvert de glace comme une bulle de nectar ensoleillé, j'ai vu comment la vie pourrait s'ouvrir devant moi.

La Bronco a fait une brusque embardée. Une seconde après, un cerf roulait sur le capot. Une fêlure a traversé en un éclair le pare-brise qui a explosé aussitôt en un millier de petites fractures en toile d'araignée. J'ai freiné frénétiquement, en vain : rien, pas même un embryon de réaction.

— *Tourne*, m'a dit Sam, ou peut-être l'ai-je imaginé. J'ai fait pivoter le volant, mais la Bronco a continué à glisser, glisser, glisser tout droit. Du fond de mon esprit s'est élevée la voix de mon père qui disait : *Accompagne le mouvement*. J'ai suivi son conseil, mais il était déjà trop tard.

J'ai entendu un bruit d'os brisés, le cerf mort était entré dans l'habitacle, il y avait des éclats de verre partout. Juste ciel, un arbre perçait le toit ! Mes mains étaient couvertes de sang, je tremblais, Sam me regardait avec sur son visage une expression comme pour dire *oh, non !* et je me suis rendu compte que la voiture était arrêtée et qu'un air polaire envahissait l'espace par le trou en étoile du pare-brise.

J'ai perdu quelques minutes à le regarder, puis j'ai tourné la clef dans le contact, mais le moteur n'a pas répondu.

— On appelle les services d'urgence, ai-je proposé. Ils viendront nous chercher.

La bouche de Sam dessinait une petite ligne triste, et il a hoché la tête, comme s'il croyait vraiment que cela pourrait tout arranger. J'ai composé le numéro, j'ai raconté en toute hâte l'accident et j'ai essayé d'expliquer où nous nous trouvions. Puis j'ai enlevé mon manteau en prenant garde de ne pas en frotter les manches contre mes articulations ensanglantées et j'en ai recouvert Sam. Il est resté assis sans un geste pendant que j'attrapais une couverture de la banquette arrière pour la mettre sur le manteau. Je me suis ensuite rapprochée sur la banquette et je me suis serrée tout contre lui, dans l'espoir de lui transmettre la chaleur de mon corps.

— Appelle Beck, s'il te plaît, m'a demandé Sam.

Je l'ai fait, j'ai mis le haut-parleur et j'ai déposé l'appareil sur le tableau de bord.

— Grace ? a dit la voix de Beck.

— Beck, a répondu Sam, c'est moi.

Il y a eu une pause, puis :

— Sam. Je...

— On n'a pas le temps pour ça, a déclaré Sam. Nous avons eu un accident, nous sommes rentrés dans un cerf.

— Bigre ! Où êtes-vous ? Est-ce que la voiture fonctionne toujours ?

— Encore trop loin de chez toi. Nous avons appelé les secours. Le moteur est mort. (Sam s'est tu un instant pour laisser Beck mesurer toute l'ampleur de ce que cela impliquait, avant de poursuivre.) Beck, je regrette de ne pas être passé te voir. Il y des choses qu'il faut que je te dise...

— Non, écoute-moi d'abord, Sam ! Ces gosses, tu dois savoir que je les ai recrutés. Ils étaient au courant, dès le départ. Je n'ai pas agi contre leur volonté. Pas comme pour toi. Je suis tellement désolé, Sam. Je n'ai jamais cessé de l'être.

Si les mots n'avaient pour moi aucun sens, ce n'était

visiblement pas le cas de Sam. Ses yeux brillaient d'un éclat inaccoutumé. Il a cillé.

— Je ne le regrette pas. Je t'aime, Beck.

— Moi aussi, je t'aime, Sam. Tu es le meilleur d'entre nous, et ça, rien ne peut le changer.

Sam a frémi, et j'ai vu qu'il commençait à réagir au froid.

— Il faut que je parte, a-t-il dit. Je n'ai plus le temps.

— Adieu, Sam.

— Adieu, Beck.

Sam m'a fait un signe de tête, et j'ai appuyé sur le bouton pour couper la communication.

Il est resté assis immobile une seconde, les yeux papillotants. Puis, libérant ses bras, il s'est débarrassé de la couverture et du manteau et il les a enroulés aussi étroitement que possible autour de moi. Je l'ai senti trembler, vibrer tout contre moi lorsqu'il a enfoui son visage dans mes cheveux.

— Ne t'en va pas, Sam, l'ai-je imploré inutilement.

Il a pris mon visage entre ses mains et il m'a scrutée au fond des yeux. Les siens étaient jaunes, tristes, lupins, miens.

— Les yeux ne changent pas. Souviens-toi de cela quand tu me regarderas. Souviens-toi que c'est moi. Je t'en prie.

Ne t'en va pas, s'il te plaît.

Sam m'a relâchée, il a étendu les bras de chaque côté de son corps et il a agrippé d'une main le tableau de bord et de l'autre le dossier de la banquette. Il a courbé la tête, et j'ai suivi des yeux les convulsions qui secouaient ses épaules, toutes les affres atroces de sa métamorphose, jusqu'au dernier petit cri étouffé, effroyable, à la seconde exacte où il s'est perdu.

chapitre 53 • Sam
1 °C

me fracassant dans le néant tremblant
je te tends la main
perdu dans de stériles regrets
cet amour fragile serait-il
une façon
de dire
adieu

chapitre 54 • Grace
0 °C

Quand les secours sont arrivés, j'étais roulée en boule dans une pile de manteaux sur le siège passager, les mains pressées contre le visage.

— Vous n'avez rien, mademoiselle ?

Je n'ai pas répondu, j'ai seulement posé mes mains sur mes genoux et j'ai contemplé mes doigts maculés de larmes ensanglantées.

— Vous êtes seule ?

J'ai hoché la tête.

chapitre 55 ◆ Sam
0 °C

Je la regardais, comme je l'avais toujours fait.

Les pensées étaient choses glissantes et éphémères, faibles exhalaisons apportées par un vent glacial, trop lointaines pour être saisies.

Elle resta assise hors du bois, près de la balançoire, toute recroquevillée, et même lorsque le froid la fit trembler, elle ne bougea pas. Longtemps, je ne compris pas ce qu'elle faisait.

Je la regardais. Une partie de moi voulait la rejoindre, bien que mon instinct s'y opposât. Le désir éveilla une pensée, et la pensée fit naître le souvenir de la forêt d'or, de jours flottant, chutant autour de moi, de jours étendus, immobiles et froissés, sur le sol.

Puis je compris ce qu'elle faisait là, pliée en deux, frissonnante sous la morsure de la bise. Elle attendait, elle espérait que le froid la transforme. Oui, peut-être était-ce l'espoir, cet effluve inconnu que je percevais sur elle.

Elle attendait de changer, j'attendais de changer, et nous désirions tous deux ce que nous ne pouvions avoir.

Finalement, la nuit envahit le jardin à pas de loup, allongeant les ombres tirées du bois jusqu'à ce qu'elles recouvrent le monde tout entier.

Je la regardais.

La porte s'ouvrit. Je me renfonçai dans les ténèbres. Un homme sortit et fit lever la jeune fille. Les lumières provenant de la maison accrochèrent les traces gelées sur son visage.

Je la regardais. Des pensées, lointaines, fuyaient avec elle. Quand elle eut disparu dans la maison, seule demeura la nostalgie.

chapitre 56 ✦ Grace
1 °C

Leurs hurlements étaient la chose la plus difficile à supporter.

Les jours étaient affreux, mais les nuits pires encore. Les jours semblaient une suite de mornes préparatifs pour parvenir à survivre tant bien que mal à une nouvelle nuit peuplée de leurs voix. Je suis restée dans mon lit, étreignant l'oreiller, jusqu'à ce que son odeur ait complètement disparu. J'ai dormi dans son fauteuil dans le bureau de Papa jusqu'à ce que l'empreinte de mon corps ait effacé la sienne. J'ai déambulé pieds nus dans la maison, murée dans un chagrin que je ne pouvais partager avec personne.

Olivia, la seule à qui j'aurais pu me confier, restait impossible à joindre au téléphone, et ma voiture – à laquelle je ne supportais même pas de penser – inutilisable, hors d'usage.

J'étais donc seule à la maison, à contempler les longues heures qui s'étendaient devant moi et, par la fenêtre, les arbres dénudés, immuables, de Boundary Wood.

La nuit où je l'ai entendu hurler a été la plus atroce. Les autres ont entamé le chœur, comme ils l'avaient fait lors des trois nuits précédentes. Je me suis enfoncée dans le fauteuil de cuir du bureau de Papa, j'ai enfoui mon visage dans le dernier tee-shirt au parfum de Sam et j'ai tenté de me persuader qu'il s'agissait là d'un enregistrement, et non de vrais loups. Ni de vraies personnes. C'est alors que, pour la première fois depuis l'accident, j'ai entendu sa plainte se joindre à celles des autres.

Le son de sa voix m'a arraché le cœur. La meute chantait à l'arrière-plan, en une harmonie douce-amère, mais je ne percevais que Sam. Son cri s'élevait en tremblant pour retomber, plein d'angoisse.

J'ai longtemps écouté. J'ai prié pour qu'ils cessent, pour qu'ils me laissent en paix, tout en redoutant terriblement d'être exaucée. Longtemps après que les autres voix se furent estompées, Sam a continué à hurler très doucement, très lentement.

Et quand enfin il s'est tu, la nuit m'a paru morte.

Je ne tenais pas en place. Je me suis levée, j'ai arpenté la pièce, serrant et desserrant les poings. Puis j'ai saisi la guitare dont Sam avait joué et je l'ai fracassée en criant contre le bureau de Papa.

Quand celui-ci est descendu de sa chambre, il m'a trouvée assise au milieu d'un océan d'éclats de bois et de cordes cassées, comme un navire porteur de musique abîmé contre une côte rocheuse.

chapitre 57 ✦ Grace
2 °C

Il neigeait la première fois que j'ai répondu au télé-phone après l'accident. Des flocons légers, délicats, voltigeaient comme des pétales de fleurs dans le rectangle noir de ma fenêtre. Je n'aurais pas réagi, si celle qui m'appelait n'avait pas été la seule que j'avais essayé de contacter.

— Olivia ?

— G-gr-r-ace ?

Elle sanglotait, la voix presque méconnaissable.

— Olivia, shhh, calme-toi. Qu'est-ce qui ne va pas ?

La question était stupide. Je *savais* ce qui n'allait pas.

— Tu-t-te souviens que je t'ai dit que j'étais au courant, pour les loups ? m'a-t-elle demandé en avalant de grandes goulées d'air entre les mots. Mais je ne t'ai pas dit que Jack…

— Il t'a mordue.

— Oui, a gémi Olivia. Je ne me suis pas inquiétée,

parce que les jours passaient et que je me sentais comme d'habitude, mais...

Mes bras et mes jambes m'ont paru en coton.

— Tu t'es transformée ?

— Je... je ne peux pas te... je...

J'ai fermé les yeux, imaginant la scène. Seigneur !

— Où es-tu maintenant ?

— À l'a-l'arrêt de bus. (Elle a reniflé.) Il f-fait fr-froid.

— Oh, Olivia ! Olivia, viens me rejoindre ici. On va trouver une solution. Je viendrais bien te chercher, mais je n'ai pas encore de voiture.

Elle s'est remise à sangloter.

Je me suis levée pour aller fermer la porte de ma chambre. Maman ne risquait pourtant pas de m'entendre, d'autant qu'elle était à l'étage.

— Ça va, Olivia, je ne vais pas m'affoler. J'ai déjà vu Sam changer et je n'ai pas paniqué. Je sais à quoi ça ressemble. Calme-toi, je t'en prie. Je ne peux pas venir, je n'ai pas de moyen de transport. Il va falloir que tu conduises jusqu'ici.

Je l'ai réconfortée encore quelques minutes et je lui ai dit que je ferai en sorte que la porte d'entrée soit ouverte à son arrivée. Et, pour la première fois depuis l'accident, j'ai eu l'impression de me retrouver.

Lorsqu'elle est apparue, échevelée, les yeux rouges, je l'ai entraînée dans la salle de bains où je lui ai fait prendre une douche et je lui ai sorti des vêtements propres. Je me suis assise sur le couvercle des toilettes pendant qu'elle se tenait sous l'eau brûlante.

— Je te raconte mon histoire si toi, tu me racontes la tienne, lui ai-je proposé. Je veux savoir quand Jack t'a mordue.

— Je t'ai dit que je l'ai rencontré, quand je prenais des

photos des loups, et que je l'ai nourri. J'ai été stupide de ne pas t'en parler plus tôt. Au début, je me sentais tellement coupable de m'être disputée avec toi que ça m'empêchait de le faire, puis j'ai commencé à sécher les cours pour m'occuper de lui, et là j'ai eu l'impression que je ne pouvais pas tout t'avouer sans... je ne sais pas ce que j'ai pensé. Je regrette.

— C'est de l'histoire ancienne, à présent. Comment était Jack ? Il t'a forcée à l'aider ?

— Non. En fait, il était plutôt gentil, dans la mesure où les choses allaient bien pour lui. Il devenait furieux en se transformant, mais ça avait l'air de lui faire mal. Et il posait sans cesse des questions sur les loups, il voulait voir mes photos. On a discuté, et quand il a découvert que tu avais été mordue...

— Découvert, ai-je répété.

— Bon, d'accord. Je le lui ai dit. Je ne savais pas que ça allait le rendre fou ! Après, il n'a pas arrêté de parler d'un remède, il exigeait que je lui dise comment guérir. Et ensuite, il... euh... (Elle s'est essuyé les yeux.)... il m'a mordue.

— Minute ! Tu veux dire qu'il t'a mordue quand il était humain ?

— Oui.

— Quelle horreur ! me suis-je exclamée en frissonnant. Ce petit salaud est complètement tordu ! Et pendant tout ce temps, tu as dû te débrouiller seule ?

— À qui j'aurais pu en parler ? Je croyais que Sam était des leurs, à cause de ses yeux – je pensais les avoir déjà vus sur mes photos – mais il m'a affirmé qu'il portait des lentilles. Alors j'ai compris que, soit je me trompais, soit il ne serait en tout cas pas disposé à m'aider.

— Tu aurais dû me le dire. D'autant plus que je t'avais déjà parlé de l'existence des garous.

— Je sais. Je me sentais… coupable. J'étais juste… (Elle a fermé le robinet.)… stupide. Je ne sais pas. Qu'est-ce que je peux faire, en fin de compte ? Et comment se fait-il que Sam soit si humain ? Je l'ai vu. Il restait à t'attendre des heures dans la Bronco et il ne se transformait pas.

Je lui ai passé une serviette par-dessus le rideau de douche.

— Viens dans ma chambre, on en discutera.

Olivia a passé la nuit à la maison, mais elle remuait tellement et elle donnait tant de coups de pied qu'elle a fini par se fabriquer un nid avec des couvertures et mon sac de couchage près du lit, pour que nous puissions dormir toutes les deux. Le matin, nous avons déjeuné tard, puis nous sommes allées lui acheter du dentifrice et des objets de toilette – Maman était partie travailler dans la voiture de Papa pour que je puisse utiliser la sienne. Sur le trajet du retour, mon portable a sonné. Olivia l'a ramassé et, sans décrocher, m'a lu le numéro affiché sur l'écran.

Beck. Est-ce que je souhaitais vraiment lui parler ? J'ai tendu la main en soupirant.

— Allô ?

— Grace ?

— C'est moi.

— Excusez-moi de vous déranger, m'a dit Beck d'un ton monocorde. Je sais que les choses ont dû être difficiles pour vous, ces derniers jours.

Étais-je censée répondre ? J'espérais que non, car je ne savais quoi dire. Mon cerveau me semblait tout embrumé.

— Grace ?

— Je vous écoute.

— Je vous appelle au sujet de Jack. Il s'améliore, il devient plus stable et il n'est plus très loin de se transformer pour l'hiver. Je crois qu'il lui reste encore environ deux semaines à passer d'une forme à l'autre.

Le brouillard dans ma tête n'était pas dense au point de m'empêcher de comprendre combien, à ce moment-là, Beck me faisait confiance. J'ai ressenti une vague fierté.

— Alors il n'est plus enfermé dans la salle de bains ?

Beck a éclaté d'un rire qui n'avait rien de drôle, mais qui était agréable à l'oreille.

— Non, il a été promu de la baignoire au sous-sol. Mais je crains fort... hummm... que moi je ne change sous peu. Ça a bien failli m'arriver ce matin. Et ça laisserait Jack dans une très sale passe pendant les semaines à venir. Cela m'ennuie vraiment de vous le demander, dans la mesure où vous risquez d'être mordue, mais pourriez-vous garder un œil sur lui jusqu'à ce qu'il se transforme ?

Je suis restée silencieuse un instant.

— J'ai déjà été mordue, Beck.

— Crénom !

— Non, non, ai-je ajouté précipitamment. Pas récemment, il y a des années de cela.

La voix de Beck était étrange.

— Vous êtes la jeune fille que Sam a sauvée, n'est-ce pas ?

— Oui.

— Et vous ne vous êtes jamais transformée ?

— Non, jamais.

— Vous connaissez Sam depuis combien de temps ?

— Nous nous sommes rencontrés en personne seulement cette année, mais depuis qu'il m'a sauvée, je n'ai pas cessé de l'observer.

J'ai tourné dans l'allée et j'ai arrêté la voiture sans éteindre le moteur. Olivia s'est penchée pour monter le chauffage et elle s'est renfoncée dans son siège en fermant les yeux.

— J'aimerais venir vous voir avant que vous ne vous transformiez, ai-je repris. Pour parler, si vous êtes d'accord.

— Je suis plus que d'accord, mais je crains que cela ne puisse tarder. Je frôle le point de non-retour.

Zut. Mon téléphone me signalait un autre appel.

— Cet après-midi ? ai-je suggéré, et Beck m'a donné son accord.

— Je dois raccrocher. Excusez-moi, mais quelqu'un cherche à me joindre.

Nous avons pris congé, et je suis passée à mon autre appel.

— Sacré nom d'un chien, Grace, tu comptais laisser sonner combien de fois ? Dix-huit ? Vingt ? Une centaine ?

Isabel. Je n'avais eu aucune nouvelle d'elle depuis le lendemain de l'accident, quand je lui avais appris où était Jack.

— Pour autant que tu saches, je pourrais être au lycée, en train de me faire trucider pour ne pas avoir éteint mon portable en cours.

— Tu n'es pas en cours. Et je m'en fiche, j'ai besoin de ton aide. Ma mère a vu un autre cas de méningite – de la pire espèce – à la clinique où elle travaille. Alors, pendant que j'étais là-bas, j'ai prélevé du sang à ce type. Trois fioles.

J'ai cligné des yeux plusieurs fois avant de comprendre ce qu'elle me racontait.

— Tu as fait quoi ?! Et pourquoi ?

— Voyons, Grace ! Et moi qui te croyais la meilleure

de la classe ! Il est clair que le nouveau système de nota-
tion a fait des miracles pour toi. Essaie de te concentrer.
Pendant que ma mère était au téléphone, j'ai fait semblant d'être une infirmière et je lui ai pris du sang. De
son sale sang contaminé.

— Tu sais faire une prise de sang ?

— Oui, je sais faire une prise de sang ! Parce qu'il y
en a qui ne savent pas ? Tu comprends ce que je te dis ?
J'ai trois fioles : une pour Jack, une pour Sam, une pour
Olivia. J'ai besoin que tu m'aides à transporter mon
frère à la clinique. Le sang est au frigo là-bas. Je ne veux
pas le sortir, parce que j'ai peur que les bactéries ne cla-
potent, si c'est bien ça qu'elles font. Et, en tout cas, je
ne sais pas où se trouve la maison de ce type, là où est
Jack.

— Tu veux les infecter. Leur donner la méningite.

— Non, je veux leur donner la malaria. Oui, espèce
d'idiote, je veux qu'ils attrapent une méningite. Dont
le symptôme numéro un se trouve être – bingo ! – la
fièvre. Et, pour tout te dire, je me fiche complètement
qu'on le fasse ou non sur Sam et Olivia. D'autant que, en
ce qui concerne Sam, ça ne marchera probablement pas,
puisqu'il est déjà loup. Mais j'ai pensé que je devais me
procurer assez de sang pour tous les trois, si je voulais
pouvoir compter sur vous.

— Mais je t'aurais aidée en tout cas, Isabel, ai-je
répondu en soupirant. Je vais te donner une adresse.
Retrouve-moi là-bas dans une heure.

chapitre 58 • Grace

5 °C

De me retrouver chez Beck me rendait à la fois plus heureuse et plus triste que je ne l'avais été depuis que Sam était redevenu loup, parce que rencontrer cet homme ici, dans son propre univers, c'était un peu comme retrouver mon ami. Isabel et moi avons laissé Olivia vomir, dans la salle de bains pour rejoindre Beck en haut des marches menant au sous-sol – il faisait trop froid pour lui permettre de s'aventurer jusqu'à la porte d'entrée –, et je me suis alors rendu compte que Sam avait hérité de beaucoup de ses tics et de ses maniérismes. Même les gestes les plus anodins, comme sa façon de se pencher en avant pour faire basculer un interrupteur, d'incliner la tête pour nous inviter à le suivre ou de la rentrer gauchement dans les épaules pour franchir la poutre basse au pied de l'escalier, me rappelaient tant Sam que cela me faisait mal.

Arrivés en bas, j'ai retenu mon souffle. La grande pièce du sous-sol était remplie de livres. Pas juste quelques--

uns, mais une véritable *bibliothèque*. Les murs étaient couverts de rayonnages montant jusqu'au plafond bas et remplis à craquer. Même sans approcher, il était visible que les ouvrages étaient bien rangés : sur une étagère s'alignaient d'épais atlas grand format et des encyclopédies, sur plusieurs autres de petits livres de poche bariolés aux coins écornés, ailleurs encore, de grands volumes illustrés de photos, ornés au dos de titres en majuscules, et des romans reliés, dans leurs jaquettes luisantes. J'ai avancé jusqu'au milieu du tapis orange poussiéreux et j'ai pivoté lentement sur moi-même pour les voir tous.

Et l'odeur – l'odeur de Sam irradiait toute la pièce, comme s'il était là avec moi, me tenait la main et contemplait tout cela avec moi, attendant que je lui dise : *j'adore ça.*

J'allais briser le silence pour dire quelque chose comme : « *Je comprends maintenant d'où Sam tient sa passion pour la lecture »,* quand Beck m'a devancée.

— Quand on passe de longues heures à l'intérieur, a-t-il dit presque en s'excusant, on se met à lire beaucoup.

Je me suis alors brusquement souvenue de ce que Sam m'avait dit de Beck : il vivait sa dernière année en tant qu'humain. Jamais plus il ne lirait ces textes. Je l'ai regardé sans plus savoir comment réagir.

— J'aime beaucoup ça, moi aussi, ai-je fini par répondre stupidement.

Il a souri d'un air entendu, puis il a regardé Isabel, qui inspectait les rayonnages, tête penchée sur le côté, comme si elle s'attendait à trouver Jack entre deux ouvrages.

— Jack est probablement dans l'autre pièce, en train de jouer à des jeux vidéo, lui a annoncé Beck.

Isabel a suivi son regard jusqu'à la porte.

— Il va m'arracher la gorge, si j'entre ?

— Sans doute pas plus que d'habitude. (Beck a haussé les épaules.) C'est la pièce la plus chaude de toute la maison, et je crois qu'il s'y sent mieux, même s'il lui arrive encore, de temps à autre, de se transformer. Il vous suffit de faire attention.

Sa façon de parler de Jack plus comme d'un animal que d'un être humain était intéressante. On aurait dit qu'il conseillait Isabel sur la façon d'approcher les gorilles au zoo. Elle a disparu dans la pièce voisine, et il a désigné de la main un des deux profonds fauteuils rouges.

— Asseyez-vous.

Le cuir était tout imprégné de l'odeur de Beck et d'autres loups, mais surtout de Sam, et j'ai été ravie de m'y installer. Il m'était si facile de l'imaginer là, roulé en boule, en train de lire et de mémoriser un vocabulaire incroyablement étendu. J'ai posé la tête sur le côté du dossier pour me donner l'illusion que j'étais dans ses bras et je me suis tournée vers Beck, qui avait pris place tout au fond de celui d'en face, jambes étendues. Il avait l'air fatigué.

— Je suis un peu surpris que Sam nous ait caché votre existence pendant tout ce temps.

— Vraiment ?

Il a haussé les épaules.

— Je ne devrais pas, j'imagine. Après tout, je ne lui ai pas parlé de ma femme.

— Il était au courant. Il me l'a dit.

Beck a eu un rire bref et affectueux.

— Cela ne devrait pas m'étonner non plus. Impossible de cacher quelque chose à Sam. Il lisait dans les gens comme dans un livre, pour reprendre le cliché.

Nous parlions tous deux de lui au passé, à croire qu'il était mort.

— Pensez-vous que je le reverrai un jour ?

L'expression de Beck était lointaine, indéchiffrable.

— Je crois que cette année était pour lui sa dernière. En fait, j'en suis persuadé. Je sais que c'est le cas pour moi. J'ignore pourquoi il n'a eu que si peu de temps, ce n'est pas normal, tout simplement. Cela varie, bien sûr, mais, en ce qui me concerne, j'ai été mordu il y a un peu plus de vingt ans.

— *Vingt ans ?*

Beck a hoché la tête.

— Au Canada. J'avais vingt-huit ans à l'époque et j'étais un espoir de la compagnie dans laquelle je travaillais. J'étais en vacances, je faisais de la randonnée.

— Et les autres, d'où viennent-ils ?

— De partout. Quand j'ai entendu dire que des loups vivaient au Minnesota, j'ai pensé qu'il y avait de fortes chances pour qu'ils soient comme moi. Alors je suis parti à leur recherche, j'ai découvert que j'avais raison, et Paul m'a pris sous son aile. Paul, c'est...

— Le loup noir.

Beck a opiné.

— Voulez-vous du café ? Je tuerais pour une tasse de café, si vous me passez l'expression.

— Oui, très volontiers, ai-je accepté avec gratitude. Si vous me dites où se trouve la cafetière, je me charge de le préparer, vous pourrez continuer à me parler pendant ce temps-là.

Il me l'a montrée du doigt. Elle était cachée dans un recoin entre les rayonnages, près d'un minuscule réfrigérateur.

— Vous parler de quoi ? a-t-il demandé, conciliant.

— De la meute. De ce que l'on ressent quand on

est loup. De Sam. Et de pourquoi vous l'avez transformé.

Je me suis interrompue, le filtre à café à la main.

— Oui, ai-je repris, c'est surtout ça, la question que je me pose.

Beck s'est passé la main sur le visage en grimaçant.

— Misère, la pire de toutes ! J'ai transformé Sam parce que je suis un salaud égoïste et sans cœur.

J'ai dosé le café. Je percevais du remords dans sa voix, mais je n'entendais pas le laisser s'en tirer à si bon compte.

— Ce n'est pas une raison.

Il a soupiré profondément.

— Je sais. Ma femme – Jen – venait de mourir. Son cancer était déjà en phase terminale quand nous nous sommes rencontrés, je savais donc que ça allait se produire, mais j'étais jeune et stupide et j'ai pensé qu'un miracle surviendrait peut-être, pour nous permettre de vivre heureux pour toujours. Bref, pas de miracle. J'étais très déprimé. J'ai songé au suicide, mais, curieusement, lorsqu'il y a du loup en vous, cela ne paraît plus une très bonne idée. Vous avez remarqué que les animaux ne se tuent pas délibérément ?

Cela m'avait jusqu'alors échappé. J'en ai pris note, mentalement.

— Quoi qu'il en soit, je passais l'été à Duluth quand j'ai aperçu Sam avec ses parents. Seigneur, cela sonne monstrueux, n'est-ce pas ? Mais ce n'était pas comme ça. Jen et moi parlions sans cesse d'avoir un enfant, bien que nous sachions tous les deux que ce n'était qu'un rêve. Bon dieu, on ne lui donnait plus que huit mois à vivre, comment aurait-elle pu avoir un bébé ? Et j'ai vu Sam, là, avec ses yeux jaunes, exactement comme un vrai loup. L'idée m'obsédait. Non, inutile de me le dire, Grace, je *sais* que c'était mal – mais je l'ai vu avec ses parents mièvres et imbéciles, aussi paumés qu'une paire de pigeons, et j'ai pensé que je serais mieux pour lui. Que je lui en apprendrais plus.

Je n'ai pas réagi, et Beck a posé de nouveau son front dans sa main. Sa voix semblait vieille de plusieurs siècles. Je me taisais toujours.

— Bon sang, je sais, Grace, je sais ! Mais voulez-vous que je vous dise ce qui est le plus idiot, dans tout ça ? C'est qu'au fond, j'*aime* ce que je suis. Pas depuis le début, à l'époque, c'était une malédiction, mais cela m'a fait devenir comme quelqu'un qui préfère à la fois l'été et l'hiver. Comprenez-vous ? Je savais qu'en fin de compte, je me perdrais, mais je m'y étais résigné depuis longtemps. Et j'ai cru que ce serait pareil pour Sam.

J'ai déniché les tasses dans un renfoncement au-dessus de la cafetière et j'en ai sorti deux.

— Mais vous aviez tort. Vous prenez du lait ?

— Juste un nuage. (Il a soupiré.) C'est un véritable cauchemar pour lui. Je lui ai fabriqué son propre enfer personnel. Il a *besoin* de cette sorte de conscience de soi pour se sentir vivre, et lorsqu'il devient loup et qu'il la perd, c'est... l'enfer pour lui. Il est sans conteste la meilleure personne que j'aie jamais rencontrée dans ce monde, et je l'ai totalement détruit. Je le regrette chaque jour depuis des années.

Je ne pouvais pas le laisser s'enfoncer plus dans sa tristesse, même s'il le méritait sans doute. Je lui ai apporté une tasse et je me suis assise.

— Il vous aime, Beck. Il déteste être loup, mais il vous aime, vous. Et je dois vous avouer que ça me tue d'être là, avec vous, parce que tout chez vous me rappelle Sam. Si vous l'admirez, c'est aussi parce que vous avez fait de lui ce qu'il est.

Beck serrait sa tasse entre ses mains et me regardait à travers la vapeur qui s'en dégageait. Il semblait étrangement vulnérable. Il est resté silencieux un long moment.

— Ces regrets sont l'une des choses que je serai heureux de perdre.

J'ai froncé les sourcils. J'ai bu une gorgée de café.

— Vous allez tout oublier ?

— Nous n'oublions rien, mais nous voyons les choses autrement. Avec un cerveau de loup. Certaines perdent alors toute leur importance. D'autres sont des émotions que les loups ne ressentent pas. Celles-là, nous les perdons. Mais les choses les plus essentielles, elles, sont conservées. Pour la plupart d'entre nous.

Essentielles, comme l'amour. J'ai songé à Sam, avant qu'il ne devienne humain, à lui qui me regardait, à moi qui le regardais. À notre amour, qui avait éclos contre toute probabilité. Mon ventre s'est contracté, horriblement, et, l'espace d'un instant, je suis demeurée incapable de proférer le moindre mot.

— Vous avez été mordue, m'a dit Beck.

Je l'avais déjà entendue auparavant, cette question qui n'en était pas une. J'ai acquiescé.

— Il y a un peu plus de six ans.

— Mais vous ne vous êtes jamais transformée.

Alors je lui ai raconté comment j'avais été enfermée dans la voiture, et l'idée du remède qu'Isabel et moi avions inventé. Beck est resté longtemps silencieux, il traçait un petit cercle avec son doigt sur sa tasse, les yeux fixés d'un air absent sur les livres alignés contre le mur.

Finalement, il a hoché la tête.

— Peut-être serait-ce possible. Oui, je vois comment cela pourrait fonctionner. Mais je crois qu'il faudrait être humain, au moment où l'on est contaminé, pour que cela soit efficace.

— C'est ce que disait Sam. Selon lui, puisque le but est de supprimer le loup, il ne faut pas en être un quand on est infecté.

Beck avait toujours les yeux dans le vague.

— Mais mazette, c'est vraiment dangereux ! Il serait impossible de soigner la méningite avant d'être certain que la fièvre ait tué le loup. Et une méningite aiguë, même détectée tôt et soignée sans attendre, a un taux de mortalité extrêmement élevé.

— Sam m'a affirmé qu'il acceptait de risquer la mort pour guérir. Vous croyez qu'il le pense vraiment ?

— Absolument, a répondu Beck sans hésiter. Mais il est loup, à présent. Et il le sera sans doute pour le restant de ses jours.

J'ai baissé les yeux sur ma tasse, observant la façon dont le liquide changeait de couleur sur le bord.

— Je me disais que nous pourrions l'amener à la clinique, pour voir si la chaleur du bâtiment ne déclenche pas sa métamorphose.

Il y a eu un silence, mais je n'ai pas levé le regard pour voir l'expression de Beck.

— Grace, a-t-il murmuré gentiment.

J'ai dégluti, les yeux toujours rivés sur mon café.

— Je sais.

— Cela fait maintenant une bonne vingtaine d'années que j'observe les garous. C'est une chose prévisible. Nous approchons de la fin et ensuite... elle survient.

J'avais l'impression d'être une enfant entêtée.

— Mais il s'est transformé cette année, quand il n'aurait pas dû, n'est-ce pas ? Quand on lui a tiré dessus, il s'est changé lui-même en humain.

Beck a avalé une grande gorgée de café. J'ai entendu ses doigts tambouriner contre sa tasse.

— Et aussi pour vous sauver. Il s'est fait humain pour vous sauver. Je ne sais pas comment il a réussi, mais il y est parvenu. J'ai toujours pensé que cela devait être lié à l'adrénaline, qui pousse le corps à croire qu'il a chaud. Je sais que Sam a tenté de le faire à d'autres moments, mais en vain.

Fermant les paupières, j'ai imaginé Sam qui me portait dans ses bras. Je pouvais presque le voir, le sentir, le toucher.

— Crénom, s'est exclamé Beck, puis il s'est tu un long moment. Crénom, a-t-il repris, c'est ce qu'il voudrait. Il voudrait tenter le coup. (Il a vidé sa tasse.) Je vous aiderai. Comment comptez-vous procéder ? Vous avez envisagé de le droguer pour le transporter là ?

C'était effectivement ce à quoi je songeais, depuis qu'Isabel m'avait téléphoné.

— Je crois qu'on sera obligé, pas vous ? Il ne le supportera pas autrement.

— Du Benadryl, a déclaré Beck d'un ton pragmatique. J'en ai, à l'étage. Cela l'assommera assez pour l'empêcher de perdre complètement les pédales dans la voiture.

— La seule chose que je n'ai pas réussi à mettre au point, c'est comment l'amener ici. Je ne l'ai pas revu depuis l'accident.

Je choisissais mes mots avec prudence. Je ne pouvais pas me permettre trop d'espoir. Je ne le pouvais tout simplement pas.

— Je m'en charge, a annoncé Beck avec assurance. J'irai le chercher, je le ferai venir. Nous mettrons le Benadryl dans un hamburger ou quelque chose comme ça, a-t-il poursuivi et il s'est levé pour prendre ma tasse.

Vous me plaisez, Grace. J'aurais aimé que Sam puisse avoir...

Il s'est interrompu et il a mis sa main sur mon épaule. Sa voix était si douce que je me demandais s'il n'allait pas se mettre à pleurer.

— Cela fonctionnera peut-être, Grace. Peut-être.

Je voyais que, sans y parvenir vraiment, il voulait y croire. Et cela me suffisait, pour le moment.

chapitre 59 ◆ Grace
3 °C

Une fine couche de neige recouvrait le sol lorsque Beck est sorti dans la cour, ses larges épaules carrées voûtées sous son chandail. À l'intérieur, près de la porte vitrée, Isabel, Olivia et moi l'avons regardé s'éloigner, prêtes à l'aider, mais j'avais l'impression d'être seule à suivre sa lente progression vers la fin de son dernier jour d'humain. Il tenait d'une main un morceau de viande rouge crue assaisonnée au Benadryl, l'autre tremblait convulsivement.

À une dizaine de mètres de la maison, Beck s'est arrêté. Il a laissé tomber la viande par terre, puis il a fait quelques pas en direction du bois. Il est resté là un moment, la tête penchée dans un geste que je reconnaissais, à écouter.

— Mais qu'est-ce qu'il *fabrique* ? a demandé Isabel, mais je ne lui ai pas répondu.

Beck a mis ses mains en conque autour de sa bouche.

— Sam !

Même de l'intérieur, on l'entendait distinctement.

— Sam ! a-t-il crié de nouveau. *Sam !* Je sais que tu es là. Sam, Sam ! Souviens-toi de qui tu es ! *Sam !*

Beck a continué à hurler en frissonnant le nom de Sam aux bois vides et glacés, jusqu'à ce qu'il trébuche et manque de tomber.

Les joues ruisselantes de larmes, je pressais mes doigts contre mes lèvres.

Beck a appelé une dernière fois, puis ses épaules ont ployé, ondulé et se sont déformées, tandis que ses mains et ses pieds s'affolaient, dispersant la neige alentour. Ses vêtements flottaient en désordre sur son corps. Finalement, il les a quittés à reculons, en secouant la tête.

Le loup gris se dressait au milieu de la cour, le regard braqué sur la porte vitrée, nous observant l'observer. Il s'est éloigné des habits qu'il ne porterait plus jamais et il s'est figé sur place, mufle tourné vers les bois.

Entre les troncs noirs des pins dénudés est apparu, tête basse, méfiant, un autre loup. La neige saupoudrait son collier. Ses yeux sont venus me chercher, derrière la vitre.

Sam.

chapitre 60 ◆ Grace

2 °C

Le soir était gris acier, le ciel une vaste étendue de nuages glacés attendant la neige et la nuit. Dehors, le sel répandu sur la route crissait sous les pneus de la Chevrolet et les flocons tambourinaient sur le pare-brise. Dedans, Isabel conduisait tout en se plaignant à chaque instant de l'odeur de « chien mouillé », mais je percevais, moi, une senteur de pins et de terre, de pluie et de musc qui couvrait une note aiguë d'angoisse. Sur le siège passager, Jack, mi-homme mi-loup, ne cessait de geindre doucement. Olivia, assise près de moi sur la banquette arrière, serrait si étroitement mes doigts dans les siens qu'elle me faisait mal.

Sam était derrière. Nous avions hissé son corps engourdi et alourdi par la drogue dans la voiture. Il respirait à présent d'un souffle profond, irrégulier. Je tendais l'oreille pour l'entendre par-dessus le bruit de la neige fondue projetée par les roues, car je voulais maintenir une forme de contact avec lui, même si je ne pouvais le toucher. Assommé comme il l'était par le médicament, j'aurais pu rester à ses côtés et passer mes doigts dans sa fourrure, mais cela lui aurait été une torture.

Il était maintenant un animal, de retour dans son monde, très loin de moi.

Isabel a ralenti devant la petite clinique. À cette heure tardive, le parking était plongé dans l'obscurité, et le bâtiment ressemblait à un petit cube gris. L'endroit n'avait pas l'air propice aux miracles, il évoquait plutôt un lieu où échouerait une personne malade et désargentée. J'ai chassé cette pensée de ma tête.

— J'ai barboté les clefs à Maman, nous a expliqué Isabel, et je dois reconnaître que cela n'avait pas l'air de l'émouvoir outre mesure. Venez. Jack, tu peux essayer de t'abstenir de massacrer quelqu'un avant que nous ne soyons entrés ?

Jack a marmonné une chose que je ne répéterai pas. J'ai jeté un coup d'œil derrière. Sam s'était mis debout, il vacillait sur ses pattes.

— Dépêche-toi, Isabel, les effets du Benadryl commencent à se dissiper.

Elle a tiré à fond sur le frein à main.

— Si on se fait arrêter par la police, je compte raconter que vous m'avez kidnappée, vous autres.

— Allez, on y va, ai-je répliqué brusquement en ouvrant ma portière. (Olivia et Jack ont grimacé en sentant le froid.) Ne traînez pas. Vous allez devoir courir, vous deux.

— Je reviens pour t'aider avec lui, m'a dit Isabel et elle est sortie d'un bond de la voiture.

Je me suis tournée vers Sam, qui a roulé des yeux dans ma direction. Il avait l'air désorienté, comme assommé, et je suis restée un instant figée sur place. Je le revoyais sur mon lit, face à moi, ses yeux plongés au fond des miens.

Il a émis un petit bruit anxieux.

— Je suis désolée, lui ai-je déclaré.

Isabel est ressortie, et j'ai contourné la voiture pour aller l'aider. Elle a ôté sa ceinture et l'a enroulée avec dextérité autour du museau de Sam. J'ai fait la grimace, mais je ne pouvais objecter : elle n'avait pas été mordue, et rien ne nous garantissait comment il allait réagir.

Nous l'avons soulevé à nous deux et nous l'avons porté, en marchant de biais comme des crabes, jusqu'à la clinique. Isabel a ouvert d'un coup de pied la porte qu'elle avait laissée entrebâillée.

— Les salles de consultation sont par là. Enferme-le dans l'une d'elles, on s'occupera d'Olivia et de Jack d'abord. Peut-être qu'il changera à nouveau, s'il reste assez longtemps au chaud.

Ce mensonge d'Isabel était extrêmement gentil, dans la mesure où nous savions aussi bien l'une que l'autre qu'il ne se transformerait pas spontanément sans l'intervention d'un miracle. Le mieux que je puisse espérer, c'était que Sam se trompait – que notre remède, même administré à un loup, ne lui serait pas fatal. Je l'ai suivie dans une petite pièce encombrée, qui empestait les produits chimiques et le caoutchouc, où l'on stockait les médicaments. Olivia et Jack nous y attendaient, leurs têtes jointes comme pour un conciliabule, ce qui m'a surprise. Jack a levé les yeux à notre entrée.

— Je ne supporte plus d'attendre, a-t-il grommelé. On ne pourrait pas en finir une bonne fois pour toutes ?

Je regardais une boîte de lingettes désinfectantes.

— Tu veux que je prépare son bras ?

Isabel m'a lancé un coup d'œil.

— On va lui injecter délibérément la méningite, et tu t'inquiètes d'une éventuelle infection de la zone de piqûre ?

J'ai tamponné tout de même le bras de Jack pendant qu'Isabel sortait du réfrigérateur une seringue pleine de sang.

— Oh mon dieu ! a murmuré Olivia, les yeux fixés sur l'instrument.

Nous n'avions pas le temps de la réconforter. J'ai pris la main froide de Jack et je l'ai tournée, paume vers le haut, comme je me souvenais de l'avoir vu faire par l'infirmière avant qu'elle ne me vaccine contre la rage.

Isabel a regardé Jack.

— Tu es certain de le vouloir ?

Il a retroussé les lèvres en grognant. Il puait la peur.

— Ne discute pas. Fais-le !

Isabel a hésité. Il m'a fallu un moment pour comprendre pourquoi.

— Laisse, lui ai-je dit. Il ne peut pas me faire de mal, à moi.

Isabel m'a passé la seringue et m'a cédé la place.

— Regarde de l'autre côté !

Jack a détourné la tête. J'ai enfoncé l'aiguille sous sa peau, puis je l'ai giflé de ma main libre lorsqu'il a pivoté en sursautant.

— Contrôle-toi, ai-je ordonné, tu n'es pas un animal.

— S'cuse, a-t-il murmuré.

J'ai enfoncé lentement le piston jusqu'au bout, en essayant de ne pas trop penser à son affreux contenu, puis j'ai retiré l'aiguille. Un point rouge est resté sur la peau, sans que je puisse déterminer s'il s'agissait du sang de Jack ou de celui que je venais de lui injecter. Isabel restait les yeux fixés sur l'endroit. Je me suis retournée pour attraper un pansement adhésif que j'ai collé sur la zone de piqûre. Olivia a laissé échapper un gémissement.

— Merci, a dit Jack et il a croisé les bras et les a serrés contre son torse.

Isabel avait l'air malade.

— Passe-moi l'autre.

Elle m'a donné la deuxième seringue, et nous nous sommes tournées vers Olivia, qui était devenue si pâle que je pouvais voir la veine qui courait sur son front. Ses mains étaient agitées d'un tremblement nerveux. Isabel s'est chargée de lui nettoyer le bras. Tout se passait comme si, en vertu d'une sorte de règle implicite, il nous fallait nous sentir utiles toutes les deux pour pouvoir mener à bien l'horrible tâche.

— J'ai changé d'avis, s'est exclamée Olivia. Je ne veux plus le faire. Je préfère courir le risque !

Je lui ai pris la main.

— Olivia. Olive, calme-toi.

— Je ne peux pas, a-t-elle crié, les yeux rivés sur le liquide rouge sombre dans la seringue. Je ne suis pas sûre de préférer mourir à rester comme ça.

Je ne savais que dire. D'une part, je ne voulais pas la pousser à accepter cette chose qui pouvait la tuer, mais de l'autre, je ne voulais pas non plus qu'elle la refuse uniquement parce qu'elle avait peur.

— Mais, Olivia, toute ta vie...

Elle a secoué la tête.

— Non. Non, c'est trop dangereux, ça n'en vaut pas la peine. Laissons Jack tenter le coup, je préfère attendre. Si ça marche sur lui, alors j'essaierai. Mais là... je ne peux pas.

— Tu te rends compte, n'est-ce pas, qu'on est déjà début novembre ? lui a demandé Isabel. Il fait un froid de canard ! Tu ne vas pas tarder à te transformer pour l'hiver, et il n'y aura pas d'autre occasion avant le printemps.

— Laissez-la, a aboyé Jack, ça ne fait pas de mal. Il vaut mieux que ses parents la croient disparue pendant quelques mois, plutôt qu'ils ne découvrent qu'elle est un loup-garou.

— Je vous en prie, a supplié Olivia, au bord des larmes.

J'ai haussé les épaules en un geste d'impuissance et j'ai reposé la seringue. Au fond de mon cœur, je savais qu'à sa place j'aurais réagi de même – mieux valait pour elle vivre parmi les loups qu'elle aimait, plutôt que mourir d'une méningite.

— Très bien, a dit Isabel. Jack, raccompagne Olivia à la voiture. Attendez-nous là-bas et faites le guet. Bon, Grace, allons voir ce que Sam a fait à la salle de consultation pendant que nous avions le dos tourné.

Jack et Olivia ont descendu le couloir, blottis l'un contre l'autre pour se tenir chaud, essayant de ne pas se métamorphoser, et Isabel et moi nous sommes dirigées vers celui qui l'était déjà.

Juste devant la salle, Isabel a mis la main sur mon bras pour m'empêcher de tourner la poignée de la porte.

— Es-tu certaine de vouloir le faire ? m'a-t-elle demandé. Cela pourrait le tuer. En fait, il est fort probable que ça le tuera.

Pour toute réponse, j'ai ouvert la porte.

Sous le méchant éclairage fluorescent de la pièce, accroupi près de la table d'examen, Sam avait l'air aussi petit et aussi ordinaire qu'un chien. Je me suis agenouillée devant lui. Je regrettais que nous n'ayons pas pensé à ce remède avant qu'il ne soit sans doute trop tard pour lui.

— Sam.

Je ne veux pas me tenir devant toi, avisé, secret comme une chose... Je savais bien que la chaleur ne l'aurait pas transformé de nouveau en humain. Seul mon égoïsme m'avait poussée à l'amener à la clinique. Mon égoïsme, ainsi qu'une amorce de remède douteux, qui n'avait aucune chance d'être efficace pour lui, sous sa forme lupine.

— Sam, tu es toujours d'accord ?

J'ai touché la fourrure de son cou, imaginant qu'il s'agissait de ses cheveux noirs, et j'ai avalé tristement ma salive.

Sam a sifflé dans son museau. J'ignorais dans quelle mesure il comprenait ce que je lui disais, mais dans sa semi-hébétude, il n'a pas tressailli au contact de ma main.

J'ai fait une nouvelle tentative.

— Cela pourrait te tuer. Tu veux quand même tenter le coup ?

Derrière moi, Isabel a toussoté d'un air entendu.

Sam a gémi en l'entendant. Son regard a sauté sur elle, puis sur la porte. Je lui ai caressé la tête et je l'ai fixé dans les yeux. Seigneur, ils n'avaient pas changé, et les voir à présent me bouleversait.

Il faut que cela réussisse.

Une larme a dévalé mon visage. Sans prendre la peine de l'essuyer, j'ai levé la tête vers Isabel. Je voulais ceci comme jamais encore je n'avais rien voulu.

— Nous devons le faire.

Isabel n'a pas bougé.

— Grace, à mon avis, il n'a pas la moindre chance de

s'en tirer, s'il n'est pas humain. Je ne crois tout simplement pas que ça va marcher.

J'ai fait courir un doigt sur les poils courts et soyeux sur le côté de son museau. Il ne l'aurait pas toléré, s'il avait été parfaitement lucide, mais le Benadryl émoussait son instinct. Il a fermé les paupières, d'un geste suffisamment peu lupin pour me donner de l'espoir.

— Grace. On le fait ou non ? Décide-toi !

— Attends. J'essaie quelque chose.

Je me suis assise par terre.

— Je veux que tu m'écoutes, si tu le peux, ai-je chuchoté à Sam.

J'ai appuyé la joue contre son collier et je me suis remémorée la forêt d'or qu'il m'avait montrée, il y a si longtemps de cela. J'ai revu la façon dont les feuilles jaunes comme les yeux de Sam voltigeaient çà et là, tels des papillons en perdition, à la rencontre du sol, et les troncs minces des bouleaux, d'un blanc crémeux comme une peau humaine. Je me suis souvenue de lui dressé au milieu des bois, bras étendus, silhouette sombre et solide dans le rêve des arbres ; Sam s'approchait de moi, je lui donnais un petit coup de poing dans la poitrine, et j'ai retrouvé notre baiser d'alors, si doux, puis tous nos autres baisers, et chacune des fois où je m'étais lovée au creux de ses bras, et j'ai senti de nouveau son souffle léger et tiède sur ma nuque quand nous dormions.

J'ai évoqué Sam.

Je l'ai vu quittant à grand-peine son enveloppe de loup, pour moi. Pour me sauver.

Sam s'est écarté d'une secousse. Il se tenait tête basse, la queue entre les pattes, et tremblait convulsivement.

— Qu'est-ce qu'il se passe ? m'a demandé Isabel, une main sur la poignée de la porte.

Sam a reculé encore, il s'est cogné contre l'armoire

derrière lui, il s'est roulé en boule, puis il s'est redressé. Sa peau s'était mise à peler. Sa fourrure l'abandonnait. Il était loup et Sam et ensuite

il

était

seulement

Sam.

— Dépêche-toi, a-t-il chuchoté, le corps tressautant contre l'armoire, les doigts crispés sur le carrelage. Vite ! Fais-le maintenant !

Isabel restait paralysée près de la porte.

— Isabel ! *Allez !*

Sortant brutalement de sa transe, elle a traversé la pièce pour nous rejoindre et elle s'est accroupie près du long dos nu de Sam. Il se mordait les lèvres jusqu'au sang. Je me suis accroupie et j'ai pris sa main.

— Grace, *vite !* m'a-t-il dit d'une voix tendue. Je perds déjà prise !

Sans plus poser de questions, Isabel a saisi son bras, l'a retourné et y a planté l'aiguille. Elle avait enfoncé le piston jusqu'à la moitié de la seringue lorsque Sam a été secoué par une violente convulsion qui l'a arrachée de son bras. Il s'est écarté, a retiré sa main de la mienne et il a vomi.

— Sam !

Mais il était déjà parti. En moitié moins de temps qu'il ne lui avait fallu pour devenir humain, il s'était de nouveau changé en loup. Il tremblait, titubant sur ses pattes, les griffes raclant les dalles. Il s'est effondré par terre.

— Désolée, Grace, m'a dit Isabel et elle a reposé la seringue sur une table. Zut ! J'entends Jack. Je reviens tout de suite.

La porte s'est ouverte, puis refermée. Je me suis age-nouillée près du corps de Sam et j'ai enfoui mon visage dans sa fourrure. Son souffle était saccadé, oppressé. Et une seule pensée accaparait mon cerveau tout entier : *Je l'ai tué. Ceci va l'achever.*

chapitre 61 ✦ Grace
2 °C

Jack a ouvert la porte de la salle de consultation.

— Viens, Grace, il faut qu'on parte. Olivia ne va pas très bien.

Je me tenais là, gênée d'être surprise les joues maculées de traces de larmes. Je me suis tournée pour jeter la seringue usagée dans le réceptacle pour produits dangereux près de la table.

— J'ai besoin d'aide pour le porter.

Jack a froncé les sourcils.

— C'est bien pour ça qu'Isabel m'a dit d'aller te rejoindre.

J'ai baissé les yeux et j'ai senti mon cœur s'arrêter. Rien par terre. J'ai fait volte-face et je me suis penchée pour regarder sous la table.

— Sam ?

Jack avait négligé de fermer la porte. La pièce était vide.

— Aide-moi à le retrouver ! lui ai-je crié en le bousculant pour sortir.

Aucun signe de Sam. J'ai dévalé le couloir en courant, le regard fixé sur la nuit noire qu'encadrait la porte béante au bout : là où, une fois l'effet des drogues dissipé, un loup chercherait d'abord à s'enfuir, à se fondre dans l'obscurité et le froid.

Je me suis engouffrée sur le parking et j'ai fouillé des yeux le mince doigt de Boundary Wood qui s'étendait derrière la clinique. Les ténèbres, impénétrables, avalaient tout. Aucune lumière. Aucun son. Aucun Sam.

— *Sam !*

Je savais qu'il ne viendrait pas, à supposer qu'il m'entende. Il était fort, mais ses instincts plus encore.

Je trouvais insupportable de l'imaginer dehors, quelque part là-bas, une demi-seringue de sang contaminé se mêlant progressivement au sien.

— *Sam !*

Ma voix était plainte, hurlement, cri dans la nuit. Sam était parti.

Des phares m'ont aveuglée : la Chevrolet d'Isabel s'est approchée à vive allure et s'est arrêtée net, en vibrant, tout près de moi. Isabel, le visage spectral à la lueur du tableau de bord, s'est penchée pour ouvrir la portière côté passager.

— Monte, Grace. Magne-toi ! Olivia est en train de changer, et on a déjà beaucoup trop traîné par ici.

Je ne pouvais pas le quitter.

Grace !

Jack s'est installé en tremblant à l'arrière. Ses yeux m'imploraient, semblables à que ceux que j'avais vus au tout début, quand il s'était transformé pour la première fois. Quand je ne savais encore rien.

Je suis entrée dans la voiture et j'ai refermé la portière en la claquant. J'ai jeté un dernier coup d'œil par la fenêtre, juste à temps pour apercevoir un loup blanc, debout au bord du parking. Shelby. Vivante, comme Sam l'avait supposé. Je l'ai suivie du regard dans le rétroviseur. La louve est restée là, à nous surveiller, pendant que nous partions. J'ai surpris une lueur de triomphe dans ses prunelles lorsqu'elle s'est tournée avant de s'évanouir dans l'ombre.

— C'est qui, ce loup ? m'a demandé Isabel.

Je n'ai pas pu lui répondre. *Sam, Sam, Sam* martelait mon esprit.

chapitre 62 ♦ Grace
4 °C

— Je ne pense pas que Jack puisse aller bien, a dit Olivia, ou Isabel nous aurait appelées.

Mon amie était assise sur le siège passager de ma nouvelle voiture, une petite Mazda qui sentait le shampooing à moquette et la solitude. Malgré les deux pull-overs qu'elle m'avait empruntés et son bonnet, elle frissonnait encore, les bras croisés sur le ventre.

— Peut-être qu'elle n'est pas du genre à téléphoner.

Je ne pouvais pourtant pas m'empêcher de penser que mon amie avait raison. Nous étions le troisième jour, et les dernières nouvelles d'Isabel remontaient à huit heures auparavant.

Jour un : Jack souffrait d'un affreux mal de tête, et sa nuque était raide.

Jour deux : Le mal de tête avait empiré. Jack avait de la fièvre.

Jour trois : Message d'Isabel sur la boîte vocale.

J'ai tourné dans l'allée menant à la maison de Beck

et j'ai garé la Mazda derrière la grosse Chevrolet d'Isabel.

— Prête ?

Olivia n'en avait pas l'air, mais elle est sortie de la voiture et elle a couru vers la porte d'entrée. Je l'ai suivie et j'ai refermé derrière nous.

— Isabel ?

— Je suis ici.

Guidées par la voix, nous sommes entrées dans l'une des chambres du rez-de-chaussée. C'était une petite pièce peinte en jaune, lumineuse, qui semblait contredire l'odeur de maladie pourrissante qui infestait l'air.

Isabel était assise en tailleur dans un fauteuil au pied du lit. De profonds cercles creusaient ses yeux, telles de grandes empreintes digitales violacées.

Je lui ai tendu un des gobelets de café que nous avions apportés.

— Pourquoi tu ne nous as pas appelées ?

Elle m'a regardée.

— Ses doigts sont en train de mourir.

J'avais voulu éviter de le faire, mais j'ai finalement tourné les yeux vers Jack. Il gisait sur le lit, recroquevillé comme un papillon à l'agonie. L'extrémité de ses doigts avait pris une étrange teinte bleutée. Son visage luisait de transpiration, ses paupières étaient closes. Ma gorge s'est nouée.

— J'ai cherché sur le Net, m'a dit Isabel en brandissant son portable comme si cela expliquait tout. Son mal de tête est causé par une inflammation des méninges qui tapissent le cerveau. Ses doigts et ses orteils sont bleus parce que son cerveau n'ordonne plus à son corps de leur envoyer du sang. J'ai pris sa température. Il a 40,5 de fièvre.

— Faut que j'aille vomir, a déclaré Olivia.

Elle est sortie, me laissant seule avec Isabel et son frère.

Je ne savais que dire. Sam, s'il avait été présent, aurait su, lui.

— Je suis désolée.

Isabel, le regard éteint, a haussé les épaules.

— Ça a marché comme prévu, au début. Le premier jour, il a seulement failli se transformer quand la température a chuté, la nuit. Ça ne s'est pas reproduit, même hier soir, quand l'électricité a été coupée, et j'ai cru que nous avions réussi. Il n'a pas changé depuis qu'il a commencé à avoir de la fièvre. (Elle a eu un petit geste en direction du lit.) Vous m'avez fabriqué une excuse, au lycée ?

— Oui.

— Super.

Je lui ai fait signe de me suivre. Elle s'est levée péniblement, comme si cela lui demandait un grand effort, et elle s'est traînée derrière moi dans le couloir.

J'ai refermé la porte pour que Jack, s'il écoutait, ne puisse pas nous entendre.

— Il faut l'emmener à l'hôpital, Isabel, ai-je chuchoté.

Elle est partie d'un étrange rire laid.

— Et pour leur raconter quoi ? Il est censé être mort. Tu t'imagines que je n'y ai pas réfléchi ? Même si on donne un faux nom, sa photo a fait la une des médias pendant deux mois.

— On risque le coup, d'accord ? On inventera quelque chose. Il faut quand même qu'on essaie, non ?

Isabel a levé vers moi ses yeux rouges et cernés et elle m'a fixée un long moment. Lorsqu'elle m'a répondu, sa voix sonnait creux.

— Tu crois que je veux qu'il meure ? Que je ne veux

pas le sauver ? Mais c'est trop tard, Grace ! Même une personne sous traitement depuis le tout début a du mal à survivre à ce type de méningite, alors lui, maintenant, après trois jours ? Je n'ai pas d'analgésiques à lui donner, sans parler de quoi que ce soit pour le soigner. Je croyais que son côté lupin le sauverait, mais il n'a pas la moindre chance. Pas la moindre.

Je lui ai pris le gobelet des mains.

— On ne peut pas juste rester là à le regarder mourir. On va l'amener à un hôpital où il ne sera pas immédiatement identifié. On ira à Duluth, si nécessaire. Ils ne le reconnaîtront pas, là-bas, du moins pas tout de suite, et d'ici à ce qu'on arrive, on aura inventé une histoire à leur raconter. Va te laver le visage et prendre ce que tu veux emporter avec toi. Allez, Isabel. *Bouge-toi !*

Elle ne m'a pas répondu, mais elle s'est dirigée vers l'escalier. Après son départ, je me suis rendue dans la salle de bains du rez-de-chaussée et j'ai ouvert l'armoire à pharmacie dans l'espoir d'y dénicher quelque chose qui puisse nous être utile. Dans une maison où vivent des tas de gens, on accumule souvent les boîtes de médicaments, et j'ai trouvé du paracétamol et des comprimés d'analgésiques prescrits trois ans plus tôt. J'ai pris le tout et je suis retournée à la chambre de Jack.

Je me suis accroupie près de sa tête.

— Jack, tu m'entends ?

J'ai senti un relent de vomi sur son haleine, et de songer à l'enfer qu'Isabel et lui avaient dû vivre, ces trois derniers jours, m'a révulsé l'estomac. J'ai alors tenté de me persuader que Jack le méritait, en quelque sorte, pour m'avoir fait perdre Sam, mais je n'y suis pas parvenue.

Il a pris très longtemps pour répondre.

— Non.

— Est-ce qu'il y a quelque chose que je peux faire pour toi ? Pour que tu te sentes mieux ?

— J'ai atrocement mal au crâne, a-t-il dit d'une toute petite voix.

— On a des analgésiques. Tu crois que tu peux en prendre sans les vomir ?

Il a émis un bruit vaguement affirmatif. J'ai pris le verre d'eau sur la table de chevet et je l'ai aidé à avaler deux gélules. Il a murmuré une chose qui ressemblait à un remerciement. J'ai attendu un quart d'heure pour donner au médicament le temps d'agir et j'ai vu son corps se détendre légèrement.

Quelque part, Sam souffrait ainsi, lui aussi. Je l'ai imaginé, gisant dans la forêt, ravagé de fièvre, le crâne explosant de douleur, agonisant. Il me semblait que s'il lui arrivait malheur, d'une façon ou d'une autre, je devrais en être avertie, que je sentirais une minuscule pointe d'angoisse à l'instant précis de sa mort. Jack, plongé dans un sommeil agité, a laissé échapper un petit gémissement involontaire. Je ne pouvais penser qu'à Sam recevant le sang infecté et je revoyais sans cesse Isabel lui injecter le fluide empoisonné.

— Je reviens tout de suite, ai-je dit à Jack, que je croyais pourtant endormi.

Je suis allée dans la cuisine où j'ai trouvé Olivia appuyée contre l'îlot central, qui pliait une feuille de papier.

— Comment va-t-il ?

J'ai secoué la tête.

— Il faut l'emmener à l'hôpital. Tu peux venir avec nous ?

Elle m'a lancé un regard indéchiffrable.

— Je crois que je suis prête, a-t-elle répondu en faisant glisser le papier vers moi. J'ai besoin que tu trouves un moyen pour donner ça à mes parents.

J'allais l'ouvrir quand elle a secoué la tête. J'ai haussé un sourcil interrogateur.

— Qu'est-ce que c'est ?

— Une lettre pour leur dire que je me sauve et qu'ils ne doivent pas tenter de me retrouver. Ils le feront quand même, bien sûr, mais au moins, ça leur évitera de croire que j'ai été enlevée, ou un truc de cet acabit.

— Tu vas changer, ai-je dit, et ce n'était pas une question.

Elle a hoché la tête avec une autre petite grimace étrange.

— Résister devient terriblement difficile. En plus – peut-être tout simplement parce que lutter est si pénible – j'ai *envie* de changer. Ça m'attire, même si je sais que vouloir être loup, ça sonne plutôt comme une régression.

Cela ne sonnait pas du tout comme une régression pour moi, qui aurais tout donné pour être à sa place, avec la meute, avec Sam. Mais je n'avais pas l'intention de le lui avouer et je me suis bornée à poser la question évidente.

— Tu vas changer ici ?

Olivia m'a fait signe de la rejoindre près de la fenêtre, et nous avons contemplé ensemble la cour.

— Je veux te montrer quelque chose. Regarde. Il faut que tu attendes un petit peu, mais regarde bien.

Nous sommes donc restées là, à observer l'inextricable sous-bois froid de la forêt hivernale. Longtemps, je n'ai rien vu, sinon un petit oiseau de couleur terne qui sautillait d'une branche dénudée à l'autre. Puis mon œil a capté un autre mouvement léger, plus bas, et j'ai distingué entre les arbres un grand loup sombre. Ses yeux très clairs, presque incolores, étaient fixés sur la maison.

— Je ne sais pas comment ils savent, m'a dit Olivia, mais j'ai l'impression qu'ils m'attendent.

J'ai soudain réalisé que cette expression sur son visage était de l'euphorie, et je me suis sentie étrangement seule.

— Tu veux partir maintenant, c'est bien ça ?

Olivia a opiné.

— Je ne supporte plus cette attente. Je meurs d'envie de lâcher prise.

J'ai soupiré et j'ai bien regardé ses yeux verts étincelants, pour les graver dans ma mémoire de façon à être sûre de les reconnaître, à l'avenir. J'aurais voulu lui dire quelque chose, mais je ne savais pas quoi.

— Je donnerai ta lettre à tes parents. Prends garde à toi. Tu vas me manquer, Olive.

J'ai fait glisser la porte vitrée. Un air glacé nous a sauté au visage.

Elle a été jusqu'à rire quand le vent lui a arraché un frisson. Elle était devenue une créature étrange, folâtre, que je ne reconnaissais plus.

— On se reverra au printemps, Grace.

Elle s'est précipitée dehors, arrachant ses chandails, et avant même d'avoir atteint la ligne des arbres, elle s'était transformée en loup. En loup gracieux, joyeux et bondissant. Sans souffrance, contrairement à Jack et Sam – comme si elle était faite pour cela. Quelque chose s'est noué en moi en la voyant. Tristesse, jalousie, ou joie.

Nous sommes donc restés trois. Les trois qui n'avaient pas changé.

J'ai mis le moteur en marche pour chauffer la voiture, mais, en fin de compte, cela ne faisait plus de différence. Un quart d'heure plus tard, Jack a rendu l'âme. Nous n'étions plus que deux.

chapitre 63 ◆ Grace
5 °C

Il m'est arrivé de revoir Olivia par la suite, après que j'ai eu laissé son message sur la voiture de ses parents. Elle se déplaçait lestement dans la forêt au crépuscule, et je la reconnaissais tout de suite à ses yeux verts. Jamais elle n'était seule : d'autres loups la guidaient, l'initiaient, la protégeaient contre les dangers de la vie sauvage dans les bois désolés d'hiver.

Je voulais lui demander si elle l'avait vu.

Je crois qu'elle essayait de me répondre « non ».

Isabel m'a appelée quelques jours avant le début des vacances de Noël et le voyage prévu avec Rachel. Je n'ai pas compris pourquoi elle téléphonait, au lieu de venir me trouver ici, près de ma nouvelle voiture. Je pouvais la voir, de l'autre côté du parking, assise toute seule, au volant de sa Chevrolet.

— Comment ça va ? m'a-t-elle demandé.

— Bien, lui ai-je répondu.

— Menteuse, a-t-elle répliqué sans me regarder. Tu sais qu'il est mort.

Cela m'était plus facile à admettre au téléphone qu'en tête à tête.

— Oui, je le sais.

À l'autre bout du glacial parking gris, Isabel a coupé brutalement la communication. Je l'ai entendue mettre en marche le moteur, et elle a démarré pour venir se ranger près de moi. Il y a eu ensuite un déclic quand elle a déverrouillé la portière côté passager, suivi d'un bourdonnement quand elle a fait descendre sa vitre.

— Monte. Allons quelque part.

Nous sommes allées en ville où nous avons bu un café, puis, simplement parce qu'il y avait là une place libre où se garer, nous nous sommes arrêtées devant la librairie. Isabel a passé un long moment à contempler la devanture avant de sortir de la voiture. Nous sommes restées sur le trottoir glacé, les yeux fixés sur la vitrine pleine de livres de Noël : rennes, pain d'épice et *La vie est belle*.

— Jack adorait Noël, a dit Isabel. Moi, je trouve que c'est une fête idiote, je ne m'en soucie plus. (Elle a eu un geste vers la porte.) Tu veux entrer ? Je ne suis pas venue ici depuis des semaines.

— Ni moi, depuis... Je me suis tue. Je ne voulais pas poursuivre. J'avais envie d'entrer, mais je ne voulais pas achever ma phrase.

— Je sais, a dit Isabel en m'ouvrant la porte.

La librairie semblait un tout autre monde, dans l'hiver gris et mort. Les rayonnages avaient maintenant une teinte bleu ardoise, et la lumière était d'un blanc pur. Les haut-parleurs déversaient de la musique classique, mais le bruit dominant était le ronronnement du chauffage. J'ai regardé le garçon assis derrière la caisse

– brun, dégingandé, penché sur un livre – et une boule m'a monté un instant à la gorge, trop grosse pour que je l'avale.

Isabel m'a tirée par le bras si brutalement qu'elle m'a fait mal.

— Viens, on va chercher des livres qui font grossir.

Nous sommes allées nous installer par terre au rayon cuisine. Le tapis était froid. Isabel a flanqué une pagaille terrible en sortant toute une pile d'ouvrages de l'étagère avant de les remettre n'importe où. Je me suis perdue dans les caractères soignés des titres au dos des livres, rectifiant machinalement leur position pour qu'ils soient tous bien alignés.

— Je veux apprendre à devenir énorme, a déclaré Isabel et elle m'a tendu un livre sur la pâtisserie. Comment tu le trouves ?

Je l'ai feuilleté.

— Toutes les mesures sont en système métrique. Il faudrait une balance.

— Laisse tomber ! (Elle l'a rangé au hasard.) Et celui-ci ?

C'était un livre de recettes de gâteaux. Couche sur couche de chocolat appétissant et débordant de framboises, génoises jaunes noyées de crème au beurre, mielleux gâteaux au fromage ruisselants de sirop de fraise.

— Oui, mais on ne peut pas emporter une tranche de gâteau en classe, ai-je objecté. Regarde plutôt ça.

Je lui ai tendu un livre de recettes de cookies et de bonbons.

— Parfait, adopté, a approuvé Isabel en mettant le livre de côté. Et est-ce que tu sais vraiment faire les courses ? Être efficace, c'est nul, ça ne prend pas assez de temps. Je vais devoir t'enseigner l'art de traîner dans les magasins. Je parie que tu es ignare en la matière.

Elle a donc entrepris de m'apprendre à muser dans le rayon cuisine. Puis je me suis lassée et je l'ai quittée pour faire un tour dans la boutique. À mon corps défendant, j'ai gravi l'escalier recouvert d'un tapis bordeaux jusqu'au loft.

Le jour plombé de neige qui régnait dehors faisait paraître la pièce encore plus sombre et plus exiguë qu'avant, mais le petit canapé déglingué et les étagères basses que Sam avait examinées n'avaient pas changé. Je revoyais la forme de son corps courbé à la recherche du livre parfait.

Je n'aurais pas dû, mais je me suis assise, puis étendue sur le canapé. J'ai fermé les yeux et j'ai tenté de toutes mes forces de me persuader que Sam était allongé derrière moi, que j'étais en sécurité dans ses bras et que, d'un instant à l'autre, j'allais sentir son souffle soulever mes cheveux et me chatouiller l'oreille.

Ici, en me concentrant, je retrouvais presque son odeur. Rares étaient les endroits qui avaient conservé sa trace, mais je la percevais – ou je cherchais tellement à la percevoir que je l'imaginais.

Je me suis souvenue de lui m'exhortant à flairer toutes les friandises de la confiserie, à céder et m'abandonner à mon moi véritable. C'était à présent l'atmosphère de la librairie que je détaillais : l'odeur de noix du cuir, le presque parfum du nettoyant à moquette, la senteur veloutée de l'encre noire et les relents d'essence des couleurs, les effluves du shampoing du garçon à la caisse, le parfum d'Isabel, l'arôme du souvenir de Sam et moi, enlacés sur ce même canapé.

Je ne souhaitais pas plus qu'Isabel être surprise les larmes aux yeux. Nous partagions maintenant nombre de choses, mais pleurer en était une que nous n'abordions jamais. J'ai essuyé mon visage sur ma manche et je me suis redressée.

M'approchant de l'étagère où Sam avait trouvé son livre, j'ai parcouru les titres jusqu'à ce que je reconnaisse le volume et je l'ai sorti. *Poèmes* de Rainer Maria Rilke. Je l'ai porté à mes narines pour vérifier qu'il s'agissait bien du même exemplaire. *Sam.*

Je l'ai acheté. Isabel a pris le livre de recettes de cookies, et nous sommes allées chez Rachel, où nous avons confectionné six douzaines de petits gâteaux en évitant soigneusement de parler de Sam ou d'Olivia. Puis Isabel m'a ramenée à la maison et je me suis enfermée dans le bureau avec Rilke, pour y lire et y languir.

> *Vous laissant (impossible d'en démêler les fils)*
> *votre vie, farouche, haute et croissante,*
> *pour que, tantôt enfermée, tantôt tendant la main,*
> *votre vie soit un temps pierre en vous, et le suivant,*
> *étoile.*

Je commençais à comprendre la poésie.

chapitre 64 • Grace

-10 °C

Noël n'était pas Noël sans mon loup. C'était l'unique époque de l'année où il n'avait jamais manqué d'être là pour moi, présence silencieuse qui s'attardait à l'orée de la forêt. Si souvent, devant la fenêtre de la cuisine, les mains fleurant le gingembre, la muscade, le pin et une bonne centaine d'autres odeurs de Noël, j'avais senti peser sur moi son regard ; je relevais alors la tête et je retrouvais, derrière les arbres, ses yeux dorés qui me fixaient sans jamais ciller.

Pas cette année.

Je me tenais devant la fenêtre de la cuisine, mais mes mains ne sentaient rien. Pourquoi confectionner des gâteaux ou décorer un sapin cette année ? Encore vingt-quatre heures, et je serai partie pour deux semaines avec Rachel. Loin de Mercy Falls, sur une plage blanche de Floride. Loin de Boundary Wood, et, surtout, loin de mon jardin vide.

J'ai rincé lentement ma tasse de voyage et, pour la

millionième fois de l'hiver, j'ai levé les yeux sur les bois.

Rien d'autre que des arbres gris, dont les branches chargées de neige se découpaient sur le lourd ciel d'hiver. Seul un cardinal mâle battant des ailes près de la mangeoire à oiseaux apportait une touche de couleur vive. Il a picoré un instant le bois nu avant de prendre son envol, petite tache rouge sur un fond blanc.

Je ne voulais pas fouler la neige vierge, immaculée, du jardin, mais je ne voulais pas non plus laisser la mangeoire dégarnie pendant mon absence. J'ai attrapé le sac de graines pour oiseaux rangé sous l'évier et j'ai enfilé mon manteau, mon bonnet et mes gants. Je suis allée à la porte de derrière et je l'ai ouverte.

L'odeur des bois d'hiver m'a assaillie, me rappelant avec force chacun des Noëls qui avaient compté pour moi.

Je savais que j'étais seule, mais je n'en ai pas moins frémi.

chapitre 65 ◆ Sam

-10 °C

Je l'observais.

J'étais fantôme des bois, silencieux, immobile, froid. J'étais l'hiver incarné, le vent glacial ayant pris corps. Je me postai à la lisière du bois, là où les arbres se clairsemaient, et humai l'air. En cette saison primaient surtout des odeurs mortes. L'âpreté des conifères, le musc des loups, sa fragrance douce, rien d'autre.

Elle se tint dans l'encadrement de la porte le temps de plusieurs respirations. Son visage était tourné vers les arbres, mais je restais invisible, intangible, seulement deux yeux dans les bois. La brise intermittente m'apportait encore et encore son parfum, chantait dans une autre langue des souvenirs d'une autre forme.

Finalement, elle sortit sur la terrasse et imprima le premier pas sur la neige vierge du jardin.

Et j'étais là, tout près, presque à portée de main, mais toujours à des milliers de kilomètres de distance.

chapitre 66 ◆ Grace
-10 °C

Chacun de mes pas vers la mangeoire me rapprochait des bois. Je percevais l'odeur des feuilles desséchées des fourrés, celle des petits ruisseaux courant paresseusement sous une croûte de glace, celle de l'été en sommeil dans les innombrables squelettes d'arbres. Quelque chose dans ceux-ci me rappelait les loups hurlant la nuit, et les loups me renvoyaient à la forêt d'or de mon enfance, que dissimulait à présent un épais manteau de neige. Les bois me manquaient tant.

Lui me manquait tant.

J'ai tourné le dos aux arbres et j'ai posé le sac de graines par terre près de moi. Il ne me restait plus qu'à remplir la mangeoire, puis à rentrer dans la maison et préparer mes bagages pour partir avec Rachel là où je pourrais tâcher d'oublier tous les secrets hantant ces bois d'hiver.

chapitre 67 ♦ Sam

-10 °C

Je l'observais.

Elle ne m'avait pas encore remarqué. Elle heurtait à petits coups – toc-toc-toc – la mangeoire pour en détacher la glace. Sans hâte, elle effectuait machinalement, un à un, les gestes nécessaires pour l'ouvrir, la nettoyer, la remplir et la refermer, avant de la contempler comme si c'était la chose la plus importante au monde.

Je l'observais. J'attendais qu'elle se tourne et distingue ma silhouette sombre dans les bois. Elle tira son bonnet sur ses oreilles, expira et regarda son haleine se condenser en tourbillonnant dans l'air. Elle frappa des mains pour faire tomber la neige de ses gants et s'apprêta à partir.

Je ne pouvais rester caché plus longtemps. Je vidai moi aussi longuement mes poumons. Le bruit était léger, mais sa tête pivota immédiatement dans ma direction. Ses yeux trouvèrent d'abord le nuage de mon souffle, puis elle me vit avancer lentement, précautionneusement, ne sachant trop comment elle allait réagir.

Elle se figea sur place. Parfaitement immobile, comme un cerf. J'approchai encore, imprimant dans la neige des traces nettes, hésitantes, jusqu'à ce que je sois sorti du bois, jusqu'à ce que je me tienne juste devant elle.

Elle restait aussi silencieuse que moi, sans le moindre mouvement. Sa lèvre inférieure tremblait. Lorsque ses paupières battirent, trois larmes brillantes laissèrent des traces cristallines sur ses joues.

Elle aurait pu contempler tous ces petits miracles : mes pieds, mes mains, mes doigts, la forme de mes épaules sous ma veste, mon corps d'humain, mais elle ne voyait que mes yeux.

Le vent se leva à nouveau entre les arbres, mais il n'avait plus aucune force, plus aucun pouvoir sur moi. Le froid mordit mes mains, mais mes doigts restèrent des doigts.

— Grace, murmurai-je très bas. Grace, dis quelque chose.

— Sam, répondit-elle.

Je l'enlaçai de toutes mes forces.

CE ROMAN
VOUS A PLU ?

Donnez votre avis
et retrouvez la communauté
jeunes adultes sur le site

 www.Lecture-Academy.com

« Pour l'éditeur, le principe est d'utiliser des papiers composés de fibres naturelles, renouvelables, recyclables et fabriquées à partir de bois issus de forêts qui adoptent un système d'aménagement durable. En outre, l'éditeur attend de ses fournisseurs de papier qu'ils s'inscrivent dans une démarche de certification environnementale reconnue. »

Composition JOUVE – 45770 Saran
N° 758851F

Achevé d'imprimé en Italie par Rotolito Lombarda
32.0.3276.6/01 – ISBN : 978-2-01-323276-0

Loi n° 49-956 du 16 juillet 1949 sur les publications destinées à la jeunesse.
Dépôt légal : janvier 2012